Daniela Spröh

Amanda
Zauberhafte Welten

Daniela Spröh

Amanda

Zauberhafte Welten

Bibliografische Information der Deutschen Nationalbibliothek: Die Deutsche Nationalbibliothek verzeichnet diese Publikation in der Deutschen Nationalbibliografie; detaillierte bibliografische Daten sind im Internet über dnb.dnb.de abrufbar.

© 2017 daniela spröh

Herstellung und Verlag: BoD – Books on Demand, Norderstedt

ISBN: 9783743137189

*Wer die Wahrheit sucht,
darf nicht erschrecken, wenn er sie findet.*

(aus China)

Aus den Archiven des Zaubererrates

Brief an die Mitglieder des Zaubererrates

Liebe Freunde, hochverehrte Ratsmitglieder seid gewarnt! Heute Nacht wird ein Attentat auf unseren Ratsvorsitzenden stattfinden.

Dies erfuhr ich vor wenigen Stunden von den Verbrechern, die dies erdachten, persönlich. Zwei von ihnen lernte ich kennen, aber ich vermag nicht zu sagen, ob das wirklich die ganze Bande ist. Jedoch handelt es sich bei den beiden wirklich um hochbegabte Zauberer, wie ich selbst sehen durfte. Ein Mann und eine Frau. Ihre Namen wollten sie mir nicht sagen. Ihr erkennt den Mann an seinem feuerroten Haar. Er dürfte nicht zu übersehen sein. Die mit ihm verbündete Frau ist zierlich, trägt ihr blondes Haar meist hochgesteckt.

Leider erzählten sie mir nicht alle Details ihres Planes. Soweit ich aber erfuhr, sollen sich die Besagten zum Eintreffen meines Botenvogels schon im Ratsgebäude aufhalten. Sie werden sich in dem Personenkreis hochrangiger Zauberer befinden, der den Ratsvorsitzenden später empfangen soll.

Der Ablauf ist wie folgt geplant: Wenn der Vorsitzende heute von seinem Besuch aus den äußeren Territorien wiederkehrt, wollen sie im Westteil des Ratsgebäudes einen Sprengsatz zünden. Möglicherweise noch mehr. Im darauffolgenden Durcheinander soll der Ratsvorsitzende unter dem Vorwand ihn in Sicherheit zu bringen entführt werden. Hindernisse sollen mit weiteren Sprengsätzen und Zauberei vernichtet werden.

Ich erzählte den beiden, dass ich für optimale Bedingungen zur Durchführung gesorgt habe. Sie ahnen nicht, dass ich noch immer auf der Seite des Rates stehe. Denn vor wenigen Tagen gab ich vor, mich von ihren ketzerischen Reden überzeugt gefühlt zu haben. Als Volksverräter beschimpften sie den Zaubererrat dabei. Behaupteten, er verwahre wichtige Dokumente, die unser aller Zukunft bedeuten könnten. Diese möchten sie an sich bringen. Mit dem Vorsitzenden des Zauberrates in ihrer Gewalt könnten sie vom Rat verlangen, was sie wollen.

Es wäre eine Katastrophe, wenn diese Leute derart wichtige Papiere in ihren Händen hielten.

Nun wisst Ihr bescheid. Ich habe alles notiert, was ich in Erfahrung bringen konnte.

Mögen Eure großen Kräfte unseren Frieden und die Freiheit sichern!

Es grüßt hochachtungsvoll,
ein pflichtgetreuer Spion

1. Kapitel – Erinnerungen und neue Sorgen

Alles tat weh. Weder stehen noch sitzen konnte sie ohne Schmerzen. Der Gedanke, noch weitere Tage in diesem Sattel zu verbringen, ließ Amanda innerlich aufstöhnen.

Schon seit Tagen ritt sie scheinbar sinnlos durch die Gegend, war durch zig Dörfer gekommen, und zu allem Überfluss wurde ihr Geld langsam knapp. So hing sie seit Tagen immer wieder den gleichen trüben Gedanken nach. Ihre Mutter spielte dabei die größte Rolle.

Erst zwei Wochen war es her ... Amanda hatte stundenlang an ihrem Bett gesessen.

Sie wischte sich die Tränen aus dem Gesicht. Sie hasste es, ihre Gefühle nicht im Griff zu haben. Sie fühlte sich so klein und schwach. Nie hätte sie gedacht, dass sie jemals so schutzlos sein würde.

Es dämmerte langsam. In einiger Entfernung erkannte Amanda einen Waldrand. So suchte sie sich eine Baumgruppe am Wegesrand, wo sie etwas geschützter liegen konnte als auf weitem Felde.

Aus der Satteltasche von Tori, ihrem Pferd und momentan einzigen Vertrauten, holte sie eine warme Decke hervor. Sie gab Tori eine Möhre, die sie gestern in einem Dorf gekauft hatte. Amanda selbst trank einen Schluck Wasser und aß ein Stück Brot dazu. Mehr konnte sie sich momentan nicht leisten. Danach kuschelte sie sich in ihre Decke, um wenigstens etwas bequemer zu liegen. Sie vermisste ihr weiches Bett. Da war sie auch wieder beim vertrauten Thema angekommen: zu Hause. Die Worte ihrer Mutter gingen ihr nicht mehr aus dem Kopf. Erstaunlich genau erinnerte sie sich an jedes Detail. Amanda war es nie in den Sinn gekommen, nach ihrer Familie zu fragen. Selbst als kleines Mädchen hatte sie nicht geahnt, dass es noch jemand anderen als ihre Mutter geben könnte, eine andere Person, die wichtig sein könnte in ihrem Leben. Sie war einfach glücklich gewesen und zufrieden bisher.

Bis zu jenem Tag.

Seitdem wurde Amandas Welt immer verzerrter. Nichts passte mehr dahin, wo es hin sollte. Die Gedanken wollten nicht ruhen.

Mutters letzte Worte.

Der Brief.

Er lag in ihrer Tasche sicher, und ungeöffnet. Nur von außen hatte sie in betrachtet. *An Amatan*, stand darauf. *Amatan*. Das musste *er* sein. Der Name klang sehr östlich. Ebenso wie der ihrer Mutter, Loren. Die beiden waren zusammen im Osten Kurzas – in Dahrben – aufgewachsen, wie sie jetzt wusste.

Sie konnte das alles noch immer nicht fassen. Wieso hatte sie nie von ihm erzählt? Und dieser Mann sollte ihre Zukunft bestimmen?

Wieder spürte sie, wie etwas Feuchtes über ihre Wange rann. Sie versuchte, sich zu beherrschen. Sie war nun eine Waise, für sich selbst verantwortlich. Allein. Vorerst, jedenfalls.

Sie tastete nach dem Dolch an ihrer Seite. Der einzige Gegenstand, der ihr Schutz bieten konnte. Doch zu ihrem Leidwesen wusste sie kaum damit umzugehen. Sie hatte ihn nur eingesteckt, damit sie nicht ganz so wehrlos aussah.

Langsam fiel sie in einen traumlosen Schlaf.

Am nächsten Morgen wachte Amanda in aller Frühe wie so oft in der Hoffnung auf, dass alles, was sie in der letzten Zeit erlebt hatte, nur ein Albtraum wäre, doch jeden Morgen wurde sie enttäuscht. Sie gab ihrem Pferd eine Möhre und aß ein Stück Brot. Mit Schrecken stellte sie fest, dass sich der Proviantbeutel viel zu schnell leerte, da sie praktisch ständig Hunger verspürte. Sie band ihre rote Mähne wieder zu einem ordentlichen Zopf nach hinten, wie die Mutter es ihr beigebracht hatte. Sie seufzte schwermütig bei dem Gedanken. Danach packte sie ihr Nachtlager zusammen und schwang sich in den Sattel. Die Sonne schien, dennoch war es angenehm kühl. Spätestens gegen Mittag würde sich das ändern. Um nicht trübsinnigen Gedanken nachzuhängen, konzentrierte sie sich auf die Natur um sich herum. Bunte Blumen und Bäume von saftigem Grün säumten ihren Weg. Vögel zwitscherten. Im Grunde war es ein herrlicher Tag, genau wie die anderen davor auch. Sie reihten sich zu einer scheinbar endlosen Kette ohne Aussicht auf ein Ziel.

Obwohl sie in letzter Zeit viel Schlaf bekam, wäre sie dank des sanften Trotts ihrer Stute beinahe eingenickt. Einmal war es ihr tatsächlich passiert, und sie war aus dem Sattel gefallen. Andere Male war sie kurz davor gewesen. Sie verfluchte diese Reise. Sie war so langweilig und doch gleichzeitig anstrengend. Das tagelange Schweigen zerrte an ihren Nerven. Nur einmal hatte ein Puppenspieler ihr bis zur nächsten Stadt Gesellschaft geleistet. Als sie dort ankamen, war Amanda jedoch froh gewesen, den überdrehten und erzählfreudigen Verrückten endlich wieder loszuhaben.

Am Horizont vor ihr tauchte eine lange Reihe von Häusern auf. Die erste Stadt seit vier Tagen. Sie empfand es als glückliche Fügung, denn sie musste allerhand Nahrungsmittel besorgen. Außerdem waren dort endlich wieder Menschen, die sie nach dem richtigen Weg fragen konnte. Falls dort richtige Menschen lebten. In Dahrben war das sehr selten der Fall.

Schon bald konnte Amanda die Marktschreier hören. Dieses

typische Getümmel ließ selbst den trübseligsten Menschen sofort ein Grinsen aufsetzen, wenn auch nur, um über die Gaukler zu lachen.

Als sie von Tori abstieg und durch das Stadttor trat, wurde ihr Verdacht auf nichtmenschliche Wesenheiten bestätigt. Überall tummelten sich Kobolde, Elfenmenschen und andere Zauberwesen.

Auf dem Marktplatz entdeckte sie einen Obst- und Gemüsehändler. Dort kaufte sie sich und Tori erst einmal etwas zu essen. Einen Bund Möhren, ein paar Äpfel, und im Bäckerladen kaufte sie ein kleines Brot. Das musste für den Rest ihres Weges reichen.

Es war noch etwa ein ganzer Tagesritt bis nach Takar, schätzte sie. Langsam stieg Aufregung in ihr auf. Bald würde sie am Ziel sein.

Zur Sicherheit suchte sie nach jemandem, der so aussah, als ob er sich hier auskannte. Bis sie vor der Haustür eines Backsteinhauses zwei Frauen entdeckte, die ihr sympathisch erschienen. Diese bemerkten Amanda, unterbrachen ihr Gespräch und drehten sich zu der Fremden um.

Die beiden Frauen waren zu Amandas Erstaunen etwa einen Kopf kleiner als sie selbst und wirkten eher stämmig im Gegensatz zu den Menschen, die Amanda kannte. »Entschuldigung, können Sie mir sagen, ob ich auf dem richtigen Weg nach Takar bin?«

Die Frauen blickten sie erstaunt an. Beide hatten rundliche, recht pausbäckige Gesichter. Amanda vermutete, dass es sich bei ihnen um Menschen mit Zwergenabstammung handelte. Eine von ihnen sprach mit rauer, tiefer Stimme, die überhaupt nicht zu einer Frau passte.

»Ja, du musst jetzt in die rechte Straße, die vom Marktplatz führt, einbiegen und dann immer auf dieser Straße bleiben.«

»Vielen Dank.« Amanda nickte freundlich und wollte schon

gehen, als eine der beiden rief:»Ach, Mädchen...«
Amanda drehte sich noch einmal um.

Die Frauen sahen sie mit großen warnenden Augen an. Diesmal sprach die andere Frau. Ihre Stimme klang höher als die ihrer Freundin.»Ich würde bis morgen warten. Im Wald lauern die Werwölfe auf jemanden wie dich.«

Werwölfe? War das ein Scherz? Sie hatte hier ja schon einiges erlebt, aber Werwölfe? So besorgt wie die beiden Frauen schauten, machten sie keine Witze darüber. Amanda überschlug in Gedanken ihr verbliebenes Geld. Es dürfte noch genügen.»Kann ich hier in der Stadt irgendwo übernachten?« Die Aussicht auf ein Dach für die Nacht riet ihr ebenso zum Bleiben wie die Angst.

»Natürlich. Dort drüben.« Die mit der rauen Stimme zeigte auf ein Gebäude, auf der anderen Seite des Marktplatzes. »Siehst du die Pension? Sie ist wirklich hübsch. Der Gastwirt hat sogar einen Stall für dein Pferd. Über den Preis lässt er bestimmt mit sich verhandeln.«

»Dankeschön. Ich werde es versuchen.« Obwohl Feilschen und Kommunikation nicht zu Amandas Stärken zählten.

»Nichts zu danken. Pass auf dich auf, Mädchen.«

»Mach ich.« Im Moment aber freute sie sich auf ein richtiges Bett und eine warme Bleibe.

Die Pension am Markt sah tatsächlich sehr einladend aus. Ein Zimmer war sogar noch frei für sie. Der Gastwirt überreichte ihr den Schlüssel und kümmerte sich um ihr Pferd, während Amanda sehnsüchtig ins Bett plumpste.

2. Kapitel – Ein neuer Anfang

Es war früher Morgen, als die beiden Gefährten sich von der kleinen Pension verabschieden wollten.
»Wohin bist du eigentlich unterwegs, wenn ich fragen darf?« Der Gastwirt stand neben ihr am Pferdestall und half Amanda beim Satteln ihres Pferdes.
»Ich möchte nach Takar«, antwortete Amanda und rückte das Zaumzeug zurecht.
»So, so. Bis dahin sind es noch ein paar Stunden. Da könnt ihr beide das ganz gut gebrauchen.« Lächelnd holte der Mann ein Stoffbündel unter seinem Mantel hervor. »Der Proviant ist im Preis inbegriffen, versteht sich.«
»Vielen Dank.« Amanda schloss die letzte Schnalle und packte das Bündel in Toris Satteltaschen. »Ich habe jetzt schon Hunger.«
»Gerne. Dann kommt gut an und lasst die Werwölfe in Ruhe.«
»Die sind doch nicht etwa auch am Tag auf der Lauer?«, fragte Amanda besorgt.
Der Gastwirt lachte und winkte ab. »Ich mach nur Spaß. Es ist nur ein kurzes Waldstück, das ihr durchqueren müsst. Am Tag ist es völlig ungefährlich. Dahinter liegen die Felder der Bauern und dann seid ihr schon fast in Takar.«
Das klang nach baldiger Erholung. Erleichtert seufzte Amanda.
»Gute Reise euch beiden.«
Amanda schnappte Toris Zügel und machte sich auf den

Weg. »Auf Wiedersehen« verabschiedete sie sich von dem netten Mann.

Nur noch wenige Stunden trennten sie von ihrem Ziel.

Es war später Nachmittag, als sie ein kleines Dorf erreichten. Dieses lag, von grünen Hügeln und gelben Feldern umgeben, an einem Wald. Die Luft roch herrlich frisch und immer noch blumig. An diese Umgebung könnte sie sich gewöhnen. Eine Idylle, wie man sie nur noch selten in der Nähe von Siedlungen fand.

Das Leben im Dorf aber war um einiges hektischer als die friedliche Landschaft außen herum. Auf den Straßen herrschte für die Abendzeit ziemlich viel Gedränge. Es wimmelte nur so von Zauberwesen. So viele merkwürdige Gestalten hatte Amanda noch nie auf einem Haufen gesehen. Nicht einmal in den anderen dahrbischen Städten, durch die sie gewandert war.

In ihrem Heimatterritorium hielt man Zauberei für tot. Man dachte, sie sei ausgestorben. Vor vielen Jahrhunderten schon waren die letzten Zauberer begraben worden. Amanda hatte insgeheim immer an die Geschichten ihrer Mutter geglaubt, die sie ihr vorm Schlafengehen erzählt hatte. Von der Zauberei und Dingen, die außerhalb Rhebendens immer noch irgendwo möglich sein sollten. Einmal hatte Mutter behauptet, dass sie das alles selbst gesehen hätte. Damals hatte Amanda das als Scherz angesehen. In Wahrheit hatte sie aber oft darüber nachgedacht, wie es wäre, wenn die Geschichten wirklich wären, nur um sie später als alberne Kinderwünsche abzutun. So war sie erstaunt und erschrocken zugleich gewesen, als sie all die kuriosen Gestalten zum ersten Mal mit eigenen Augen gesehen hatte.

Als sie vor einigen Tagen die Grenze von Kobenden nach Dahrben überschritten hatte, war einiges an Zeit vergangen, bis sie den Mund vor Staunen wieder hatte schließen können.

All die Geschichten bekamen eine ganz andere Aura, wenn sie Wirklichkeit wurden. Das war beängstigend und wundervoll zugleich.

Ihr fiel eine Geschichte ein, die sie als Kind oft gehört hatte. Es war eigentlich eine Gruselgeschichte, deshalb durfte Mutter sie nie vor dem Schlafengehen erzählen. Darin ging es um den Planeten Matar. Es hieß, dass er dem Untergang geweiht sei, weil die Zauberei dort keine Regeln kannte. Es herrschte Chaos.

Die turbulente Straße, auf der sie ging, erinnerte sie wieder an diese Geschichte. Schon in anderen Städten Dahrbens war ihr das aufgefallen, und es machte ihr Angst. Wozu waren Zauberer in der Lage?

Gerade befand sie sich Schulter an Schulter mit ihnen. Es war mühevoll, sich mit einem Pferd durch die Massen zu kämpfen. Manche Leute starrten sie kritisch an. Sie merkten wohl, dass sie keine Einheimische war. Vielleicht starrten sie sie auch an, weil sie ein ganz normaler Mensch war. Die meisten Gestalten hier waren unreine Zauberwesen, also Wesen, die man auch Halbmenschen nennen konnte oder Halbtiere. Reine Zauberwesen waren, soweit Amanda wusste, vollkommene Rassen. Was immer das bedeutete. Kobolde, Elfen, Faune zählten dazu. Aber Amanda hatte noch kaum solche gesehen.

In Gedanken dankte sie ihrer Mutter, dass sie nie nachgelassen hatte, so viele Geschichten darüber zu erzählen. Möglicherweise hatte sie gewusst, dass Amanda einmal hierher kommen würde. Möglicherweise hatte sie es genauso gewollt ...

»Autsch!« Eine pelzige, kleine Katze – auf zwei Beinen! – sprang zur Seite, als Amanda ihr auf den grau-weiß getigerten Schwanz trat.

»Entschuldigung«, rief Amanda höflich, aber das Wesen war schon in der Menge verschwunden.

Wenn sie sich nicht irrte, war sie jetzt in Takar angekommen.

Ihr Puls stieg. So kurz vor dem Ziel. Was würde sie erwarten? Eine ganz andere Frage kam ihr nun in den Sinn, als sie die Leute hier beobachtete. *Was* war der mysteriöse Mann eigentlich? Darüber hatte sie noch gar nicht nachgedacht.

Autsch! Schon wieder war da irgendwo ein Fellknäuel gewesen an ihrem Arm und ein Huf auf ihrem Fuß.

»Verzeihung, junge Dame«, murmelte ein Faun und ging weiter.

Ab und an gingen ein paar Gassen seitlich von der Hauptstraße ab, auf der Amanda lief. Sie sah einen Bäckerladen, ein Arzthaus und ein Gasthaus, bis sie endlich das Ende der dicht bevölkerten Straße erreichte. Sie ging jetzt auf einer etwas schmaleren Straße an ein paar einzelnen Häusern an einem kleinen Hügel vorbei, wo es ruhiger war. Dann endlich fanden auch die Häuserreihen des Dorfes ihr Ende.

Auf einer Wiese entdeckte Amanda ein paar spielende Kinder. Fast genau gegenüber stand ein kleines Haus auf dem Hügel.

Das könnte das Haus sein, von dem Mutter gesprochen hat, schoss es ihr durch den Kopf, sie war sich jedoch nicht sicher. Bevor sie sich also vor einem völlig Fremden blamierte, sollte sie auf Nummer Sicher gehen.

»Verzeihung?« Sie tippte einem rothaarigen Jungen auf die Schulter, der am Spielfeldrand stand. »Weißt du, wer dort oben wohnt?«, fragte sie ihn und zeigte auf das Haus.

Der Junge machte eine Geste zu seinen Mitspielern, die dies allerdings kaum wahrnahmen. »Kurze Auszeit Leute«, rief er. Dann schaute er Amanda an. »Na klar, dort oben wohnt der alte Amatan. Willst du zu ihm? Sei bloß vorsichtig. Er ist ein griesgrämiger alter Mann, wenn du mich fragst.«

Sie versuchte sich ihre Verwirrung nicht anmerken zu lassen. »Wirklich? Trotzdem danke«, erwiderte Amanda.

»Kein Problem«, antwortete der Junge und wandte sich wieder seinem Spiel zu.

»*Griesgrämiger alter Mann?*«, murmelte Amanda, »d*as kann ja heiter werden.*«

Sie ging die schmale Treppe hinauf, die zu dem Haus führte. Dies erwies sich als ein wenig mühselig. Es mussten um die hundert Stufen sein. Zusätzlich musste Amanda noch auf Tori einreden, die neben der Treppe den Hügel hinauf trottete und nach jedem Schritt stehen blieb, um das frische Gras zu genießen.

Ihre Nervosität war nicht zu beschreiben.

Als sie das Haus erreichte, haderte sie mit sich selbst, ob sie denn anklopfen sollte. Was würde sie hinter dieser Tür erwarten? *Sei kein Feigling! So schlimm wird es schon nicht werden.* Zögernd klopfte sie schließlich doch an die Tür. Jetzt war es also soweit. Es gab kein Zurück. Wenige Sekunden verstrichen, bis geöffnet wurde.

Vor ihr stand ein Mann von etwa fünfzig Jahren. Er hatte schwarzgraues, schulterlanges Haar und eine Augenklappe auf dem rechten Auge. Seine Kleider waren ebenfalls schwarz, und er stützte sich auf einen Krückstock. Insgesamt machte er einen recht Furcht einflößenden Eindruck. In etwa, wie diese alten Zauberer in Märchenbüchern, die ein dunkles Geheimnis mit sich trugen.

Misstrauisch sah er das schmächtige und eingeschüchterte Mädchen vor sich an.

»Ja? Wer bist du und was willst du?«

»E…entschuldigung…«, Amanda brachte vor Schreck kaum ein Wort heraus. Was wollte sie sagen? »Sind Sie Amatan?«

Der gruslige Mann nickte.

Das war er also. Irgendwie hatte er überhaupt keine Ähnlichkeit mit Mutter. Amanda war ein wenig verängstigt von dieser Erscheinung. »Ich bin Amanda …«, sie schnappte nach Luft, »Ihre Nichte.«

Noch immer sah er sie misstrauisch an und musterte sie von oben bis unten. Nach einer Weile sagte er schließlich: »Komm rein!«

Amanda band Toris Zügel an einen Zaunpfahl neben der Haustür fest. Als sie eintrat, stand sie in einem Raum, der wahrscheinlich als Küche und Wohnzimmer gleichzeitig diente. Darin standen sowohl Sofa als auch Spüle.

»Setz dich!« Der alte Mann bot ihr einen Stuhl am Esstisch an, der sich in der Mitte des Raumes befand. Er selbst setzte sich ihr gegenüber hin.

»Danke.« Amanda setzte sich.

»Erzähl mir erst einmal, wer du eigentlich bist«, forderte Amatan sie auf. Er schien ihr nicht zu glauben, dass sie seine Nichte war. Aber das konnte sie ihm kaum übel nehmen. Ihr fiel es ebenso schwer, alles zu begreifen.

»Also«, begann Amanda, »ich bin Amanda, die Tochter von Loren, Ihrer Schwester ...«

Er sah sie prüfend an. Deshalb erzählte Amanda gleich weiter. »Meine Mutter ist vor zwei Wochen und drei Tagen gestorben. Sie sagte, ich solle hierher kommen, damit ich jemanden hätte, der sich um mich kümmert.« Amanda machte eine Pause, um die Tränen, die in ihr aufstiegen, zu bekämpfen. Diese Gedanken auszusprechen, war eine Befreiung für sie. Als ob eine steinerne Mauer um ihr Herz gelegen hätte, die nun zerbröselte und alle unterdrückten Empfindungen freiließ. »Meinen Vater kenne ich nicht. Er ist vor meiner Geburt spurlos verschwunden. Mutter wollte nie etwas von ihm erzählen. Du bist die einzige Familie, die mir bleibt. Deshalb soll ich dich kennen lernen.«

Amatan musterte sie eingehend. Er schien nicht zu wissen, was er von ihr halten sollte – ob er ihr glauben sollte.

»Sie ist friedlich eingeschlafen.« So friedlich, wie es ging mit ihrer seltenen Krankheit. Amanda überreichte ihm den Brief.

»Den hat sie mir mitgegeben.«

Er las ihn ohne mit der Wimper zu zucken.

Hat dieser Mann Gefühle, fragte sich Amanda. Seit ihrer Ankunft hatte sich seine Miene nicht verändert. Sie wusste zwar nicht, was in dem Brief stand, aber es war gewiss nichts Gutes. Sollte er nicht ein wenig traurig sein? Immerhin war seine Schwester gestorben.

Er legte den Brief beiseite. »Also gut«, sagte er, wieder im selben Ton wie zuvor. »Du kannst erst mal hier wohnen. Ich zeige dir ein Zimmer.« Dann stand er auf und ging zu einer Treppe an der hinteren Wand des großen Raumes.

Der Ausdruck *erst mal* verunsicherte sie ein wenig. Sie hatte nicht vor, in absehbarer Zeit noch einmal umzuziehen. Verhalten folgte sie ihm.

Die Stufen der Holztreppe waren schon ziemlich abgenutzt, schienen daher sehr alt zu sein. Ähnlich wie der Rest des Hauses, dessen Einrichtung einen äußerst altmodischen Eindruck vermittelte.

Am oberen Treppenende befand sich ein Gang, von dem mehrere Türen abgingen. Amatan öffnete die erste auf der linken Seite. »Hier kannst du schlafen«, erklärte er und ging die Treppe wieder hinunter. Er ließ sie einfach stehen. Keine Frage, wie es ihr ging, kein Interesse an seiner Schwester. Amanda war geschockt über diese Herzlosigkeit. Er hatte sie einfach vor dem Zimmer stehen lassen. War das zu fassen? Aber gut, sie musste ihm Zeit geben. Immerhin war auch für ihn alles neu.

Sie betrat zögerlich ihr Zimmer. Wie seltsam sich das anfühlte: Ein neues zu Hause, ein neues Zimmer zu haben, ein neues Leben zu beginnen, das schon schrecklich anfing.

Zu ihrer Rechten stand ein Bett mit einem Hocker daneben, der wohl als Nachttisch dienen sollte, gegenüber befand sich ein Schrank mit einem Spiegel. Daneben stand ein kleiner

Tisch samt Stuhl vor einem Fenster, welches einen Blick auf das Dorf offenbarte. Man konnte es von hier oben wunderbar überblicken.

Unten hörte sie ihren Onkel nach ihr rufen. Eilig rannte sie die Treppen hinunter.

»Ich muss für zwei Stunden weg. Du kannst alles erkunden, bis auf Räume hinter den letzten beiden Türen, an der linken Wand, oben.«

Sie nickte brav. Irgendwie war sie froh, dass ihr Onkel sie erst einmal verließ.

»Ich warne dich: Das ist mein Ernst.«

Das hätte er nicht unbedingt dazusagen müssen. »Habe schon verstanden«, gab sie höflich zurück. *Komischer alter Mann*, damit hatte der Junge recht gehabt.

Schnell hatte Amanda das Zimmer fertig eingeräumt, viele Sachen besaß sie nicht. Jetzt musste sie sich zuerst um Tori kümmern. Ob ihr Onkel wohl einen Stall besaß?

Sie ging hinaus auf den Flur. Gerade wollte sie die Treppen hinunter steigen, als sie ein Rumpeln hinter der letzten Tür wahrnahm. Einer von ebendiesen Türen! Sollte sie nachsehen, was dort war?

Nein, entschied sie. Sie wollte das Vertrauen ihres Onkels nicht gleich am ersten Tag missbrauchen.

Sie ging also nach draußen und band Tori los. Draußen begann es bereits zu dämmern, doch die Spieler unten auf der Wiese waren immer noch nicht müde. Amanda ging um das Haus herum. Auf der hinteren Seite, fand sie tatsächlich eine kleine Scheune. Darin standen ein paar Gartengeräte und tatsächlich diente sie auch als Pferdestall.

In einer Box stand ein großer Fuchs mit einer Blesse, vermutlich Amatans Pferd. Er sah sehr trainiert aus. Amatan ritt wahrscheinlich oft aus. Daneben waren zwei weitere Boxen, doch diese waren leer. Zwar war der Stall nicht sehr groß, aber für die Pferde reichte er allemal.

Amanda führte Tori in eine Box hinein. Sie gab ihr Heu, das aufgehäuft neben Möhren und Gartengeräten lagerte, und schloss die Tür hinter sich.

Zeit, alles zu erkunden, dachte sie. *Ob das in Ordnung geht?* Amatan hatte es zwar erlaubt, doch Amanda hatte irgendwie ein schlechtes Gewissen dabei. *War das nicht ein bisschen dreist, gleich am ersten Tag?* Andererseits... Was sollte sie sonst tun?

So streifte sie eine Weile durchs Haus. Sie entdeckte einige Gästezimmer im oberen Flur. Hinter die letzten zwei Türen sah sie natürlich nicht, auch wenn sie noch so neugierig war. Da sie das Schlafzimmer ihres Onkels noch nicht gesehen hatte, vermutete sie es hinter einer dieser Türen. Hinter der anderen lag vielleicht ein Studierzimmer oder etwas Ähnliches. Egal, später würde er ihr das hoffentlich einmal erklären.

In der unteren Etage befand sich lediglich ein großer Raum – die Wohnküche. Dafür war es hier im Großen und Ganzen sehr gemütlich. Ein Kamin stand da, ein Bücherregal, Schränke mit Geschirr – alles was man täglich brauchte, fand sie hier. Amanda meinte, sich hier sicher gut einleben zu können, wäre da nicht ihr missgelaunter Onkel. Aber Gefühle änderten sich bekanntlich.

Bei ihrem Onkel dauerte das allerdings länger, erkannte sie, als er nach einer ganzen Weile wieder nach Hause zurück--kehrte. Dieselbe Miene, die er schon vor ein paar Stunden gehabt hatte. Er machte Amanda immer noch ein bisschen Angst.

»Wenn du schon einmal hier bist, kannst du mir beim Tischdecken helfen«, sagte ihr Onkel, wobei er sich aber hörbar bemühte, freundlich zu klingen.

Vielleicht konnte er seine Gefühle nicht so offen zeigen, dachte Amanda. Sie selbst konnte sie nicht unter Kontrolle halten. Also ergänzten sie sich wunderbar.

Noch bevor Amanda fragen konnte, deutete ihr Onkel auf einen Schrank oberhalb der Spüle. »Das Geschirr ist dort oben«, sagte er, während er schon in einem Besteckkasten kramte.

Wortlos machte auch Amanda sich an die Arbeit.

Als sie schließlich beim Abendessen saßen, wies ihr Onkel sie auf seine Hausregeln hin. Kein Lärm, wenn er arbeiten musste, war der Punkt, den er am häufigsten betonte. Außerdem wollte er wissen, ob sie eine Schule besucht hatte.

»Meine Mutter hat mir Lesen, Rechnen und Schreiben beigebracht«, erklärte Amanda, der es unangenehm war so dumm dazustehen. Ihre Mutter hatte immer gemeint, dass man in der Schule nichts Vernünftiges mehr lernen würde. Mutters Unterricht war sehr schön gewesen. Besser hätte sie in keiner Schule lernen können, davon war Amanda fest überzeugt und biss beherzt in ihr Käse-Wurst-Brot mit einer dicken Schicht Butter. Herrlich, endlich mal wieder etwas in den Magen zu bekommen.

»Na ja, dann ist es jetzt auch zu spät dafür«, erwiderte ihr Onkel, zu ihrer Überraschung. »Wie alt bist du?«

»Fünfzehn«, nuschelte sie, als sie gerade einen Bissen Brot herunterschlucken wollte.

»In deinem Alter haben viele Kinder eine Arbeit, neben der Schule. Ich verdiene nicht genug, um zwei Personen zu ernähren, deshalb solltest du dir am besten auch eine Arbeit suchen.«

Insgeheim hatte Amanda so etwas schon erwartet. Zu Hause hatte sie in Mutters Bäckerladen gearbeitet. Den ganzen Tag hatte sie dort zugebracht, da sie sonst keine Verpflichtungen gehabt hatte. Sie freute sich schon darauf, endlich wieder etwas Nützliches tun zu können. Vielleicht konnte sie auf diesem Weg leichter alles hinter sich lassen.

»Warum hast du uns nie besucht?«, fragte sie unvermittelt.
»Keine Zeit«, erwiderte ihr Onkel knapp. »Viel Arbeit.«
Mehr sagte er an diesem Abend nicht. Amanda schwirrten viele Fragen durch den Kopf, wie: *Warum hat Mutter nie etwas von dir erzählt? Warum hattet ihr keinen Kontakt mehr?* Aber sie konnte sie einfach nicht stellen.

Nach dem Abendessen räumte Amanda freiwillig den Tisch ab und ging dann sofort ins Bett. Es war ein merkwürdiges Gefühl, plötzlich ein anderes Zuhause zu haben. Sie beschloss morgen ein bisschen durch das Dorf zu streifen und dabei nach einer Arbeit zu suchen.

Sie fragte sich, was jetzt wohl in ihrer alten Heimat los war. Der Abschied war ihr nicht sehr schwer gefallen. Amanda hatte sich nie mit jemandem sehr gut anfreunden können. Die meisten Kinder – besonders die älteren Jungen – hatten es nie lassen können, sie zu hänseln und sich über ihre fehlende Bildung lustig zu machen. Da Amanda den ganzen nutzlosen Kram in der Schule nie hatte lernen müssen, wusste sie eben nichts von diesen alten Wissenschaftlern und ihren grauen Theorien, von der Entstehung des Planeten oder von dem Verdauungssystem eines Hundes. Wozu auch sollte das gut sein? Anfangs hatten Rüpel sie herum geschubst, weil es ihnen Spaß bereitete, wehrlose Mädchen zu ärgern. Doch dann hatte Amanda gelernt, sich zu verteidigen. Sie lernte, zuzuschlagen, wenn es nötig war, und das kleine Mädchen in ihrem Inneren zu verstecken. Danach legten sie sich nur noch selten mit ihr an. Die meiste Zeit grinsten sie spöttisch, was Amanda aber gespielt hochnäsig überging.

Aber richtig einsam war Amanda deshalb trotzdem nie gewesen. Ihre Mutter fand ständig Arbeit für sie. Manchmal passte sie auch auf Nachbarskinder auf.

Während sie so in Erinnerungen schwebte, schlief sie langsam ein.

Sie träumte von zu Hause, ihrer Mutter, wie sie an einem normalen Tag zusammensaßen. Sie saßen einfach nur da, sprachen nicht, aber Amanda fühlte sich ihr so nah, als könnte sie sie anfassen. Doch als sie die Hände ausstreckte, löste ihre Mutter sich in eine Rauchwolke auf. Dafür tauchten in der darauf folgenden Dunkelheit zwei goldglänzende Punkte auf. Ein Gefühl von Wärme umfing Amanda. Sie suchte nach dem Quell dieser Feueraugen, doch wie in anderen Nächten auch, wachte sie auf, noch bevor sie ihn fand.

Da waren sie wieder gewesen: Jene Augen, die sie seit ihrer Kindheit verfolgten und die sie in den langen Nächten ihrer Reise vermisst hatte. Sie starrten Amanda immer nur an. Das empfand sie keineswegs als beunruhigend. Vielmehr war das Gegenteil der Fall. Sie vermittelten ihr ein Gefühl von Schutz. Sie war nicht allein. Diese Augen begleiteten sie in der tiefsten Finsternis ihrer Träume und verscheuchten die bösen Schatten.

3. Kapitel – Neue Bekanntschaften

Klirr! Es war mitten in der Nacht, als Amanda aufwachte. Ein Geräusch hatte sie geweckt. Als ob Glas auf den Boden zersplitterte. Ein sehr großes Glas, mutmaßte sie.

Leise öffnete sie ihre Zimmertür, nur einen kleinen Spalt breit. Etwas Blaues huschte durch den Flur. Vor Schreck trat sie wieder in ihr Zimmer und schloss die Tür. Was war das?

Die Treppenstufen knarrten. Zwischen den Schritten hörte man einen Stock auf den Boden klopfen. Es war ihr Onkel, ganz sicher. Hatte er sein Schlafzimmer also doch hier oben? Aber was war gerade an der Tür vorbei gerannt? Was hatte geklirrt? Amanda wollte es wissen! Irgendetwas war hier faul!

Neugierig öffnete sie die Tür wieder ein klein wenig. Über das, was sie nun sah, konnte sie lachen oder staunen. Sie entschied sich beides gleichzeitig zu tun. Auf dem Flur hüpften kleine Männchen umher. Gerade mal eine halbe Armlänge mochten sie messen. Ihre Haut schimmerte mal blau, mal grün. Die Kleidung war zerrissen. Schwarze Haare standen in alle Richtungen vom Kopf ab. Mit ihren langen Nasen wirkten die Männlein zugleich garstig und doch irgendwie putzig. Der Goldschmuck, den die Wesen an Armen, Hals und Beinen trugen, passte nicht zur übrigen zerlumpten Erscheinung.

Onkel Amatan schien einige Probleme mit ihnen zu haben. Ab und zu stolperte er über eines dieser Wesen, als er den Flur entlang hinkte. Er hielt ein graues Pulver in der Hand und streute dieses auf die Männchen. Sie fingen daraufhin Feuer und wurden in weniger als einer Sekunde zu einem Aschehäufchen.

War das ein Traum?

»Geh wieder in dein Bett!« Ihr Onkel hatte Amanda schon längst bemerkt und herrschte sie an: »Na los!«

Das Mädchen gehorchte eilig und schlüpfte zurück ins Bett. Sie musste gestehen, dass ihr sein harscher Befehl Gänsehaut bereitete. Vom Flur vernahm sie Kichern, und das Fluchen ihres Onkels eine Sekunde später. Nein, sie träumte das nicht. Einen Blick nach draußen wagte sie jedoch nicht mehr, obwohl das Schauspiel ihr einfach keine Ruhe ließ.

Ob es sich um Kobolde handelte?

Am folgenden Morgen wurde Amanda von den ersten Sonnenstrahlen geweckt, die ihr einen wunderschönen Tag versprachen, bis sie sich an die Ereignisse von letzter Nacht erinnerte. Eigentlich war sie noch zu müde, um aufzustehen und nachzudenken, doch sie wollte wissen, was passiert war. Herzhaft gähnend zog sie sich ihren dunkelblauen, knielangen Rock und ein beigefarbenes Oberteil an. In den alten Lederschuhen sprang sie die Treppe hinunter.

Onkel Amatan war nirgends zu sehen. Auch der Tisch war noch nicht zum Frühstück gedeckt. *Was hatte sie erwartet?* Sie erinnerte sich noch an den Duft von frischen Brötchen, der sie immer geweckt und aus dem Bett geholt hatte ... Bevor sie sich weiter in diesen Gedanken verlor, beschloss Amanda, sich selbst zu kümmern.

Sie aß eine Scheibe Wurstbrot und trank etwas Wasser, mehr Appetit hatte sie nicht und auch nicht mehr Lust, nach der Vorratskammer zu suchen. Viel lieber wollte sie das Dorf erkunden und Menschen sehen, um sich nicht ganz so einsam zu fühlen. Auch die blauen Männchen gingen ihr nicht mehr aus dem Kopf. Aber sie musste sich wohl noch ein wenig gedulden, bis ihr Onkel kam. Wo er wohl war?

Also ging sie, um Tori zu versorgen. Es tat ihr leid, als sie ihr Pferd so eingepfercht in einem Stall stehen sah. »Sobald ich Zeit habe, werden wir zusammen ausreiten, ja?« Amanda küsste ihre Freundin auf die Nase. Ein neuer Morgen, ein neues Leben, neue Herausforderungen. Ab heute ging es vorwärts.

Wer weiß, vielleicht fand sie sogar richtige Freunde hier.

Schon aus der Ferne konnte Amanda sehen, wie viele Leute sich schon in den Morgenstunden auf den Straßen tummelten. Bei all den merkwürdigen Gestalten stellten sich ihr bald neue Fragen. Würde man hier einen Menschen akzeptieren? Wozu waren diese Leute imstande, wenn nicht? Von einigen Wesenheiten wurde Amanda neugierig angeschaut, manchmal sogar angelächelt. Feindselig schienen sie Fremden gegenüber nicht zu sein.

Ebenfalls lächelnd schüttelte Amanda ihre Bedenken ab und betrat den Bäckerladen. Dort fragte sie, ob sie der Verkäuferin – einer Halbriesin – helfen könnte, doch diese antwortete: »Momentan sind wir ganz gut besetzt. Noch mehr Leute, die in diesem Laden herumwuseln und der Hausherr würde einen Anfall bekommen.«

»Schade.« Amanda schmunzelte. Wenn alle Leute in diesem Laden die kräftige Statur der Bäckerin besäßen, ginge Amanda bestimmt zwischen ihnen unter. »Trotzdem danke.« Sie verabschiedete sich höflich, bevor sie die Ladentür schloss.

Als Nächstes versuchte sie es im Gemischtwarenladen, doch auch dort brauchte man keinen Verkäufer. Dasselbe Problem hatte sie in dem kleinen Lokal. Bei den Obsthändlern auf dem Markt versuchte sie es gar nicht erst. Die hatten sowieso viel zu wenig Arbeit für einen Mann allein. Die meisten Händler standen neben ihren Ständen und tratschten mit ihrem Nachbarn. Amanda wollte schon fast wieder nach Hause gehen, als ihr einfiel, dass es hier eine Arztpraxis gab. Sie erinnerte sich, dass ihre Mutter ihr oft etwas über Heilkräuter erklärt hatte, wenn Amanda sich mal wieder verletzt hatte beim Spielen. Das war oft der Fall gewesen. Demzufolge müsste Amanda inzwischen eine Menge Wissen gesammelt haben.

Einen Versuch war es wert.

Die Arztpraxis lag am Ende der Straße, wenn sie sich recht erinnerte. Also ging sie wieder ein Stückchen in die Richtung, aus der sie heute Morgen gekommen war.

Das gesuchte Haus war ein hübsches Fachwerkhaus mit roten und gelben Blumen vor den Fenstern. Über der Eingangstür hing ein Schild: »ARZTPRAXIS DR. NIUE« Amanda fand keinen Türklopfer und keine Glocke, also trat sie einfach ein. Dann befand sie sich in einem kleinen, fensterlosen Vorraum. Von dem gingen drei Türen ab. Auf der linken stand: *»Besprechungsraum«*, auf der mittleren: *»Krankenzimmer«*, und auf der rechten: *»Kein Zutritt«*. Amanda klopfte an die Tür zu ihrer Linken.

Eine Frauenstimme rief: »Herein!«

Beim Eintreten musste Amanda fast die Augen zusammenkneifen, denn im Gegensatz zum Vorraum blendete dieses Zimmer durch das einfallende Licht, das durch die weißen Wände noch verstärkt wurde.

»Hallo. Nimm doch bitte Platz.« Eine Frau mittleren Alters saß hinter einem Schreibtisch. Gleich daneben befand sich eine Krankenliege.

Die Frau mochte etwa einen Kopf kleiner sein als Amanda. Ihre braunen Haare hatte sie ordentlich hochgesteckt. Sie machte einen sehr organisierten Eindruck.

»Hallo.« Amanda setzte sich auf einen der Stühle, die vor dem Schreibtisch bereitstanden.

»Also, was hast du für Beschwerden?« Neugierig blickte sie Amanda durch eine filigrane Brille an.

»Also eigentlich wollte ich fragen, ob Sie Arbeit für mich hätten«, erklärte Amanda. »Ich kenne mich gut mit Verbänden und Heilkräutern aus«, fügte sie eifrig hinzu, um nicht von vornherein eine Absage zu bekommen. Im Stillen betete sie, dass sie hier anfangen durfte. Sie konnte ihren Onkel nicht jetzt schon enttäuschen.

»Meinst du eine feste Arbeit oder nur etwas neben der Schule, um dein Taschengeld aufzubessern?«

»Ich meine eine richtige Arbeit, den ganzen Tag über und so.«

Die Ärztin rieb sich über die Stirn. Sie überlegte und musterte Amanda dabei von Kopf bis Taille, da ihre Füße ja unter dem Tisch ruhten. Amandas Hoffnung sank mit jeder verstreichenden Sekunde.

»Du bist ziemlich jung«, stellte Dr. Niue abschätzend fest.

»Ich bin fünfzehn«, bestätigte Amanda.

»Nun ja, eigentlich könnte ich eine Hilfe manchmal ganz gut gebrauchen.« Dr. Niue überlegte immer noch.

Amanda wollte schon erleichtert aufatmen, als sie dieses berühmte *Aber*, das immer nach guten Vorschlägen auftauchte, vernahm.

»*Aber* du bist immer noch ein Kind. Wenn ich die Zustimmung von deinen Eltern hätte, dass du den ganzen Tag arbeiten darfst, würde ich mich sicherer fühlen. Du weißt ja: Gesetze. Ich will keinen Ärger, wenn ich Jugendliche einstelle, die noch unter der Obhut der Eltern stehen.«

Amanda stutzte. »Mein Onkel meinte, es sei normal, eine Arbeit zu haben als Jugendlicher.«

»Auf dem Dorf merkt es keiner von *denen da oben*. Außerdem geht es bei den meisten Kindern nur um ein paar Pfennige für Süßigkeiten.« Die Ärztin lächelte freundlich.

»Sie sagten, dass Sie die Zustimmung von meinen Eltern brauchen?«, erkundigte sich Amanda, um sicher zu gehen.

»Ja, das wäre das Beste. Ich will keinen Ärger mit der Regierung, auch wenn wir noch so weit ab vom Schuss sind.«

»Ich wohne bei meinem Onkel. Macht es einen Unterschied, ob er der Arbeit zustimmt?«

»Nein, überhaupt nicht.« Die Doktorin schüttelte den Kopf. »Wenn er momentan das Sagen hat, was dein Wohlergehen betrifft, kann er sich dann gern bei mir melden.«

Amanda nickte. »Wann kann ich anfangen?«, fragte sie voller Tatendrang.

»Sobald ich das Einverständnis deines Onkels habe. Ach ja, wenn die Ferien vorüber sind musst du selbstverständlich nicht den vollen Tag arbeiten.«

»Oh, ich gehe eigentlich gar nicht zur Schule«, erwiderte Amanda. Welch Zufall, dass sie ausgerechnet in den Ferien hier antanzte. Aber es war ja auch Sommer. Hochsaison der Erntezeit, wo alle Hände gebraucht wurden.

»Als Fünfzehnjährige solltest du deine Bildung nicht vernachlässigen, selbst wenn es momentan noch kein Schulgesetz gibt«, entgegnete die Ärztin vorwurfsvoll.

Ehrlich gesagt, konnte Amanda das Thema Schule überhaupt nicht leiden. So versuchte sie das Gespräch möglichst bald zu beenden, ohne unhöflich zu sein. »Alles, was ich wissen muss, hat mich meine Mutter gelehrt«, argumentierte sie ziemlich neunmalklug.

»Na ja, du musst es ja wissen«, meinte die Doktorin geduldig. Offenbar umging auch sie lieber unnötige Streitereien. Sie lächelte. »Also gut. Wie heißt du eigentlich?«

»Ich bin Amanda.«

»Amanda, schöner Name. Ich bin Dr. Niue. Möchtest du noch etwas wissen?«

Amanda überlegte kurz. Über Geld sollte man am ersten Tag nicht gleich sprechen, fand sie. »Im Moment nicht«, antwortete sie deshalb.

Die Ärztin stand auf und ging um ihren Schreibtisch. Sie war noch kleiner als angenommen, stellte Amanda fest, als die Frau direkt vor ihr stand. Aber irgendetwas in ihrem Blick machte die fehlende Körpergröße wieder wett. Diese klaren Augen vielleicht, die aufgeweckt und willensstark blickten.

»Gut, dann bis demnächst.« Sie reichte ihr die Hand. Es war irgendwie ein putziger Anblick, während die Frau so zu Amanda aufblickte. Ob sie zwergischer Abstammung war? Dafür war sie zu zierlich. Eine Mischung aus Zwerg und Elfe möglicherweise.

»Bis bald«, erwiderte sie und verließ die Praxis.

Auf der Straße nahm sich Amanda Zeit, die Wesenheiten genauer zu betrachten, die hier herumliefen. Manche hatten blaue Haare oder im Verhältnis zu ihrem Körper, viel zu lange Gliedmaßen. Als hätte ein Künstler alle Arten von Bewohnern, die er sich vorstellen konnte, auf einmal in sein Stadtbild projiziert, Tiere und Menschen miteinander gemischt und immer wieder neue dazu genommen, bis das Ergebnis perfekt war. Mehr oder weniger. Manche sahen auch einfach skurril aus. Große, bauchige und behaarte Bärenmänner waren so ein Beispiel. Oder Wolfsmenschen mit ihrem fürchterlichen Gebiss. Einer lief gerade an Amanda vorbei. Gruselig, dachte sie. Ob diese Leute mit Werwölfen verwandt waren?

Eine Frau stach ihr ins Auge. Amanda konnte noch ihre Flügel erkennen, die sie auf dem Rücken zusammengefaltet hatte. Eine Feenfrau. Ihre Haut schimmerte in sanftem Blassrosa. Trug sie überhaupt Kleidung?

Unglaublich, dachte sie. Vor ein paar Tagen hätte Amanda Zauberei noch für einen Traum oder ein Märchen gehalten. Nun stand sie mittendrin.

Amanda lief den Hügel hinauf, auf dem Onkel Amatans Haus stand. Oben angekommen fragte sie sich, wie der alte Mann hier immer heraufkommen konnte. Dazu hatte er auch noch einen Krückstock und hinkte. Sie selbst war nach diesem kleinen Sprint völlig außer Atem. Für sie blieb es ein Rätsel.

Als sie die Küche betrat, erwartete sie ein bereits gedeckter Mittagstisch. War es tatsächlich schon Mittag? Die Zeit verging wie im Flug. Sie schaute auf die Uhr, die über dem Kamin hing – viertel vor zwölf. Amanda überschlug kurz, was sie heute schon alles getan hatte – ja, es könnte tatsächlich alles so lange gedauert haben. Ihr Onkel stand am Ofen und rührte in einem Topf herum.

»Setz dich schon mal«, sagte er zu ihr.

Gehorsam und gespannt, was es denn gab, setzte sie sich an den Tisch, der in der Mitte des Raumes stand. Dann kam Onkel Amatan auch schon mit dem Topf. Amanda lugte vorsichtig hinein. Es gab eine grünliche Suppe mit Möhrenstückchen und anderen Dingen, die Amanda nicht definieren konnte.

»Das ist Gemüsesuppe«, sagte Amatan, als Amanda das Essen so merkwürdig beäugte.

Sie nahm sich eine Schöpfkelle, die neben ihr auf dem Tisch lag, und füllte ihren Teller erst mal bis zur Hälfte. Nachdem sie einen Löffel voll probiert hatte stellte sie fest, dass es nicht ganz so schlimm schmeckte, wie sie befürchtet hatte.

»Ich weiß, ich bin kein guter Koch«, stellte Amatan fest.

»Doch, doch«, entgegnete Amanda mit halbvollem Mund, »Es schmeckt gut.« Sie fluchte über ihre nicht vorhandene Fähigkeit, Gefühle zu unterdrücken und zu schwindeln. Sie wusste, dass sie nicht überzeugend klang. Doch ihren Onkel schien das nicht zu stören. Er aß gemütlich weiter.

»Ich habe Arbeit bei einer Ärztin gefunden und brauche noch dein Einverständnis«, erklärte Amanda sachlich.

»Bei einer Ärztin?«, fragte ihr Onkel.

»Ja«, erwiderte Amanda zögernd, unsicher, ob das gut oder schlecht war.

»Gut, ich gehe nachher ins Dorf und spreche mit Dr. Niue.«

Ihr Onkel wandte sich wieder seinem Essen zu.

Das war ein Dorf, hier kannte wirklich jeder jeden. Deshalb überraschte es Amanda nicht, dass er sofort wusste, wer die Dorfärztin war. Hieß das jetzt, dass er zustimmte? Er sah immerhin zufrieden aus.

Der Rest des Essens verlief ruhig. Niemand sagte etwas. Das war Amanda recht, denn auch sie war nicht der große Redner.

Nach dem Mittag bat Onkel Amatan sie, den Tisch abzuräumen. Während er ins Dorf ging, kümmerte sie sich gleich um den Abwasch. Sie wusch das Geschirr in der Spüle, die am Fenster stand. Darunter, in dem hüfthohen Schrank fand sie ein Abtrockentuch. Da diese Arbeit ziemlich schnell ging, nahm Amanda sich anschließend Zeit, den Rest des Raumes ausführlich zu betrachten. *Wer weiß, wann mein Onkel das letzte Mal Staub gewischt hat,* fragte sich Amanda. Sie holte einen nassen Lappen und legte los. Natürlich hoffte sie bei der Gelegenheit, auch etwas über ihren Onkel herauszufinden. Das Mobiliar war wenig aufschlussreich. Nur das Nötigste stand herum und war sehr schlicht gehalten.

Den Schrank, der sich neben der Couch in der Ecke befand, grub sie zunächst unter einer dicken Staubschicht aus. Jetzt erkannte man auch, dass sein Holz gar nicht grau, sondern dunkelbraun aussah. Darin reihten sich Kerzen zu einem Jahresvorrat aneinander, außerdem standen einige Reihen Gläser und Geschirr für Gäste bereit. Allerhand Sachen, aber nichts, das etwas über ihren Onkel aussagte.

In der Küchenhälfte des großen Raumes war es ziemlich sauber, anscheinend wurde sie öfters benutzt als das Wohnzimmer. Auch hier fand man nur das, was man unbedingt zum Leben brauchte. *Ein typischer Männerhaushalt,* dachte Amanda. Ihr Onkel schien nie mehr zu machen, als nötig war.

Anschließend widmete sie sich der Unordnung in ihrem Zimmer. Sie arrangierte das Wenige, das sie besaß, in die Schränke:

hauptsächlich Kleidung und Schuhe.

Danach setzte sie sich auf die Treppe vor dem Haus und beobachtete das Treiben in dem Dorf aus der Ferne, obgleich es um diese Uhrzeit fast vorbei war.

Auf der Wiese am Ausgang des Dorfes hingegen lungerten noch immer ein paar Kinder herum. Amanda konnte ihre Silhouetten auf der Straßenseite gegenüber erkennen. Sie saßen in einem Kreis auf dem rechteckigen Spielfeld. Es war mit vier hölzernen Pflöcken markiert. Dahinter floss ein kleiner Bach, über den man notdürftig ein Holzbrett als Brücke gelegt hatte. Hinter dem Bach wiederum begann der Wald, der das ganze Dorf umgab.

»He!« Ein Junge, der unten im Kreis saß, musste wohl gerufen haben.

Amanda blickte verwirrt nach unten. Nun drehten sich dort auch die anderen Köpfe zu ihr um.

»Ja, du! Kommst du runter zu uns?« rief derselbe Junge wieder.

Arme fuchtelten in der Luft, schienen sie heranzuwinken. Amanda konnte die Stimme zwar nicht eindeutig erkennen, vermutete jedoch, dass sie zu ebenjenem Burschen gehörte, den sie gestern nach ihrem Onkel gefragt hatte.

Von Neugier getrieben flitzte Amanda die Stufen hinunter und überquerte die schmale Dorfstraße.

»Wer bist du?«, fragte ein Junge ... mit einer Glatze? Oder schien es in dem dämmrigen Licht nur so? Aber inzwischen wunderte Amanda nicht mehr, wie die Menschen und Wesenheiten hier aussahen.

»Ich bin Amanda«, stellte sie sich vor. Sie mochte die offene direkte Art der Leute hier.

»Setz dich doch.« Ein Mädchen mit blau schimmernder, schuppiger Haut rutschte ein Stück, sodass Amanda sich setzen konnte. Ganz wohl war Amanda nicht bei der Sache. Fell akzeptierte sie ja noch. Aber die Schuppen, die sich am Hals des Mädchens bis zum Gesicht zogen, waren mehr als eigenartig.

»Wohnst du wirklich oben bei dem alten Griesgram?« Diesmal fragte der rothaarige Junge, dem sie bei ihrer Ankunft schon begegnet war. Als er Amandas verwirrten Blick bemerkte, sagte er: »Na, du weißt schon, bei dem Alten, nach dem du mich gestern gefragt hast.«

Amanda hatte es schon vorher begriffen, staunte aber über die ehrliche, offene Neugier der jungen Leute. Sicher war Amanda hier schon zum Dorfgerücht geworden. Sie fand das dennoch witzig und lächelte. »Das ist mein Onkel, ja, ich wohne bei ihm.«

»Der ist dein Onkel?« Ein brünettes Mädchen mit hübschen, langen Zöpfen sah sie überrascht an.

Der Junge mit den roten Haaren meldete sich zu Wort, bevor Amanda antworten konnte. »Vielleicht sollten wir uns erstmal vorstellen. Ich bin Aris.« Dann deutete er auf einen Jungen der neben ihm saß: »Das ist Peer, aber du kannst ihn auch gern Pfeife nennen.« Zur Demonstration pfiff Peer durch die Zähne. Ein sauberer, scharfer Klang ertönte. Dann stimmte er ein Lied an.

Unterdessen setzte Aris seine Vorstellungen fort. »Das Mädchen neben ihm ist Sora und die, mit den blauen Haaren ist Mayja. Daneben sitzt Ramon.« Aris machte eine kleine Pause, um Luft zu holen, und Peer ein beleidigtes Gesicht über die Unterbrechung seiner Künste. Nun zeigte Aris auf Amandas Nachbarin: »Das ist Thalita.«

Damit war er am Ende der Runde angekommen. »Normalerweise sind wir mehr, aber die meisten sitzen schon zu Hause beim Abendbrot.«

Amanda versuchte, sich die Namen einzuprägen.

»Bist du eigentlich durch den Wald hergekommen?«, fragte

sie. »Mir hat jemand erzählt, er habe ein Mädchen durch die Felder dort in der Nähe, reiten sehen.«

Als Amanda die Frage bejahte, blickten ihr sechs erstaunte Gesichter entgegen.

»Du bist ganz allein – ich meine, mit deinem Pferd – durch den Wald geritten? Da gibt es eine Menge hungriger Werwölfe.«

»Ich bin am Tag durch den Wald geritten«, erklärte Amanda.

»Selbst dann«, sagte Ramon. »Ich habe gehört, dass Zauberer auch schon am Tag von den Viechern überfallen wurden.«

Amanda schauderte. Warum hatte man ihr das nicht erzählt?

»Ach, nimm das nicht so ernst. Diese Zauberer trauen sich einfach nicht zuzugeben, dass sie von gewöhnlichen Wegelagerern ausgeraubt wurden«, lenkte Thalita fröhlich ein, »Was wollen wir morgen eigentlich machen?«

Wilde Mitteilungsbedürftigkeit brach aus. Jeder wollte seinen Vorschlag ausbreiten.

»Ganz ruhig, alle der Reihe nach.« Aris ergriff bestimmend das Wort. »Thalita, fang an.«

»Ich wäre ja für eine Runde Schwimmen.«

»Damit du uns ertränkst. Träum weiter«, blaffte Peer.

Thalita machte eine entschuldigende Geste. Hatte sie wirklich darüber nachgedacht? Oder hatten die anderen schlechte Erfahrungen mit ihr?

»Wie wäre es mit einem Ausflug in den Wald? Wir könnten mal wieder zur alten Mühlenruine. Hab unsere Geisterfreunde lange nicht gesehen.« Ein Hauch von Spott lag in Aris' Stimme.

»Keine gute Idee nach der Begegnung mit dem Bären beim letzten Mal«, meinte Thalita.

»Gut, dann sollten wir einfach eine Revanche von heute spielen.« Es war Ramon, der das vorschlug.

Richtig überzeugt schien niemand zu sein, am Ende stimmten jedoch fast alle zu.

»Das machen wir jeden Tag«, warf Peer ein.

Das Mädchen neben ihm – war es Sora oder Mayja, Amanda hatte es vergessen – begann zu protestieren. »Du willst dich einfach nur drücken, weil auch du heute verloren hast.«

Aris klatschte zur Bestätigung. »Stimmt genau!«

»Na und? Morgen mach ich euch fertig.«

Daraufhin erntete er noch mehr Gelächter. »Ja, so etwas sagst du jeden Tag«, erklärte Sora – oder Mayja.

»Leute, vielleicht sollten wir dann langsam nach Hause aufbrechen und uns morgen Gedanken machen«, schlug Aris vor. »Es ist schon wieder ziemlich spät.« Er wandte sich an Amanda. »Hast du morgen Zeit? Wir würden dir gern den Rest unserer Truppe vorstellen.«

Erwartungsvoll sahen die anderen zu ihr.

Wer konnte da schon verneinen?

»Ja, ich denke schon«, sagte Amanda und erntete erfreutes Grinsen.

Langsam standen alle auf. Während sie sich auf den Heimweg ins Dorf begaben, ging Amanda *nur* die Treppe hinauf.

Als sie das Haus betrat, lehnte ihr Onkel gerade an der Wand – oder stand er davor? Es war ein merkwürdiges Bild, das sich ihr bot. Er könnte auch gerade aus der Wand heraus gekommen sein. Ja, so schien es. Sie war verwirrt. Seit wann war er überhaupt wieder da?

»Ich soll dich erinnern, dass du Morgen um acht bei Dr. Niue erscheinst«, sagte er so ruhig wie immer. »Abendessen musst du für mich heute nicht machen.«

»Ist gut«, antwortete Amanda knapp. Anscheinend war sie schon zur Hausfrau geworden. Solange es nicht überhandnahm, störte es sie nicht. Sie schlurfte die Treppe hinauf. Auch sie musste heute nicht unbedingt zu Abend essen. Inzwischen war sie abgehärtet, was Hunger betraf.

Als sie im Flur stand, erinnerte sie sich an die Ereignisse von letzter Nacht. Fast hätte sie es vergessen! Eigentlich war sie müde, aber sie wollte wissen, was sich hier abgespielt hatte. Amanda rannte die Treppe noch einmal runter. »Onkel Amatan?«, rief sie aufgeregt. Aber er war nirgendwo zu sehen. Eine Haustür hatte sie auch nicht zufallen gehört. Seltsam. An ihren Sinnen zweifelnd trottete sie die Treppe wieder hinauf. Wohin war er plötzlich verschwunden?

Sie öffnete ihr Zimmerfenster, um die klare Nachtluft hereinzulassen. Nach ein paar kräftigen Atemzügen streifte sie ihr Nachthemd über und legte sich ins Bett. *Er ist innerhalb von Sekunden verschwunden.* Irgendetwas war hier gewaltig faul. Erst die kleinen Männchen, dann das plötzliche Verschwinden ihres Onkels ohne irgendwelche Geräusche oder Spuren. Wenn Amanda so nachdachte, war ihr Onkel überhaupt sehr selten im Haus.

Was ging hier vor sich?

4. Kapitel – Der erste Arbeitstag

Lautes Gezwitscher weckte Amanda aus ihrem tiefen Schlaf. Sie gähnte und streckte sich im Bett. Heute war ihr erster Arbeitstag. Rasch, von Vorfreude und Neugier erfüllt, zog sie sich an und band ihre langen Haare zu einem Zopf zusammen.

Wie erwartet, fand sie ihren Onkel nicht in der Küche. Noch zehn Minuten waren es bis zum Arbeitsbeginn laut der kleinen Uhr auf dem Kamin, die durch ein Rad angetrieben wurde, das niemals aufhörte, zu drehen. Schon als kleines Kind hatte Amanda diese Uhren bewundert. Doch waren sie aus Kostengründen selten zu finden. Deshalb besaßen die meisten Leute in Rhebenden Sonnenuhren im Garten.

Sie aß schnell eine Scheibe Brot mit Käse. Doch da sie kein Abendbrot gemacht hatte, war sie immer noch hungrig. Im Eiltempo löffelte sie die Gemüsesuppe vom Vortag und packte ein Wurstbrot in eine Umhängetasche, die sie für ihr Reisegepäck benutzt hatte und die ihr nun als Arbeitstasche dienen sollte. Dann lief sie, so schnell sie konnte, ins Dorf.

Um Atem ringend kam Amanda schließlich in der Arztpraxis an.

Sie fand Dr. Niue im Krankenzimmer bei der Versorgung eines Patienten. Ein älterer Herr, der in einem von etwa zehn Krankenbetten lag, die in diesem Raum standen. Ein anderer Patient lag im Nachbarbett.

»Warte doch in der Praxis auf mich«, rief Dr. Niue ihr freundlich zu. »Ich bin gleich soweit.« Amanda schloss die Tür wieder und ging in die Praxis.

Während sie wartete, besah sie sich das Bücherregal dort näher. Darunter waren viele Bände über Pflanzen, die ausschließlich in Dahrben wuchsen. Wenige andere Bände handelten von Heilpflanzen in anderen Territorien. Weitaus interessanter erschienen ihr jedoch die Bände über die Anatomie von Zauberwesen. Neugierig nahm sie eines heraus. Fantastische Geschöpfe waren darin abgebildet: Elfen, Trolle, Zwerge, Gnome ... Als es zu deren Innenleben ging, klappte Amanda das Buch schnell zu. So genau wollte sie es dann doch nicht wissen.

»Du meine Güte, du bist ja immer noch ganz außer Atem«, lachte die Doktorin, als sie hereinkam.

Amanda war tatsächlich immer noch ein bisschen entkräftet. Aber im Großen und Ganzen fühlte sie sich fit genug für ihren ersten Arbeitstag.

»Ich dachte, du könntest mir erst einmal bei der Inventur helfen, die Medikamente beschriften und alles, was noch dazugehört. Ach ja. Du bekommst fünf Taler pro Tag. Ich weiß, das ist nicht viel, aber mehr kann ich momentan nicht zahlen.«

Fünf Taler. Das ging doch! Sie wusste nicht, wie die hier Preise lagen, zu Hause jedenfalls hätte es für zwei Brote genügt. Was konnte ihr Onkel mehr von einem Mädchen erwarten, das eigentlich zur Schule gehen sollte?

»Das ist schon in Ordnung, vielen Dank«, erklärte sie deshalb.

»Dann würde ich sagen, ich zeige dir, was du tun kannst.«

Beschwingt schritt Dr. Niue aus dem Raum. Aufgeregt folgte Amanda ihr zu der Tür, auf der *Kein Zutritt* stand. Dahinter befand sich ein Raum mit vielen Regalen, die in ihrer Mitte einen schmalen Gang ließen. All diese Fläschchen! Waren das alles Medikamente, die für irgendetwas gut sein sollten? Das mussten um die tausend Sorten sein! Es sah aus wie das Geheimlabor eines durchgeknallten Zauberers.

Dr. Niue ging zu einem Regal mit dunklen Gläsern. Sie nahm ein paar Listen vom selbigen. »In diese Listen trägst du bitte ein, wie viele Gläser ich von den einzelnen Medikamenten noch vorrätig habe. Du fängst bei Regal eins an und arbeitest dich vor bis Regal zwölf.« Sie deutete mit dem Finger auf die einzelnen Nummern, die in das Holz der Regale eingeritzt waren. »Auf den Gläsern steht immer, was sich darin befindet und wofür es gut ist. Dort drüben steht ein Tisch, den du mit benutzen kannst.«

Der Tisch stand in einer Ecke des Raumes. Zugebaut mit reichlich seltsamen Gerätschaften, könnte man auch *Hexenküche* zu ihm sagen.

»Räum einfach zur Seite, was dich stört. Solange alles ganz bleibt, kannst du dir Platz verschaffen.«

Da der Arbeitstisch direkt vor dem Fenster stand, konnte man bei Tageslicht hier sehr schön arbeiten. Das Licht reichte aus, um den ganzen Raum überblicken zu können.

Beim Anblick der Regale wurde Amanda schwindlig. Sie waren groß und die Gläser standen aufeinander gestapelt in doppelten oder dreifachen Reihen. Das konnte dauern. Sie schluckte. »Da hab ich was vor mir«, murmelte sie in sich hinein, nicht ahnend, dass die Ärztin sehr scharfe Ohren besaß.

»Es geht schneller, als du denkst, glaub mir. Es ist alles alphabetisch geordnet. Aber ich muss gestehen, dass mir selbst ein bisschen die Zeit und Lust fehlt für solche Arbeiten. Du aber kannst dabei gleich etwas lernen.« Dr. Niue lächelte und gab ihr noch einen Kohlestift, bevor sie sie allein ließ.

Amanda machte sich auch gleich an die Arbeit. *Anguissalbe* war der erste Punkt auf der Liste. Es könnte aber auch *Augensalbe* heißen. Die Handschrift einer Ärztin eben ... Sie ging auf das erste Regal zu. Es war wirklich sehr schön geordnet. Auf dem obersten Brett waren alle Medikamente mit »A«. So war es leicht, die Salbe zu finden. »Für glänzende Schuppenhaut«, las Amanda auf dem Etikett. Also doch *Anguis*! Eine Art Schönheitselixier also für Schlangenmischwesen. Wer weiß, was es noch für Arznei gab ...

Es wurde noch verrückter. Neben zahlreichen, ziemlich sinnvollen Medikamenten fand Amanda auch etwas gegen blonde Haare, gegen Fußpilze speziell für Trolldamen, ein Mittel namens »Symphytum magum-Salbe«, das Knochenbrüche in Sekundenschnelle heilte, und das wahrscheinlich Skurrilste: ein Pulver für *verloren gegangene Schönheit*. Angeblich sollte es vorübergehend das eigene Gesicht von vor zwanzig Jahren wiedergeben. Das Pulver bestand aus lila Körnchen und, wie es schien, versteinerten Rosen. Sie waren winzig klein, grau, sahen also im Großen und Ganzen aus wie Steine, die auf einer Seite aufgeplatzt waren. Für Amanda waren das die schönsten Steine, die sie je gesehen hatte. Ihrer Meinung nach war dieses Mittelchen eher ein Zauberelixier als Medizin. Hierzulande beides auseinanderzuhalten, grenzte jedoch selbst an Zauberei.

Einige andere Kräuter und Arzneimittel in den Regalen kannte Amanda schon, ein Großteil aber war ihr fremd. Sie versuchte gleich während dem Aufschreiben, sich die Wirkungen der Medikamente genauestens einzuprägen, was ihr jedoch weniger gut gelang.

Die Zeit verging letztendlich schneller, als sie anfangs gedacht hatte. Nur noch zehn Dinge standen auf der Liste. Deshalb beeilte sie sich besonders, damit sie heute fertig wurde. So übersah sie fast ein weiteres seltsames Mittel. Der Name auf dem Schild war, wie bei vielen, verblasst. Sie erriet, dass es sich um eine Wunderwurzel handelte. Den Namen hatte sie schon einmal gehört. Diese Wurzeln fand man auch in der Welt außerhalb Dahrbens. Sie wurden gegen eine Vielzahl von

Krankheiten angewandt, halfen sozusagen für und gegen alles. Jetzt wusste sie auch, warum ihr der Name bekannt vorkam. Ihre Mutter hatte an einer rätselhaften Krankheit gelitten, bevor sie gestorben war. Der Arzt hatte ihr mehrmals ein Mittel mit diesem Namen verabreicht. Da er nicht genau wusste, mit welcher Art von Krankheit er es zu tun hatte, gab er ihr einfach das vielversprechendste Medikament, welches ihm in die Hände fiel.

Amanda schüttelte den Kopf, um diese trüben Gedanken zu vergessen.

Manche Leute sagten, dass man sich irgendwann nach dem Tod wiedersieht, in einem neuen Leben. Amanda war fest entschlossen, diesen Glauben zu teilen. Schon ihre Mutter hatte diese Theorien immer in ihren Geschichten erwähnt, während andere ihrer Landsleute darauf beharrten, dass der Tod das unausweichliche Ende von allem sei.

Was man hierzulande wohl darüber dachte? Immerhin war hier der größte Teil von Amandas Kindheitsträumen zu Leben erwacht. Vielleicht steckte auch im Rest der Geschichten ein Körnchen Wahrheit ...

Nachdem sie ihre Arbeit erfolgreich abgeliefert hatte, trug Dr. Niue ihr auf, ein paar Medikamentenschilder zu erneuern. Manche sahen wirklich verwittert und kaum leserlich aus. Viel änderte sich daran nicht, als sie ihre eigenen Schilder beschriftete. Nur die Verwitterung fehlte danach. Bis alle fertig waren, hatte Amanda sich sicher hundertmal verschrieben. Aber bei Namen wie *Riesenberberitzenwurzelrindenabschnitte* – die den Blutkreislauf harmonisieren sollten – war es kaum verwunderlich, dass man den Überblick verlor.

Ihre verdiente Mittagspause sollte zwanzig Minuten dauern. Doch Amanda verschlang ihr Essen schon in einer Viertelstunde. Das bedeutete: fünf Minuten früher Arbeitsschluss, wenn sie sogleich weitermachte.

Nach der Pause wurde sie von Dr. Niue zum Staubwischen befehligt. In jeder Ritze, die sie fand, wischte sie sorgfältig allen Staub weg. Die Doktorin saß währenddessen hinter ihrem Schreibtisch und sah Krankenakten durch.

»Dr. Niue?«, fragte Amanda plötzlich, als ihr etwas Wichtiges wieder einfiel.

Sie blickte von dem Stapel Blätter auf. »Ja?«

»Wo kann ich hier eigentlich etwas zu essen kaufen?«, wollte Amanda wissen. Onkel Amatan hatte ihr aufgetragen, Brot und Wurst zum Abendbrot zu besorgen. So konnte Amanda die Gelegenheit nutzen, um den Ort noch näher erkunden.

»Kommt darauf an, was du suchst. Der Fleischer ist fünf Häuser weiter, nicht zu übersehen. Wenn du eine Bäckerei suchst, die ist eher in Richtung Ortsausgang. Dann gäbe es noch das Kräuterstübchen von der alten Trollin Idelaina. Da kannst du auf jeden Fall hinschauen. Sie hat immer interessante Dinge in ihrem Laden. Der liegt allerdings ein bisschen versteckt in einer Seitengasse, unweit vom Marktplatz. Du kannst ja einen kleinen Dorfspaziergang machen. Willst du noch etwas wissen? Frag ruhig.«

»Nein, eigentlich nicht«, meinte sie nachdenklich. »Oder doch. Was gibt es sonst noch für Läden hier?« Sie hielt einen Augenblick inne mit dem Putzen und hörte gespannt zu.

Niue dachte kurz nach. »Einen Brieftaubenladen, eine Schneiderei ... eben alles, was man so braucht. Fast jeder Einwohner betreibt sein eigenes Geschäft. Einen richtigen Laden besitzen die wenigsten. Das geht alles von zu Hause aus. Da kann man sich nur durchfragen, ob jemand einen kennt, der dies und das machen könnte. Du weißt schon. Beziehungen brauchst du eben. Am besten, du erkundest nachher einfach mal ein bisschen das Dorf. Vielleicht lernst du so jemanden kennen.«

»Ja, das wird das Beste sein.« Hoffentlich kannte ihr Onkel

solche Adressen, denn Amanda war nicht besonders begabt, wenn es ums Reden ging.

»Du kannst dich auch an die Gruppe von Unruhestiftern wenden, die ständig auf Abenteuersuche ist«, fiel der Doktorin nach einem Augenblick der Stille ein. »Sie sind wirklich nett. Die Kinder des halben Dorfes zählen zu dieser Bande. Einige davon in deinem Alter. Ich bin sicher, ein paar von ihnen würden dich gern etwas herumführen. Du würdest beizeiten Anschluss finden.«

Amanda schmunzelte. »Wie lustig«, meinte sie. »Gestern Abend habe ich, denke ich, einige von ihnen kennen gelernt.«

»Dann hast du dich wohl schon sehr gut eingelebt. Da hast du meine Hilfe gar nicht nötig.«

Amanda lächelte verlegen. Jedenfalls nicht in der Beziehung, dachte sie. Denn es gab noch so viele Kräuter zu lernen, dass Amanda schon richtig aufgeregt war, was in den nächsten Tagen alles geschehen würde.

Mit alarmiertem Blick sah Dr. Niue auf die Uhr. »Du hast bald Feierabend. Wenn du willst, kannst du auch gleich gehen. Es lohnt sich nicht mehr, etwas Neues anzufangen.«

»Ist gut, ich mach nur noch das Regal fertig.« Amanda erhaschte einen Blick auf Dr. Niues erheitertes Gesicht, als sie arbeitseifrig alle Bücher wieder ordnete.

Um kurz vor vier holte Amanda ihre Tasche und verabschiedete sich.

Die Doktorin hatte ihr noch aufgetragen, die Namen der Salben und Kräuter, die sie noch nicht kannte auswendig zu lernen, und ihr ein Buch dazu mitgegeben. Es sah schon ziemlich mitgenommen aus. Auf dem Einband erkannte man noch das Abbild einer wunderschönen rosa Blüte mit kurzen, schmalen Blütenblättern, die sich an deren Spitzen kringelten und goldene Staubblätter in der Blütenmitte sehen ließen. Wie aus einem Märchenwald. Allein sie war es wert, das Buch wenigstens einmal aufzuschlagen. Amanda verstaute das Lexikon vorsichtig in ihrer Tasche. Peinlichst genau achtete sie darauf, dass dem Buch nichts passierte.

Als sie in die Wohnküche trat, war Amanda überrascht, denn ihr Onkel war ausnahmsweise anwesend. Er saß am Tisch und studierte gerade ein Buch.
»Hast du die Gemüsesuppe gesehen?«, fragte er als erstes.
Oh, nicht doch, seufzte Amanda gedanklich. Kaum, dass sie zu Hause war, bekam sie auch schon Ärger. »Ich hab sie heute Morgen gegessen«, gestand sie, als sie ihre Einkäufe auspackte.
»Hätte nicht gedacht, dass du sie isst.« Er blätterte weiter in seinem Buch. Ihn schien dieses Thema nicht weiter zu interessieren.
»Wo soll ich das hinbringen?« Amanda deutete auf die eingekauften Lebensmittel.
Ihr Onkel stand auf. »Komm mit.« Er nahm das Brot und lief auf die Treppe zu, die ins Obergeschoss führte. Die unscheinbare Tür, die sich neben der Treppe befand, hatte Amanda bisher noch gar nicht wahrgenommen. Tatsächlich musste sie den Kopf einziehen, als sie die dahinter liegende Vorratskammer betrat. Vorratsschrank traf es bei der Größe eher. Viel schien ihr Onkel nicht zu essen. Einige Gläser mit eingewecktem Obst und Gemüse, sowie irdene Krüge standen hauptsächlich hier drin.
Amanda stopfte den Rest ihres Einkaufs in freie Plätze, die sie fand, und ging in ihr Zimmer. Onkel Amatan hatte sich schon wieder spurlos zurückgezogen.
Erschöpft und eigentlich todmüde schlug sie dennoch das Kräuterbuch von Dr. Niue auf. Hin und wieder stieß sie beim Überfliegen der Artikel auf interessante Pflanzen und las ihre Wirkungen nach. Bei der *Rosa Amora* blieb sie stehen. Sie

schien auf den ersten Blick sehr interessant. Kleine Steinchen mit grünen Blättern. Dieser Strauch trug winzige graue oder blaue Beeren. Betrachtete man sie unter einem Vergrößerungsglas, fiel auf, dass sie wie winzige Rosen aussahen, ähnlich denen, welche Amanda bei Dr. Niue gesehen hatte. Die blauen Beeren waren giftig, viele Leute waren an ihnen gestorben, weil man sie manchmal kaum von den Grauen unterscheiden konnte. Das Zeug schien ein Allheilmittel zu sein: verdauungsfördernd, knochenstärkend und etwa zwanzig andere wundersame Eigenschaften besaßen diese Blüten. Außerdem wurden sie in früheren Zeiten auch als Aphrodisiakum angewendet. Besonders die Blauen verfügten über viele Duftdrüsen, die einen anregenden Duft versprühten. Diese Rosen gefielen Amanda optisch fast mehr als echte.

Eine weitere interessante Pflanze war der Viresco-Baum. Seine Blätter sahen trotz des merkwürdigen Namens sehr bunt aus. Die Optik des Baumes an sich war schon ein Wunderwerk der Natur. Er trug so viele schöne Farben, dass man meinen müsste, der Herbst könnte nur noch neidisch schauen. Angeblich maßen Zauberer damit ihre Kräfte. Dabei sollte man seine Zauberkräfte auf das Blatt richten. Durch diese Energie färbte es sich grün. Je dunkler das Grün wurde, desto mehr Kraft besaß man, besser gesagt, umso mehr konnte man sie kontrollieren. Eine Farbskala neben der Abbildung des Baumes half, das Ergebnis auswerten zu können. Amanda konnte sich absolut nicht vorstellen, wie so etwas funktionieren sollte. Dafür fehlte ihr momentan einiges an Vorstellungskraft.

Langsam tränten Amanda die Augen vom angestrengten Lesen. Egal, wie interessant das alles war, man konnte das Buch nicht an einem Tag auswendig lernen. Also beschloss sie, eine Pause zu machen.

Als sie sich zurücklehnte, fiel ihr ein, dass Aris ihr den Rest der Gruppe vorstellen wollte. Sie war hin und her gerissen zwischen schlafen gehen und Freunde treffen. Am Ende überwogen die neuen Freunde und ihre Neugier.

Unten auf der Wiese sah sie die anderen bereits spielen. Schon als Amanda noch einige Schritte entfernt war, hallte ihr ein freudiges »*Hallo!*« entgegen. Fast zeitgleich drehten sich alle Spieler zu ihr um. So viel Aufmerksamkeit war sie nicht gewohnt. Sie eilte das letzte Stückchen der Treppe hinunter.

»Hallo«, riefen ihr nach und nach alle zu. »Hey«, sagte auch Aris noch einmal, der zwischen Mayja und Sora auftauchte. »Also, ganz kurz für die, die es noch nicht wissen: Das ist Amanda.« Wieder einmal kam er erstaunlich schnell zur Sache, ohne lange herumzureden. Diesmal lag es nicht nur an dem Lebensstil der Einwohner, sondern an den ungeduldigen Gesichtern der Mitspieler.

»Willst du mitmachen?«, fragte ein Junge, den Amanda von gestern Abend kannte. Peer hieß er, wenn sie sich richtig erinnerte.

»Hm, was macht ihr denn?«

»Das Spiel nennt sich Dreiecksball. Schon mal gespielt?« Ein großer Junge, den sie noch nicht kennen gelernt hatte, meldete sich zu Wort. Spielerisch ließ er den Ball auf seinen Fingern tanzen. Er hatte dunkles, dichtes Haar und zu Amandas Überraschung sah er aus wie ein richtiger Mensch. Nur in seinen strahlend blauen Augen funkelte etwas Übernatürliches.

Gebannt beobachtete Amanda, wie auch alle anderen, seine Art mit dem Ball umzugehen. Dies schien ebenfalls an Zauberei zu grenzen.

»Nein, wie geht das?«, erkundigte sie sich, als er mit seiner Spielerei aufhörte.

»Am besten du schaust es dir erst einmal an und ich erkläre dir dabei die Regeln«, schlug der Junge vor und warf den Ball zu einem anderen.

»Ja, das wird das Beste sein.« Hoffentlich durfte Amanda die ersten Spiele vom Spielfeldrand aus ansehen. Sie fürchtete stark, dass sie und mit ihr die ganze Mannschaft gleich ihr erstes Spiel verlieren würde – schließlich hatte sie es ja noch nie gespielt. Der Junge setzte sich neben sie, während die anderen Spieler wieder ihre Plätze auf dem Spielfeld einnahmen.

»Also«, erklärte er. »Gespielt wird in einem dreieckigen Spielfeld. Wir haben es mit Pfeilern abgesteckt.«

Erst jetzt fiel Amanda auf, dass jemand die Pfähle, die das Spielfeld markierten, umgesteckt hatte. Jetzt bildeten sie ein Dreieck, gestern war es noch ein Rechteck gewesen.

»Es gibt drei Bälle. Ziel des Spiels ist es, mit ihnen in eines der drei Tore zu rennen. In unserem Fall zu einem der drei Pfähle. Wenn ein Spieler trifft, gibt er den Ball zum entsprechenden Spielrichter. An jedem Pfahl steht einer bereit. Dieser macht dann eine Markierung an den Pfahl.«

Gerade hatte ein Junge so einen Pfahl markiert. Auf dem Spielfeld herrschte inzwischen ein undurchschaubares Gewühle. Amanda schluckte bei dem Gedanken daran, dass sie sich gleich selbst darin finden würde.

»Und was ist, wenn er vergisst, eine Markierung zu machen?«, wollte Amanda wissen.

»Passiert nicht. Darauf passen die Spieler schon auf. Es gibt insgesamt drei Mannschaften: eine rote, eine grüne und eine blaue, mit mindestens vier Spielern. Einer davon verteidigt das Tor. Drei spielen im Mittelfeld und versuchen, mit dem Ball an eines der Tore zu rennen oder ihn an die eigenen Mitspieler abzugeben. Diese Spieler sind die Stürmer.«

»Und wie hält man die Mannschaften auseinander?« Alles was Amanda erkennen konnte, war ein wildes Chaos. Jeder gegen jeden, so schien es.

»Manchmal nehmen wir ein paar Beeren und malen uns mit der Farbe an. Sieht dann echt brutal aus. Wenn wir keine Beeren haben, müssen wir es uns so merken.«

»Ist das nicht verwirrend?«

»Schon. Viele verwechseln Gegner mit Mitspielern. Aber das lernst du schon. Am Anfang wird es schwer sein, weil alles ziemlich schnell geht. Aber wir sind ja auch keine Meister darin.«

Amanda wandte sich dem Spiel zu. Das konnte ja heiter werden. Vielleicht hätte sie doch bei ihrem Buch bleiben sollen.

»Übrigens: Kratzen, Beißen, Spucken und Ellenbogen in die Rippen stoßen sind verboten. Alles andere darfst du tun.«

Gerade war wieder ein Tor gefallen. Ein kurzer Pfiff ertönte. Natürlich von Peer.

»Verstanden«, antwortete Amanda zaghaft.

»Nach zwei Toren einer Mannschaft gibt es einen Pfiff. Wenn eine Mannschaft drei Tore gemacht hat, ist das Spiel zu Ende. Dann pfeift Peer dreimal hintereinander.

Also, willst du es versuchen?« Eifrig sprang er auf. Er konnte es sicher kaum erwarten, gleich ins Getümmel zu stürzen.

Amanda hingegen war nicht so begeistert.

»Ich warte noch ein Stück und schau lieber erst einmal zu«, meinte sie zögerlich.

»Alles klar, aber die nächste Runde spielst du!«

Bevor sie etwas erwidern konnte, war der Junge auch schon wieder losgesprintet. Irgendwo in der Menge sah sie nur noch seinen schwarzen Haarschopf herumhüpfen.

Ein kleines Mädchen mit niedlichen Katzenöhrchen war gerade dabei, ein Tor zu machen. Im Gesicht trug sie Schnurrhaare wie eine echte Katze – wie ein *Kätzchen*. Flauschiges Fell zierte sie von Kopf bis Fuß. Mit einem eleganten Sprung hüpfte sie mühelos über einen zwei Köpfe größeren Mitspieler und warf den Ball ... neben den Pfahl. Schade.

Dann entdeckte Amanda einen Jungen mit Hörnern, wie sie eine Ziege trug. Dem würde sie nicht zu nahe kommen, schwor sie sich. Im Spiel war er damit eindeutig im Vorteil.

Denn die Spieler duckten sich, sobald der Kerl den Kopf bewegte.

Sie vernahm drei Pfiffe. Noch ehe Amanda aufgestanden war, hörte sie schon von Weiten, dass ihr jemand zurief: »He, Amanda, du bist im Tor!«, während der Junge mit der Glatze sie heranwinkte.

Anfangs fand Amanda sich ganz gut im Tor zurecht. Doch dann versuchte sie gerade, die Bälle zu orten, als einer den Pfahl hinter ihr traf. Sie fluchte in Gedanken, als noch jemand den Augenblick nutzte und den Ball ebenfalls gegen den Pfahl warf. Dann ertönte auch schon das Pfeifen, was Amanda nur noch nervöser machte. Ab jetzt war also Vorsicht geboten. Ohne zu zwinkern verfolgte Amanda das Spiel. Vielleicht war sie trotzdem ein bisschen zu unkonzentriert, denn schon wieder streifte ein Ball ihren Pfosten und drei Pfiffe ertönten.

So ein Mist, ärgerte sie sich. Aber für das erste Mal ...

»An deiner Technik müssen wir noch ein bisschen feilen«, sagte Ramon – der Typ mit der Glatze – jetzt war ihr sein Name wieder eingefallen.

Die folgenden Spiele verliefen kaum besser als das erste. Eines gewann tatsächlich Amandas Mannschaft, indem ihre Stürmer gleich in den ersten zwei Minuten alle Bälle ins Tor warfen. Ansonsten war Amanda das Hindernis für ihre Mannschaft. Da konnten auch die Stürmer wenig ausrichten. Trotzdem waren alle zuversichtlich, aus Amanda früher oder später noch einen professionellen Spieler machen zu können.

»Das hat bisher jeder gelernt. Das Spiel ist eine jahrhundertealte Tradition im Dorf«, hatte Aris erklärt.

Die Zeit verging wie im Flug. Viel zu bald wurde es dunkel, sodass man gar keinen Ball mehr erkennen konnte. Im letzten Spiel wäre Amanda fast über einen Mitspieler gestolpert, von dem sie nicht einmal das Gesicht richtig erkannt hatte. Doch sie war nicht die einzige, der so etwas passierte. Irgendwie war am Ende ein wirres Knäuel von zappelnden Gliedmaßen übrig, deren Besitzer nicht einmal wussten, in welcher Mannschaft sie denn eigentlich spielten. Dennoch war Amanda zum ersten Mal seit Wochen wieder vollkommen glücklich. Sie hatte richtige Freunde gefunden.

***

Amanda wischte den Boden im Krankenzimmer. Zur Zeit waren nur zwei der Betten belegt. Ein Herr, der fast den ganzen Tag schlief, und ein jüngerer, der hoch interessiert Pergament bekritzelte, wurden hier kuriert. Von draußen lockte die Sonne mit ihrer vollen Kraft in die Freiheit. Heute Nachmittag würde Amanda gleich wieder zu den anderen auf die Wiese kommen. Der gestrige Tag war viel zu schnell vergangen.

»Mädchen.« Der ältere Mann winkte sie zu sich heran. Seine Stimme klang ziemlich erschöpft. »Du arbeitest doch hier« Auf Amandas Nicken hin sprach er weiter: »Dann kannst du mir doch sicher ein paar Tabletten bringen?«

»Ja«, erklärte Amanda unsicher. »Was brauchen Sie denn für welche?«

»Fürs Erste wird etwas gegen Migräne sehr nützlich sein«, stöhnte der Mann und sank in sein Kissen zurück. Er sah wirklich elend aus.

Amanda rannte in den Vorratsraum für die Medikamente. Als sie die Tür aufmachte, blickte sie in Dr. Niues erstauntes Gesicht. »Bist du fertig mit dem Wischen?«

»Nein, ein Patient braucht etwas gegen Migräne.«

»Das ist sicher Kuno.« Auf Amandas fragenden Blick hin sagte sie weiter: »Also der ältere der beiden Männer.«

Amanda nickte.

»Dann gib ihm bitte ein paar von denen hier, drei dürften genügen.« Dr. Niue hielt ihr eine Dose mit weißen Tabletten hin.

Nach dem, was Amanda in ihrem Buch gelesen hatte, mussten das Valeriana-Tabletten sein. »Das ist Baldrian, oder?«, fragte sie sicherheitshalber.

Ihre Chefin nickte. »Du lernst schnell.« Sie schenkte ihr ein erfreutes Lächeln.

Als Amanda Kuno die Tabletten brachte, fiel diesem sofort etwas auf. »Du bist nicht aus der Gegend, oder? Ich kenne die Leute hier. Woher kommst du?«

Amanda war verblüfft über das Gedächtnis des Alten. Ob er wirklich jeden Menschen der Gegend kannte? »Ich bin aus Rhebenden«, erklärte sie höflich.

»Das liegt doch ziemlich nahe an Dahrben dran, oder?«, fragte Kuno.

Der Mann im zweiten Krankenbett räusperte sich. »Genau genommen liegt dazwischen noch Kobenden. Also ist es eher weit weg. Gestatten, ich bin Artimian. Mancherorts auch bekannt als Artimian, der Studierte.«

»Nimm den Kerl nicht zu ernst. Mehr als Naturwissenschaft hat er nicht studiert«, flüsterte Kuno Amanda zu, die weiter den Boden wischte.

»Hmhm, das habe ich gehört«, wetterte er.

»Wo sind Sie denn so bekannt?«, wollte Amanda wissen.

Artimians Gesichtsausdruck änderte sich schlagartig von ärgerlich in angeberisch. »Nun ja …«, setzte er an.

»Hättest du bloß nichts gesagt, jetzt kommt wieder eine seiner endlosen Reden.«

Während Kuno Amanda noch ermahnte, faselte der Studierte auch schon irgendetwas von Geschichte und Pflanzensezierungen.

»Nein, das war wirklich keine gute Idee.« Sie grinste den Alten an. »Aber lustig ist es doch.«

»Wenn man das nicht länger als einen Tag anhören muss.«

Gerade war Artimian bei seinen vielen Auszeichnungen von einer bekannten Zaubererakademie angekommen. Für intensive, erfolgreiche Forschungen, die Neuentdeckung einiger Tierarten, bla, bla, bla ...

»Wenn Sie so schlau sind, dann erklären Sie mir doch mal, warum in Rhebenden niemand etwas von Zauberei weiß«, neckte Amanda ihn. Die Frage beschäftigte sie schon eine Weile. Da Amanda aber nicht als dummes Menschenmädchen vor den anderen dastehen wollte, hatte sie noch niemanden danach gefragt. Aber bei diesem merkwürdigen Kerl sollte das nun auch egal sein.

»Nun dafür gibt es mehrere Theorien. Ich persönlich ...«

Na, das kann dauern, dachte sie sich, *wenn man schon so anfängt* ... Sie blickte Kuno lächelnd an.

«... die magische Barriere nicht überschreiten können. Sie beschützt uns vor den kriegerischen Menschen. Nach den Kriegen wurde diese Mauer des Vergessens zu einer Notwendigkeit.«

»Amanda, bist du fertig?« Dr. Niue trat zur Tür herein.

»Ja, ich komm schon!« Sie nahm den Scheuerlappen und ging Richtung Tür, nachdem sie den beiden Herren noch *Gute Besserung* gewünscht hatte, wobei der Studierte es in seinen Erzählrausch höchstwahrscheinlich gar nicht hörte.

Kriegerische Menschen. Sie lachte in sich hinein. Lernte man das in den Schulen hier?

5. Kapitel – Besuch

Es war nun sechs Tage her, seit sie zu ihrem Onkel gezogen war. Die Zeit war wie im Flug vergangen, und Amanda fühlte sich allmählich richtig wohl in dem kleinen Dorf.

Heute musste sie nicht in die Praxis. Obwohl für Dr. Niue kein Wochenende existierte, weil sie als Ärztin immer für die Leute da sein musste, hatte sie ihrer Gehilfin für heute frei gegeben. Ein ganzer Tag für sie allein! Amanda jubelte. Sie überlegte schon seit einer Stunde, was sie am besten damit anfangen sollte.

Ihr Onkel kam gerade in die Küche, als Amanda mit ihrem Frühstück fertig war. Amatan war schon früher wach gewesen als sie, wie jeden Tag. Doch kam er gerade erst von draußen – vermutlich vom Stall – herein.

»Onkel Amatan, was hältst du davon wenn ich heute mal koche?«, schlug sie bittend vor.

»Du magst mein Essen nicht, oder?«, fragte er mit seiner gewohnten Miene, die keinerlei Gefühle ausdrückte.

Seine These stimmte sogar zu einem sehr großen Teil. Aber so direkt wollte Amanda es ihm nicht sagen. »Nein, ich will einfach nur mal wieder kochen.«

»Gut. Ist mir sehr recht.« Dann verschwand er wieder – wie immer – als Amanda ihm den Rücken zukehrte. Sie hatte bisher nur sehr wenig mit ihm gesprochen. Amanda beschlich das Gefühl, hier nicht willkommen zu sein. Anfangs hatte sie noch gedacht, dass sie schon irgendwie mit ihrem Onkel auskommen würde. Doch sie bekam ihn fast nie zu Gesicht und wenn er da war, sprach er kaum mit ihr. Er antwortete natürlich auch nicht, wenn Amanda ihn nach den Männchen auf dem Flur fragte oder warum er nicht mit ihr sprach.

Sie nahm sich vor, herauszufinden, warum er so geheimniskrämerisch war. Das hatte sie schon vor Tagen beschlossen, aber keinen guten Plan gefunden, wie sie an Antworten kommen sollte.

So viele Dinge gab es, die sie nicht erklären konnte, angefangen mit den grünen Männchen. Und auch die Tatsache, dass ihr Onkel immer wieder verschwand, ohne dass man eine Tür zufallen hörte, kamen ihr merkwürdig vor. Er konnte sich doch nicht immer in Luft auflösen. Was machte er den ganzen Tag? Was arbeitete er?

Sie hatte keine Gelegenheit, mit ihm darüber zu sprechen. Sie selbst ging auf Arbeit und sah Amatan nur am Abend, wenn sie einfach nur müde war und ins Bett wollte. Dann war er immer kurz angebunden, als ob er nicht mit ihr reden wollte.

Aber heute hatte sie Zeit. Ab heute würde sie ihm nachspüren.

Das musste aber noch warten, denn sie hatte sich ja eine andere Aufgabe aufgelastet. Vielleicht könnte sie heute eine Gemüsesuppe kochen, eine bessere als die ihres Onkels.

Hinter dem Pferdestall hatte sie vor einigen Tagen ein Beet entdeckt, in dem neben Unkraut auch Kräuter und Gemüse wuchsen.

Als sie vor dem Beet stand, konnte sie sich gar nicht entscheiden, was sie alles nehmen sollte. Alles sah herrlich lecker aus. Zum Schluss hatte sie genug gesammelt für zwei Suppen. Egal. Früher oder später würde es schon alle werden.

Sie wollte wieder zurück in die Küche laufen, als sie bemerkte, dass hier etwas nicht stimmte.

Nachdenklich betrachtete Amanda Onkel Amatans Haus.

Irgendwas erschien ihr daran seltsam. Die Hauswand war zu lang. Wenn Amanda sich ausmalte, wie groß die Wohnküche und die kleine Vorratskammer sein mochten, fand sie, dass das Haus viel länger war als diese beiden Räume alleine. Doch es gab weder eine weitere Tür – außer der Haustür – durch die man aus der Wohnküche gelangte, noch war hier draußen eine zu sehen, die in einen weiteren Raum führen konnte. Amanda schlich um das ganze Haus herum. Nein, es gab nur einen Eingang. Also war dies ein weiterer Punkt auf ihrer Liste der Dinge, die sie mit ihrem Onkel besprechen wollte.

Zurück im Haus, begann Amanda mit dem Kochen. Die Fragen ließen ihr keine Ruhe. Höchste Zeit, endlich ihren Onkel zur Rede zu stellen. Leider befürchtete sie, dass es ihr genau dann an genügend Mut und Durchsetzungsvermögen mangeln könnte. Sie seufzte. *Was sollte nur aus ihrer Schüchternheit werden? Käme sie jemals davon weg?*

Wie durch Telepathie betrat Onkel Amatan hinter ihr gerade den Raum. Sie brauchte sich nicht umzudrehen. Dieses Hinken und das Aufschlagen des Krückstocks waren unverwechselbar. Die Frage war nur, wie er ungehört die Haustür hatte auf und zu machen können. Amanda drehte sich nicht erst um, weil sie wusste, wenn sie ihn ansähe, würde sie wieder nichts sagen. Allein sein Blick und seine Aura verunsicherten sie. Sie nahm also ihren ganzen Mut zusammen und versuchte ein weiteres Mal, ein Gespräch mit ihrem Onkel ins Rollen zu bringen.

»Onkel Amatan, mir sind da ein paar fragwürdige Sachen aufgefallen.«

Er zuckte mit den Schultern. »Und zwar? Du meinst nicht etwa wieder deine blauen und grünen Gespenster?«

Amanda neigte den Kopf. »Auch«, gab sie zu. »Das wäre ein guter Anfang.«

Amatan setzte sich stöhnend an den Tisch. »Ich habe dir

doch schon mal gesagt, dass da niemand war. Das hast du geträumt. Mehr nicht.«

Amanda schüttelte den Kopf. Sie wollte protestieren. Aber sie hatte noch mehr Fragen, deren Gründe sie sich nicht eingebildet haben konnte. Mutig drehte sie sich zu ihm um.

»Gut, nehmen wir an, das stimmt. Nächste Frage: Warum verschwindest du ständig?«

Daraufhin sah Amatan sie gespielt verwirrt an. »Das musst du mir definieren.«

»Ich meine, dass du dich immer davon schleichst und ich nie etwas davon mitbekomme.«

»Du musst einfach besser zuhören. Sehe ich aus, als könnte ich schleichen?«

Amanda unterdrückte ein verzweifeltes Aufstöhnen. »Ich glaube, du gehst mir aus dem Weg. Wenn ich dich nicht ansprechen würde, kämest du überhaupt nicht auf die Idee, mit mir zu reden. Warum lässt du mich überhaupt hier wohnen, wenn du kein Interesse an mir hast?«

Amatan saß indessen seelenruhig da. »Du bist meine Nichte«, erklärte er völlig gelassen und schwieg dann. War das seine Begründung? Genau genommen war es nicht mal eine richtige Begründung, nur der armselige Versuch, sie mit einer einfachen Antwort abzuspeisen. »Es war der Wunsch deiner Mutter und den respektiere ich.«

Eine weitere banale Ausrede. »Das ist alles? Aber du könntest doch wenigstens mit mir reden, anstatt mir ständig auszuweichen.«

»Es gibt Leute, die reden einfach nicht so viel«, erklärte er knapp.

»Das ist der Grund?« Amanda versuchte, sich zu beruhigen. »Ich glaube dir nicht. Ich weiß, dass da Gestalten im Flur waren. Ich weiß, dass du immer verschwindest, wenn ich dir den Rücken zukehre. Hast du etwas gegen mich?«

Diese Frage schien tatsächlich wenigstens ansatzweise zu ihm durchzudringen. Sein Gesicht zeigte zur Abwechslung einen betroffenen Ausdruck. »Ich habe nichts gegen dich persönlich«, erklärte er. Er setzte an, etwas hinzuzufügen, hielt aber inne.

»Was ist dann los?« Amanda ging auf Amatan zu, der ihr zum ersten Mal nicht gruselig, sondern ratlos vorkam. »Was ist hier los?«, wiederholte sie und verschränkte die Arme vor der Brust. Sie hatte einmal gehört, dass diese Geste selbstbewusster wirken sollte.

»Wenn du wüsstest, Amanda-« Er schüttelte den Kopf, war anscheinend hin und her gerissen, was er jetzt tun sollte.

»Was meinst du?«, fragte sie.

Er rieb sich nachdenklich die Stirn. »Gut. Ich gebe zu: Es gibt Dinge, die ich dir nicht sagen will.«

Amanda presste die Lippen aufeinander. Sie wusste nicht, warum sie dieses Geständnis so überraschend traf. Vielleicht, weil es ehrlich war.

»Wieso?« Sie trat näher an ihn heran, unsicher, was genau sie mit *Wieso* erfragen wollte.

Er schwieg. Mühsam stützte er sich auf seinen Stock und stand auf. Er sah Amanda nicht an. Er schien auch nichts mehr sagen zu wollen. Bevor Amanda noch etwas fragen konnte, wurden sie unterbrochen. An der Tür klopfte es. Amatan, sichtlich froh über die Ablenkung, öffnete.

Frustriert und zugleich neugierig ging Amanda ihm hinterher. Vor der Tür stand ein Mann. Er musste von höherem Stand als ein gewöhnlicher Arbeiter sein, sah sehr gepflegt und nobel aus. Sein lederner Mantel war mit silbernen Knöpfen besetzt und reichte ihm bis zu den Knien. Er trug hohe Stiefel, die ebenfalls ziemlich teuer aussahen. Das seidige, dunkelblonde Haar fiel ihm elegant bis auf die Schultern. Ein Elf? Oder ein Zauberer vielleicht?

»Amanda, das ist Haeveij«, erläuterte ihr Onkel knapp.

Amanda bemerkte den fragenden Blick, den Haeveij an ihren Onkel richtete, als sie ihn anstarrte. Seine Gesichtszüge waren sanft und klar. Amatan signalisierte ihm, dass sie das später besprechen würden.

Der Fremde streckte seine Hand aus. »Freut mich«, sagte er, als Amanda diese ergriff.

»Ebenfalls«, erwiderte sie trocken.

»Amanda«, wandte ihr Onkel sich wieder an sie. »Macht es dir etwas aus, ein oder zwei Portionen mehr zum Mittag zu machen?«

Seine Miene hatte sich auf einen Schlag wieder in das komplette Gegenteil von gerade eben verändert. Emotionslos und undurchschaubar.

»Nein. Natürlich nicht«, murmelte sie ärgerlich und ging wieder an die Arbeit. Sie war so kurz davor gewesen, endlich Onkel Amatans Geheimnis zu erfahren. *Wie konnte dieser Fremde jetzt hier einfach auftauchen?* Wenn er in der Nähe war, konnte sie doch unmöglich ihren Onkel ausfragen. Nun, wo sie endlich den Mut dazu gefasst hatte, kam dieser Haeveij daher. *Ausgerechnet jetzt. So eine Gelegenheit ergibt sich kein zweites Mal.* Jedenfalls nicht bei ihrem Onkel. Wo waren die beiden schon wieder?

So in Gedanken versunken, bemerkte Amanda zu spät, dass die Suppe überkochte. Hastig zog sie den Topf beiseite.

Wie sollte sie weiter vorgehen? Einen ersten kleinen Erfolg hatte sie schon verbucht.

Nachdenklich deckte sie den Tisch ein, stellte Geschirr für drei Leute bereit. Konnte ja sein, dass die Herren sich irgendwann blicken ließen.

Sie begann allein zu essen. Um sie herum war es ganz still. Das plötzliche Knarren der Dielen verriet Amanda, dass jemand den Raum betrat. Gespenstisch, Amanda schauderte. Es war, als ob Onkel Amatan und Haeveij einfach hierhergezaubert worden wären. Ein weiteres Zeichen dafür, dass hier etwas nicht stimmte.

Haeveij hatte seinen Mantel ausgezogen und trug ein altweißes Hemd. Trotzdem sah er darin edel aus.

Als er sich setzte, lächelte er Amanda kurz zu. Aus Höflichkeit erwiderte sie dieses Lächeln.

Dann senkte sich Stille über sie alle. Eine Stille, die unerträglich war. Vor allem, weil Amatan und Haeveij sich während des Essens immer wieder Blicke zuwarfen. Einmal schaute Haeveij auch zu Amanda herüber. Als Amanda zu ihm blickte, wandte er sich hingegen schnell wieder ab und sah zu ihrem Onkel.

»Was ist hier eigentlich los?«, wollte Amanda schließlich wissen, als sie diese Geheimnistuerei nicht mehr ertragen konnte.

»Was soll sein?«, fragte Amatan scheinbar unschuldig.

»Ihr könnt auch mit mir reden.«

Die Männer schauten sich an.

Amanda sah ein, dass Fragerei keinen Sinn hatte. Ohne ein weiteres Wort stand sie auf und ging nach draußen. Obwohl sie eigentlich noch hungrig war, ließ sie ihre Suppe stehen, lief zum Stall und nahm den Sattel von der Wand.

»Zeit für einen kleinen Ausflug, Tori.«

Nachdem sie ihre Stute aus dem Stall gelotst hatte, schwang Amanda sich in den Sattel und ritt einfach drauf los. Sie hatte keine Ahnung wohin sie eigentlich wollte. Hauptsache, weg von hier. Unfähig, über irgendetwas nachzudenken, überließ sie Tori die Führung, während sie einfach nur die vorbeiziehende Landschaft anstarrte. Vorbei am Dorf, über den kleinen Bach … das sanfte Rauschen des Windes. Tori brachte sie durch den dichten Laubwald mit seinen riesigen Bäumen.

Auf einer kleinen Lichtung hielten sie schließlich an. Hier waren sie weit genug weg, um einfach mal zur Ruhe zu kommen. Während Tori das saftige Gras genoss, legte Amanda sich in das Grün und blickte in den strahlend blauen Himmel. Das Sonnenlicht spielte mit den Zweigen der Baumkronen. Schwärme von Vögeln drehten ihre Runden. Sie sangen wunderschöne, süße Melodien. Amanda neigte den Kopf zur Seite. Auf der Lichtung blühten hunderte weiße, blaue und rosafarbene Blumen. Sie sahen aus wie kleine Glöckchen, nur klingelten sie nicht. Ein paradiesisches Bild. Als ob sie mitten in einem Märchenbuch läge.

Sie atmete tief ein und aus, um ihren Kopf klar zu bekommen. Ihre Augen geschlossen, konzentrierte sie sich auf das Heben und Senken ihres Bauches. Als sie ihren Rhythmus gefunden hatte, wagte sie die Augen wieder zu öffnen und ihren Gedanken freien Lauf zu lassen.

Vielleicht lag es an dem wunderschönen Platz, dass sie plötzlich ihre Sorgen in einem ganz anderen Licht betrachtete.

Eigentlich konnte es ihr ja egal sein, welche Geheimnisse ihr Onkel hatte. Er war einfach ein griesgrämiger, mürrischer alter Herr. Vielleicht war er so distanziert, weil Amanda keine Einheimische war. Oder er vertraute ihr einfach noch nicht. Solange sie bei ihm wohnen durfte, sollte sie nicht klagen. Aber es kitzelte sie schon, dass es ein Geheimnis gab, das sie nicht wissen sollte. Hing das alles mit Zauberei zusammen? War ihr Onkel ein Zauberer? Konnte das sein? Nein, Zauberer trugen weiße Bärte, bunte Roben und sie waren auf jeden Fall nicht so schweigsam. Die Zauberer protzten mit ihrer Macht und unterwarfen die Schwächeren, so hieß es. Aber das brachte sie nicht weiter.

Egal, wie sehr sie über ihre Situation nachdachte und egal, welche Schlüsse sie zog, es gab viel zu viele Fragen. Sie konnte sich allein einfach keinen Durchblick verschaffen. Sie brauchte Hilfe.

6. Kapitel – Nachts im Wald

Während sie nachdenklich im grünen Gras lag, mussten Stunden vergangen sein. Zwischendurch war Amanda sogar eingenickt. Hastig sprang sie nun auf und stellte fest, dass es bald dämmerte.

Tori hatte die ganze Zeit über brav neben ihr gestanden. Amanda konnte sich das Vertrauen des Pferdes bis heute nicht erklären. Tori war so geduldig und treu wie kein anderes Tier. Behutsam tätschelte Amanda Toris Hals, deren Kopf sich daraufhin noch liebevoller an ihr Gesicht schmiegte.

»Na, wenigstens du bist noch gut zu mir«, sprach Amanda zu ihrem Pferd. Geschwind schwang sie sich in den Sattel und suchte nach einem Weg aus dem Wald heraus. Toris Orientierungssinn funktionierte zum Glück einwandfrei, denn Amanda hätte nicht allein ins Dorf zurück gefunden.

Da sie immer noch keine Lust hatte, nach Hause zugehen, hielt sie bei Aris und den anderen an. Sie spielten wieder Dreiecksball. Diesmal war Amanda hoch motiviert und stürzte sich sogleich ins Getümmel. Einmal gewann ihre Mannschaft sogar. Als Amanda dann endlich selbst den Ball zugeworfen bekam, rannte sie, ohne auf ihr Umfeld zu achten, auf den Pfosten zu und warf den Ball mit so hoher Wucht dagegen, dass er hinterher sogar leicht schief stand. Zufrieden lief Amanda wieder zurück zur Spielfeldmitte, wobei sie zusah, dass sie keinem außer dem Gegner im Weg stand. Auf diese Weise konnte sie von den Gegnern einige Bälle ergattern, die aber aufgrund ihrer miserablen Wurfkünste nur selten einer ihrer Mitspieler fangen konnte.

Als immer mehr Spieler die Lust verloren, befürchtete Amanda schon, es wäre Zeit, nach Hause zu gehen. Stattdessen setzte sie sich noch eine Weile zu den anderen ins Gras und versuchte, Anschluss an das Gespräch zu finden. Anfangs hörte sie nur zu, dann kam Thalita, das Mädchen mit der blauen Haut, zu ihr. Jetzt bei Tageslicht sahen die Schuppen fast durchscheinend aus wie Wasser.

»Hallo, Amanda«, rief sie fröhlich. »Na, gefällt es dir hier in Takar?«

Amanda war unschlüssig, was genau sie dazu sagen sollte. An sich war Takar ein nettes kleines Dorf, nur eine Person hier machte ihr Probleme. Sie gab jedoch ein knappes »Ja« zurück, um sich nichts anmerken zu lassen. »Es ist wirklich schön hier«, fügte sie hinzu, als sie bemerkte, dass *»Ja«* nicht wirklich überzeugend klang.

Das Mädchen setzte sich ebenfalls. »Ich finde es auch schön hier, aber es gibt zu wenige Seen. Weißt du, als Wassermensch fühlt man sich manchmal ein bisschen fehl am Platz.«

Ein Wassermensch? Was sollte das sein? Warum wunderte sich Amanda überhaupt noch? Hier gab es *alles*.

»Was siehst du mich so an? Hast du etwa noch keine Wassermenschen gesehen?«, fragte Thalita erschrocken.

»Ich komme aus Rhebenden, dort gibt es solche ... Menschen ... und überhaupt Zauberei gar nicht.«

»Wirklich nicht? Ich hab schon gehört, dass dort alles so ... primitiv ... menschlich sein soll. Aber gar keine Zauberer? Nicht einmal eine kleine Fee? Oh, das muss schrecklich für dich gewesen sein dort.«

»Nein, überhaupt nicht« Amanda schüttelte den Kopf. »Das ist nicht schlimm, wenn man damit groß geworden ist.«

Thalita dachte angestrengt nach. »Kann es das überhaupt ge-

ben? Ich meine, kann man komplett ohne Zauberei leben?«
Amanda zuckte die Achseln. »Ich sitze doch hier.«
Thalita aber schüttelte nur skeptisch den Kopf.
»Sie hat recht«, sagte ein Junge, den Amanda noch nicht kannte und der sich von hinten angepirscht hatte. »Dahrben ist das einzige Territorium, in dem noch Zauberei existiert.«
»Woher willst du das wissen?«, fragte Thalita in arrogantem Ton.
»Weil ich, im Gegensatz zu dir, im Geschichtsunterricht aufgepasst habe. Außerdem weiß das jeder hier, der nicht den ganzen Tag im Wasser planscht.« Er grinste triumphierend.
Oh, oh, dachte Amanda in übler Vorahnung, wie das Gespräch ausgehen würde.
»Amanda, du musst wissen, dass Thalita alles und jeden ignoriert, der ihr unsympathisch ist, deswegen passt sie nie in der Schule auf, sollte sie denn überhaupt einmal dort erscheinen.«
Amanda schmunzelte.
Thalita hingegen fand das überhaupt nicht komisch. Die Szene zog die Aufmerksamkeit aller anderen Anwesenden auf sich: Die einen Kopf größere Thalita beleidigte einen armen kleinen Jungen, der versuchte, ihr Nachhilfe in Geschichte zu geben.
»… wie die Regierung alle nur verarscht mit der Grenze und ALLEM«, fuhr er sie an. »Warum hörst du eigentlich nie zu? Oder hast du Wasser in den Ohren?«
»Ganz bestimmt nicht. Aber ich weiß, dass die Regierung nicht an der Dummheit der Leute schuld ist.«
»Wie würdest du das denn erklären? Du … Miesmuschel.«
Gelächter brach aus. Allerdings machte das Thalita nur noch wütender. Ihr Teint wechselte zu lila. »Was gibt's da zu lachen?« Sie blickte finster in die vergnügte Runde.
Prompt entstand wieder Ruhe, da alle nun die Luft anhielten und in sich hinein kicherten. Nicht einmal der Junge wagte

etwas zu erwidern. Er drehte Thalita seinen Rücken zu.

»Sag mal«, Amanda tippte ihm auf die Schulter. Ob es klug war, die beiden zu unterbrechen? Inzwischen hatte der Rest der Gruppe das Interesse an ihnen verloren, das war gut, denn so bemerkten die anderen Amandas dumme Frage nicht. »Ich habe gehört, dass es eine unüberwindbare Barriere gibt. Was hat es mit der auf sich?«

Der Junge drehte sich zu ihr um. »Sie trennt Dahrben vom Rest Kurzas. Kein Mensch kann sie durchbrechen.«

»Und wie bin ich dann hierher gekommen?«, hakte Amanda weiter nach.

»Na, bist du denn keine Zauberin?«, fragte er, als sei das selbstverständlich gewesen.

Entgeistert starrte sie den Jungen an. Wie kam er darauf? »Nein. Das glaube ich nicht.« Andererseits … so abwegig war das hier in der Gegend nicht. »Nein. Das ist ausgeschlossen, ich glaube nicht, dass ich zaubern kann«, erklärte sie trotzdem.

Augenblicklich mischte sich auch Thalita wieder ein. »Du musst doch wissen, ob du zaubern kannst!«

»Ich kann aber nicht zaubern«, versicherte Amanda, wobei ihr selbst allmählich Zweifel kamen.

»Bist du dir ganz sicher? Anders kann ich mir das nämlich nicht erklären. Nur Zauberer kommen durch den Schutzwall, nicht einmal Zauber*wesen*.« Der Junge sah sie ernst an.

Auf seine Frage hatte Amanda keine Antwort. Noch nie in ihrem Leben hatte sie versucht, zu zaubern. Wie konnte man überhaupt wissen, ob man so etwas konnte? Der Viresco-Baum! Wenn sie wüsste, wo es einen gäbe, könnte sie ja mal versuchen, ein Blatt zu färben. Aber … nein … das waren Wunschgedanken eines kleinen Mädchens. Das war eher unrealistisch. Bevor sie sich weiter vertiefte, fiel ihr noch eine andere Frage ein. »Was hast du vorhin gemeint, als du sagtest: *Wie die Regierung alle verarscht?*«

»Hör nicht auf ihn, der erzählt nur Blödsinn«, funkte Thalita dazwischen. »Er hält mir jeden Tag solche Vorträge wie vorhin.«

»Ein bisschen mehr Weitblick würde dir nicht schaden, Thalita!« Bevor diese etwas erwidern konnte, wandte er sich zu Amanda. »Die Regierung Dahrbens besteht nur aus Zauberern – dem Zaubererrat. Er sorgt dafür, dass die Zauberei außerhalb Dahrbens geheim bleibt, um Kriege zu verhindern. Der letzte hat nämlich ganz Kurza zerstört.«

»Das glaubst du doch selbst nicht«, wetterte Thalita wieder los.

»Lass mich doch einfach zu Ende reden«, rief er und lief vor Wut rot an. Ohne sie noch weiter zu beachten, fuhr er fort: »Außerdem gibt es viele Kontrollen, die verhindern, dass ein gewöhnlicher Zauberer ohne Genehmigung aus Dahrben herauskommt. Deshalb hat es in den letzten Jahrzehnten niemand geschafft, von hier in ein anderes Territorium umzusiedeln. Einige haben es versucht, sind aber aus Furcht oder nach einer Niederlage wieder zurückgekommen.«

»Moment. Nicht so schnell. Von außen würde man also als Zauberer wieder nach Dahrben kommen können?«, wollte Amanda wissen.

»Ja, natürlich. Aber meist lassen die dich gar nicht erst raus. Der Zaubererrat kontrolliert *alles*, selbst außerhalb Dahrbens. Aber das wissen die wenigsten.«

»Pah. Fanatiker.«

»Halt doch einmal deine Klappe, Thalita«, brüllte der Junge, woraufhin alle Gesichter sich wieder zu ihm hin wandten.

»Aber warum sperrt man uns hier ein?«, wollte Amanda wissen. Das war … abartig. Sie waren doch kein Vieh, keine Sklaven!

»Genau, warum sollte uns unsere eigene Regierung einsperren?«, giftete Thalita.

Der Junge ignorierte diese Bemerkung und fuhr fort. »Das tun sie nicht. Sie wollen uns beschützen.« Er lehnte sich zufrieden zurück. »Mal ganz davon abgesehen, dass da draußen die Hölle los wäre, wenn die Menschen von uns erfahren würden. Als die Kriege zwischen Menschen und Zauberern auf Kurza zunahmen, sahen sich einige Zauberer in der Verantwortung, etwas zu tun. Sie errichteten einen Wall zwischen den Verfechtern der Zauberei und denen, die nichts damit zu tun haben wollten, belegten ihn mit einem Zauber, der jeden, der ihm zu nahe kam, zum Umkehren zwingen soll. Im Laufe der Jahrhunderte vergaßen die Leute außerhalb Dahrbens die Zauberei und schoben sie ins Land der Sagen und Märchen. Die Menschen lebten ein eigenes Leben frei von Zauberei und gründeten ihre Territorien. Man könnte sagen, sie bauten ein Parallel-Reich auf.«

»Also verhindert der Wall Kriege?«, mutmaßte Amanda, für deren Gehirn das alles zu viel wurde und blickte fragend zu dem Jungen.

Er nickte. »Richtig. Wahrscheinlich klingt das jetzt ziemlich gruselig für dich. Aber es ist eigentlich ganz toll, ein wenig abgeschirmt zu sein. Nur Zauberer unter sich. Ist vermutlich wirklich besser so. Die Gründerväter Kurzas, die Magier, hatten Ähnliches im Sinn. Sie wollten Frieden. Bei ihnen ging es jedoch schief.«

»Aber wie schafft man es, ganze Länder unter einen Vergessenszauber zu stellen? Denn da draußen müsste man sich doch sonst nach so vielen Jahren trotzdem noch an das erinnern, was einmal war.«

Der Junge rieb sich die Stirn. Neben ihm kicherte Thalita. Sie ging offensichtlich immer noch davon aus, dass dies eine Lüge war.

»Das ist zum einen eine Nebenwirkung des Zauberwalls, und zum anderen: *Die da draußen* erinnern sich ja noch dunkel an die alten Legenden darüber, aber sie haben den Glauben an deren tatsächliche Präsenz verloren. Sämtliche Schriftstücke, Beweise, die vor vielen Jahren entstanden, liegen im Ratsgebäude des Zaubererrates.«

»Ach, komm schon. Das ist sehr weit hergeholt«, mischte Thalita sich schon wieder ein.

Ihr Gegenüber verzweifelte langsam. »Sei doch mal ruhig, du … du … Fischmaul.«

»Fischmaul? Ist das dein Ernst? Du hast offensichtlich keine Ahnung …«

Dann ging die Streiterei auch wieder von vorn los.

Amanda wurde das zu bunt, also dachte sie über das Gehörte nach. Die Zauberer errichteten nach dem letzten Krieg eine unsichtbare Wand, die also nur Zauberer überwinden konnten. Da Amanda selbst es dort hindurch geschafft hatte, war sie allem Anschein nach entweder eine Zauberin oder die Wand hatte einen Riss. Der Zaubererrat besaß offenbar alle Macht des Planeten und beeinflusste Menschen vermutlich auf ganz Kurza durch diesen Wall, welcher so streng bewacht wurde, um den Frieden zu wahren, sodass keine menschliche Seele hindurch kommen durfte.

Ihre Mutter musste demnach großes Glück gehabt haben, als sie Dahrben vor vielen Jahren verließ. Oder war auch sie eine Zauberin gewesen? Und ihr Onkel dann vermutlich auch? Vielleicht aber hatte sie, genauso wie Amanda, damals auch nur ein *Schlupfloch* in der Barriere gefunden. Alles andere konnte sich Amanda nicht vorstellen. Sie eine Zauberin? Das wüsste sie.

Aber später befragte sie doch besser noch einmal ihren Onkel dazu. Nein. Nicht später. In ihren Gedanken waren zu viele *vermutlich* aufgetaucht. Das machte sie einfach wahnsinnig. Sie zitterte jetzt schon innerlich.

Kurzerhand verabschiedete sie sich von ihren zankenden

Freunden. »Jetzt, wo es spannend wird, haust du ab?«, empörte sich Thalita. »Ich bin kurz davor, diesen eingebildeten Besserwisser zu entlarven.«

»Ich heiße Toma, wenn du es wissen willst«, stellte sich der Junge vor. Dabei blickte er nicht nur Amanda an.

»Ich weiß, wie du heißt«, blaffte Thalita, deren Gesicht wieder die Farbe von dunkler Tinte annahm.

Amanda grinste nur und rannte nach Hause.

In ihrem Zimmer suchte Amanda Pergament und Stift und fertigte eine schriftliche Liste von Dingen an, die sie mit Amatan unter vier Augen klären musste:

1. *Bin ich eine Zauberin?*
2. *Ist ER ein Zauberer? Und Mutter?*
3. *Was ist damals passiert?*
4. *Wie kam ich damals durch die Barriere?*
5. *Was verheimlicht er noch? (bezogen auf Hauswand und Kobolde)*

Um erstens herauszufinden ging Amanda das Register von Dr. Niues Buch durch. Sie suchte unzählige Stichwörter zum Thema Zaubertest. Kraftmesser, war das letzte, vernünftige Wort, das sie suchte. Tatsächlich fand sie etwas Interessantes. Eine Blume namens Lux-Blume, sollte ähnliche Kräfte besitzen, wie der Viresco-Baum, den man leider hier in der Gegend nicht fand. Auf einem Bild sah man glöckchenartige Blüten, die von dunkelgrünen, länglichen Blättern umsäumt wurden. Angeblich wurde diese Blume durch Zauberei erschaffen, weshalb sie einen Namen in der alten kurzanischen Sprache besaß. Man konnte mit ihr erfahren, wie stark die Kräfte ausgeprägt waren, da sie den gleichen wichtigen Inhaltsstoff besaß wie die Blätter des Viresco-Baumes. Diese Blume wuchs überwiegend im

Moos und an Teichufern. Dort konnte sie ihr nächtliches Leuchten mit Hilfe des Wassers entfalten, damit es jeder sah. Konnte man so eine Blume in Takar finden? Das stand leider nicht in dem Buch. Da es draußen noch nicht sehr dunkel war, beschloss Amanda, noch ein wenig zu warten, bis man solch ein Leuchten besser erkennen würde.

Gut, Punkt eins wäre vielleicht bald geklärt. Punkt zwei: Ist er ein Zauberer?

Dazu hatte Amanda überlegt, den ominösen Gast zu fragen. Er und ihr Onkel kannten sich offenbar gut. Vielleicht konnte er ihr auch die übrigen Fragen beantworten. Gesehen hatte Amanda ihn seit dem Mittag allerdings nur einmal, als die beiden Männer das Haus verließen. Amatan hatte ihr knapp erklärt, dass Haeveij über Nacht bleiben würde. Sollte sie auf ihn warten?

Amanda sah aus dem Fenster. Draußen war es endlich dunkel genug. In einiger Entfernung sah sie die Lichter des Dorfes. Schwacher Kerzenschein schimmerte durch die Fenster.

Sie wollte es jetzt wissen!

Mit ihrem Dolch bewaffnet, schlich sie sich nach draußen, sofern man es auf einer alten knarrenden Treppe noch schleichen nennen konnte.

Aber was sollte werden, wenn sie tatsächlich eine Zauberin wäre? Amanda wusste ja nicht viel. Aber davon, dass Unwissenheit besonders im Umgang mit Zauberei gefährlich war, beschrieben hunderte Märchen. Sollte sie jemandem davon erzählen? Sie malte sich schon wieder viel zu viel aus. Vielleicht war sie auch einfach nur ein gewöhnlicher Mensch.

Hoffentlich existierten die Lux-Blumen tatsächlich in dieser Gegend. Ansonsten war all die Aufregung umsonst.

Am Waldrand entdeckte sie hier und dort ein paar Blümchen, doch hier leuchtete nichts, außer dem Vollmond am Himmel. Die Bäume ringsum erkannte Amanda als schwarze Schemen.

Unheimlich, so ein Wald bei Nacht. Von ihrem Zimmer aus hatte er nicht so gruselig ausgesehen. Sie ermahnte sich, nicht ins raschelnde Gebüsch zu blicken. Das schürte die Angst. Wieder dieses Rascheln. Sollte sie lieber umkehren? Ob es hier auch Werwölfe gab? Sie hatte keine Ahnung, was dort im Gebüsch war, und nachts, allein, wollte sie das auch nicht wirklich herausfinden. Dahrben beherbergte schon tagsüber eine Menge beunruhigender Gestalten. Sie setzte zur Umkehr an. Doch in der Dunkelheit erkannte sie fast nichts. Deshalb stolperte sie über einen Stein oder was da auch immer im Weg lag. Sie murmelte ärgerlich vor sich hin. »Wieder typisch, so ein ...« Als Amanda aufstand, blickte sie auf die Füße eines Monsters. Langsam ließ sie den Blick nach oben wandern. Es sah aus wie eine große Katze, fast zweimal so groß wie sie selbst. Ihr Herz setzte einen Moment aus, als sie dem Wesen in die Augen sah. Denn diese waren von überwältigender Leuchtkraft. Orange-Gold durchdrangen sie das Dunkel der Nacht. Das waren doch jene Augen ...

Plötzlich entblößte das Wesen seine messerscharfen Zähne und beugte dabei den Kopf herunter. Instinktiv drehte Amanda sich um und sprintete, so schnell sie konnte, in die andere Richtung zurück. Über Äste und Steine. Sie achtete nicht darauf, wo sie hintrat. Sie vertraute einfach ihrem Instinkt und ihrer Ausdauer. Dabei musste sie irgendwie vom Weg abgekommen sein, denn nun näherte sie sich einem Dickicht aus Dornen. Ohne nachzudenken bog sie einfach nach rechts und lief im vollen Tempo gegen einen Baum. Sie hatte sich noch knapp mit ihrem Arm abfangen können, in dem nun ein heftiger Schmerz pochte. Das Tempo, mit dem sie gerannt war, war so schnell gewesen, dass ihr linker Arm seltsam verdreht an dem harten Stamm klebte. Der Baum war wie Stein. Eine Steinerne Eiche? Davon hatte sie schon gehört. Sie musste weiter. Ihr Herz hämmerte, als wolle es aus ihrer Brust springen.

Diese Augen!

Es war nur eine Frage von Sekunden, bis das Vieh sie einholen würde. Sie nahm die Beine in die Hand und lief einfach irgendwohin.

Amanda hatte nur ihren im Vergleich zu der Katze winzigen Dolch. Vergleichsweise war sie also hilflos. Oder? Vor ihr tauchte ein Baum auf, besser gesagt: Sie wäre beinahe wieder dagegen gelaufen. Zu ihrem Glück einer der wenigen kletterfreundlichen Bäume in diesem Wald. Sie sprang hoch und schnappte sich den ersten Ast. Sicher griffen ihre Hände um ihn herum. Den Schmerz im Arm musste sie hinunterschlucken. Im letzten Augenblick zog sie sich an dem Ast hoch und winkelte die Beine an, kurz bevor die Katze nach ihr schnappte. Diese machte einen Satz und biss ins Leere. Amanda krabbelte flink auf den Ast hinauf und erklomm auch die nächsten sechs.

Keuchend lehnte sie sich gegen den Stamm. Die Katze war immer noch unter ihr, kreiste um den Baum und ließ Amanda nicht aus den Augen. Plötzlich sprang das Tier hoch und landete auf dem ersten Ast. Amanda sprang auf und klammerte sich an den Stamm des Baumes. Unwillkürlich stieß sie einen Schrei aus.

Die Katze machte einen weiteren Satz, doch noch bevor sie richtig abspringen konnte, brach der unterste Ast unter ihrem Gewicht und sie landete auf allen Vieren am Boden.

Der nächste Ast war viel zu weit entfernt, als dass sie ihn erreichen konnte. Hier oben war Amanda erst einmal sicher. Erleichtert sank sie wieder auf ihren Ast und schnappte nach Luft. Sie hatte gar nicht bemerkt, dass sie kurzzeitig aufgehört hatte zu atmen. *Himmel, was ist das nur für ein Tier?*, schoss es Amanda durch den Kopf. Hin und wieder blickte es zu ihr nach oben. Kein Zweifel. Das waren die Augen aus Amandas

Träumen. Wie passte das zusammen? Wurde Amanda verfolgt? Gehörten sie überhaupt *einem* Wesen? Oder handelte es sich um zwei unterschiedliche Geschöpfe? Wie kamen sie dann in ihre Kinderträume? Waren sie eine Art Vision gewesen?

Ein neuer Gedanke machte sich plötzlich in ihr breit. Sie hatte keine Ahnung, wie sie je wieder heil von diesem Baum herunter kommen sollte. Heute Nacht wahrscheinlich gar nicht mehr. Sie hatte das ungewisse Gefühl, dass dieses Tier Beute sogar im Schlaf wittern konnte.

Lauernd blickte die Mieze immer noch zu ihr herauf.

Ich bin verloren, dachte Amanda. *Ich komme hier nie wieder lebend runter. Wenn ich fliegen könnte ...*

Erschöpft und entmutigt lehnte sie ihren Kopf gegen den Stamm.

Sie war hundemüde. Doch an Schlaf war gar nicht zu denken, ohne geradewegs in das Maul ihres übergroßen Gegners zu fallen.

Amanda schlug die Augen auf. Sie saß überraschenderweise immer noch auf ihrem Ast und lehnte am Stamm. Wie lange hatte sie gedöst? Es war noch dunkel, am Horizont breitete sich ein heller Streifen aus. Die große Katze lag schlafend unter ihr. Ob sie bemerkte, wenn Amanda floh? Vielleicht konnte sie das Monstrum im Schlaf überwältigen? Sie hatte nur ihren Dolch. Sollte sie einfach zielen und werfen? Nein. Zu riskant. Ihre Wurfkünste waren grauenhaft, wie sie beim Dreiecksball gesehen hatte. Außerdem sollte sie ihren Dolch lieber als Reserve zurückhalten. Was also tun? Sie konnte ja nicht einmal richtig kämpfen.

Wenn sie doch nur zaubern könnte.

Apropos – war da nicht ein schwaches Leuchten zwischen

den Bäumen?
Die Blumen!
Egal, das war ihr kleinstes Problem. Zunächst musste Amanda irgendwie von diesem Baum kommen, um sich darum kümmern zu können. Aber, was war *das*? Die Lichter bewegten sich. Dabei war kein Windhauch zu spüren. Es sah aus, als ob sie tanzten. Sie flogen auf Amanda zu, schwebten auf und ab. Ihr weißes Licht ließ den Wald beinahe so hell erscheinen wie am Tage. Das war ein wundervolles Bild. Hunderte Lichtpunkte flimmerten um den schlafenden Körper der Großkatze. Sie führten einen eigenartigen, hypnotisierenden Tanz auf. Als ob sie die Katze im Schlaf noch tiefer einschläfern wollten. Plötzlich tanzte eines der Lichter direkt vor Amandas Nase. Selbst aus dieser Nähe konnte man den winzigen Körper kaum erkennen, der nicht einmal eine Fingerlänge maß. Das Wesen sah so fein und zerbrechlich aus, als ob es aus Glas wäre. Seine zarten Gesichtszüge perfektionierten die Erscheinung. Die zuckersüße kleine Fee trug ein hauchdünnes weißes Kleid und durchsichtige, leicht rosa schimmernde Flügel. Diese hüllten das winzige Wesen in ein mattes, roséfarbenes Licht.

»*Pssssst*«, hauchte die Fee mit kaum hörbarer Stimme und bedeutete Amanda, vom Baum zu steigen.

Wie süß, dachte Amanda und befolgte den Rat des Wesens. Auf dem untersten Ast hielt sie jedoch inne und beobachtete sie Szenerie. Hunderte kleine Lichter tanzten noch immer um die Katze. Alles Feen, von denen Amanda nicht mehr als ihre bunten Lichtpunkte erkennen konnte. Sie spannen sie förmlich ein in ihren Glanz, bis sie irgendwann innehielten. Wenn sie es nicht selbst sähe, dann würde Amanda nicht glauben, was da passierte. Die winzigen Geschöpfe zogen an dem Fell der Katze und schafften es tatsächlich, diese in die Luft zu heben. Hunderte Lichter über und sogar unter einem schwebenden

Fellknäuel – knapp über dem Boden – glichen einem großen bunten Ei.

Amanda riss den Mund auf. Passierte das gerade wirklich? Oder war es nur ein Traum? Im Kopf versuchte sie zu berechnen, wie viel Kraft notwendig war, um ein solches Ungetüm hochzuheben. Sie kapitulierte schließlich. Diese Feen waren nicht sehr stark, aber sehr viele. Konnte das reichen? Na ja, sie sah es ja selbst.

Eine unsichtbare Macht bewog Amanda dazu sich von dem Anblick zu lösen und vom Baum zu springen. So überraschend, wie die Feen gekommen waren, verschwanden sie auch wieder. Von dem Ungetüm von Katze war keine Spur mehr zu sehen. Wo hatten die Feen sie hingebracht?

Eine kleine rosa Fee war geblieben. *Die gleiche wie gerade eben*, schätzte Amanda. Mit ihrem niedlichen Körper umklammerte sie Amandas kleinen Finger, versuchte sie wohl zu ziehen. Freiwillig ging Amanda mit. Fasziniert ließ sie sich führen.

Der Himmel über ihnen hellte langsam auf. Der Tag brach an.

Frohen Mutes tanzte die Fee vor ihr auf und ab. Zeitweise glaubte Amanda, eine Melodie zu hören, zu welcher sich das Wesen drehte und bewegte.

Sie trafen auf den Waldweg, den Amanda letzte Nacht verlassen hatte.

Die Fee zeigte darauf und wies mit ihrem Fingerchen dorthin, wo der Weg hinter einer Biegung verschwand.

»Ich soll da lang gehen«, mutmaßte Amanda.

Die Fee nickte. Sie summte noch einige süße Töne und flog davon.

Amanda sah ihr noch einige Zeit nach. Sie hätte dieses putzige Wesen küssen können. Eine echte Fee! Sie hatte eine richtige Fee gesehen! Es war … traumhaft war wohl am treffendsten.

Als sie so sinnend vor sich hin ging, spürte sie plötzlich den Schmerz im Arm wieder. Den hatte sie für kurze Zeit vergessen. Besser gesagt, hatten sie andere Sorgen geplagt. Im Dorf würde sie sofort zu Dr. Niue gehen. Jedoch so, wie sie aussah, hielt Amanda es für keine gute Idee. In ihrem zerzausten Zopf steckten zahllose kleine Ästchen. Ihre Beine waren zerkratzt und ihre Kleidung dreckig. So konnte sie nicht ins Dorf. Was würden die Leute zu ihr sagen? Beziehungsweise über sie? Im Gehen klopfte sie den Staub aus der Kleidung und zupfte die Zweige aus ihrem Haar, um nicht mit einer lebenden Vogelscheuche verwechselt zu werden. Konnten Vogelscheuchen zum Leben erwachen?

Ihr war immer noch, als sähe sie überall leuchtende Punkte vor ihren Augen. Schwindel nistete sich in ihrem Kopf ein. Ihr Arm schmerzte immer stärker. Sie musste zu einem Arzt! Zum Glück war es nicht mehr weit bis zum Dorf. Sie konnte schon die Wiese am Ende des Waldes erkennen.

Da es früher Morgen war, tummelten sich noch wenige Leute auf den Straßen. Das war gut. So erregte sie nicht allzu viel Aufsehen. Doch einige Leute starrten sie kritisch an und steckten dann die Köpfe zusammen. Eine nette ältere Dame war die einzige, die sie nach ihrem Befinden fragte. Amanda kannte die Frau. Sie ging oft zu Dr. Niue. Schildkrötenfrau nannte Amanda sie insgeheim, denn sie war alt, runzlig, entspannt und sehr gutherzig. Vermutlich kam sie gerade aus der Praxis und hatte sich wie immer gut und lang mit der Doktorin unterhalten. Manchmal glaubte Amanda, dass ein wenig Tratscherei alles war, warum sie überhaupt zum Arzt ging.

In der Praxis war Dr. Niue gerade mit Stapeln von Akten beschäftigt. »Du meine Güte! Was ist denn mit dir passiert, Mädchen?«, rief sie erschrocken über diese verwilderte Erscheinung.

»Haben Sie etwas zu trinken?« Amandas Hals kratzte fürchterlich.

»Ja, natürlich.« Mit sorgenvollem Gesicht überreichte Dr. Niue ihr ein Glas Wasser, das stets auf ihrem Schreibtisch stand. In Rekordzeit hatte Amanda es ausgetrunken, bat sogleich um noch eines.

»Geht's?«, fragte die Doktorin, während sie eine Wasserflasche aus dem Vorratsschrank holte.

Amanda nickte nur. Sie nahm die ganze Flasche dankend an.

»Lass mal sehen!« Vorsichtig nahm Dr. Niue, die das Problem schon erkannt hatte, Amandas linken Arm. »Scheint nicht gebrochen zu sein. Eine kleine Prellung, würde ich sagen.«

Doch sie tut trotzdem höllisch weh, jammerte Amanda innerlich.

»Wie hast du das geschafft? Von einem normalen Waldspaziergang kommt das nicht.« Die Ärztin wandte sich von Amanda ab und ging zu einem Regal an der Wand.

»Das war ein Baum«, erklärte Amanda, woraufhin Dr. Niue sie ungläubig ansah.

»Ein Baum?«

»Und eine Katze. Sie war etwa zweimal so groß wie ich. Draußen im Wald hat sie mich gestern Nacht angegriffen. Und ich bin auf meiner Flucht gegen einen Baum gelaufen. Eine Steinerne Eiche.«

Dr. Niue kam mit einem kleinen Fläschchen, einer Schüssel und einer Verbandsrolle auf sie zu. »Soll ich das glauben?« Prüfend hielt sie eine Hand an Amandas Stirn. »Fieber scheinst du nicht zu haben«, stellte sie fest. »Eine riesige Katze sagst du?«

Amanda nickte ernst, während Dr. Niue die Schüssel neben sie auf die Krankenliege stellte. Sie platzierte Amandas Arm darüber und träufelte etwas von der Flüssigkeit aus dem Fläschchen über den Schorf. Es bewirkte zunächst nichts Sicht- oder Spürbares.

»Vielleicht solltest du mit deinem Onkel über diese Katze

sprechen. Das ist nicht normal in dieser Gegend.«

Keine schlechte Idee. Leider erhoffte sich Amanda nicht viel davon. Wie kam die Ärztin darauf? »Warum ausgerechnet mit meinem Onkel?«

»Der müsste sich doch mit allem, was mit Zauberei zu tun hat, auskennen. Diese Katze gehört bestimmt dazu.« Dr. Niue sah Amandas fragenden Blick und fragte: »Du weißt gar nicht, was ich meine, oder?«

»Was soll ich wissen?«

»Dein Onkel ist ein Zauberer. Hat er dir das nicht erzählt?«

Ein Zauberer. Es war also wahr.

»Herrje, er hat dir wirklich nichts erzählt.«

Amanda schüttelte den Kopf.

»Wenn das so ist, solltest du es dir von ihm erklären lassen«, erklärte Dr. Niue, während sie Amanda den Verband um den Arm wickelte. »Du bist aus Rhebenden, die Zauberei ist noch neu für dich. Dein Onkel sollte dir wenigstens ein paar grundlegende Dinge darüber beibringen.«

»Mir erzählt er ganz bestimmt nichts. Glauben Sie mir, ich hab's schon versucht. Er redet selten mit mir. Aber vielleicht können Sie mir etwas über ihn erzählen?«

»Ich? Wenn er dir nichts erzählt hat, sollte ich das lieber auch nicht tun. Ich möchte keinen Ärger bekommen.«

»Bitte! Sie haben mich jetzt neugierig gemacht. Er muss es ja nicht unbedingt erfahren. Nur ein paar Informationen«, bettelte Amanda. Das war ihre Chance. Glücklicherweise war Dr. Niue nicht besonders stur.

»Na schön. Du wirst ja sowieso nicht nachgeben.« Dr. Niue setzte sich hinter ihren Schreibtisch und bedeutete Amanda, auf dem Stuhl davor Platz zu nehmen. Kaum saß sie, fing die Ärztin schon an zu reden. »Ich weiß nicht, wie ich das sagen soll, aber dein Onkel war nicht immer so … na ja so …«

«… merkwürdig?«, ergänzte Amanda.

»Ja! So merkwürdig. Früher kam er oft ins Dorf und plauderte mit seinen Freunden. Er tauschte sich über neue Zaubersprüche, Erfindungen und alles andere mit ihnen aus. Eines Tages, das war vor etwa fünfzehn oder sechzehn Jahren, zog er sich allein in sein Haus zurück. Seitdem kommt er nur noch ins Dorf, wenn er etwas Wichtiges besorgen muss. In letzter Zeit überhaupt nicht mehr. Die meisten Einkäufe erledigst *du*, wie ich gehört habe. Seine damaligen Freunde haben oft versucht, mit ihm zu reden, doch er hat sie ständig abgewiesen.

Es kursierten damals viele Gerüchte in der Stadt herum. Und jetzt, da du aufgetaucht bist, kannst du dir denken dass man sich einiges über euch erzählt.«

»Ich verstehe das immer noch nicht. Was erzählt man sich?«, Amanda war nun noch verwirrter als vorher. »Was ist denn damals eigentlich passiert?«

»Das weiß auch niemand so genau. In so einem Dorf wird viel erzählt. Vor allem viel Unsinn. Leute beobachteten angeblich, dass er eines Tages nach Westen aufgebrochen war. Er kehrte erst nach knapp einem Monat zurück. Seitdem lebt er zurückgezogen in seinem Haus. Mehr kann ich dir leider nicht erklären.«

Amanda war enttäuscht. Sie hatte gedacht sie würde nun mehr wissen, aber jetzt gab es nur noch mehr Fragen für sie. »Er ist also wirklich ein Zauberer?«

Die Doktorin nickte. »Ich glaube sogar, einer der Besten. Man erzählt sich, dass er in geheime Projekte des Zaubererrates eingebunden ist.«

Es wurde immer verworrener. Sie musste unbedingt mit ihm reden. »Kann ich jetzt erst einmal gehen?«, fragte Amanda.

»Ja, sicher. Heute brauchst du nicht mehr zur Arbeit zu kommen. Ruh dich lieber aus. Morgen werde ich noch mal nach dem Verband sehen.«

»Gut. Bis morgen«, verabschiedete Amanda sich knapp.

»Bis morgen. Gute Besserung und viel Glück bei deinem Onkel.«

Amanda lächelte gerührt von so viel Mitgefühl. »Danke.«

7. Kapitel – Erste Erkenntnisse

»Wo warst du? Was hast du gemacht?« Ihr Onkel sah sie zum ersten Mal besorgt an.

»Ich habe einen Abendspaziergang gemacht«, erklärte Amanda, entschlossen, erst einmal nichts zu verraten. Sie brauchte zunächst Zeit zum Nachdenken.

»Erkläre bitte: Abendspaziergang. Es ist später Morgen.«

»Wenn es dir nichts ausmacht, würde ich mir gern erst etwas anderes anziehen.« Amanda verwies auf ihre Kleidung. Lag es an der Müdigkeit oder etwas anderem, sie fühlte sich heute gar nicht eingeschüchtert von ihrem Onkel.

Amatan nickte verständnisvoll und brummte etwas vor sich hin.

Amanda lief hinauf in ihr Zimmer. Bevor sie sich frische Kleider anzog, wusch sie sich mit etwas Wasser aus einer Schüssel, die sie abends immer frisch auffüllte. Sie zog eine lange graue Hose und ihren blauen Lieblingspullover an, damit man ihre Kratzer nicht sah.

Es dauerte eine Viertelstunde, bis Amanda sich das Buschwerk aus den Haaren gekämmt hatte. Anschließend steckte sie ihre Mähne in einem geflochtenen Zopf an ihrem Hinterkopf fest.

Während dieser Prozedur kam ihr eine brillante Idee. Da sie immer noch wissen wollte, was ihr Onkel außer der Geschichte mit dem Zauberer vor ihr verbarg, würde sie den Spieß nun einfach einmal umdrehen. Wenn ihr Onkel also etwas von ihr wissen wollte, sollte er im Gegenzug auch ihr einige Fragen beantworten. Genauso würde sie es machen! Wieso war sie nicht gleich darauf gekommen?

Voller Vorfreude flitzte sie die Treppen zur Wohnküche hinunter, wo Onkel Amatan und Haeveij sie schon erwarteten. Wo zum Henker kam Haeveij auf einmal her?

»Wir waren bei deinem Abendspaziergang«, erklärte ihr Onkel, als bezweifelte er, dass Amanda sich daran erinnern könnte.

Amanda überlegte noch, wie sie am Geschicktesten vorgehen könnte, um Antworten aus ihrem Onkel heraus zu bekommen. »Wie wäre es, wenn du mir zuerst meine Fragen beantwortest?«

»Welche Fragen?« Onkel Amatan sah sie misstrauisch an.

»Zum Beispiel die Frage, warum du mir nicht erzählt hast, dass du ein Zauberer bist.« Nun war Amanda es, die ihren Onkel endlich auch einmal provozierend ansah.

»War das nicht selbstverständlich?« Es klang eher nach einer Behauptung statt einer Frage.

Da sie wusste, dass sie die Fassung bewahren sollte, versuchte Amanda, ruhig zu bleiben. Eins nach dem anderen. »Wenn du mir nicht sagst, was du vor mir verheimlichst, dann erzähle ich auch nicht, was ich gestern Abend getan habe.« Im nächsten Moment bereute Amanda diese kindische Antwort. Sie kam sich vor wie ein kleines Mädchen.

Ihr Onkel dachte anscheinend auch so, seinem Blick nach zu urteilen. »Wie du meinst«, erklärte er kühl. Das war die Antwort vor der sich Amanda gefürchtet hatte. Jetzt würde Onkel Amatan nie ihre Fragen beantworten. Er wandte sich von Amanda ab und ließ sie einfach stehen, während er sich an den Tisch setzte.

Was sollte Amanda jetzt tun? Es war aussichtslos. »Verflucht noch mal, ich will wissen, was hier los ist«, brach sie heraus. »Ich bin deine Nichte, ich gehöre zu deinem Leben. Aber du ignorierst mich. Mutter sagte, ich solle zu dir kommen, weil das besser sei, als weiterhin allein zu Hause zu wohnen. Aber ich bezweifle das immer mehr.« Amanda verlor ihre Selbstbeherrschung, aber das war ihr inzwischen auch egal.

Amatan wandte sich rasch zu ihr um. Mit versteinerter Miene sagte er: »Warum gehst du dann nicht wieder nach Hause?«

Diese Antwort traf Amanda völlig unerwartet. Sie bohrte sich wie ein Pfeil in ihre Brust. Was hatte sie ihm getan?

Haeveij saß derweil stumm da, versuchte aber mit Amatan Blickkontakt aufzunehmen. Seinem Gesicht war anzusehen, dass Amatans Art ihm ebenfalls nicht gefiel. Aber er sagte, aus welchem unersichtlichen Grund auch immer, nichts dazu.

Wütend rannte Amanda die Treppe wieder hinauf.

Als sie auf ihrem Bett lag und nachdachte, hörte sie, wie ihr Onkel und Haeveij sich lautstark unterhielten. Amanda konnte zwar nicht verstehen, was sie sagten, aber es war offensichtlich, dass sie sich stritten.

Amanda war drauf und dran, ihre Sachen zu packen und zu verschwinden. Doch eigentlich wollte sie nicht einfach aufgeben. Dafür war sie zu stolz und zu neugierig. Sie hatte sich doch eigentlich ganz gut eingelebt. Sie konnte dieses Dorf nicht einfach verlassen. Egal wie schwer es war, Amanda musste irgendeine Lösung finden, mit ihrem Onkel auszukommen. Wahrscheinlich.

Wie erschlagen lag sie auf ihrem Bett und versuchte, sich zu beruhigen. Sie brauchte dringend Schlaf. Ihre Gedanken mussten zur Ruhe kommen, damit sie sich einen neuen Plan ausdenken konnte.

Durch das Öffnen ihrer Zimmertür wachte sie auf. Erschrocken fuhr sie hoch. Haeveij trat herein. Mit ihm hätte Amanda nie gerechnet.

»Was wollen Sie?«, fragte sie müde.

»Habe ich dich geweckt? Tut mir leid. Ich dachte, dass du vielleicht einiges wissen willst.«

Sofort war sie hellwach. Endlich! Ihre letzte Hoffnung.

Er zog den Stuhl von Amandas Schreibtisch vor ihr Bett und nahm Platz.

»Dein Onkel wird nicht sehr erfreut darüber sein, dass ich dir das erkläre. Aber ich finde, du besitzt ein Anrecht darauf, es zu erfahren. Was die Frage mit den kleinen Männchen betrifft, kann ich dir sagen, dass es sich dabei um Kobolde handelt. Dein Onkel hat mir erzählt, dass du das wissen wolltest. Unruh-Kobolde. Sie zwängen sich selbst durch die kleinste Ritze in einem Haus. Dein Onkel und andere Zauberer haben immer wieder mal Probleme mit ihnen, weil sie gerne mit merkwürdigen Geräten hantieren. Sie nisten sich in Räumen ein, in denen allerlei Werkzeuge für Zauberer stehen. Dort suchen sie nach allem, was glänzt, funkelt oder irgendeine magische Eigenschaft besitzt, um daraus ihre berühmten Erfindungen zu basteln. Aber das war nicht deine einzige Frage.«

»Nein.« Amanda schüttelte den Kopf, welcher Mühe hatte, den Ausführungen Haeveijs zu folgen. Konnte sie diesem Mann vertrauen? Eine große Wahl gab es nicht, wenn sie etwas herausfinden wollte. »Ich will vielmehr wissen, was damals vor meiner Geburt passiert ist und warum mein Onkel so abweisend zu mir ist. Können Sie mir das erklären?«

Haeveij fuhr sich mit der Hand durch seine Haare. »Ich glaube, das kann nicht einmal ich dir genau sagen. Aber den ersten Teil deiner Frage weiß ich. Hat dir deine Mutter schon einmal gesagt, welche Probleme sie wegen deines Vaters hatte, bevor du geboren wurdest?«

Amanda schüttelte den Kopf. »Sie hat mir nie viel von ihm erzählt.« Nur, dass es ihn gab und er abgehauen war vor ihrer Geburt.

»Es ging damals ziemlich schlimm zu. Ich kenne die Geschichte zwar nur aus zweiter Hand, von Amatan, aber ich denke, dass ich doch alles begriffen habe.«

Mit einem gespannten Nicken forderte Amanda Haeveij auf weiter zu erzählen.

»Also gut ... Es passierte vor etwa fünfzehn Jahren. Ich weiß nicht, ob deine Mutter dir jemals etwas über ihre Familie erzählt hat.«

Kopfschüttelnd meinte Amanda: »So gut wie nie. Ich weiß nur, dass sie in Dahrben aufwuchs.«

Haeveij nickte. »Deine Mutter stammte aus einer Familie von mächtigen Zauberern. Sie war sogar selbst eine sehr gute Zauberin. Aber irgendwann zog sie fort von ihrer Familie, um unabhängig zu sein. Sie wollte mehr wissen und Erkenntnisse gewinnen über Dinge, die ihre Familie nicht lehren konnte. So lernte deine Mutter deinen Vater kennen und verliebte sich in ihn.«

Bis hier war das doch nicht schlimm. Warum hatte nie jemand etwas davon erzählt?

»Er wurde allerdings vom Zaubererrat gesucht, denn er war ein hochgradiger Verbrecher. Um es kurz zu fassen: Die beiden brannten miteinander durch und flohen aus Dahrben. Wie gesagt, waren die zwei erstklassige Zauberer, so konnten sie die Patrouillen ausschalten und durch den Wall fliehen. Du weißt, was es mit dem Wall auf sich hat?«

Amanda nickte zögerlich. Zwar erst seit Kurzem, aber inzwischen blickte sie durch. Haeveijs Theorie würde einiges erklären.

»Es ist so, dass jeder Mensch, der einen Funken Zauberkraft in sich trägt, diesen Wall problemlos überwinden kann. Die beiden sind noch lange gesucht worden. Sie reisten durch ganz Kurza. Der Nachteil für den Rat und seine Suchtrupps war hierbei, dass sie ihre Kräfte nicht bei der Suche einsetzen durften, da das außerhalb Dahrbens zu auffällig gewesen wäre. Das verschaffte deinen Eltern einen Vorsprung. Sie tauchten immer wieder irgendwo unter, nahmen falsche Namen an …

Das ging einige Monate so weiter. Doch dann war deine Mutter schwanger und wurde so zum Hindernis. Schließlich wurden die beiden festgenommen und ins Ratsgebäude gebracht. Man setzte sie unter Druck. Auch deine Mutter, denn immerhin hatte sie einen Verbrecher zur Flucht verholfen. Man folterte sie, um Informationen über deinen Vater zu bekommen. Zu dieser Zeit trug sie heftige Verletzungen davon.

Dein Vater konnte indessen fliehen. Dein Onkel und deine Mutter gingen davon aus, dass er auf seiner Flucht gestorben ist, denn man hörte nie wieder etwas von ihm.«

Amanda war schockiert.

Noch nie hatte sie von dieser Geschichte gehört. Sie wusste, dass ihrer Mutter dieses Thema sehr nahe gegangen war. Offenbar hatte sie ihren Mann sehr geliebt. Aus Rücksicht hatte Amanda deshalb irgendwann aufgehört zu fragen. Daher überwältigte sie Haeveijs Fülle an Informationen nun. Sie konnte nicht glauben, dass ihre sanftmütige Mutter in solche Delikte verwickelt gewesen war.

Das passte nicht. Woher wusste Haeveij das so genau?

»Amatan erhielt einen Brief von deiner Mutter, in dem sie ihn um Hilfe bat. Allerdings behauptete deine Mutter hinterher, niemals einen solchen Brief verfasst zu haben. Wie auch? Sie war bis dahin eine Gefangene. Die beiden vermuteten deshalb, dass es einen Saboteur innerhalb des Rates gab. Das wäre nicht das erste Mal, dass die Mitglieder sich uneins sind.« Er pausierte. Verständlich, dass auch er seine Gedanken sortieren musste bei diesem Netz aus Verstrickungen.

»Wie dem auch sei«, fuhr er fort. »Beweise gibt es keine dafür. Amatan liebte seine Schwester sehr und verhandelte mit dem Zaubererrat darüber, dass ihr nichts geschehen sollte. Er stellte sich freiwillig in den Dienst des Zaubererrates und forderte Lorens Freiheit. Seine Bitte wurde sogar berücksichtigt. Dazu muss ich dir sagen, dass der Rat zur damaligen Zeit krampfhaft nach guten Zauberern suchte, die bereit waren, wissenschaftliche Experimente zu machen und dabei Risiken einzugehen. Alles im Dienste der Medizin und zum Wohlergehen der Bevölkerung.«

Unglaublich. Ihr Vater war ein Verbrecher, ihre Mutter auch irgendwie und ihr Onkel war ein verrückter Wissenschaftler. »Aber wie ist Mutter von ihren Verletzungen geheilt worden?«, fragte Amanda ihn.

Haeveij ordnete zunächst auch wieder seine Gedanken. »Ganz geheilt war sie nie. Das wusste sie auch. Aber dein Onkel hat damals viel bewirkt. Er kam im letzten Augenblick, als deine Mutter schon fast gestorben war vor Schmerzen und rettete sie – und dich. Frag mich nicht nach dem Mittel. Irgendeine von seinen rätselhaften Mixturen wird es gewesen sein.«

Rätselhafte Mixturen, ein alter Griesgram, ein Wissenschaftler – was sollte noch kommen, ein Giftmischer?

Amanda schwante nichts Gutes beim Gedanken an ihren Onkel. Ihre ganze Familie war durchgeknallt. Diese Geschichte einfach verrückt. Am liebsten hätte sie in Ruhe über alles nachgedacht, aber dazu blieb ihr keine Zeit, da sich schon die nächste Frage in ihren Kopf drängte.

»Als Mutter sich immer schlechter fühlte, meinte der Arzt, es läge an einem unbekannten Bakterium. Er sprach von einer Krankheit und nicht von Verletzungen.«

Haeveij schnaubte. »Das war ein Menschenarzt, oder?« Er schüttelte verächtlich den Kopf. »Menschliche Ärzte kennen sich nicht aus mit Wunden, die durch Zauberei verursacht werden. Sie erfinden Krankheiten, um nicht als dumm dazustehen. Glaube mir, ich habe auch schon mal so einen getroffen, der meinte – egal, das tut nichts zur Sache. Nächste Frage.«

Da musste Amanda nicht lange nachdenken. »Warum ist Amatan so geworden, wie er jetzt ist? Ich habe gehört, dass er vor diesem Vorfall damals ganz anders gewesen sein soll.«

Haeveij fuhr sich wieder ratlos mit der Hand durch sein Haar. »Ich habe leider keine Ahnung. Ich sehe ihn ja kaum. Aus meiner Sicht hat sich nicht viel verändert. Allerdings habe ich auch die Dorfgespräche gehört ...« Er schüttelte zweifelnd mit dem Kopf. »Er hat viel durchgemacht.«

Das war alles, was Haeveij dazu zu sagen hatte. Gut, Amanda schob seine Veränderung einfach erst einmal darauf, dass er ihre Mutter wirklich geliebt hatte. Aber weiter. Sie versuchte sich ihre Liste in den Kopf zu rufen. Bis auf zwei Punkte war alles abgehakt: *Bin ich eine Zauberin? Was verheimlicht er noch?* Wobei letzteres zur Hälfte abgeschlossen war.

»Haeveij? Wäre es möglich, dass auch ich über Zauberkräfte verfüge?«

»Natürlich«, erklärte er, als sei das selbstverständlich. Er blickte sie an, als habe sie den Verstand verloren, als sie diese Frage stellte.

Auch Amanda war zunächst verblüfft von dieser einfachen Antwort.

»Ich sehe schon: Du weißt rein gar nichts von Zauberei«, seufzte er. »Also: Grundsätzlich kann jeder Mensch Zauberei erlernen. In den äußeren Territorien entschieden sich die Leute nach den Kriegen bewusst gegen die Zauberei, die bis dahin viel Leid brachte.

Hier in Dahrben hingegen ist man bemüht, Zauberei aufrecht zu erhalten, da diese im gesamten Planeten steckt und somit notwendig für alle ist. Soweit verstanden?«

Amanda nickte. So sah also ihre erste Zauberstunde aus.

»Leider ist vielen Wesenheiten Dahrbens diese alte Geschichte kaum bekannt. Aber sie ist dennoch wahr. Jeder Mensch kann zaubern erlernen. Ich sage *Mensch*, weil Zauberwesen von Natur aus niedriger gestellt sind als Menschen und somit große Probleme mit reiner Zauberei haben würden.

Es gibt auch noch die *reinen* Zauberwesen, Feen zum Beispiel. Sie können natürlich auch zaubern, sogar Magie wirken. Man findet solche Naturwesen nur selten.«

Amanda schmunzelte. So selten nun doch nicht.

»Du aber bist besonders prädestiniert für die Zauberei. Deine Familie brachte viele große Zauberer hervor. Außerdem müsstest du wissen, dass du zaubern kannst. Immerhin hast du den Wall überschritten. Ein normaler, unwissender Mensch könnte das nicht.«

Amanda neigte den Kopf schief. »Hm«, murmelte sie. Logisch. Abstrakt, aber logisch. Immerhin glaubte sie von klein auf an Zauberwesen. Oder gab es noch einen anderen Grund? Dass sie nicht ganz so normal war wie die anderen Kinder, wusste sie. Immer diese Augen, die sie verfolgten. Hatten sie sie hierher gelotst?

»Du kannst aber ganz leicht selbst herausfinden, über welches Maß an Kraft du verfügst. Es gibt bestimmte Pflanzen …«

Amanda stöhnte bei diesen Worten auf. Diese verfluchten Pflanzen würde sie nie wieder zu Rate ziehen. So lebensmüde war sie nur einmal gewesen.

»Was ist los?«, fragte Haeveij als Amanda die Augen rollte.

»Nie wieder suche ich nach solchen Pflanzen.«

Haeveij sah sie fragend an. Amanda überlegte kurz. Dieser Mann war eigentlich recht sympathisch. Ja, er war offen zu ihr gewesen.

Deshalb erzählte sie ihm die Geschichte, die sich im Wald zugetragen hatte. Den Teil mit den Augen ließ sie jedoch geschickt aus. Sie wusste nicht, warum, aber sie sollten ihr Geheimnis bleiben.

Am Ende ihrer Erzählung blickte sie ein ungläubiger Haeveij an. »Du wurdest von einer drei Schritt hohen Katze verfolgt und bist entkommen?«

Sofort wurde Amanda rot, fühlte sich aber auch ein bisschen stolz, weshalb sich unweigerlich ein Grinsen in ihr Gesicht stahl. »Na ja, ohne diese Feen hätte ich das wohl nicht geschafft«, antwortete sie dennoch mit einer gewissen Bescheidenheit.

»Und trotzdem, das ist unglaublich. Ich habe selbst schon eines von diesen Biestern gesehen. Von weitem. Mit denen ist nicht zu spaßen. Diese Katzenrasse ist während der Kriege zum Töten gezüchtet worden. Eigentlich sind solche Wesen nach Matar verbannt worden. Was macht so etwas in diesen Wäldern?«

»Ja, das habe ich mich auch schon gefragt.« Amanda hatte sich wieder im Griff. »Hoffentlich greift es nicht irgendwann das Dorf an.«

»Das glaube ich nicht. Die Feen werden sicher dafür sorgen, denn sie leben harmonisch und möchten den Frieden zwischen den Völkern wahren. Sie sind mächtiger als diese Katze. Menschen und Zauberer sind ihnen übrigens recht ähnlich. Wir besitzen ebenfalls reines, unvermischtes Blut wie sie. Nur kann mancher von uns von einem so harmonischen Umgang mit anderen nur träumen.«

Zweifellos war Haeveij überzeugt, dass Amanda eine Zauberin war. Aber sie selbst konnte es noch immer nicht fassen. Um zu begreifen, dass man zaubern konnte, brauchte es mehr als eine halbe Stunde Geschichtsunterricht. Besonders, wenn man das zum ersten Mal seit fünfzehn Jahren hörte.

»Gerade deshalb, weil du eine Zauberin bist, solltest in diesen Wäldern aufpassen. Dein Geruch macht Bestien auf dich aufmerksam. Manche schrecken vor der drohenden Gefahr zurück, andere halten sich für besonders stark und überfallen dich dann umso lieber. Doch hier in Takar sehe ich keine weitere Gefahr.«

Beruhigend, dachte Amanda ironisch. *Ein bisschen spät, die Warnung.*

»Jetzt komm, ich möchte dir etwas zeigen.«

Haeveij ging zur Tür hinaus und ehe Amanda etwas sagen konnte, war er schon auf dem Weg nach unten. Hatte er sie für heute nicht schon genug verwirrt? Sie musste doch das bisher Gehörte alles erst einmal verarbeiten.

Auf dem Weg fiel Amanda eine weitere Frage ein. »Haeveij, warum haben Sie und mein Onkel sich gestern zum Mittag immer wieder so vorwurfsvoll angesehen?« *Eine bescheuerte Frage*, ermahnte sie sich.

Haeveij schien wohl Gleiches zu denken, denn er lachte leise. »Für dich sah es so aus, als ob wir uns nur angeschaut hätten. Nein, wir haben in Gedanken kommuniziert. Das wirst du sicher auch lernen. Es kann sehr nützlich sein.«

Na schön. Da stand ihr wohl einiges bevor. Wollte sie überhaupt mit ihren Kräften klarkommen? War das nicht furchtbar gefährlich? Doch wahrscheinlich war es sicherer, als gar nichts darüber zu wissen. Diese Sorge war aber erst einmal nebensächlich. Viel spannender war jetzt, warum Haeveij vor der Wand in der Wohnküche stehen blieb und diese interessiert abtastete.

»Hier müsste es gut sein. Amatan wird nicht begeistert sein, wenn ich dir das zeige, aber er sollte es auf keinen Fall vor dir verbergen. Irgendwann würdest du es sowieso herausfinden, also komm!« Er winkte sie mit einem Arm heran. »Es ist ein simpler Erd-Zauber. Funktioniert wie der Wall, ganz einfach, wenn man an das Dahinter glaubt.«

Amanda wusste nicht, was er von ihr wollte. Was sie dann sah, verschlug ihr den Atem. Haeveij presste eine Hand an die Wand und ging hinein. Ein Schritt – und innerhalb einer Sekunde war er weg.

Für einen Augenblick starrte Amanda nur die Wand an. Dann löste sie sich aus ihrer Erstarrung, bevor Haeveij sie mit ihren offenem Mund sehen konnte. Die Hände vor sich ausgestreckt, damit sie sich nicht die Nase brach, falls etwas schief ging, machte sie einen Schritt, noch einen. Sie hatte gar nicht gemerkt, dass sie die Augen zugekniffen hatte, doch als sie sie wieder öffnete, sah sie zunächst alles nur verschwommen.

Nun stand sie in einem Raum der etwa so groß wie die benachbarte Wohnküche sein mochte. Durch ein Fenster fiel etwas Licht. Nur wenig, aber man konnte deutlich das Chaos hier drin erkennen. Auf einem Tisch an der hinteren Wand lagen Dokumente wild durcheinander. Ein riesiger Tisch stand in der Mitte des Raumes. Allerdings lagen auf ihm allerhand Gerätschaften und Gläser mit bunten Flüssigkeiten. Deren Anordnung schien keiner Logik zu folgen, sondern sie waren dort, wo man sie nach Gebrauch hatte stehen lassen. Links von sich entdeckte Amanda ein Bücherregal. An der rechten Wand, hing ein großer Spiegel neben einem weiteren Regal, in welchem noch mehr Gerätschaften standen. Vereinzelt hingen Bilder von besonderen Pflanzen an den Wänden, auf denen mit Tinte und krakeliger Schrift Notizen gekritzelt worden waren.

Haeveij war gerade dabei, einen Docht anzuzünden, der aus einem Glaszylinder ragte. Moment! Kein Glaszylinder. Eine Art Kristall, denn der Feuerschein brach sich darin so oft, dass der Raum in hellem Licht erstrahlte. Zauberei oder ausgeklügelte Wissenschaft?

»Was ist das?«, wollte Amanda wissen, die sich immer noch staunend umsah. Vor lauter Umschauen wäre sie fast gegen den großen Tisch gelaufen.

»Das ist das Arbeitszimmer deines Onkels. Labor, Refugium oder wie immer du es nennen magst.«

Amanda sah sich die verschiedenen Geräte auf den Regalen an. Darunter waren gewöhnliche Reagenzgläser, aber auch ungewöhnliche Glaskonstruktionen, abstrakte Gefäße, Waagen, und den Rest konnte Amanda nicht richtig einordnen. »Was macht mein Onkel hier?«

»Er arbeitet für den Zaubererrat. Meist prüft er neue und antike Zauberartefakte oder Sprüche. Er stellt aber auch Elixiere her. In der Regel bekommt er sehr geheimnisvolle Aufträge vom Rat.«

Amanda widerstand dem Drang nachzufragen, was *geheimnisvoll* bedeutete. Stattdessen entdeckte sie in einer Ecke einen Käfig mit grauen Mäusen. Sie sahen elendig dürr und verwahrlost aus. »Das sind doch nicht etwa ...«

»Das sind seine Versuchskaninchen, richtig. Versuchsmäuse, besser gesagt.«

Amanda erschrak. *Wie grausam! Diese armen Kreaturen.* Sie liebte Tiere über alles und würde nie einem Schaden zu fügen. *Wie konnte dieser Mensch nur?* Aber wunderte sie das überhaupt noch? Sie hatte ja selbst erlebt, wie garstig ihr Onkel sein konnte.

»Ja, nicht alle Seiten der Zauberei sind schön.« Haeveij musste ihren Schauder bemerkt haben.

Sie kam zu dem Tisch, auf dem Akten unüberschaubar durcheinander lagen.

»Das sind alles Protokolle«, erklärte Haeveij. »Amatan schreibt alle seine Experimente bis ins Detail auf.«

Oberflächlich schaute Amanda die Papiere an. Darunter befanden sich hauptsächlich Aufzeichnungen über Heilkräutertränke, Wachstumstränke und Zaubersprüche.

Das oberste Blatt auf diesem Durcheinander war ein Brief. Amanda kam die Handschrift vertraut vor. *Natürlich!* Es war die ihrer Mutter! Dann musste das ihr Brief an Onkel Amatan sein! Sollte sie ihn lesen? *Nein, versprochen ist versprochen,* erinner-

te sie sich. Als hätte Haeveij ihre Gedanken erraten, antwortete er: »Du kannst ihn ruhig lesen. Du weißt nun sowieso alles.«
Aber Amanda hatte es doch versprochen. »Sagen Sie mir, was darin steht«, bat sie Haeveij.
Auf seinen fragenden Blick fügte sie hinzu: »Ich habe versprochen, ihn nicht zu lesen. Ich hätte sonst ein schlechtes Gewissen.«
»Anständiges Mädchen«, stellte Haeveij lächelnd fest. »Anständig, aber raffiniert.«
Amanda grinste.

»Liebster Bruder Amatan«, las Haeveij vor. *»Ich muss es Dir nicht sagen. Wenn Du diesen Brief liest, ahnst Du schon, was geschehen ist. Ich weiß, dass Du mir nie verzeihen wirst, dass ich damals die Familie verlassen habe und meinen eigenen Weg ging. Nach wie vor bin ich überzeugt, dass das richtig war.*

Aber nun ist es an der Zeit, dass Amanda zaubern lernt. Da ich mir keinen besseren Lehrmeister vorstellen kann, schicke ich sie zu Dir. Ich hoffe, dass Du in den letzten fünfzehn Jahren Deine Ansichten geändert hast. Denn Amanda braucht jemanden, der sie mit den Lehren der Zauberei bekannt macht. In den vergangenen Jahren bereitete ich sie auf die Welt hinter den Grenzen der äußeren Territorien vor. Ich erzog sie zu einem intelligenten, selbstständigen Mädchen, das unvoreingenommen die alten Lehren studieren kann.

Bei Dir und mir war diese Neutralität der Zauberei gegenüber leider nicht möglich. Du weißt ja, in welchem Glauben uns unsere Eltern aufzogen. Es gab nur eine Meinung, die wir haben durften.

Ich muss gestehen, in Rhebenden traute ich mich bisher nicht, Zauberei anzuwenden. Nach dem Vorfall damals wollte ich mir keine Auffälligkeiten erlauben, die Amanda in Schwierigkeiten bringen könnten. Ganz zu schweigen davon, was passieren würde, wenn die Nachbarn es erführen. Aber sie muss es lernen. Sie ist reif genug. Ich spüre, dass Amanda enorme Fähigkeiten besitzt. Sie weiß jedoch noch nicht damit umzugehen.

Als Kind erzählte sie immer von Augen, die sie verfolgten. Goldene

Augen in der Nacht. Manchmal sprachen sie im Schlaf zu ihr. Du weißt, welcher Eule sie gehören. Ich weiß, was Du ihr damals versprochen hast. Aber das ist lange her. Du bist nun das Familienoberhaupt und frei in allen Entscheidungen. Bitte kümmere dich um Amanda. Ich setze mein ganzes Vertrauen in Dich, in der Hoffnung, dass unser Traum bald wahr wird.
Liebe Grüße von Deiner Schwester Loren«

Amanda war sprachlos. Tränen schlichen sich in ihre Augen. Sie wusste nicht, wie sie fühlen sollte. Der Brief war so rätselhaft formuliert. »Warum soll ich so unbedingt zaubern lernen? Ich meine, bisher hatte Mutter immer verschwiegen, dass sie zaubern konnte. Warum hat sie nie etwas von ihrer Familie erzählt?«

Haeveij legte den Brief wieder auf dem chaotischen Arbeitstisch ab. »Loren hatte eine harte Zeit hinter sich. Sie musste selbst erst verkraften, dass sie plötzlich allein da stand. Außerdem denke ich, dass sie dir eine unbeschwerte Kindheit ermöglichen wollte. Soweit ich weiß, ging es früher in Amatans Familie sehr streng zu, was das Zauberstudium der beiden betraf.«

»Aber warum muss ich überhaupt zaubern lernen?« Ihr Blick huschte unruhig durch den Raum. Wie sollte sie sich in dieser Welt je zurechtfinden? Das war alles so kompliziert. »Warum war meiner Mutter das Thema so wichtig? Mir hätte in Rhebenden nichts gefehlt.« Den letzten Satz bereute Amanda. Eigentlich war er gelogen. Denn ganz allein zu sein in Rhebenden wäre auch nicht schön gewesen, gestand sie sich ein.

»Du bist die letzte Generation deiner Familie. Amatan hat keine Kinder. Somit würde nach dir eine starke Zaubererlinie aussterben.«

Amanda schüttelte den Kopf. Das war so schwer zu begreifen. Ihr Blick streifte Mutters Brief. Warum tat Amatan nicht, was darin stand, warum hasste er sie? Oder hasste er ihre

Mutter? Da steckte mehr dahinter als dieser Verbrecher von Amandas Vater. Es gab noch ein Geheimnis zwischen Onkel Amatan und ihrer Mutter. »Ich verstehe das nicht«, klagte Amanda. »Das kann doch niemals die Wahrheit sein. Diese ganze Geschichte von dem Verbrecher, von dem Zaubererrat, die hat doch nichts mit mir zu tun. Warum hasst Onkel Amatan mich? Ich bin seine Nichte. Warum lehrt er mich nicht das Zaubern?«

Mitfühlend legte ihr Haeveij eine Hand auf die Schulter. Offenbar wusste auch er nicht weiter.

Amanda bemühte sich, ihre Tränen zu unterdrücken. Wie peinlich: Hier zu stehen und zu heulen! Sie hoffte, dass Haeveij ihr Gesicht nicht sah.

In der Ecke fingen die Mäuse an, sich um einen Brotkrümel zu streiten, den Haeveij ihnen, vermutlich vom Frühstück abgezweigt, zuwarf. »Irgendwann sterben diese Tiere noch an Unterernährung statt an Zauberexperimenten«, versuchte er Amanda abzulenken. Es klappte sogar. Sie schauderte. *Mir würde keins von beiden besser gefallen,* dachte sie sich. Wie gruselig, gruseliger als ihr Onkel persönlich. *Haben die rote Augen?* Unheimlich. Mit mörderischer Aggression kämpften die kleinen Monster um die Brotkrümel.

Amanda schaute schockiert weg. Ihr Blick blieb an dem großen Tisch in der Mitte des Raumes hängen.

Ein kleines gezeichnetes Porträt lag schlecht versteckt unter einem Haufen Dokumente. *Mutter. Er hatte sie also nicht ganz vergessen.* Amanda zog das Bild hervor. Wie jung Mutter aussah. Ein bisschen ähnelte sie Amanda sogar.

»Warum zeigen Sie mir das eigentlich alles? Ich meine, Sie wissen doch, dass mein Onkel das nicht gut findet. Überhaupt kennen Sie mich kaum.«

Haeveij lächelte ein unglaublich attraktives Lächeln. Wieso fiel ihr erst jetzt auf, wie hübsch er eigentlich war? Bisher war sie nur auf ihre Probleme konzentriert gewesen. Ein fataler Fehler. Ob er eine Frau hatte? Bei seinem Aussehen sicher. *Was denke ich da eigentlich?* Schnell wandte Amanda ihren schwärmerischen Blick ab. Was war heute bloß los? Ein verhexter Tag.

»Ich mag dich«, antwortete er. »Ich kenne dich zwar erst seit gestern aber … ich mag dich eben.« Er zuckte die Achseln. »Du erinnerst mich an deinen Onkel. Ich glaube, du besitzt denselben Wissensdurst wie er.«

Sie legte das Bild ihrer Mutter behutsam zurück auf den Tisch. Stahlen sich schon wieder Tränen in ihre Augen?

»Außerdem würdest du es bei deiner Hartnäckigkeit früher oder später auch ohne mich erfahren. Ich bin mir sicher, dass du auch ein paar Zauberstunden von deinem Onkel bekommen wirst, wenn du nicht locker lässt. Wenn du nur annähernd so bist wie er, werdet ihr euch gut verstehen.«

Beinahe hätte Amanda laut gelacht. *Natürlich. Wenn das geschieht, möge der Himmel herunterfallen und mich erschlagen.* »Das wird im Leben nicht passieren«, erwiderte Amanda, während in ihrem Kopf Bilder von herabstürzenden Sternen auftauchten.

»Du kennst ihn gar nicht«, erwiderte Haeveij daraufhin gutmütig.

Sicher, aber *er* kannte ihn? Alles, was Amanda über ihren Onkel wusste, genügte ihr, um zu wissen, wie er tickte. Gut verstehen würden sie sich garantiert nie! Aber sie sah ein, dass jegliche Diskussion darüber mit Haeveij umsonst wäre. Er war Onkel Amatans bester Freund. Er war eben der Meinung, dass er ihn richtig kannte.

»Ich weiß ja, dass du momentan kein besonders gutes Bild von ihm hast …«

»Das kann man wohl sagen. Sie haben doch gesehen, wie er zu mir war. Er will mich nicht hier haben, sonst hätte er mir schon längst das Zaubern beigebracht.«

»Amatan ist …«, setzte Haeveij an, brach aber ab, als ihm anscheinend nicht einfiel, was er eigentlich sagen wollte. Dann aber fuhr er fort. »Er hat es nicht so gemeint. Er ist … überfordert mit der Situation. Ich kenne ihn gut genug. Ich weiß, dass er nett sein kann. Gib ihm Zeit«, versuchte er, Amanda aufzumuntern, aber sie erwiderte nichts darauf, sah nur betreten auf den Boden. »Er hat lange keinen Menschen mehr um sich gehabt.«

»Ist das ein Grund, mich zu ignorieren?«

Haeveij fuhr sich durch die Haare. Sie kam nicht umhin, ihn fasziniert anzustarren. *So attraktiv!*

»Weißt du, ich glaube, er weiß einfach nicht, wie er mit dir umgehen soll. Versetze dich mal in seine Lage. Plötzlich steht deine Nichte vor der Tür …«

»Er könnte wenigstens mit mir reden.«

»Er hat einfach keine Zeit. Sieh dich doch um. Mit seiner Arbeit hat er schon genug zu tun.« Haeveij bemühte sich um einen ruhigeren Tonfall. Auch Amanda merkte jetzt erst, dass sie einen recht barschen Ton angeschlagen hatte, wobei Haeveij doch so nett zu ihr gewesen war.

»Früher hatte er mehr Freizeit, aber jetzt …« Er seufzte.

Amanda wollte noch etwas erwidern wie *»Da muss er sich halt wehren, mich kann er ja auch wunderbar einschüchtern«*, doch in diesem Moment kam ihr Onkel auf sehr spektakuläre Weise herein: Er trat aus dem Spiegel, der an der Wand hing. Für einen Moment sendete dieser ein grelles Licht in den Raum. Er verformte sich dabei und spuckte Amatan förmlich aus. Sekunden später wurde der Raum wieder nur von dem Glaszylinder und etwas Licht, das durch das Fenster fiel, erhellt. Im Vergleich war es richtig dunkel geworden.

Amatan stand nun vor Amanda und blickte ihr in die Augen. Sein Gesichtsausdruck verriet, dass er gerade sehr wütend sein musste. Sein eines sichtbares Auge funkelte jedenfalls. Er sah

Amanda an wie eine kleine Ratte oder eine Maus, die er entweder zerquetschen oder im Genick packen und zu den anderen in den Käfig stecken wollte. Amanda konnte ihm nicht in sein Auge sehen und blickte deshalb an ihm vorbei zur Wand. In ihr stieg Panik auf.

»Verschwinde!« Das war das einzige, was er zu ihr sagte.

Amanda fand Amatans Ton sehr Furcht einflößend. Sie gehorchte und ging schnellstens auf die Wand zu. Warum tat sie, was er sagte? War das eine Art Zauberei oder einfach die riesige Angst vor ihm und seiner Zauberkraft? Die Antwort wollte sie eigentlich nicht herausfinden. Er war eindeutig der Stärkere und Gefährliche und Unheimlichere ...

Sein Blick. Sie schauderte.

Gut, dann konnte sie jetzt wenigstens erst einmal in Ruhe nachdenken.

Falsch gedacht.

»Warte!«, rief Haeveij ihr hinterher.

Für einen Augenblick war sie versucht, einfach weiter zu gehen. Haeveij nicht zu gehorchen war das kleinere Übel. Ihr Onkel würde sie köpfen, wenn sie anhielt.

»Amanda, du bleibst. Dein Onkel kann dir das hier nicht verbieten.« Er wandte sich Amatan zu. »Das kannst du nicht machen. Sie ist deine Nichte. Eine Zauberin, und wir Zauberer müssen zusammenhalten.«

Amanda blieb tatsächlich stehen, um sich umzudrehen. *Wir Zauberer müssen zusammen halten. Schön gesagt.* Amatan hatte noch nicht einmal zu seiner eigenen Schwester halten können.

»Das hast du mir nun immer wieder unter die Nase gerieben, aber deswegen werde ich meine Meinung nicht ändern. Ich kann sie nicht unterrichten.«

»Du kannst nicht, oder du willst nicht?«

Während alle gespannt auf eine Antwort warteten, kehrte Amatan Amanda den Rücken zu. Das genügte ihr als Antwort.

Warum ging sie jetzt nicht einfach?

»Ich werde sie nicht unterrichten.«

Dickschädel! Amanda biss sich auf die Lippe. Sie hatte die Wahl: Sich selbst verteidigen oder abhauen. Theoretisch wusste sie die Antwort schon, praktisch jedoch formte ihr Mund nur lautlose Zeichen. Ihre Stimmte versagte kläglich, sodass Haeveij ihr zuvor kam.

»Amatan!«, rief Haeveij entsetzt. »Was ist los mit dir? Jetzt trenn dich mal von den alten Geschichten. Dafür kann Amanda nichts.«

Der gute Haeveij. Amanda bewunderte ihn für seinen Mut. Doch sie musste sich selbst wehren. Das war ihr Kampf.

Wie dramatisch das klang!

»Sie ist das Produkt dieser alten Geschichten.«

Haeveij öffnete den Mund, um Amatan zu widersprechen, doch Amanda drängte sich vor.

»Gestern noch wolltest du mir endlich die Wahrheit sagen und jetzt …« Amanda musste sich bemühen, ihre Stimme zu kontrollieren.

»Ich kann mich nicht auch noch um dich kümmern, ich habe so schon genug Arbeit.«

»Also ist deine Arbeit daran schuld, dass du mich hasst?«

»Ich hasse dich nicht. Ich … habe keine Zeit für so etwas.«

Er log, Amanda spürte es. Es mochte ja sein, dass er viel zu tun hatte, aber war das ein Grund, sie zu ignorieren?

»Und wieso redest du nicht mit mir? Du könntest mir alles erklären. Ein paar Minuten. Ich könnte dir im Gegenzug bei der Arbeit helfen. Warum willst …«

»Sei doch einfach mal ruhig«, fuhr ihr Onkel sie an.

Schweigen.

Ihr war klar, dass er nicht antworten würde. Ebenso war ihr klar, dass diese Streiterei zu nichts führte. Also sollte sie ihn entweder fürs Erste in Ruhe lassen, oder nett zu ihm sein.

Eine andere Möglichkeit wäre, ihren Onkel von ihren Fähigkeiten zu überzeugen. Aber welchen? Sie hatte keine Ahnung von Zauberei. Sie konnte schnell rennen. Sollte sie ihm die Geschichte mit der Katze erzählen? Doch er tat gar nicht so als wollte er ihr noch Aufmerksamkeit schenken, sondern beugte sich über seine Akten.

Unvermittelt spürte Amanda eine Hand auf der Schulter. Haeveij bedeutete ihr mit ihm nach draußen zu gehen. Er führte sie mit sich durch die Wand. Die beiden verließen das Haus und erst vor der Haustür wagte Haeveij zu sprechen.

»Wir drehen uns im Kreis«, sagte er. »Dir wird Amatan nichts erzählen, so wie es aussieht. Deshalb schlage ich vor, ich rede mit ihm. Zu mir hat er einen stärkeren Bezug.«

Das klang vernünftig, musste Amanda eingestehen. Selbst, wenn sie nur ungern andere für sich einstehen ließ. »Das könnte stimmen. Aber ich habe da ehrlich gesagt wenig Hoffnung auf Erfolg.«

Liebevoll lächelte Haeveij. »Ich werde mein Bestes geben. Ich will ja auch herausfinden, was mit ihm los ist. Versprechen kann ich nichts.

Du solltest dir inzwischen einen klaren Kopf verschaffen. Mach einen Spaziergang. Das kann manchmal Wunder bewirken.«

Amanda sann kurz darüber nach. Ja, eine kleine Auszeit hörte sich gut an.

8. Kapitel – Freunde

Sie schnappte ihren Sattel und Tori für eine kleine Flucht aus ihrem Gedankenchaos. Allein spazieren gehen wollte sie nicht, aber bestimmt war ein kurzer Ausritt genauso effektiv.

Amanda bemühte sich nicht, ihr Pferd zu lenken. Sie ließ es einfach den Weg bestimmen. Doch sie kam nicht weit.

»Amanda!«

Sie trabten gerade über den Bach, als jemand nach ihr rief. Sie drehte sich um.

»He, warte mal!« Thalita kam winkend auf sie zu gerannt. »Das musst du dir ansehen. Es ist fantastisch.«

»Was ist denn los?« Amanda stieg ab.

»Es klingt vielleicht unwichtig, aber du solltest es unbedingt sehen. – Du siehst gar nicht gut aus. Ist etwas passiert?« Thalita blickte sehr besorgt, als sie Amandas finstere Miene und den verbundenen Arm erkannte.

»Nein. Nein, ist schon gut«, antwortete Amanda, die eigentlich keine Lust hatte, irgendetwas zu sehen. Aber vielleicht konnten ihre Freunde sie irgendwie ablenken.

»Bist du sicher?«

»Ja. Mir geht's gut«, versicherte Amanda wenig überzeugend, während sie dem Bachlauf folgten, der sie aus dem Dorf heraus führte. Tori trabte brav hinter ihr her. Ihre Freunde standen, von einigen Sträuchern verborgen, im Wasser und steckten die Köpfe hinein.

Amanda konnte sich ein Lächeln nicht verkneifen. Das sah

zu komisch aus – sie wirkten wie Störche. »Was ist da los?«, fragte sie Thalita.

»Glasfische. Etwa alle fünfzig Jahre schwimmt ein Glasfischschwarm in diesen Bach.«

Aha. »Bestehen sie aus Glas?«

»Nein.« Thalita kicherte. »Nein, sie blasen Glas.« Sie bemerkte Amandas skeptischen Blick und fuhr fort: »Wenn du mit den Fingern ihren Bauch zusammendrückst, blasen sie einen glasähnlichen Stoff aus ihrem Maul. Er besteht aus einer dünnen Haut, die sich an der Luft verfestigt und dabei lustige Formen bildet. Wenn du Glück hast, erwischst du den richtigen Zeitpunkt und die Blase gelangt rechtzeitig an die Wasseroberfläche. Aber man muss genau den richtigen Moment erwischen, sonst platzt sie.«

Amanda hatte keine Lust, irgendwelche Fische auszuquetschen. Sie brauchte einfach mal ihre Ruhe. »Thalita, sei mir nicht böse, aber ich habe gerade wirklich anderes zu tun.«

Irgendwo stieß jemand einen Freudenpfiff über eine Glasblase aus. Peer – wer sonst? – hielt triumphierend eine in die Höhe.

»Ich dachte, es gefällt dir vielleicht. Die Fische verirren sich sehr selten in solch kleine Gewässer. Mit diesem falschen Glas kann man viel Geld machen. Die normale Glasherstellung ist teuer. Leute schmelzen deshalb dieses falsche Glas ein und machen sonst was draus«, erklärte Thalita. Ihr war die Enttäuschung anzumerken. »Aber wenn du Wichtigeres vorhast ... Willst du mir erzählen, worum es geht?«

Amanda überlegte. Es war vielleicht ganz gut, jemanden zum Reden zu haben. »Es geht unter anderem um meinen Onkel. Können wir uns an einem ruhigeren Platz unterhalten?«

»Ja. Natürlich. Wo denn?« Thalita sah sich um.

»Im Wald«, schlug Amanda vor. »Ich kenne ein hübsches Plätzchen dort. Wir könnten auf Tori reiten.«

»Ich würde gerne reiten lernen.« Thalita schritt auf Tori zu und streichelte über ihre Mähne. Das Pferd schmiegte seinen Kopf an die Schulter des Mädchens. Amanda war verblüfft, wie schnell es Vertrauen in Thalita fasste. Vielleicht lag das an ihrer kindlich fröhlichen Art. Sie konnte einem manchmal tierisch auf die Nerven gehen, aber meistens war sie einfach zum Anbeißen.

»Dann steig auf«, sagte Amanda, woraufhin Thalita sie hilflos ansah. »Pass auf, ich helfe dir.«

Amanda verschränkte die Finger ineinander und bot ihrer Freundin eine Aufstiegshilfe. Doch allein das Aufsitzen stellte sich schon als Problem heraus. Thalita wäre nämlich fast aus dem Sattel gerutscht, hätte sie sich nicht rechtzeitig in Toris Mähne festgekrallt. Amanda biss sich auf die Lippe, als ihr treuer Weggefährte sich empört schüttelte.

»Ich verbringe einen Großteil des Tages im Wasser. Da muss ich auf keinen Pferden reiten«, erklärte das Wassermädchen entschuldigend.

»Ich werde neben euch laufen und dich auffangen, wenn nötig. Tori weiß schon, wo es lang geht. Also festhalten. Tori, auf zur Lichtung.«

Thalita rutschte im Sattel hin und her, um ihr Gleichgewicht zu finden. Dann gingen sie los. Als Amanda sich außer Hörweite glaubte, fing sie an zu reden. »Wir haben uns doch gestern über meine möglichen Zauberkräfte unterhalten.« Amanda sah Thalita nicken, als sie sich umdrehte.

»Und? Das stimmt also?«, fragte Thalita aufgeregt, dabei hatte sie Mühe, das Gleichgewicht zu bewahren.

Amanda nickte. »Ich habe es vorhin von jemandem erfahren.«

Sie hatten den Waldrand erreicht.

»Sag mal, müssen wir so weit in den Wald? Ich fühl mich nicht wohl, wenn kein Wasser in der Nähe ist«, klagte Thalita.

»Nur noch ein kleines Stück. Es gibt dort eine kleine Lichtung. Sie wird dir gefallen. Hältst du es noch solange ohne Wasser aus?«

»Ja. Ich sterbe nicht sofort, aber mir ist einfach nicht wohl. Kennst du das Gefühl, wenn dir die Haut austrocknet und sie droht, wie Glas in Scherben zu zerspringen?«

Amanda schüttelte den Kopf. »Nein, kenne ich nicht.«

»Gut so. Denn das ist ein hässliches Gefühl.«

»Sollen wir lieber umkehren?« Amanda machte sich Sorgen. Sie wollte nicht mitten in einem Scherbenhaufen stehen.

»Nein, nein. Es geht schon.«

Der Weg war zum Glück nur kurz. Als sie dort ankamen, war Thalita ebenso überwältigt wie Amanda.

»Das sieht wunderschön aus. Dafür lohnt es sich, aus dem Wasser zu steigen«, meinte Thalita lachend.

Amanda half ihrer Freundin vom Pferd. Diese schwankte ein wenig, als sie wieder auf festem Boden stand. Sogleich warf sie sich ins Gras und beobachtete die vielen Schmetterlinge, die um die unzähligen Blüten kreisten. Auch für Amanda sah es noch fantastischer aus als bei ihrem letzten Besuch auf der Lichtung.

»Also, erzählst du mir, was dich bedrückt?«, fragte Thalita unvermittelt.

Sie setzten sich nebeneinander in das saftige, grüne Gras. Tori würde schon nicht abhauen, wenn Amanda sie einmal nicht anband. Im Gegenteil, sie stand friedlich da und genoss das frische Grün ebenso.

»Gut, Thalita, mach dich auf die unglaublichste Familiengeschichte gefasst, die du je gehört hast.« Amanda versuchte ihren Humor wiederzufinden.

Sie erzählte von ihren Ganoveneltern, mit denen ihr Onkel verfeindet war und dass er das Ganze nun an ihr ausließ. Auch von dem Brief ihrer Mutter berichtete sie ihrer Freundin. Von ihrem Wunsch, dass Amanda zaubern lernen sollte, dass sie das praktisch schon seit ihrer Geburt, vermutlich noch davor, geplant hatte.

Es tat gut, mit jemandem über alles zu reden. Sie war sicher, dass sie Thalita vertrauen konnte, und bat sie, niemandem davon zu erzählen. Ob sie das einhalten konnte, wusste ihre erzählfreudige Freundin allerdings selbst nicht ... Amanda baute trotzdem auf Thalita. Irgendjemandem musste sie sich einfach anvertrauen.

»Dabei reizt es mich schon ein bisschen, zaubern zu lernen«, seufzte sie. »Kennst du niemanden, der mir das beibringen kann?«

Thalita schüttelte den Kopf. »Im Dorf gibt es keine weiteren Zauberer, und außerhalb sieht es auch schlecht aus. Eigentlich gibt es in ganz Dahrben nur wenige Zauberer.«

»Wie hat sich meine Mutter das nur gedacht? Onkel Amatan hasst mich. Er wird mir nichts beibringen.«

Thalita legte beruhigend ihre Hand auf Amandas Rücken. »Ich verstehe dich irgendwie. Aber du musst mit ihm reden, musst dich vorsichtig an das Thema herantasten. Er kann dich wohl nicht noch mehr hassen.« Nach dem letzten Satz presste Thalita die Lippen aufeinander, da sie Amandas verzagten Blick darüber bemerkte.

»Er wird nicht reden!«

»Ich weiß auch nicht, was das Beste für euch beide ist. Auf jeden Fall darfst du jetzt nicht aufgeben.«

Amanda starrte in den Himmel. Sie war drauf und dran, sich einfach ihrer Verzweiflung hinzugeben und wie tot ins Gras zu legen für die nächsten Stunden, Tage ...

»Du kannst nicht die ganze Zeit hier sitzen und grübeln. Komm, wir gehen zu den anderen. Dann kommst du auf andere Gedanken.«

Wenn das so einfach wäre ... sie seufzte. »Ich helfe dir auf

Toris Rücken«, sagte sie dann aber entschieden und stand auf.

Auf dem Rückweg sprach keiner von beiden ein Wort. Thalita wusste, dass Amanda ihre Ruhe brauchte, und löcherte sie nicht mit Fragen, die sie nur noch mehr betrüben würden.

Der Rückweg verging für Amanda viel zu schnell. Die anderen standen immer noch im Bach und quetschten Fische aus. Keiner bemerkte, wie Amanda und Thalita sich ihnen näherten.

»So ein Pech«, seufzte Thalita und zeigte auf eine Gruppe von Leuten, die ein Stück hinter ihren Freunden stand. »Die anderen Dorfbewohner haben auch mitbekommen, dass sie hier Glas holen können. Die Chancen, unsere Ausbeute zu verkaufen, stehen schlecht.«

Peer hielt gerade Ausschau nach einem passenden Opferfisch.

»Das würde ich nicht unbedingt sagen«, erklärte er Thalita. »Zum einen haben wir zwei von uns losgeschickt, die die Ausbeute von denen klauen sollen. Nur so viel, dass es nicht auffällt natürlich. Und zum anderen gibt es da vorne nicht so große Fische wie bei uns.«

»Wie viel Glas haben wir bis jetzt?«, wollte Thalita wissen.

Peer überschlug schnell in Gedanken, wobei er seinen Kopf in den Nacken legte und die Augen schloss. »Inzwischen müssten es dreißig große und fast fünfzig kleine Glasteile sein.«

»Das ist ziemlich viel«, staunte Thalita, während ihre Augen immer größer wurden.

»Die anderen Dörfler haben uns ja *geholfen*.« Er grinste. »Aris hat auch schon jemanden gefunden, der uns das Glas abkaufen und später verarbeiten wird.«

»Thalita! Amanda! Steht nicht nur so rum. Macht gefälligst mit!«, rief Aris ihnen vom Bach her zu. »Sonst kriegt ihr nichts von der Beute.«

Schmunzelnd zog Amanda auch ihre Schuhe aus und krempelte ihre Hosen hoch. Das Wasser fühlte sich im ersten Moment kalt an, aber mit der Zeit gewöhnte sie sich daran. Thalita war währenddessen schon in den Bach gesprungen und steckte den Kopf ins Wasser. *Sicher kann sie unter Wasser sehen*, vermutete Amanda. Ob es ihr gefiel, andere Fische zu ärgern? Wenn Amanda sie so eifrig im Wasser fuchteln sah, meinte sie *ja*. Die Fische allerdings schien der Trubel ringsherum nicht zu stören, solange ihnen gelegentlich jemand ein paar Brotkrumen zuwarf.

»Pass auf, ich zeig dir, wie es geht.«

Thalita kam auf sie zu gestapft. Im Wasser entdeckte Amanda viele rot-gelbe Fischchen. Sie waren nicht größer als ihre Handfläche. Thalita nahm einen von ihnen zwischen Daumen und Zeigefinger und drückte unter Wasser seinen Bauch nur leicht zusammen. Der Fisch spuckte eine kleine Blase aus. Sie stieg an die Oberfläche, wo Thalita sie geschickt aus dem Wasser fischte und Amanda vor die Nase hielt. Die Oberfläche der Blase schimmerte leicht rosa und hatte sich nach wenigen Sekunden zu einer glasartigen Hülle verhärtet. Sie war auch nicht mehr rund, sondern sah oval aus.

»Den richtigen Zeitpunkt zu erwischen, ist das Wichtigste bei der Sache. Und drücke den gleichen Fisch nicht mehrmals kurz hintereinander zusammen, sonst kann er ersticken.«

Amanda beobachtete, wie der Fisch wieder wegschwamm, nachdem Thalita ihn freigelassen hatte. »Sei nicht traurig, wenn es nicht gleich klappt. Außer mir machen das alle von uns zum ersten Mal.«

»Warum du nicht?«, wollte Amanda wissen.

»Weil ich älter bin als ihr alle«, antwortete das Wassermädchen. »Ich habe das schon mal erlebt.«

»Wie alt bist du denn?«, fragte Amanda erwartungsvoll.

»Ich bin einhundertfünfzehn Jahre alt.«

In diesem Augenblick mussten Amandas Augen mindestens so groß geworden sein wie die der Fische hier, denn Thalita grinste sie belustigt an. »Tja, das Wasser hält uns Wassermenschen jung. Etwa so, wie der Wald die Elfen über Jahrhunderte am Leben hält. Klappt aber nur bei Wassermenschen. Nicht, dass du auf dumme Gedanken kommst.«

Amanda starrte Thalita fassungslos an. Sie hätte ihre Freundin auf dreizehn oder vierzehn Jahre geschätzt.

»Übrigens – sei nett zu den Fischen. Ich habe ihnen gesagt, dass wir Freunde sind. Sonst fällt dein Benehmen vielleicht auf mich zurück.«

Was war jetzt beängstigender? Thalitas Alter oder die Tatsache, dass sie mit Fischen sprach? Der erste Fisch, den Amanda erblickte, glitt ihr wieder aus den Fingern, als sie ihn fangen wollte. Auch den zweiten bekam sie nicht zu fassen. Erst den dritten erwischte sie am Schwanz und drückte dann, wie Thalita es ihr beigebracht hatte, seinen Bauch zusammen. Die Blase, die er ausspuckte, verweilte keine zwei Sekunden im Wasser, ehe sie platzte.

Zu ihrer Rechten hörte Amanda ein Kichern. Zweifellos Thalita. Niemand sonst konnte so niedlich lachen. »Versuch es weiter. Wirst sehen: Das ist lustig.«

Sie probierte weiter. Zehnmal, zwanzigmal … es war frustrierend, aber sie gab nicht auf. Ihr Rücken schmerzte schon von der gebückten Haltung, sodass sie sich erst einmal richtig durchstrecken musste, was eine echte Befreiung für ihre angespannten Muskeln war.

Sie wunderte sich, warum die Fische nicht dem Bachverlauf folgten und einfach fortschwammen. Doch dann entdeckte sie Netze, die dort aufgespannt worden waren, wo sich ihre Gruppe aufhielt. Das war ein etwa fünfzig Schritt langer, abgesperrter Bereich des Baches. Hin und wieder befreite jemand einen ins Netz gegangenen Fisch.

Sie massierte vorsichtig ihren starren Nacken, bevor sie weiter nach Fischen haschte. Die größte Schwierigkeit war es, überhaupt eines dieser flinken, bunten Dinger in die Finger zu kriegen, ohne dass es herausflutschte. Doch auch jetzt hatte sie kein Glück. Sie versuchte es mit einer anderen Technik. Dabei ließ sie die Fische ein Stück näher an die Oberfläche schwimmen, indem sie ihre Hände vor deren Augen hielt.

Den nächsten Fisch – ein wunderschönes, feuerrotes Exemplar – packte Amanda beinahe mühelos. Die Blase, die der Fisch ausspuckte, hielt länger als all die anderen zuvor. Leider platzte auch sie. Sie wandte die gleiche Technik auch bei den anderen Fischen an. Beim dritten funktionierte es und Amanda hielt ein kleines unförmiges Glasbläschen in der Hand. Sie jubelte innerlich. Als sie jedoch den Stapel an Glas auf der Wiese betrachtete, sah ihre Glasblase ziemlich kümmerlich aus.

Bei den nächsten Versuchen erzielte Amanda mehr Erfolge. Erst, als ihre Arme von der Sonne gerötet waren und ihre Finger sehr schrumpelig aussahen und sich genauso anfühlten, gönnten sie und Thalita sich eine Pause.

»Hast du Hunger, Ami?«, fragte Thalita.

Amanda nickte. Und was für Hunger! Seit heute Morgen hatte sie nichts mehr gegessen. Im Wald hatte sie zwischendurch nur ein paar Beeren gesammelt. »Seit wann nennst du mich Ami – oder warum?«

»Es ist kürzer als Amanda und klingt wie ein Name aus meiner Heimat. Gefällt er dir nicht?«

»Ist schon gut. Wenn er dir besser gefällt.« Amandas Magen grummelte. Sie wickelte vorsichtig ihre durchnässte Armbinde ab und wrang sie aus, bis ihre Freundin mit ein paar Broten zurückkam.

»Oh danke.« Amanda beschloss, die Binde nicht wieder anzulegen, da die Wirkstoffe von Dr. Niue schon alle ausgewaschen waren.

»Aris behauptet, seine Mutter hat die Brote gemacht, aber ich glaube, die haben auch was von denen dort drüben abgezweigt.« Sie deutete mit dem Kopf auf die anderen Glasfischer und setzte sich zu Amanda. Eine Weile saßen sie schweigend da und aßen ihr Brot. Doch dann fing Thalita wieder mit dem leidigen Thema an. »Wie willst du jetzt vorgehen?«

Amanda stöhnte und rollte die Augen. »Können wir nicht einfach mal meinen Onkel vergessen?«

»Nein, nein, nein. Du hast ihn gerade zwei Stunden lang vergessen. Du musst zaubern lernen. Du sagtest, wie gefährlich es sonst für dich werden kann.«

»Die Zauberei zu lernen ist auch gefährlich.«

»Sei kein Frosch. Stell dich mutig. Dein Onkel darf nicht denken, dass du ein kleines wehrloses Mädchen bist, sonst war's das mit den Zauberstunden.«

»Ich bin nicht klein und wehrlos«, protestierte Amanda, sah aber ein, dass sie das Vergleich zu ihrem Onkel tatsächlich war.

»Natürlich. Aber das darf er auch nicht denken. Du willst doch zaubern lernen oder?«

»Wer will zaubern lernen?« Der Junge, mit dem Amanda und Thalita schon gestern über Zauberei gesprochen hatten, stieg aus dem Bach. »Kannst du etwa doch zaubern?«, fragte er.

»Misch dich nicht ein, Toma!«, giftete Thalita.

»Ist ja gut. Ich hab doch nur gefragt. Das wird Ami mir ja selbst sagen können, oder?«

Was hatten die nur alle an ihrem Namen auszusetzen?

»Ehrlich gesagt bin ich sehr müde. Ich habe diese Nacht kaum geschlafen.« Amanda fiel ein, dass Thalita ja noch gar nichts von ihrem Abenteuer im Wald wusste. Mit einem Grinsen erzählte sie also, wie sie von einer riesigen, räudigen Bestie verfolgt wurde. Mit bluttriefenden Zähnen und Mundgeruch.

Toma lachte nur und machte sich ans Fischen, während

Thalita wie ein Stein da hockte und Glupschaugen hatte. »Im Ernst?«

Amanda lachte. »Gut, vielleicht habe ich beim Aussehen übertrieben, aber der Rest stimmt.« *Sogar der Mundgeruch.*

»Und trotzdem hast du dich heute wieder in den Wald getraut?«

Amanda zuckte nur die Schultern. Irgendwo musste sie ja ihre Ruhe haben.

»Vor diesem Monster hast du also weniger Angst als vor deinem Onkel?«

»Tiere können nicht denken und haben keine Gefühle. Das ist es, was Onkel Amatan so unheimlich macht.«

»Zauberwesen sind praktisch gesehen nur halbe Tiere«, verbesserte Thalita.

Amanda ahnte, worauf ihre Freundin hinauswollte. »An der Katze war nichts Menschliches.«

»Umso besser«, entgegnete Thalita überraschenderweise. »Dann dürftest du jetzt keine Angst mehr vor einem alten Mann haben. Wenn es sein muss, begleite ich dich.«

Bloß nicht. Onkel Amatan würde an die Decke springen und noch während er wieder herunterfiele, alle beide in hässliche Kröten verwandeln. Noch mehr Leute in seinem Haus, und er würde durchdrehen, besonders, wenn diese Leute über Thalitas Erzählfreude verfügten. Waren Fische nicht normalerweise stumm?

»Können wir nicht über etwas anderes reden?«

Amandas blaue Freundin schaute gespielt nachdenklich zum Himmel. »Hm, schönes Wetter, nicht wahr?«

9. Kapitel – Ein Plan

Du kannst das, sagte sie zu sich selbst. *Als Zauberin darfst du keine Angst vor einem alten Mann haben.* Amanda versuchte sich Selbstvertrauen zuzusprechen. Sie trabte durch die Wohnküche, als ihr ein gefalteter Zettel auf dem Tisch ins Auge fiel. *An Amanda* las sie. Ob er von Haeveij war? Von wem sonst? Von Neugier gepackt öffnete sie das Papier.

Hallo Amanda,

es tut mir leid, dass ich nicht persönlich mit Dir reden kann. Davon abgesehen kann ich Dir ohnehin nicht viel sagen. Denn Dein Onkel stellt sich nach wie vor stur. Ich habe mit ihm diskutiert, bis er schließlich so gereizt war, dass ich es für ratsam hielt ihn Ruhe zu lassen. Entschuldige, dass ich nicht auf Dich warten konnte, auch mich rufen gewisse Pflichten. Vielleicht hast Du allein mehr Erfolg.

Ich wünsche Dir das Beste,
Haeveij

Amanda steckte den Zettel ein, nahm all ihren Mut zusammen und ging entschlossen durch die Wand, hinter der Onkel Amatans Arbeitszimmer lag. Ihr Onkel saß mit dem Rücken zu ihr an dem großen Tisch in der Mitte des Raumes und mischte gerade die Flüssigkeiten zweier Reagenzgläser zusammen.

Der Boden knarrte, als Amanda auf ihren Onkel zuging, doch

dieser rührte sich nicht. Er war zu beschäftigt mit seinen Reagenzgläsern. Amanda setzte sich auf einen anderen Stuhl, der an dem Tisch stand.

»Onkel Amatan?«, fragte sie vorsichtig und verfluchte ihre zittrige Stimme. *Stell dich mutig,* hatte ihre Freundin gesagt, *sei kein Frosch!*

»Was willst du?« Amatan schaute nicht einmal zu ihr auf, als er endlich antwortete.

»Würdest du mir beibringen, wie man zaubert?«

Seelenruhig sah er sie an. »Dazu habe ich nicht die Zeit. Das habe ich aber, denke ich, schon mal gesagt.«

Amanda bemühte sich, ruhig zu bleiben. »Ich könnte dir bei deiner Arbeit assistieren, wenn du mir zeigst wie.« Viel zu viele Sekunden des Zögerns vergingen. »Ich kann es wirklich lernen. Sag doch was!«

»Was soll ich sagen? Ich kann dich nun mal nicht unterrichten.« Amatan wandte sich wieder seiner Arbeit zu.

Ruhig bleiben. »Warum nicht?«

»Es geht nun mal nicht. Akzeptier es einfach. Ich habe meine Gründe. Haeveij hat schon versucht mit mir zu reden. Ihm habe ich das gleiche gesagt.«

»Ich werde nicht aufgeben, bis du zustimmst und mir zaubern beibringst«, brachte Amanda zähneknirschend hervor. *Ich werde nicht aufgeben!*

»Versteh doch …« Amatan rieb sich die Stirn und stöhnte. »Ich werde dir nichts beibringen«, erklärte er dann erneut.

Jetzt hatte er eine Pause zum Überlegen gemacht. Er war also unsicher. Sie hatte ihn gleich so weit!

»Warum nicht?«, hakte sie nach. »Ich bin die Tochter deiner Schwester, deren letzter Wunsch es war, dass du mir das Zaubern beibringst. Hat Loren dir überhaupt nichts bedeutet?« Dieser Satz war unberechtigt und ihr einfach herausgerutscht. »Haeveij hat mir erzählt, was damals passiert ist. Aber da steckt noch mehr dahinter, oder? Was hat meine Mutter getan, das du ihr einfach nicht verzeihen konntest?«

Amatan antwortete nicht. Stattdessen stand er einfach auf und ließ seine Reagenzgläser, die nun je eine blaue Flüssigkeit enthielten, stehen. »Das hat wenig mit deiner Mutter zu tun. Es gibt einfach Menschen, für die es besser ist, nichts zu wissen, bevor sie sich in Gefahr begeben.«

Amanda ließ den Kopf in die Hände sinken. Konnte er keine klare Antwort geben? Immerhin wusste sie jetzt, dass er nicht allein schuld war.

»Was soll das heißen?«, fragte sie, wobei sie eigentlich keine Antwort zu bekommen erwartete.

»Das heißt: Lass die Finger von der Zauberei.«

***

»Amanda?«

Oh, nicht schon wieder, dachte sie.

»Amanda, was ist heute nur mit dir los?« Dr. Niue sah sie eindringlich an. Sie machte sich wohl Sorgen, denn ihre Stirn war in Falten gelegt. Amanda hatte nun schon zum sechsten Mal einfach so dagestanden und geistesabwesend vor sich hin gestarrt. Sie grübelte über einen geeigneten Plan nach, um in Amatans Arbeitszimmer einzudringen.

»Nichts. Alles in Ordnung«, hatte sie dann immer gestammelt.

Doch die Doktorin wurde immer ungläubiger. »Du verheimlichst mir etwas. Du kannst ruhig mit mir darüber reden.«

Mit der Zeit wurde Dr. Niue auch immer neugieriger, und Amanda gingen die Ausreden aus, bis sie es schließlich aufgab zu leugnen, dass etwas nicht stimmte.

»Es gibt tatsächlich etwas, das mich bedrückt. Aber im Augenblick möchte ich nicht darüber reden.«

Dr. Niue gab ihre Fragerei auf. Nachdem sie nochmals Amandas Arm untersucht hatte, sprach sie sie von dem ohnehin nur notdürftig herumgewickelten Verband frei, den Amanda nur noch trug, weil sie ihn sonst zu Hause vergessen hätte. Die wundersamen Kräuter, die darin eingewickelt waren, hatten ihren Arm in wenigen Stunden wieder vollkommen geheilt.

In der Pause setzte sie sich mit ihrem Buch auf Dr. Niues Krankenliege. Aufs Lesen konzentrierte sie sich allerdings kaum. Denn endlich war ihr eine rettende Idee gekommen. Sie hatte kein schlechtes Gewissen dabei. Ihr Ziel war es, zaubern zu lernen, worauf sie all die Jahre vorbereitet worden war, ohne es zu wissen, und Onkel Amatan würde dem nicht im Weg stehen.

Sie war überzeugt das Richtige zu tun.

***

Ein Glück, seufzte Amanda innerlich, als sie ihren Onkel – wie gehofft – nicht in der Wohnküche vorfand. Auf Zehenspitzen ging Amanda die Treppe zu ihrem Zimmer hinauf, stellte ihre Tasche ab und ging den ganzen Plan von Anfang bis Ende noch einmal durch.

Sie öffnete die erste der beiden letzten Türen an der linken Wand des Flures, aus der damals die Kobolde gekommen waren. Ja, diese beiden Türen waren verboten, aber in der Not war alles erlaubt. In dem dahinter liegenden Raum fand sie allerhand Landkarten und Kisten. Doch Amanda machte keine Anstalten, sie zu öffnen. Sie suchte nach einem kleinen Schlitz oder etwas Ähnlichem, irgendwo in der Wand.

Die Suche erwies sich schwieriger als erwartet. Amanda räumte sämtliche Kartenrollen aus dem Weg, musste aber extrem leise sein, was sich als noch schwieriger als das Suchen selbst erwies. Mehr als einmal verfluchte sie ihr Ungeschick, weil sie eine Rolle falsch abstellte, die dann umfiel.

Schließlich entdeckte sie einen Riss, welcher an der grauen Wand emporlief. Eine schwere Kiste stand zur Hälfte davor. Als Amanda sie zur Seite schob, stellte sie fest, dass der Riss sich nach unten verbreiterte und ein Holzstück dazwischen geklemmt war. Von da mussten die Kobolde gekommen sein. Ansonsten wäre das Loch wohl nicht verschlossen worden. Sie zog das Holz heraus und spähte in das Loch. Nichts zu erkennen. Nur Schwarz. Wenn sich jetzt ein winziger Finger in ihre Augen bohren würde, könnte sie den Kobolden das nicht verdenken. Anschließend durchwühlte sie sämtliche Kisten im Raum. Sie brauchte etwas Glänzendes. Unter anderem fand sie Schuhe, alte Kleidungsstücke ... die Knöpfe konnten als Lockmittel dienen. Ob das reichte? Sie kramte in ihren Taschen, fand den ersten Lohn, den sie von Dr. Niue bekommen hatte, und legte eine Silbermünze davon vor den Schlitz. Eine konnte sie entbehren.

Es dauerte eine Weile, bis sich etwas tat. Doch Amanda war froh, dass es überhaupt klappte. Hinter dem Geld erschien ein blaues Männchen mit schrumpliger Haut und goldenen Ringen im Ohr. Es hatte eine lange Nase und große Augen, in denen man keine Iris erkannte, nur einen schwarzen Punkt. Das Wesen blickte Amanda schief an und stürzte sich dann sogleich auf die Münze. Gut so, bis Onkel Amatan hier war, sollten alle Beweise, die sie verdächtig machten, verschwunden sein.

Jetzt sah es wieder zu Amanda, die eine weitere Kiste öffnete. Als das Wesen die Glasgerätschaften darin erblickte, begannen seine Augen zu leuchten. Heller als die Münze, die es fest umklammert hielt. Doch schnell schloss Amanda die Kiste wieder. Sollte der Kobold selbst überlegen, wie er an den Inhalt käme. Hauptsache, er lärmte.

Nachdem das Männchen einen Pfiff in den Riss hinein ausgestoßen hatte, kamen seine Freunde, die sich offensichtlich nicht an Zuschauern wie ihr störten und sich über die Kisten hermachten.

Amanda schlich wieder durch den Flur in ihr Zimmer und wartete. Es dauerte nicht sehr lange, bis Amatan den Lärm bemerkte und die Treppe herauf kam. Denn offenbar hatten die Kobolde die Kiste mit Glas schon geöffnet. Amanda verlor keine Zeit und schnappte sich ihre Arbeitstasche. Als das Klopfen des Krückstockes am Ende des Flures angelangt war, spähte sie vorsichtig aus ihrem Zimmer hinaus. Onkel Amatan war schon in dem hinteren Raum verschwunden. So schnell und so leise wie möglich huschte sie die Treppe hinunter, wobei der Krach, den die Kobolde machten, ihre Schritte allemal übertönte. Sie trat durch die Wand in Onkel Amatans Arbeitszimmer.

Sogleich machte sie sich über die Bücher im Regal her. Zunächst die, die in den hinteren Reihen standen. In die würde Amatan wohl nicht sooft hinein schauen. Alles, was interessant aussah, packte sie in ihre Arbeitstasche. Darunter waren sehr alte, verstaubte und vor allem dicke Bücher. Eines stach Amanda besonders ins Auge. Auf dem Einband prangten die fünf Elemente Wasser, Feuer, Luft, Erde und Geist als wunderschönes, faszinierendes Emblem. Schnell packte sie das Buch ein. Über ihr nahm der Lärm bereits ab. Sie stellte die Bücher, die sie in ihrer Eile umgeworfen hatte, wieder in die vordere Reihe und eilte auf die Wand zu. Gerade noch rechtzeitig trat sie heraus. Ihr Onkel kam schon ärgerlich die Treppe herunter. Er musterte sie, hinkte dann an ihr vorbei, ohne ein Wort zu sagen. Er dachte wohl, sie käme eben erst von der Arbeit. Kein Grund also für überflüssige Worte.

Kaum zu glauben. Es war schon vorbei. Sie war erfolgreich gewesen.

Insgesamt hatte sie sieben Bücher ergattert. Ein Wunder, dass die Nähte ihrer Tasche nicht geplatzt waren. Amanda legte sie in ihren Schrank und warf einige Kleider darüber. Falls ihr Onkel, wider allen Erwartens, danach suchte, würde er sicher nicht in ihrer Unterwäsche wühlen. Ein Buch – das mit dem wunderschönen Emblem – nahm sie gleich zur Hand und warf sich damit auf ihr Bett. Ihre Finger kribbelten vor Aufregung, als sie es aufschlug.

Nach einigen Aufforderungen, mit Vorsicht an das Wissen, welches in diesem und anderen Zauberbüchern niedergeschrieben war, zu gehen, kam Amanda zu einem interessanteren Teil:

Da die Anfänge der Zauberei auf einem anderen Planeten liegen, und nur sehr wenige Zeugnisse davon existieren, können wir nicht das vollständige Wissen weitergeben.

Zu Anfang eine Warnung an alle Lehrlinge der Zauberkunst: Die ersten Zauberer, die gleichzeitig Magier waren, wurden durch ihren Größenwahn wieder zu Zauberern. Damit nahmen die Naturgesetze ihnen vorerst die Chance, geistig aufzusteigen. Denn es ist eines der Naturgesetze (die in diesem Buch noch ausführlich behandelt werden), dass man sich zu kontrollieren wissen muss, um vollkommene Weisheit und Macht zu erlangen. Dies sind die Voraussetzungen für einen Magier. Hierzu sei auch gesagt, dass dieser Planet seit den dreizehn Magiern keine Magie mehr gesehen hat.

Beginnen wir zunächst mit kleinen Schritten: Mit der Zauberei. Im Allgemeinen basiert die kurzanische Zauberkunst auf der Beeinflussung der vier Elemente: Feuer, Wasser, Erde und Luft. Dies sind die Grundbausteine. Auf ihnen sind alle Zauber aufgebaut. Als weiteres Element wird in einigen Kreisen ab einem höheren Zauberergrad auch der Geist oder der Grundgedanke, der hinter allem steht, gelehrt. Mit ihm sind sogar Beschwörungen möglich. Dies würde allerdings den Zweck dieses Buches verfehlen, da es lediglich die Grundlagen der Zauberei vermitteln soll und sich deshalb besonders für Lehrlinge eignet.

Je mehr Amanda las, desto schwerer fiel es ihr, das Buch wieder aus der Hand zu legen. So erfuhr sie, dass die Zauberformeln immer in der alten Sprache Kurzas gesprochen wurden, denn die ersten Zauberkundigen hatten sich dieser Sprache bedient, um die Elemente zu befehlen. In den Worten sammelte man seine Energie und setzte sie nach außen hin frei.

Der Autor dieses Buches konnte nicht richtig ausdrücken, was man bei einem gelungenem Zauber fühlte. Er schrieb nur, dass man Energie bündeln und mit den richtigen Worten der alten kurzanischen Sprache wirksam machen musste. Es konnten improvisierte Worte genutzt werden, die aber nicht doppeldeutig sein durften. Nicht alle Zauberer brauchten Zaubersprüche. Manchmal genügte es auch, wenn man sich die Wirkung eines Zaubers nur vorstellte. Oftmals nutzte man auch Zauberstäbe, welche die eigene Kraft bündelten, oder man lenkte mit den Händen die Energie in und um sich.

Amanda konnte sich unmöglich merken, geschweige denn vorstellen, was hier stand. Sie beschloss, der Reihe nach vorzugehen. Also befasste sie sich zuerst mit wichtigen Wörtern der altkurzanischen Sprache, wovon die ganzen ersten dreihundert der insgesamt fünfhundert Seiten handelten.

Erstaunlicherweise konnte Amanda schon nach fünf Minuten die vier wichtigsten Worte auswendig: ignis, terra, aqua, aura. Das bedeutete: Feuer, Erde, Wasser, Luft. Leider klangen nicht alle Worte so einfach. Doch wenn sie dazu noch einfache Befehle wie *Kugel* oder *Strahl* lernte, könnte sie die Elemente bald nach ihren Wünschen formen.

Erst als es langsam dunkel wurde, blickte Amanda von ihren Vokabeln auf. Wie spät war es? Abendbrotzeit? Amanda packte das Buch unter ihr Kopfkissen. Am liebsten hätte sie weiter gelesen, doch ihr Onkel war bestimmt schon beim Abendessen.

Sie hörte schon Geschirr klappern, als sie auf dem Flur stand.

Amatan war gerade dabei, den Tisch zu decken. Er würdigte sie keines Blickes. Auch während dem Essen sah er kein einziges Mal zu ihr herüber.

Aber heute hatte Amanda einen Sieg über ihren Onkel errungen. Zu gerne hätte sie laut darüber gelacht, aber das wäre bei ihrem Onkel wohl nicht so gut angekommen.

Als sie das Abendessen beendet hatten, räumte Amanda in Rekordzeit den Tisch ab. Amatan hatte sich schon längst wieder in sein Arbeitszimmer zurückgezogen.

In ihrem Zimmer entzündete Amanda eine Kerze auf dem Hocker neben ihrem Bett, kuschelte sich in ihre Bettdecke, holte das Buch unter dem Kissen hervor und wiederholte trotz des spärlichen Lichtes die Vokabeln. Es fiel ihr schwer, zu dieser Zeit konzentriert zu bleiben. Eine Weile starrte sie nur, ohne irgendetwas zu denken, die Wörter an. Sie rieb sich die Augen, machte aber weiter.

10. Kapitel – Feuer und Wasser

In jeder freien Minute nahm sie eines von Onkel Amatans Büchern zur Hand. Am Morgen wachte sie meist mit dem aufgeschlagenen Buch auf der Brust auf, mit dem sie in der Nacht eingeschlafen war. Während ihr Kerzenverbrauch rasch stieg, sank ihre Konzentrationsfähigkeit bei allem, was nichts mit Zauberei zu tun hatte.

Sie vergaß sogar die Fragen, die sie ihrem Onkel hatte stellen wollen. Vernachlässigte die Spurensuche nach der Vergangenheit ihrer Familie. Nicht einmal von den goldenen Augen wurde sie in letzter Zeit besucht. Aber auch das registrierte sie kaum, war wie berauscht von der neuen Welt, die in den Büchern ruhte.

Auch in der Mittagspause in der Praxis ließ sie sich nicht vom Lernen abhalten. Öfters fragte Dr. Niue, was sie da mache.

»Ich lese«, antwortete Amanda stets, ohne noch etwas hinzuzufügen. Sie befürchtete, sonst näher darauf eingehen zu müssen, wie sie an die Bücher gekommen war.

»Das sehe ich. Was liest du da?«

»Ach, nicht so wichtig«, seufzte Amanda dann immer. Nach etlichen ergebnislosen Versuchen sah die Doktorin offensichtlich ein, dass es keinen Sinn hatte, und gab die Fragerei auf.

Auch nach Arbeitsschluss lernte Amanda weiter, weshalb sie ihre Freunde in diesen Tagen nur selten zu Gesicht bekam. Auf dem Heimweg wechselte sie mit Thalita einige Worte. Danach lernte sie bis in die Nacht hinein.

»Du solltest dich einmal richtig ausschlafen«, stellte Dr. Niue eines Morgens fest.

»Ich weiß, ich weiß«, sagte Amanda, während sie ein Gähnen unterdrückte. »Aber zurzeit habe ich so viel zu tun«, wich sie aus. In ihrem Inneren aber gab sie der Doktorin Recht.

»Trotzdem, du musst dir Zeit zum Schlafen nehmen. Zu wenig Schlaf ist schlecht für die Gesundheit. Ich bin Ärztin. Du kannst es mir ruhig glauben.«

Deshalb nahm sich Amanda vor, an ihrem Wochenende gleich den ganzen Tag im Bett zu bleiben. Aber nicht ohne ihre Bücher!

Sie seufzte. »Ist gut. Ich werde versuchen mich auszuruhen«, wich Amanda weiteren Belehrungen der Doktorin aus. Sie setzte sich auf die Krankenliege in der Praxis und holte ein Buch und ein Butterbrot aus ihrer Tasche.

»Du liest doch nicht etwa die ganze Nacht in den Büchern?«, fragte Dr. Niue misstrauisch, woraufhin Amanda sich überführt fühlte und schwieg.

»Das ist das dritte Buch, das du zur Arbeit bringst. Man muss ein Rekordleser sein, um einen solchen Wälzer innerhalb von zwei Tagen zu lesen. Worum geht es darin überhaupt?«

Amanda schwieg weiter kleinmütig. *Was hatte die Doktorin für ein gutes Gedächtnis!*

»Also gut, dann sprich nicht mit mir. Aber, wenn du weiterhin deine Arbeit deswegen schleifen lässt, dann überlege dir, ob du überhaupt noch hier erscheinen möchtest.«

Erst jetzt blickte Amanda auf. Noch nie hatte sie ihre Chefin wütend gesehen und nun bekam sie ein schlechtes Gewissen. Ob Amanda ihr die Geschichte erzählen sollte?

Was soll's? Irgendwie musste sie ihr schlechtes Benehmen ausbügeln.

»Ich erzähle Ihnen etwas.« Sie klappte das Buch zu. »Aber nur, wenn Sie mir versprechen, mit niemanden darüber zu reden.«

»Das werde ich nicht, wenn es dir so wichtig ist.« Dr. Niue setzte sich auf den Stuhl vor ihrem Arbeitstisch und blickte sie erwartungsvoll an.

»Die Bücher habe ich von meinem Onkel *geliehen*. Ich muss sie schnell lesen, bevor er merkt, dass sie fehlen.«

Die Doktorin sah sie entsetzt an. »Du hast sie gestohlen? Warum?«

»Er weigert sich, mir das Zaubern beizubringen, obwohl ihm alle dazu raten.«

»Wer sind *alle*? Nein, lass, ich will keine Antwort. Ich misch mich da nicht ein. Aber was willst du machen, wenn er herausfindet, dass einige Bücher verschwunden sind?«

Amanda zuckte mit den Achseln. »Ich weiß nicht. Vielleicht kann ich das ja auf die Kobolde schieben, die in seinem Haus herumgeistern.«

»Kobolde vergreifen sich nicht an solchen Büchern. Mädchen, was hast du dir dabei gedacht? Konntest du deinen Onkel nicht höflich fragen?« Dr. Niues Stimme klang trotz ihrer Fassungslosigkeit so sanft wie immer. Mit ihr konnte man einfach nicht streiten.

»Ich habe ihn ganz nett gefragt«, verteidigte Amanda sich ebenso ruhig.

»Pass bloß auf, Kind! Dein Onkel ist ein wirklich guter Zauberer.«

»Woher wissen Sie das?«, fragte Amanda neugierig.

»Als dein Onkel noch ... geselliger war, ging er oft ins Dorf und erzählte. Wir kannten uns damals gut und haben oft miteinander geredet. Ich glaube übrigens, du müsstest im Krankenzimmer mal wieder Staub wischen«, erklärte Dr. Niue, die offensichtlich nicht näher auf das Thema eingehen wollte. Ihr war es wohl unangenehm, über Leute zu sprechen, die nicht anwesend waren. Das hatte Amanda schon oft bemerkt.

»Irgendetwas sagt mir, dass Sie froh darüber sind, das nicht selbst machen zu müssen«, antwortete Amanda vorlaut mit einem Augenzwinkern.

Bevor sie die Tür zum Behandlungszimmer schloss, wiederholte Dr. Niue ihren Rat: »Leg dich heute früher schlafen. Glaub mir: Das tut dir gut. Denk wenigstens darüber nach.«

Amanda dachte nach! Über andere Sachen. Sie suchte den perfekten Plan, wie sie ihre Freunde in ihren Tagesablaufplan schieben konnte und gleichzeitig Zeit zum Lernen hatte, ohne dass Onkel Amatan misstrauisch wurde. Außerdem musste sie sich auch noch mit Dr. Niues Pflanzenbuch beschäftigen und schlafen sollte sie.

Das Pflanzenbuch konnte sie in der Pause anschauen. Problem gelöst. Sie hatte es ohnehin fast durch. So gab es einen Punkt weniger.

Doch sie wollte von nun an weder eine Sekunde mit ihren Freunden einsparen, noch eine Sekunde des Lernens.

Das Kopfzerbrechen über ihren heutigen Tagesablauf entpuppte sich als überflüssig, als sie auf dem Heimweg Thalita begegnete.

»Oh, hallo, Ami. Wie läuft's mit deinem Onkel? Erzähl mir alles! Willst du Süßigkeiten?« Ganz die kleine Thalita. *Wie alt* sollte sie sein?

Das Mädchen hielt Amanda eine Handvoll Bonbons hin. Solche, die Amanda auch schon seit langem kaufen wollte, aber immer wieder vergaß. Dabei war der Süßwarenladen berühmt im Dorf.

»Kommst du mit in die Bäckerei?«, fragte sie Thalita, fest entschlossen, sich heute eine Pause zu gönnen. »Da können wir uns hinsetzen, was essen und reden. Das ist eine längere Geschichte.« Sie deutete auf die Bonbons. »Kann ich noch eins haben?«

»Natürlich, nimm nur. Das sind Sahnebonbons. Alte Rezeptur, aber unangefochtene Königin der Süßigkeiten.«

Thalita lächelte und sie machten sich auf zur Backstube. Nachdem sich jede von ihnen Kuchen und heiße Milch bestellt hatte, brachte Amanda Thalita auf den neuesten Stand. Ausführlicher, als sie es vorhin Dr. Niue erzählt hatte, berichtete sie ihrer Freundin von den neusten Ereignissen. Obwohl das Wassermädchen einen vollkommen anderen Charakter besaß als ihre Chefin, vertraute Amanda ihm. Dr. Niue ähnelte Amandas Mutter. Sie war vernünftig, lebensfroh und einfach liebenswürdig. Thalita hingegen war quirlig und plapperte wie ein Wasserfall – was vermutlich auf ihre Heimat zurückzuführen war. Dabei war es sowieso egal, ob sie etwas ausplauderte. Amatan redete mit niemandem und niemand mit ihm. Wie sollte er von irgendetwas erfahren? Ja, Dr. Niue und Thalita … und Haeveij, ihnen vertraute Amanda. Ihnen konnte sie alles erzählen.

Alles, was Thalita nach Amandas Schilderung fragte, war: »Und? Kannst du jetzt schon zaubern?« Über alles andere wunderte sich das Mädchen gar nicht mehr oder stellte es in den Hintergrund.

»Ich habe mich noch nicht getraut«, gab Amanda zu. »Je mehr ich über die Zauberei lese, desto mehr Angst habe ich davor. Es kann so vieles schiefgehen, wenn ich mich undeutlich ausdrücke. Statt einem Stein könnte ich einen Baum bewegen, falls ich mich nicht genug konzentriere.«

»Du bist ein Angstfischlein. Du musst es einmal probieren, sonst wirst du immer so hilflos sein.«

Amanda blickte hin und her gerissen auf ihre halbvolle Tasse.

»Fang doch einfach mit etwas Leichtem an«, wurde sie von ihrer Freundin ermutigt.

Darüber hatte Amanda auch schon nachgedacht. Aber etwas

Leichtes erschien Amanda trotzdem zu schwer. Es konnte so vieles schiefgehen.

»Wenn du es probierst, will ich aber dabei sein«, meinte Thalita.

»Ich weiß noch nicht einmal, ob meine Kräfte für die einfachsten Zauber ausreichen. Was ist, wenn ich mich überschätze?«

Thalita blickte Amanda ernst in die Augen. »Red keinen Unsinn. Du hast selbst gesagt, dass deine Familie so eine Art Überflieger sind im Zauberuniversum. Da ist es nur logisch, dass du das auch kannst. Jetzt sei nicht so ein verdammtes Angstfischlein, Ami!«

»Was ist eigentlich ein Angstfischlein?«, wollte Amanda nun wissen, als sie dieses Wort zum zweiten Mal hörte.

»Ich glaube, ihr würdet dazu Angsthase sagen oder Feigling. Aber wir waren bei einem anderen Thema«, ermahnte das Mädchen sie.

Amanda dachte kurz nach. Noch bevor sie eigentlich bereit war, erklärte sie: »Gut, ich mach's!« Nur, damit sie vor Thalita nicht als Angstfischlein dastand.

»Jetzt gleich? Bitte, ich will es sehen.«

»Von mir aus. Aber lieber nicht hier. Komm mit in den Wald.« Amanda drehte sich nach misstrauischen Blicken um.

Thalita folgte Amanda aufgeregt aus der Bäckerei, nachdem sie ausgetrunken und bezahlt hatten. Das Wassermädchen führte sie durch einige Gassen und über einen geheimen Pfad, um unbemerkt aus dem Dorf zu kommen. Den hatten sie und ihre Freunde entdeckt, erklärte Thalita stolz.

Jetzt käme also der große Moment. Amanda würde ihren ersten Zauber sprechen. Danach würde sie wissen, ob sie sich für die Zauberei eignete.

Als sie außer Sichtweite neugieriger Dorfbewohner am Waldrand hinter einigen Bäumen standen, hielten sie an. Amanda kramte in ihrem Gedächtnis nach einem einfachen Zauber, den sie heraufbeschwören konnte. Es fiel ihr schwer, einen leichten zu finden. Vielleicht hätte sie sich doch nicht darauf einlassen sollen!

Egal, jetzt gab es kein Zurück mehr.

Sie ging in Gedanken durch, wie sie ihren Zauber formulieren würde. Man sollte möglichst wenige Worte gebrauchen, damit keine Missverständnisse entstanden. Also musste sie einige Begriffe wegstreichen. Das nächtliche Vokabellernen hatte sich bezahlt gemacht. Schließlich war sie soweit. Ihre linke Hand hielt sie mit der Innenfläche nach oben vor sich. Sie konzentrierte sich auf ihren Atem. Als sie sich in voller Konzentration und Ruhe befand, stellte sie sich das Ziel ihres Zaubers vor und flüsterte: »Ignis«.

Doch, wie zu erwarten, geschah nichts. Kein Wunder, sehr überzeugt hatte sie sich nicht gerade geklungen. So versuchte sie es noch einmal.

Sie spürte Thalitas Blick neben ihr. Auch sie war neugierig und sicher noch aufgeregter als Amanda selbst. Die Augen geschlossen, dachte sie dieses Mal daran, wie die Energie des Wortes sich zu fester Materie umbildete und daraus ein knisterndes Feuer entstand. Laut sprach sie: »Ignem facere!«

Etwas erfolgreicher. Es entstand immerhin ein Funke! Als sie die Augen aufmachte, tanzte ein winziger, glühender Punkt auf ihrer Handfläche, der sofort wieder erlosch. War es nur eine optische Täuschung gewesen?

»Ignem facere! Ignis!«, wiederholte sie. Amanda nahm ein Kribbeln wahr, das durch ihren ganzen Körper bis in die Fingerspitzen lief. Als ob die Energie immer schon in ihrem Körper geschlummert und nur einen Zeitpunkt gesucht hätte, hervorzubrechen.

Sie schloss die Augen und begann von vorn: Atmen, sammeln, sprechen. Nachdem sie so viel gelesen hatte – nur drei

Bücher an der Zahl, aber immerhin ziemlich dicke – wusste sie, worauf es beim Zaubern ankam: Konzentration. Das war das Schwierigste daran. Sie musste sich an dem Bild in ihrem Kopf, das Wirklichkeit werden sollte, festklammern, als ob es schon hier wäre. Sie musste es fühlen, riechen, sehen ... Aber sie durfte sich dennoch nicht zu sehr verkrampfen.

Amanda probierte immer weiter. Mehr und mehr gewöhnte sie sich an das Gefühl und lernte, worauf sie zu achten hatte. Nach unzähligen Versuchen, die Thalita genauso gespannt verfolgte wie sie selbst, gelang es ihr, ein daumengroßes Feuer auf ihrer Hand zu entzünden. Es hielt für ganze drei Sekunden!

»Das war echt super! Mach weiter.« Thalitas Stimme drang wie aus einem anderen Raum zu Amanda und doch verstand sie jedes Wort.

»Das hatte ich vor«, erklärte sie begeistert. Sie konnte zaubern! Ihr Atem raste, nicht nur vor Glück. Das alles war nämlich auch verdammt anstrengend.

Thalita bemerkte es. »Aber überfordern solltest du dich auch nicht gleich am Anfang.«

Amanda ignorierte Thalitas widersprüchliche Ratschläge und übte weiter. Länger als fünf Sekunden konnte sie das Feuerchen allerdings nicht halten. Mehr schaffte sie nicht, ohne sich die Hand zu verbrennen. Diese war schon ganz rot. Trotz der unendlich vielen Versuche, die sie gebraucht hatte, war Amanda stolz auf ihr Werk. So versuchte sie einen weiteren Zauber. Etwas komplizierter. Sie wollte sehen, wie weit sie gehen konnte. »Ball ex aqua!« Einige Male murmelte sie diese Worte vor sich hin.

Endlich formte sich eine Murmel aus Wasser auf ihrer Handfläche. Jetzt kam der etwas schwierigere Teil. »Crescat, crescat, crescat...« Die Kugel wuchs aber kein Stückchen, sondern platzte einfach.

Thalita kicherte. »Noch mal«, bettelte sie.

Auch Amanda lachte und machte weiter, bis ihr sowohl Wasser als auch Schweiß die Stirn herunter liefen. Das hatte den positiven Effekt, dass sie nach der Anstrengung gleich eine Abkühlung erhielt.

»Wenn du jetzt noch einen ganzen Teich herzaubern könntest, wäre ich dir wirklich dankbar«, bemerkte Thalita sarkastisch. »Das war schon richtig gut. Vielleicht wirst du irgendwann deinen Onkel in einen Frosch verwandeln können.«

Sie lachten beide.

»Genau, und dann sperre ich ihn in so eine Wasserkugel.«

Den ganzen Nachmittag alberten sie so herum. Amanda wurde ganz schwummrig. Zugleich war sie erfüllt von Freude. Sie wollte schreien, tanzen. War das eine Art Rausch? Sie wollte immer mehr und mehr. Obwohl sie wusste, dass ihr die Kräfte schwanden, konnte sie nicht anders als weitermachen. Sobald Amanda neue Kraft schöpfte, wollte sie sie ausleben.

Sie wusste, dass dies ein Fehler sein könnte. Eigentlich ahnte sie schon, dass die Folgen dieser Sucht sich später bemerkbar machen würden. In irgendeinem Buch stand doch etwas davon … Aber es war so schön: Dieses Kribbeln, wenn ein Zauber gelang, das damit verbundene Glücksgefühl und die grenzenlose Freude beim Anblick des funkelnden Wassers.

Sicher, das waren alles nur kleine Kunststücke, die für richtige Zauberer ein Kinderspiel waren. Für Amanda aber war es ein fantastisches, neu gewonnenes Reich voller Farben und Licht. Sie konnte alles tun, was sie wollte. Eine Truhe voll Wunder, die jahrelang in einer Ecke gelegen hatte und nun geöffnet wurde.

»Das ist so unglaublich … unglaublich …« Amanda konnte ihre Faszination nicht in Worte fassen. Trotz ihrer Müdigkeit bemühte sie sich, die kopfgroße Wasserkugel in der Schwebe zu halten, die sie dieses Mal zustande gebracht hatte.

»Fantastisch, faszinierend, atemberaubend …?«, ergänzte

Thalita mit einem Leuchten in den Augen. Amanda spürte, dass auch sie aufgeregt war, aufgeregter als sie selbst. Sie spürte Thalitas Herzschlag, ihre kindliche Begeisterung beim Anblick des glänzenden Wassers. Sie lagen auf der Wiese. Amandas Augen waren geschlossen und sie spürte alles um sich herum. Sie nahm den Baum wahr, von welchem aus ein kleiner Vogel sie neugierig beäugte. Sie sah vor ihrem inneren Auge einen Käfer, der neben ihr durch das Gras krabbelte. Es kribbelte in ihr, die Energie pulsierte durch ihren Körper.

Als sie die Augen öffnete und die Kugel platzte, war alles vorbei. Das Wasser ergoss sich über sie. Weg war ihre Konzentration. Ihre Aufmerksamkeit galt nun wieder den verschiedenen Einflüssen der Umgebung. Es kam ihr vor, als ob sie aus einer fremden Welt zurückkehre. Was hatte sie in den letzten Stunden getan? Ihre Erinnerungen waren verschleiert. Sie dachte an die ersten kläglichen Zauberversuche und dann? Sie sah Feuer und Wasser. Der Rest waren verschwommene Bilder. War das normal? Sie glaubte, davon gelesen zu haben.

»Ami, es ist spät. Wir sollten langsam nach Hause gehen«, riss Thalita sie aus ihren wirren Gedanken.

»Ja, ich bin auch müde«, gab Amanda seufzend zu.

Die Sonne war schon weit zum Horizont gewandert und tauchte die Gassen des Dorfes in eine romantische Atmosphäre. Thalita summte fröhlich Lieder.

Amanda konnte sich kaum mehr auf den Beinen halten. Jetzt erst wurde ihr der Kraftverlust bewusst. Im Dorf befanden sie sich in einer unnatürlichen Umgebung, die wenig Energie spendete. Aus diesem Grunde wurde der Wald schon immer von Zauberern bevorzugt. Die natürliche Energie, die dort floss, unterstützte sie.

»Hast du morgen etwas vor? Ich würde gern noch so eine Wasserkugel sehen. Wir könnten doch öfters zusammen zaubern üben.«

»Du meinst wohl, ich übe, während du zuschaust.«

Thalita lächelte. »Du musst doch sicher auch Sprüche und so lernen. Ich kann dich abfragen und du zauberst mir als Gegenleistung Wasserkugeln? Oder vielleicht Würfel, oder ... nein Kugeln sind doch viel schöner.«

Amanda verdrehte die Augen und lächelte ebenfalls. Sie mochte Thalita, auch wenn sie schrecklich anstrengend sein konnte.

»Wo wohnst du eigentlich, Thalita? Ich könnte dich morgen abholen, wenn ich mit der Arbeit fertig bin.« Amanda würde zu gern sehen, wie ein Wassermensch lebte. Vielleicht in einem schwimmenden Haus?

»Ich weiß nicht, ob du das kannst«, entgegnete Thalita geheimnisvoll, musste jedoch sofort wieder kichern.

»Wieso? Warum lachst du?«

»Wenn du wüsstest ... Komm, ich zeige dir, wo ich wohne. Dann verstehst du meine Zweifel vielleicht.« Sie eilte voraus in Richtung Dorfwiese und wartete gar keine Antwort ab.

»Hallo Amanda, hallo Thalita«, wurden die beiden von ihren Freunden auf der Wiese begrüßt.

Auf die Frage, warum sie so nass seien, antworteten die beiden mit einem Schulterzucken. Thalita fügte hinzu: »Das ist ein Geheimnis. Wenn du es wissen willst, musst du uns morgen einen Korb Süßigkeiten mitbringen.«

»Irgendwann erstickst du noch in deinen Süßigkeiten«, sagte Toma.

Thalita, die heute gar nicht auf Streit aus war, ging wortlos an ihm vorbei und sprang durch den Bach. Amanda folgte ihr, aber an Land. Das war für sie leichter, als über die vielen Steine hüpfen zu müssen.

»Wir müssen noch ein Stück nach da hinten laufen«, erklärte Thalita und wies mit dem Finger in die Richtung, in die der Bach floss. Das Dorf also im Rücken, Wald und Wiese im

Blick hüpfte Thalita fröhlich weiter. Wie kleine Fische glitten ihre blau-silbernen Füße durchs Wasser.

11. Kapitel – Eine fremde Welt

Der Bach wurde mit der Zeit tiefer. Thalita konnte gerade so noch stehen. Etwa eine Stunde waren sie inzwischen gewandert. Noch dazu dunkelte es langsam. Wie spät mochte es sein? Sieben Uhr? Abendbrotszeit. Aber Onkel Amatan vermisste sie bestimmt nicht.

Trotz dessen war es keine gute Idee gewesen, gleich so einen langen Marsch anzutreten. Amanda spürte zwar, wie die Nähe zur natürlichen Energie des Wassers ihre Kraftreserven nach und nach wieder füllte. Allerdings brauchte sie diese Energie wieder zum Vorwärtskommen.

»Wie weit ist es noch?«

»Noch ein Stückchen.« Thalita war kein bisschen erschöpft.

»Das sagst du schon die ganze Zeit.«

»Ja, weil du einfach zu langsam bist. Normalerweise schaffe ich den Weg in einer halben Stunde.«

Die Ufer des Baches waren ein wenig auseinander gerückt seit Takar. Außerdem war der Bach um einiges tiefer geworden. Thalita konnte darin schon schwimmen und kam in unheimlichem Tempo voran. Was war hier los?

Thalita bemerkte Amandas rätselnden Blick.

»Da unten«, sie deutete ins Wasser, »hat mein Volk Gänge gegraben. Sie werden immer flacher, je näher man Takar kommt. In das Felsgestein weiter vorn im Wasser haben sie ihre Wohnungen eingebaut. Schau, der Eingang ist gleich da vorn.« Sie zeigte auf einen von Bäumen eingerahmten, glitzernden Streifen. Dort musste dieser Bach in einen See münden.

»Ich schwimme gerade über einer Straße. Einige Meter unter mir lauern giftige Schlangen, die uns lästige Besucher vom Leib halten sollen.«

Ein riesiger See lag vor ihnen. Die Oberfläche reflektierte das rote Sonnenlicht, das schon fast gänzlich hinterm Wald versunken war. Das erschien irgendwie surreal. Die Nadelbäume, die rings herum standen, warfen lange, kalte Schatten auf zwei Drittel des Gewässers.

Thalita flüsterte mit dem Wasser. Nein, mit etwas *im* Wasser. Es bewegte sich hin und her ... Amanda hielt prompt die Luft an. Jetzt verstand sie. Es waren die Schlangen, die den See rot schimmern ließen. Sie waren hier überall. Sie schauderte, als ihr klar wurde, dass dieses märchenhafte Bild vor ihr tödlich war. Der See war sprichwörtlich eine Schlangengrube.

»Komm rein«, rief Thalita Amanda zu.

Panisch sah diese zu ihrer Freundin hinüber.

»Du musst keine Angst vor ihnen haben«, versicherte Thalita. »Sie werden dir nichts tun.«

Vorsichtig und skeptisch tauchte Amanda einen Fuß ins Wasser. Keine Schlangen mehr zu sehen. Als sie keine Bisse wahrnahm, ließ sie sich schließlich ganz hinein sinken. Sie zuckte zusammen, als doch noch eines dieser glitschigen Tiere sie streifte.

»Du musst jetzt eine Weile die Luft anhalten, bis wir in eine Unterwasserhöhle kommen. Am besten, du hältst dich an mir fest, um dich nicht zu verirren. Keine Angst, das dauert nicht lang.« Sie schwammen bis zur Mitte des Sees. Von hier wirkte er viel größer, als vom Ufer aus betrachtet.

»Alles klar«, sagte Amanda, war sich aber selbst nicht sicher, ob sie das durchhalten würde. Ihre Kleidung fühlte sich an wie Blei. Amanda holte noch einmal tief Luft und legte eine Hand auf Thalitas Schulter wie geheißen. Gleich darauf tauchten sie unter. Vorbei an vereinzelten, schleimigen, schlängelnden Körpern, die ihnen eine Gasse bildeten. Fasziniert betrachtete Amanda die verschwommenen Linien. Unter ihr breitete sich nun eine atemberaubende Landschaft aus. Sie konnte eine grüne Wiese – vermutlich Algen – erkennen. Rote Gebilde, die Amanda nicht identifizieren konnte, wuchsen nahe der Felswände, die sie einrahmten. Doch das war nicht alles. Um sie herum schwammen schillernde Fische.

Bei aller Bewunderung der Wasserwelt vergaß Amanda kurzzeitig, dass sie nicht atmen konnte. Sie hätte bei dem Anblick ohnehin schlagartig die Luft angehalten. Wie lange dauerte es noch? Thalita war – dem Himmel sei Dank – eine schnelle Schwimmerin. Sie befanden sich jetzt wohl in einem der Gänge, die Thalita vorhin erwähnt hatte. Tatsächlich sah Amanda, als sie gen Himmel blickte, ein dickes Knäuel rot-silbern glänzender Stränge – die Schlangen hatten sich wieder zusammengefunden.

An den Wänden erkannte Amanda ab und an ein paar dunkle Stellen. Eingänge?

Amanda hatte das Gefühl, ihre Lungen müssten jeden Moment platzen und bestimmt lief ihr Gesicht schon lila an. Beinahe hätte sie versucht, nach Luft zu schnappen, bis sie sich erinnerte, dass das ja hier unten nicht möglich war. Ihr wurde schwindlig. Sie registrierte, wie sie in etwas Dunkles gezogen wurde, bis sie Kühle um sich herum spürte. Instinktiv holte sie Luft.

»Alles in Ordnung?«, fragte Thalita.

Amanda schüttelte den Kopf, unfähig etwas zu sagen.

»Ich bin fast tot.«

»Tut mir leid«, entschuldigte sich das Wassermädchen. »Willst du dich erst einmal ausruhen?«

Amanda nickte. Sie atmete! Unter Wasser! Wie war das möglich? Sie blickte verwundert um sich.

»Gut, ich kann dir inzwischen erzählen, wo du dich gerade

befindest. Also, das ist die Aura-Höhle. Sie ist ein Wunderwerk der Unterwasserbaukunst. Sie ist zur Hälfte mit Wasser gefüllt, zur anderen Hälfte mit Luft. Der Eingang befindet sich zwar unter Wasser, der Wasserspiegel hier drin steigt jedoch nicht. Und das Beste ist: Der Sauerstoff in der Höhle geht niemals aus. Das liegt an den Algen, die an den Wänden wachsen. Solche Höhlen sind äußerst selten. Man vermutet, sie wurden durch Magie erschaffen. Anders kann man sich das nicht erklären.«

»Darf man dann hier überhaupt rein oder ist das eine Art Heiligtum?« Amanda wollte eigentlich sarkastisch klingen, das klappte aber nicht ganz aufgrund ihrer Atemnot.

»Ein Heiligtum? Nein, so etwas haben wir nicht. Wir glauben an die Naturgeister. Sie brauchen keine Tempel. Wir verehren sie und danken ihnen, wo und wann immer wir es für angebracht halten. Willst du weiter?«

Thalitas ständiger Themenwechsel konnte einen schon irritieren, aber Amanda hatte sich daran gewöhnt. »Wie weit ist es noch?«

»Nicht weiter als der Weg, den wir bis hierher geschwommen sind.«

»Also gut.« Seufzend legte Amanda wieder eine Hand auf die Schulter des Wassermädchens, holte tief Luft und schon waren sie wieder im Wasser.

Die Umgebung außerhalb der Höhle hatte sich gewandelt. Amanda erkannte viele blaue, grüne, ja, sogar rote Leiber, die wie Fische durchs Wasser glitten. Lag es an Amandas untrainierten Augen oder besaßen manche dieser Leute wirklich einen Fischschwanz?

Das Vorwärtskommen erwies sich hier als schwieriger. Das bunte Treiben erinnerte an Takars Dorfstraße.

Thalita hatte Recht behalten mit dem kürzeren Weg. Sie war nur um die nächste Ecke gebogen, als sie in eine weitere Höhle hinein schwamm. Amanda erkannte große, eiförmige Gebilde, die im Wasser schwebten. Thalita schwamm auf eins von ihnen zu und zog Amanda mit sich. Das Wassermädchen wies sie an, hineinzusteigen. Amanda warf ihr einen skeptischen Blick zu. Ungeschickt setzte sie einen Fuß hinein. Das Gebilde stellte sich als eine Luftblase heraus. Als Amanda eintrat, platzte sie nicht, sondern schloss sie in sich ein. Amanda stellte erleichtert fest, dass sie atmen konnte. Zu ihrer Überraschung hörte sie auch, was Thalita draußen im Wasser sagte.

»In dieser Blase kannst du beruhigt atmen. Sie zieht den Sauerstoff aus dem Wasser und verstärkt außerdem die Schallwellen.«

Wie war das möglich? Zauberei!

»Wahnsinn«, staunte Amanda. »Wie verständigt ihr euch im Wasser?« Das war nur eine von den hundert Fragen, die durch ihren Kopf flatterten.

Während Thalita antwortete, bestaunte Amanda das Haus, in dem sie sich befanden, wenn man diese Wohnstätte denn so nennen konnte. Höhle traf es besser. Durch ihre Luftblase konnte Amanda nun alles genauestens erkennen. Die Möbel waren aus den glatten, steinernen Wänden gehauen.

»Reden können wir, weil wir uns die Akustik des Wassers zunutze zu machen wissen. Das liegt in den Genen. Wir besitzen besonders strapazierfähige Stimmbänder. Aber oftmals wird nicht mit normalen Worten kommuniziert. Eher mit Lauten. Das Reden auf diese Art ist einfach, wenn man weiß, wie die Schallwellen sich verhalten.«

»Und die Blasen. Was hat es mit denen auf sich?« Amanda tippte fasziniert mit dem Finger die elastische Membran an. Sie gab den Druck nach und dehnte sich nach außen.

»Wir Wassermenschen besitzen sowohl Kiemen als auch Lungen. Aber diese Organe sind lange nicht so belastbar wie bei Fischen beziehungsweise wie die Lungen bei Menschen.

Deshalb müssen wir die Umgebung zum Atmen immer mal wechseln. Unter Wasser benutzen wir diese hübschen Blasen als bequeme Lösung. Und dann sind diese Luftblasen natürlich auch noch eine wundervolle Dekoration.« So schnell und fließend, wie sie redete, war Thalita sicher Meisterin darin, ohne Luft auszukommen.

»Aha, und das hier ist also dein Haus?«, schloss Amanda. Sie betrachtete die in den Fels gehauenen Symbole an der Wand oberhalb des steinernen Esstisches: ineinander verschlungene Kreise, manche enthielten geometrische Formen. Andere schienen nur da zu sein, um den Platz zu füllen. Ein Labyrinth aus Strichen, dachte Amanda. Und irgendwie schloss sich das Ganze zu einer ungewöhnlichen Ordnung zusammen.

»Ja, das ist mein Zuhause. Kannst mich ja mal besuchen.« Thalita setzte sich auf eine Art Sofa, das neben dem Esstisch stand. Ob das dunkelgrüne Polster aus Algen bestand, fragte sich Amanda. Bequem sah es jedenfalls aus. Gewöhnliche Seide oder überhaupt, gewöhnlicher Stoff von *oben*, würde Wasser doch nicht lange Zeit schadlos überstehen. Der kleine Tisch aus Glas war da schon realistischer für Amanda.

»Ist es eigentlich legal, einen Menschen hier herunter zu lassen?«, fragte sie Thalita. Die Schlangen oben waren schließlich nicht umsonst da. Diese Menschen mussten einen Grund haben, sich abzuschotten.

Thalita legte den Kopf schief und sah nachdenklich um sich.

»Das ist wohl ein *Nein*«, stellte Amanda fest.

»Eigentlich, darf man das nicht. Aber es gibt Ausnahmen.« Sie grinste. »Willst du wissen, wie man hier so wohnt? Komm mit, oben ist mein Zimmer und das meines Bruders. Ich könnte uns …«

Ihr berühmter Themenwechsel.

»Welche Ausnahmen?«, unterbrach Amanda erwartungsvoll. Ihre Freundin ließ sich sonderbarerweise Zeit mit einer Antwort. »Zum Beispiel, wenn man ein Gast wichtiger Personen ist, oder ein Abkommen mit dem Rat treffen will, oder eben alles Wichtige besprechen muss …«

»Aber das habe ich nicht vor«, entgegnete Amanda skeptisch. Sie fühlte sich langsam immer unbehaglicher, was zum Teil daran lag, dass sie wehrlos in einer Blase gefangen war.

Thalita schwieg.

»Du hättest wegen mir nichts Verbotenes tun müssen. Ich wollte doch nur wissen, wo du wohnst. Was, wenn uns jemand erwischt?«

Zu spät, fiel ihr ein, als sie an die Wassermenschen auf den Straßen dachte. Oh, was hatte sie nur getan?

»Ganz so illegal ist das ja auch nicht«, beschwichtigte Thalita. »Uns wird schon niemand deswegen verhaften.«

»Warum? Ist das nun verboten oder nicht?«

»Na ja, das ist so: Ich kenne die Königin recht gut. Aber was ich jetzt sage, bleibt unter uns.« Thalita blickte Amanda zum ersten Mal ernst an. In ihrem Gesicht erkannte diese plötzlich etwas erwachsen Anmutendes. Dieser Blick *passte* sogar zu ihr, ebenso gut, wie das niedliche Kindergesicht. Amanda nickte.

»Gut, ich möchte nämlich keinen unnötigen Aufruhr deswegen«, fuhr sie sachlich fort. »Die *Königin der kurzanischen Seen* ist meine Tante und ich bin ihre höchste Vertraute. Daher habe ich einige Privilegien. Bitte erzähl das niemandem.«

»Das ist ein Scherz«, war alles, was Amanda dazu sagen konnte.

Thalita schaute ein bisschen schuldbewusst drein. Ob aus dem Grund, dass sie es nicht früher gesagt hatte oder weil sie gerade ein Geheimnis ausgeplaudert hatte, konnte Amanda nicht sagen.

»Sie liegt mit jedem anderen Verwandten im Streit. Verständlich, in solch einer Position kann man es eben niemandem recht machen. Doch die einzige in ihrer Verwandtschaft, die das versteht, scheine ich zu sein. Sie möchte sogar, dass ich ihr Amt übernehme. Bis dahin dauert es natürlich noch ein paar Jahre. Wir Wassermenschen können durchaus dreihundert Jahre alt werden. Es gibt in der Stadt sogar jemanden, der behauptet, er kannte den Sohn eines Zauberers persönlich, der zur ersten Generation gehörte, die auf Kurza siedelte.«

Amanda nahm die letzten Sätze kaum wahr. »Ich fasse es nicht.« Sie griff sich mit der Hand an den Kopf. Eine Fieberfantasie war das hier jedenfalls nicht. Ob man es überhaupt merken würde, befände man sich in einer solchen? Sie stand in einer Luftblase, mitten in einer riesigen Unterwasserwelt! Neben einer Art Meeresprinzessin! Seufzend setzte sie sich in ihre Luftblase, welche ihre Bewegung durch ein albernes Schwabbeln ausglich.

Thalita lachte vergnügt.

»Weiß dein Volk davon?«, fragte Amanda.

»Einige von ihnen. Weißt du, wir bleiben viel für uns, begeben uns ganz selten an die Oberfläche. Mir geht es nur darum, dass es niemand von oben weiß. Keine Ahnung, was die anderen sonst von mir denken. Sie würden ihr Verhalten mir gegenüber vielleicht total verändern, mich noch schräger anschauen. Es reicht schon, dass sie sonst alles belächeln, was ich sage.« Sie schüttelte den Kopf. »Nicht einmal meine Cousins wissen, dass ich so gut mit der Königin vertraut bin.«

Wie hatte die quasselige Thalita das jahrelang verheimlichen können? Sie musste unendlich froh sein, es endlich loswerden zu können.

»Komm, ich zeige dir ein bisschen, wie es hier so aussieht«, schlug Thalita vor.

»Du bist gut. Wie soll ich mich fortbewegen in dem Ding?« Amanda schlug demonstrativ an die Blase.

»Du kannst doch zaubern«, erinnerte Thalita.

Amanda dachte kurz nach. Sie befand sich in Luft. Die musste sie nur noch bewegen können. Mit geschlossenen Augen, in voller Konzentration, nahm sie alle Luftmoleküle in der Blase wahr.

»Dextrorsam«, befahl sie zögernd.

Die Blase machte einen Satz nach rechts. Ein kleines Luftbläschen blieb unverändert an seiner Ausgangsposition zurück. Diese Moleküle hatte die Blase, ihrer gewohnten Arbeit folgend, gerade aus dem Wasser gefiltert und in Sauerstoff umgewandelt, als Amanda sich in Bewegung setzte. Entsprechend konnte Amanda die neuen Moleküle nicht mehr mit ihren Kräften umklammern, weshalb die kleine Luftblase dort stehen blieb. Verblüffenderweise wusste Amanda all das, ohne je davon in einem Buch gelesen zu haben. Zauberei erweiterte offenbar den Horizont. Es dauerte nicht lange, bis Amanda das Steuern beherrschte. Schnell bekam sie ein Gefühl dafür.

Währenddessen zeigte Thalita ihr das Haus. Was von außen wie eine Höhle aussah, ähnelte innerlich in keiner Weise einem Haus von *oben*. Steinerne Möbel, meist in Rottönen, trugen verschlungene Muster – angepasst an die Wandgestaltung im ersten Raum. Im Flur stand eine Glasvitrine.

»Ist dieses Glas von Glasfischen gemacht worden?«, wollte Amanda wissen.

»Von einer etwas größeren Art von ihnen«, antwortete Thalita.

An der Decke entdeckte Amanda weitere Luftblasen mit gelblich leuchtenden Punkten darin. Thalita bemerkte ihren Blick. »Das ist Lichtgras. In den Glaskugeln verstärkt es seine Leuchtkraft und wird daher hier unten als Kerze eingesetzt.«

»Brennt es auch irgendwann ab?« Amanda ohrfeigte sich geistig für die Frage. Sie waren im *Wasser*. Was konnte da schon brennen?

Thalita lachte »Es erlischt nur irgendwann. Manchmal schon nach Tagen, manchmal nach Monaten.«

Thalita ging – nein, schwebte durch einen roten Perlenvorhang nach draußen. Haustüren gab es anscheinend keine, denn die beiden befanden sich zwischen den anderen Wassermenschen auf der »Straße«. Der Anblick war überwältigend. Neben ihnen erstreckten sich die Steinwände meterhoch gen Himmel. Balkone reihten sich über- und aneinander wie an einem einzigen, riesigen Haus. Über den schwarzen Löchern in den Wänden, die tatsächlich Eingänge waren, waren Zeichen graviert, die anzeigten, wer hinter diesen Eingängen wohnte oder welcher Laden sich dahinter verbarg. Die Lebensmittelläden, deren Theken direkt neben der *Straße* in die steinernen Wände gehauen waren, führten hauptsächlich Algenvariationen und Fisch.

Thalita erzählte, dass sie das gute Essen an der Oberfläche lieber mochte, insbesondere die Süßigkeiten, wobei Seegras auch viele Geschmacksrichtungen kannte.

Eigentlich wollte Amanda viel mehr über ein bestimmtes Thema wissen: die Königin. Thalita hatte sie neugierig gemacht. Diese plapperte auch wie ein Wasserfall auf ihre Frage hin. Ihr gefiel es, im Mittelpunkt zu stehen, während Amanda sich in ihrer Blase ein bisschen abgeschnitten vorkam. Für Zuschauer sah das sicher sehr lustig aus.

»Königin Marialle ist echt nett«, sagte Thalita zum gefühlten hundertsten Mal. »Sie versucht es jedem recht zu machen und steigert sich manchmal zu sehr hinein. Ich kann nicht verstehen, warum manche so unzufrieden mit ihr sind. In einem Reich von dieser Größe ist das wohl verständlich. Es gibt immer Leute, die dich nicht leiden können.«

»Wie groß ist dieses Reich denn?«, unterbrach Amanda Thalitas Ausführungen.

»Nun, eigentlich gehören alle Wasser in Dahrben ihr. Dazu zählt dieser See mit allen abzweigenden Gängen – *Bachläufen*, wenn man es von *oben* betrachtet – und den vier weiteren kurzanischen Seen, inklusive deren Gängen und Flüssen. Die Meere gehören größtenteils zu den äußeren Territorien. Wie sie verwaltet werden, weiß ich nicht. Es heißt, die Königin ist auch die Wächterin der Grenzen, da Dahrben von Wasser eingefasst ist.«

Amanda konnte diese Tragweiten noch gar nicht begreifen. Ein Märchen! Ein Traum. Etwas anderes konnte nicht der Realität entsprechen!

»Früher war das Wasserreich noch größer. Da gab es noch mehr Bäche und Teiche in Dahrben, erzählte man mir. Doch nach und nach trockneten viele von ihnen aus. Man sagt, dass es bei den Insulanern im Norden ähnlich ist. Es existieren Aufzeichnungen von vor knapp dreihundert Jahren, in denen von blühenden Wiesen berichtet wird. Heute gibt es dort oben Sand und Steppen.«

»Seltsam«, murmelte Amanda, die im Moment nur Augen für die meterlangen, silbernen Fischtheken eines Händlers hatte. Direkt über seinem Geschäft war ein weiteres, welches allerdings bläuliche Fische anbot. Der Händler dort und eine Kundin mit violettem Fischschwanz starrten Amanda nach.

»Ein alter Zauberer sagte: *Alles ist vergänglich, aus alter Asche können neue Diamanten entstehen*«, sagte Amanda zu ihrer Freundin.

Thalita grinste. »Schöner Spruch. Den muss ich mir merken.«

»Erzähl noch mehr von dir und der Königin, damit ich das wirklich glauben kann«, bat Amanda.

Thalita plauderte sogleich drauf los. Sie erklärte, dass sie gegen den Willen ihrer Eltern als Botschafterin der Königin tätig war. Thalita liebte ihre Tante ebenso wie ihre Eltern und hatte als Kind nichts unversucht gelassen, ihre Familie wieder zu vereinen. Alles vergeblich. Aufgrund der gespaltenen Meinungen vermied sie es, in der Öffentlichkeit über ihre Tante zu reden. Diese fand wenig Zeit für ihr eigenes Leben und investierte ihre Energie in die Politik.

Thalita hörte überhaupt nicht mehr auf zu reden. Deshalb hörte Amanda nur noch mit halbem Ohr zu und beobachtete das Treiben der Stadt. Mit einer unglaublichen Eleganz schwebten die Menschen hier durch das Wasser und mit einer unglaublichen Geschwindigkeit.

Erst war es Amanda peinlich gewesen, als die Wassermenschen sie so angesehen hatten, doch nun lächelte sie freundlich zurück.

Vom Aussehen und dem Körperbau her unterschieden sie sich wenig von normalen Menschen. Charakteristisch für die Wasserbewohner waren besonders die großen Augen, wie Thalita sie besaß. Viele trugen auch bunte, schuppige, schillernde Haut. Von Heringsgrau bis Paradiesfischbunt waren alle Farben vertreten. Viele der Bewohner besaßen sogar Schwimmhäute und Flossen. Auch ihre Kleidung war anders – sofern sie welche trugen. In der Regel bestand sie aus gefärbtem Stoff, der ähnlich aussah wie Leinen. Die langen, im Wasser wirbelnden Fransen daran faszinierten Amanda. Wie Blätter im Wind.

In der abendlichen Atmosphäre wirkte das beinahe gespenstisch. Kleine Leuchtguppys erhellten das Wasser, als es zunehmend finster wurde. Immer mehr dieser Tierchen tauchten vor ihr auf. Im Hintergrund konnte man noch dunkel die Umrisse der Höhlen erkennen, und davor tanzten scheinbar Sterne. Die Welt hier unten war ein ganz anderes Universum.

Amanda hatte gedacht, Takar wäre schon ein riesiges Märchen. Aber hier unten war es beinahe noch schöner.

Thalita schwamm weiter munter durch die Straßen. Sie war das alles gewohnt. Amanda schob ihre Blase nur ungern weiter. Jeder Schritt – wenn man es denn so nennen konnte – offenbarte neue atemberaubende Szenerien, von denen sie sich nur schwer trennen konnte.

»Thalita, ich glaube, ich sollte allmählich gehen«, meinte sie aber dann doch schweren Herzens. Das Wasser wurde langsam kalt, was sie auch in ihrer Luftblase spürte. Noch eine halbe Stunde, dann sähe sie so blau aus wie Thalita.

»Das glaube ich auch.« Thalitas Stimme klang ebenfalls traurig. »Ich werde dich wieder zurück begleiten.«

Gemeinsam schwammen die beiden zur Oberfläche, wobei Amanda sich überwinden musste, im Dunkel die Leiber der Schlangen zu passieren.

Das Wasser war eisig, stellte Amanda fest, als die Luftblase kurz vor der Wasseroberfläche zerplatzte. In all der Zeit waren ihre Kleidung und Haare in der Blase getrocknet, sodass sie ohne Vorwarnung von einem Moment auf den anderen bis auf die Haut durchnässt im kalten, kalten Wasser schwamm. Die frische Luft versetzte ihr beinahe einen Schock.

»Ich hab dir einen Freund gerufen, damit du nicht gegen den Strom schwimmen musst.« Thalita grinste fröhlich, was Amanda dazu veranlasste, sich Sorgen zu machen. Einen Freund? Amanda nahm den Schatten unter Wasser gar nicht wahr, bis er plötzlich empor schnellte. Sie schrie, als ein riesiger Fisch über sie flog und kurz darauf wieder ins Wasser plumpste. Sekunden später streckte selbiger den mächtigen Rumpf an die Oberfläche. Amandas Atem geriet ins Stocken. Einen Augenblick lang hielt sie in ihren Schwimmbewegungen inne.

»Das ist Pi-Maj«, stellte Thalita ihren Freund vor. »Einer der schnellsten Fische unseres Sees. Üblicherweise überbringt er Botschaften zu Nachbarseen, aber heute macht er eine Ausnahme. Nur für dich.« Das Wassermädchen streichelte liebevoll über die rosenfarbenen Schuppen. Einige davon glänzten auch silbern im Mondenschein. Eine hauchdünne violette Flosse zierte den Rücken des übergroßen Wesens. Wenn man den Umrissen im Wasser glaubte, war es doppelt so lang, wie Amanda groß war! Es erinnerte eher an eine dicke Schlange als an einen Fisch.

Amandas Magen verkrampfte. Unheimlich. Wahnsinnig schön, aber verdammt gruselig.

»Du brauchst keine Angst zu haben«, erklärte Thalita, der Amandas entsetzte Miene nicht entgangen war. »Umklammere mit deinen Händen einfach seine Rückenflosse. Er weiß schon, was er zu tun hat. Das ist wie auf Pferden reiten.«

Diese Anspielung machte Amanda nur geringfügig Mut. So also musste Thalita sich gefühlt haben im Wald. Während sie noch schwer schluckte, ertränkte ihre Freundin sie fast bei einer beschwingten Umarmung.

»Bis zum Dorf ist es nicht mehr weit. Du kannst mich ja mal wieder besuchen kommen«, forderte sie Amanda schmunzelnd auf.

Amanda bemühte sich ebenfalls um ein Lächeln, als sie sich auf den Rücken des Riesenfischs kämpfte. Ganz wohl war ihr dabei nicht. Sie umfasste die zarte Flosse, die sich als ungeahnt robust herausstellte. Der Fisch reckte neugierig seinen Kopf aus dem Wasser. Er erinnerte Amanda an einen Drachen. Statt gefährlichen Hörnern besaß er zarte Flossen. Tiefgründige silberne Augen schauten das ängstliche Mädchen an. Lächelte er etwa?

Thalita gab einen gurgelnden Laut von sich und schon düste der Fisch los. In welcher Geschwindigkeit! Es war wie Fliegen! Amanda schrie auf. Das war Wahnsinn! Aber so schön. Amandas Furcht vor der Riesenkreatur war bald vergessen. In den Vordergrund trat das Gefühl der Schwerelosigkeit. Elegant wand das Wesen sich durch das Wasser. Wie ein Drache durch die Lüfte segelt, schoss es Amanda in den Kopf. Auf und ab, rechts, links. Mal tauchte Amanda mit ihm unter, dann tauchten sie wieder auf.

Als der Bach immer flacher wurde, hielt das Wesen schließlich an. Da konnte ihr neuer Freund nicht weiter schwimmen.

Die letzten Schritte musste Amanda wohl allein gehen. Ihr Herz raste, ebenso ihr Atem. Erleichtert stellte sie fest, dass sie in der Ferne schon eine Laterne ausmachen konnte. Weit war es also nicht mehr bis nach Hause.

»Danke Pi-Maj«, sagte sie, als sie aus dem Wasser gekrabbelt war. Sie fror bis auf die Knochen. Kaum bewegen konnte sie sich. Im Vergleich dazu war das Wasser brühwarm.

Der große Fisch gurgelte und wandte sich in die andere Richtung um.

Bibbernd setzte Amanda sich in Bewegung. Sie war drauf und dran, sich an Ort und Stelle niederzulassen und einfach einzuschlafen. Die nassen Kleider klebten an ihr wie Gewichte. Es würde sie nicht wundern, wenn sie morgen hustend und schniefend im Bett läge.

Irgendwie schleppte sie sich dann aber doch schnaufend und zähneklappernd die endlose Treppe hinauf und ins Haus.

Geschafft für heute.

12. Kapitel – Ärger

Amanda war am Verzweifeln. Wie lange saß sie nun schon hier? Hatte die Doktorin nicht gesagt, dass der Lieferant um drei Uhr nachmittags am Dorfeingang eintreffen sollte? Sie stöhnte genervt und setzte sich auf den Baumstumpf, der neben ihr lag.

Das hieß wohl, sie würde heute Überstunden machen.

Die Lieferung hätte schon vor einer Stunde da sein müssen. Da Dr. Niue noch allerhand in der Praxis zu tun hatte, war es an Amanda, die bestellten Kräuterpakete entgegenzunehmen. Ausgerechnet heute, fluchte Amanda in Gedanken. Sie musste rechtzeitig nach Hause, denn ihre nassen Kleider hatte sie gestern nur provisorisch aus dem Fenster gehängt. Am Morgen waren sie immer noch ein wenig feucht gewesen, weshalb Amanda sie hatte hängen gelassen. Nun aber kamen ihr Bedenken, ob sie bei dem momentanen Wind auch wirklich dort hängen blieben.

Aber immerhin war sie zur Abwechslung mal ausgeruht. In dieser Nacht hatte sie fest und lang geschlafen. Vielleicht hatte Thalitas Wasser auch eine regenerierende Wirkung für Menschen.

Heute Morgen hatte sie extra noch ein paar Zauber ausprobiert, mit denen sie unter Wasser atmen konnte. Das Unterwasserreich, in dem Thalita lebte, hatte sie so fasziniert, dass sie unbedingt noch einmal dorthin wollte.

Thalita wird staunen, dachte Amanda. Ob sie sie überhaupt noch einmal mitnehmen würde? Die Unterwasserwelt war nicht umsonst von Schlangen bewacht. Ob man sie schon bei der Königin verpetzt hatte? Standen in einem von Onkel Amatans Büchern nicht auch Unsichtbarkeitssprüche? Amanda hatte davon gelesen, dass manche Zauberer eins mit der Luft werden konnten. In ihrem Fall musste sie das mit dem Wasser tun. Das musste sie Thalita unbedingt erzählen! Vorausgesetzt, Dr. Niues Lieferant kam noch vor dem morgigen Tag. Amanda strich sich eine nervige rote Haarsträhne aus dem Gesicht. In ihren Haaren hing teilweise immer noch Seetang und bis jetzt hatte Amanda sie noch in keine anständige Frisur gebracht.

Endlich! Am Horizont nahm sie ein kleines, schwarzes Gebilde war. Sie stand von ihrem Baumstumpf auf und versuchte zu erkennen, was das sein könnte. Rasch kam es näher. Ein Postvogel. Es war ein Storch. An seinen Krallen hingen mehrere Säcke. Kaum zu glauben, dass dieser Vogel die alle tragen konnte.

»Endlich«, rief Amanda, als der Poststorch in Hörweite war.

Der Vogel kreiste ein paar Mal lautlos über Amanda und ließ dann zwei der Säcke fallen, die ihr fast auf den Kopf heruntergestürzt wären. Amanda vernahm ein belustigtes Klappern, als der Storch weiterflog.

Sie warf sich die zwei Säcke, die sich erstaunlich leicht anfühlten, über die Schulter und ging zurück ins Dorf. Sie konnte jedoch nicht widerstehen, in den Süßwarenladen zu schauen. Für ihr erarbeitetes Geld, das noch nicht für andere Nahrungsmittel draufgegangen war, kaufte sie zwei Tüten Bonbons. Eine davon für Thalita. Natürlich musste Amanda einige davon gleich nach Erwerb probieren, bis ihr Magen protestierte. Als sie an der Praxis ankam, war bereits die Hälfte der Süßigkeiten aufgegessen.

Dr. Niue kam gerade aus dem Krankenzimmer heraus, als Amanda den Vorraum betrat. »Deswegen hat es also so lange

gedauert«, sagte die Doktorin mit einem Lächeln im Gesicht und einem Blick auf die Süßigkeiten.
»Ihr Lieferant hat eine Stunde lang auf sich warten lassen.«
»Ja, Kaalappa kommt nie zur rechten Zeit. Mal früher, mal später. Ich habe immer wieder versucht, seine Logik zu verstehen, und inzwischen aufgegeben.«
Amanda grinste und zwang sich, die restlichen Bonbons für schlechte Zeiten aufzuheben.
»Dafür kannst du morgen eine Stunde später anfangen oder früher aufhören, wie du willst. Für heute bist du entlassen, bevor dein Nachmittag ganz ruiniert ist.«
Dr. Niue war mit Abstand die beste Chefin auf ganz Kurza. Ihre liebevolle Art ließ so manchen Kranken schon allein davon gesunden. Die Doktorin sagte immer wieder, dass die meisten Leute einfach mal jemanden brauchten, bei dem sie sich *ausschreien* und alle Sorgen abladen konnten, um sich leichter und besser zu fühlen. Dr. Niue nahm das stets mit einem Lächeln hin.
»Vielen Dank. Bis morgen.«

Auf der Wiese neben dem Dorfausgang waren ihre Freunde in eine heftige Diskussion vertieft. In der Hoffnung, Thalita dort anzutreffen, näherte Amanda sich ihnen.
»Aber das ist doch unlogisch. Warum sollte ich so etwas versuchen?«, schrie Ramon zu den anderen, die dicht aneinandergedrängt standen.
»Vielleicht, weil du mich sowieso nicht leiden kannst«, rief Sora zurück. Einige der anderen versuchten erfolglos, die beiden zum Schweigen zu bringen. »Beruhigt euch doch mal«, forderte sie jemand auf. Jetzt erst erhaschte Amanda einen Blick auf Sora, die schlimm am Arm blutete.
Hilfe, die beiden sind ja noch schlimmer als Thalita und Toma!

»Darf ich erfahren, worum es geht?«, fragte Amanda, die damit rechnete, dass sie angeschrien werden könnte. Ihre Bedenken entpuppten sich als berechtigt, als Sora giftete: »Misch dich nicht ein.«

»Darf ich mir das wenigstens einmal ansehen?« Amanda zeigte auf Soras Arm. Erst wollte das aufgebrachte Mädchen widersprechen, hielt ihn dann aber doch Amanda entgegen. Ein nicht all zu tiefer Schnitt zog sich eine Handbreit an ihrem Oberarm entlang. Das Blut rann jedoch über den gesamten Arm und malte ein hübsches Muster darauf.

»Bitte sag, dass das schlimm ist«, bat Sora.

Was sollte Amanda dazu sagen? Sie wollte sich nicht auf irgendeine Seite stellen.

»Ich kann so viel sagen, dass es nicht lebensgefährlich ist.« Sora sah sie immer noch ärgerlich an. »Aber ich denke, das könnte eine ansehnliche Narbe geben. Ich würde es erst einmal säubern und dann solltest du zu Dr. Niue gehen, bevor sich das infiziert.«

Hoffentlich hatte sie jetzt das Richtige gesagt. An den Gesichtern der anderen sah sie, dass wohl niemand wusste, was er von Amandas Aussage zu halten hatte.

»Das heißt, Soras Wut war völlig unberechtigt«, meldete Ramon sich zu Wort, der offenbar von Pfeifer zurückgehalten werden musste.

»Wenn ich wüsste, worum es hier geht, könnte ich euch das vielleicht sagen.«

»Ramon hatte mit seinem neuen Messer, auf das er sehr, sehr stolz ist, Soras Arm erwischt. Sie wollte gerade Pfeifers Pass annehmen und ist in Ramon gestolpert. Sie unterstellt ihm wieder mal einen Mordversuch«, erklärte Aris die Sachlage.

»Gar nicht wahr.« Soras hübsche, braune Zöpfe waren ganz zerzaust. Durch ihr wutverzerrtes Gesicht sah sie wie eine Verrückte aus. »Ich sage nur, dass das bestimmt Absicht war.

Merkt ihr denn nicht, dass er ständig einen Grund sucht, um mich zu ärgern?«

»Vielleicht ist er ja verliebt«, mutmaßte Pfeifer. Ramon grinste sogar. Sora sagte nichts, sondern gab nur ein abwertendes Knurren von sich.

»Das muss man aus beiden Perspektiven sehen«, sprach Mayja mit den blauen Haaren, die heute von vielen kleinen elegant drapierten Zöpfen übersät waren. »Ramon hat nur auf sich geachtet und Sora ebenso auf sich. Wie bei ihren anderen Streitigkeiten auch. Nur hat das heute zu einem Unfall geführt, aus dem beide etwas lernen könnten.« Mayja war bekannt für ihre Sanftmütigkeit und Weisheit. Sie war die Ruhigste von allen hier. Amanda hatte gehört, dass sie sich an jedem Ort, sei er noch so laut, hinsetzen und meditieren konnte.

»Du hast leicht reden, du wurdest nicht verletzt«, widersprach die Geschädigte aufgebracht.

»Ich bringe dich zu Dr. Niue«, erklärte Toma schlussendlich, der das Schauspiel nicht mehr ertragen konnte.

Die anderen stimmten ihm zu und so kehrte bald wieder Ruhe ein. »Das wird sie ihm noch ewig vorhalten«, sagte Aris leise zu Amanda.

Sie nickte grinsend.

»Willst du mitspielen?«, fragte er.

Amanda wiegte den Kopf. Sie wollte noch lernen. »Na gut, zwei Runden.« Sie warf ihre Tasche auf den Boden und stürzte sich ins Getümmel. Während sie den Pfahl bewachte, unterhielt sie sich mit Mayja.

»Wo ist Thalita heute?«, wollte Amanda wissen.

»Ich weiß nicht. Ich glaube, sie wollte zu irgendeinem See schwimmen.«

»Zu dem am Ende vom Bach?«

»Nein, sie wollte weiter weg.«

Vielleicht ein Auftrag ihrer Tante, dachte Amanda und konnte sich gerade noch zurückhalten es auszusprechen. Einfach verrückt: ihre Freundin – die Nichte einer Königin.

»Weißt du eigentlich, was mit dem Glas passiert ist, das wir erfischt haben?«, fragte Peer, der sich von der Seite anpirschte.

»Nein, das habe ich, ehrlich gesagt, ganz vergessen«, gab Amanda zu. Gleichzeitig fing sie mit einem Arm den Strohball ab, den Peer an ihren Pfahl werfen wollte. »Netter Versuch.«

Er grinste sie schelmisch an, während sie den Ball an Mayja weiterspielte.

»Wir haben knapp dreihundert Taler für die Glasteile bekommen.«

Amandas Aufmerksamkeit wanderte für einen Moment vom Spiel ab. »Wie viel?«

»Dreihundert. Aris verwaltet die Kasse. Wir wollen den Erfolg mit einem Lagerfeuerabend und allem Drum und Dran feiern. Am Wochenende. Kommst du auch?«

»Aber natürlich.«

»Mensch, Peer, wo bleibst du Pfeife? Hör auf zu schäkern. Das waren drei Tore für uns!« Aris warf seinem Mitspieler einen der Bälle gegen den Kopf.

»Ich mach eine Pause«, erklärte Peer.

»Wir haben erst angefangen.«

»Ist mir egal. Ihr habt mich davor schon hier herum gehetzt.« Er setzte sich ins Gras neben dem Spielfeld. »Außerdem lenkt mich Ami zu sehr ab.«

Alle lachten. »Das lässt du großer, starker Kerl zu?«, zog Ramon seinen Freund auf. »Lässt dich von einem Mädchen bezirzen?«

Peer zeigte auf Amanda. »Das sind bestimmt Zaubertricks von ihr, die mich vom Spiel ablenken.«

Amanda hätte die beiden am liebsten mit Wasserkugeln bombardiert. Sie hielt die Worte schon bereit.

»Amanda kann doch gar nicht zaubern«, mischte sich Aris ins

Gespräch.

»Nun ja«, begann Amanda, die unbedingt auch etwas dazu beitragen wollte. »Das dachte ich.« Demonstrativ spielte sie mit einer schwebenden Wassermurmel. Daraufhin starrten ihre Freunde sie ungläubig an.

»Kannst du noch mehr?«, fragte Peer eifrig.

»Natürlich.« Sie ließ die Kugel platzen und aus den winzigen Tröpfchen wurden Feuerfunken. Das klappte besser als gedacht! Gleich noch mal.

»Das ist ja Wahnsinn«, staunte Aris. »Erzähl! Wie machst du das?«

Sie lachte und setzte sich ins Gras. »Zauberei.« Sie beschwor ein kleines Feuerchen auf die Hand und ließ es tanzen, bis es ihr fast die Haut verbrannte. Die anderen setzten sich in einem Halbkreis um sie herum und beobachteten die Vorführung.

Amanda war in ihrem Element, verspürte aber bald wieder die vertraute Müdigkeit, deshalb ließ sie es gut sein. Stattdessen hörte sie ihren Freunden zu, als die von ihren Geschichten erzählten. Davon gab es eine Menge, angefangen bei gemeinen Streichen aus Kinderzeiten, wie etwa dem Färben des Brunnenwassers mit Rotbeeren, welches dadurch die Haut aller Durstigen rot färbte, oder Diebstählen in der Süßwarenkammer, bis hin zu der nächtlichen Verwandlung des Rathauses in ein Kreidekunstwerk. Aris war der Sohn des Bürgermeisters. Das garantierte ihm und seinen Freunden eine gewisse Narrenfreiheit. Kein nerviger oder anstrengender Zeitgenosse hatte noch nicht mit der Bande zu tun gehabt. Ausgenommen Amatan. Vor dem hatten alle Angst.

Apropos Onkel Amatan. Zu Hause hing doch noch ihre Wäsche. Sie fluchte und schnappte ihre Tasche. »Leute, ich muss schnell nach Hause. Bin sofort wieder da.« Sie war schon an der Treppe angekommen, als sie ihnen das über ihre Schulter zurief.

In der Wohnküche war Onkel Amatan natürlich wieder nicht vorzufinden. Die böse Überraschung begegnete Amanda erst auf der Treppe zum oberen Flur. Amatan versperrte ihr den Weg. Seine Hände hielt er hinter dem Rücken versteckt.

»Ich glaube, wir haben etwas zu klären«, sagte er, ohne dass Amanda erhören konnte, ob er gut gelaunt war oder nicht. Auch sein Blick sagte wieder einmal nichts. Aber Amandas Gefühl war eindeutig. Ihr kam ein ganz übler Gedanke. War er in ihrem Zimmer gewesen? *Was wenn ...* Schneller, als sie denken konnte, zog er seine Hand hinter dem Rücken hervor. Er hielt ein ihr bekanntes Buch fest. Es handelte von der Geschichte Kurzas. Das war eines der Bücher, die Amanda aus Onkel Amatans Arbeitzimmer gestohlen hatte.

»Weißt du, wo ich das gefunden habe?« Amatan trat näher, während Amanda ängstlich die Treppenstufen rückwärts wieder nach unten ging. Er ließ sie kein einziges Mal aus den Augen, während sie zurückwich.

»Wie bist du dazu gekommen?« Er hielt ihr das Buch vor die Augen.

Amanda sagte immer noch nichts.

»Antworte!« Ihr Onkel packte sie an der Schulter. Sein unverhülltes Auge funkelte vor Zorn. Der Himmel wusste, was mit dem anderen passiert war, weshalb er die unheimliche Augenklappe trug. In diesem Moment war Amanda nur froh, dass nicht zwei von diesen fast schwarzen Augen sie musterten. Sie sagte weiterhin nichts. Irgendeine unsichtbare Kraft presste ihre Lippen aufeinander. Vermutlich dieselbe, die ihr sagte, dass sie es sonst sehr bitter bereuen würde. Sie versuchte sich aus dem Griff ihres Onkels zu befreien, doch er hielt sie fest. Nachdem alles Strampeln und Zappeln nicht half, sah Amanda keinen Ausweg mehr. »Na gut, ich habe es geklaut, als du nicht da warst.« Sie wollte ansetzen und weiter erklären, doch da spürte sie schon eine kräftige Hand auf ihrer Wange.

Das würde einen ordentlichen blauen Fleck geben, mutmaßte Amanda. Doch sie wusste auch, dass ihr Onkel schlimmer hätte zuschlagen können.

»Was hast du dir dabei gedacht?« Überraschenderweise hörte er sich nicht wütend oder böse an. Er klang sehr gefasst. »Was hast du noch mitgehen lassen?«

Das war keine Frage. Es war eine Feststellung. Amanda starrte auf den Fußboden. Sie konnte ihm nicht ins Gesicht sehen. Noch bevor ihr Onkel sie anschreien musste, ging Amanda freiwillig in ihr Zimmer und holte die Bücher.

Ja, sie hatte Angst vor ihm.

In ihrem Zimmer stand das Fenster immer noch offen, doch nur ihre Hose hing heraus. Auf ihrem Bett lag die graue Bluse, die sie gestern getragen hatte. Warum lag sie auf dem Bett?

Langsam dämmerte ihr, was passiert sein musste. Ihr Onkel hatte die Bluse sicher unten im Gartenbeet gefunden, als sie der heftige Wind davongeweht hatte. Er musste sie hilfsbereit heraufgetragen und dabei das Buch gesehen haben. Ihre eigene Naivität war nun Schuld an ihrem Ärger. Denn in der Gewissheit, dass er sowieso nicht hereinkäme, weil er sich ohnehin nicht für sie interessierte, hatte sie das Buch heute Morgen nachlässig auf ihr Kopfkissen gelegt.

Sie holte die Bücher aus ihrem Schrank. Eines, ihr Lieblingsbuch, steckte noch in ihrer Arbeitstasche, dort ließ sie es auch, als sie diese auf dem Fußboden abstellte. Das Buch enthielt interessante Zaubersprüche für alle Lebenslagen. Eines würde Amatan doch nicht vermissen. Trotz einiger Bedenken lief sie mit den restlichen fünf Büchern in die Wohnküche zurück. Dort stellte sie den Stapel auf den Tisch.

»Alle gelesen?«, brummte Amatan.

»Nur dreieinhalb.«

»Wie bist du daran gekommen?«

Widerwillig erzählte Amanda. »Ich hab sie genommen, als du

gegen die Kobolde gekämpft hast.« Ein bisschen war sie sogar stolz auf sich dabei.

»Bist du jetzt wenigstens zufrieden? Kannst du jetzt endlich zaubern?«, fragte er brummig.

Amanda nickte zögernd.

»Ich habe es dir schon mal gesagt, und ich werde es noch ein letztes Mal sagen: Die Zauberei ist nichts für dich. Du solltest die Finger von ihr lassen.«

»Warum? Meine Familie besteht aus Zauberern. Du und Mutter ... Was ist an mir anders, dass ich es nicht lernen darf?«

»Du hast keine Ahnung, in was du dich da hineingeritten hast. Ich rate dir: Überleg es dir noch einmal.«

Nach der Ohrfeige vorhin hätte Amanda mit weiteren oder wenigstens mit Amatans Wut gerechnet. Doch er zeigte nichts dergleichen, sondern blieb ganz ruhig. Er wusste genau, was er tat, und meinte es auch so.

»Warum soll ich es nicht lernen? Es ist doch nichts Verbotenes.«

»Sollte es aber sein. Besonders für dich.«

»Was soll das heißen?« Das war mal wieder typisch für alle Leute, die meinten, sie hätten etwas zu sagen: Regeln aufstellen und selbst nicht einhalten. Er war doch auch ein Zauberer!

»Das heißt, dass es da einiges gibt, das du nicht wissen solltest.« Amatan nahm den Bücherstapel und verschwand in seinem Arbeitszimmer.

Amanda setzte sich auf einen Stuhl und stützte ratlos den Kopf in die Hände. Eine ganze Weile saß sie so da und starrte auf die Maserung des Küchentischs.

Er saß schweigend da und aß sein Brot. Amanda hatte das dumme Gefühl, dass er sie noch einmal zur Rede stellen würde.

»Tu mir einen Gefallen und rühre nie wieder ein Zauberbuch an«, sagte er plötzlich.

Amanda wollte protestieren, doch Amatan sprach schon weiter. »Deine Dreistigkeit wird eine Strafe nach sich ziehen.«

»Aber ...«, setzte Amanda an. Ja, was *aber?*

Zu widersprechen, wäre dumm. Immerhin hatte sie ja die Bücher geklaut. Blieb ihr nur, die Strafe zu mildern. »Es tut mir ja leid. Aber was hätte ich tun sollen? Versetz dich doch mal in meine Lage.«

»Schluss. Mein Haus, meine Regeln. Das solltest du langsam lernen.«

Noch eine typische Masche für Führungspersonen: Was ich sage, ist Gesetz. Gehorche, oder spüre meine Macht.

»Du wirst die nächsten drei Wochen Akten für mich sortieren«, fuhr er fort

Amanda verstand. Er nutzte ihren Ungehorsam, um seine Sachen in Ordnung zu bringen. Ihr kamen die Haufen Papier in seinem Arbeitszimmer in den Sinn.

Etwas Positives gab es dabei aber: So konnte sie vielleicht mehr über ihn und seine Arbeit erfahren, und über Zauberei.

13. Kapitel — Entscheidungen

Sie saß meist allein in seinem Arbeitszimmer, bis ihr Onkel nach Stunden von seinen Treffen mit dem Zaubererrat aus dem Spiegel zurückkam und Amanda fortschickte.

Hatte sie anfangs noch gedacht, dass es eine Dummheit seinerseits wäre, sie mit Dokumenten über Zauberei allein zu lassen, merkte sie jedoch bald, dass sie aus diesen Akten nicht schlauer wurde. In den meisten Fällen wusste sie nicht einmal, ob es sich um Notizzettel oder Testberichte handelte. Seine Handschrift konnte sie kaum entziffern. Die Buchstaben waren alle verschnörkelt, was das Ganze eigentlich recht hübsch aussehen ließ, aber eben das machte die Unterlagen auch so unleserlich. Um allein das Datum herauszufinden, brauchte Amanda manchmal Minuten.

Das meiste, was Amanda lesen und verstehen konnte, waren irgendwelche Protokolle. Offenbar sollten auch andere Leute sie lesen können, denn sie waren in ordentlichen Druckbuchstaben verfasst. Amanda hingegen fand sie nicht sehr interessant. Ihr erschloss sich einfach nicht, was er da für Substanzen zusammenmixte, geschweige denn, wozu.

Die meiste Zeit verbrachte sie außerdem damit, sehnsüchtig aus dem Fenster zu starren. Die Vögel dort draußen schienen ihre Leiden zu sehen. Manchmal setzte sich einer neugierig aufs Fensterbrett und ließ sie stundenlang nicht aus den Augen. Oder kam es ihr nur so vor, weil die Zeit nicht verging? Diese Papierhaufen machten sie wahnsinnig.

Vormittags in der Praxis führte sie schon ähnliche Aufgaben aus. Daher nickte sie nachmittags beinahe weg.

Amatan ließ sie kaum Pausen machen. Ihre Augen sahen bald alles nur noch verschwommen. Im schwachen Licht des Arbeitszimmers fiel es ihr schwer, überhaupt etwas zu erkennen. Sie musste mehrmals zwinkern, um klare Sicht zu bekommen. Aber Amatan blieb hart. Er hielt an seiner Meinung fest: Sie durfte keine Zeit zum Zaubern haben.

Dies schloss auch Zeit für Freunde aus. Aus diesem Grund trödelte Amanda stets auf dem Nachhauseweg herum, um wenigstens ein bisschen Freizeit zu haben. Ihren Freunden erzählte sie nichts von ihrer Situation. Lieber hörte sie Thalita zu, als die von ihrer Reise als Botschafterin schwärmte, wodurch Amanda eine Menge Zeit gewann.

Ihrer Chefin hatte sie eine abgeschwächte Version der Geschichte erzählt, damit diese nicht gleich vor Amatans Haustür stand. Nachdem sie den hässlichen Fleck auf Amandas Wange entdeckte, hatte die Doktorin natürlich erst alles wissen wollen und anschließend eine heilende Salbe geholt. Diese war ein wahres Wundermittel, denn Amandas Haut sah makelloser als je zuvor.

Gegen Ende dieser Woche war Amanda von der festen Überzeugung erfüllt, dass Onkel Amatan sie hasste. Er behandelte sie schlimmer als ein Tier. Wobei Tiere von Zeit zu Zeit gefüttert wurden. Doch auch um das Essen musste Amanda sich selbst kümmern. *Sklave* traf es da wohl besser. Sie dachte schon, es ginge nicht schlimmer, als sie schon fast alle Aktenstapel besiegt glaubte. Doch wie immer in solchen Lagen, bewies ihr Leben das Gegenteil. Denn da erfand Amatan eine noch schlimmere Strafe: Am Wochenende sollte sie ihre Zeit damit verbringen, seine Bücher dem Alphabet nach geordnet zu sortieren – und Onkel Amatan besaß viele Bücher. Er ließ sie nur ungern daran und fügte deshalb hinzu: »Sollte ich dich erwischen, wie du wieder eines stiehlst, möchte ich mir lieber nicht vorstellen, was passieren wird. Verstanden?«

Wahrscheinlich fiel ihm keine bessere Strafe für sie ein, mit der er sie beschäftigt halten konnte.

Das Schlimmste aber war: An diesem Wochenende fand das Lagerfeuer mit ihren Freunden statt. Sie brauchte entweder eine gute Ausrede oder einen tollen Fluchtplan. Bis ihr Kopf schließlich schmerzte, grübelte sie darüber, was sie tun sollte.

Dr. Niue erklärte Amanda mehrmals, dass sie sich schonen sollte. Sie verschrieb ihr zwar vorübergehend eine Brille, doch die Doktorin fragte immer wieder nach dem Grund für Amandas Beschwerden. Irgendwann hatte Amanda keine Nerven mehr dafür und erzählte alles, was sie zu Hause tat. Danach war Dr. Niue drauf und dran, persönlich zu Amatan zu gehen, um sich zu beschweren, doch das konnte Amanda ihr zum Glück wieder ausreden, als sie im Gegenzug versprach, selbst mit ihm zu reden.

Heute war der letzte Tag ihrer Arbeitswoche. Das hieß, sie konnte sich mit dem Zur-Rede-Stellen noch zwei Tage Zeit lassen. Diese Tage waren jedoch schlimmer als die ganze Woche. Immerhin durfte sie am Morgen ausschlafen, und über die Mittagszeit konnte sie zwei Stunden in Ruhe für sich genießen, die sie im Bett verbrachte. Aber abends war sie allein, müde und deprimiert, als sie das Lachen ihrer Freunde am Lagerfeuer hören konnte.

An den Tagen darauf musste sie sich immer wieder neue Ausreden einfallen lassen, warum sie nicht zum Grillwochenende gekommen war, warum sie nicht zu den Spielen kam, warum sie eine Brille trug, warum sie so übermüdet war, warum sie noch nicht mit ihrem Onkel gesprochen hatte, warum sie so spät nach Hause kam …

Oft dachte Amanda darüber nach, einfach zu fliehen. Irgendwohin, Hauptsache weg von ihrem Onkel. Aber ihm würde sie diesen Triumph nicht gönnen. Also blieb sie stark und biss sich durch.

Hin und wieder warf sie einen flüchtigen Blick in ein Buch, das gerade neben ihr lag, bis ihr Onkel dann aus dem Spiegel trat, der eigentlich ein Portal war. So viel hatte Amanda schon mitbekommen. Damit konnte man an andere Orte reisen, die ebenfalls durch solche Spiegel markiert waren. Sie verbesserte ihre Kenntnisse in der Zauberei jedoch nur langsam. Kleine Zauber waren kein Problem mehr für sie. Amanda versuchte sich an Schwierigerem, wie einen Feuerwall um sich zu bauen. Noch wusste sie nicht, für welchen Zweck das gut sein sollte, aber es gefiel ihr, eine Trennung zwischen ihr und der Realität zu ziehen. Sie liebte es, mit den Elementen zu spielen. Das war eine kleine Flucht aus ihrem Alltag und sie tat unheimlich gut.

Als es am Anfang der dritten grauen Woche an der Haustür klopfte, schöpfte Amanda erfreut wieder Hoffnung. Haeveij war wieder da! Amanda putzte gerade im Arbeitszimmer ihres Onkels, als sie in der Küche zwei bekannte Stimmen vernahm: die ihres Onkels und die Haeveijs. Vor Begeisterung verbrannte sie sich die Hand an ihrem neuesten heimlichen Zauberexperiment, was sie herzlich wenig störte, da sie inzwischen auch schon ein paar Heilungszauber kannte.

Als die beiden das Arbeitszimmer betraten, konnte sie Haeveij kaum begrüßen, denn ihr Onkel verwies sie sogleich in ihr Zimmer.

In der folgenden Nacht kam Haeveij dann ihr geschlichen und wollte wissen, wie es mit der Zauberei stand, da Amatan offenbar nichts erzählte. Amanda teilte ihm alles mit, was seit seinem letzten Besuch passiert war.

»Das ist nicht der Amatan, den ich kenne.« Er ging rätselnd im Zimmer auf und ab.

Im schwachen Schein der Kerze sah sein Gesicht noch geheimnisvoller und attraktiver aus als sonst. Seine Haare schimmerten jetzt golden. Sie fielen ihm in sanften Wellen auf die Schultern herab.

»Das glaube ich einfach nicht. Er hat sicher wenig Zeit, dich etwas zu lehren, aber er würde dir niemals das Zaubern grundsätzlich verbieten.«

Damit trieb Amandas letzte Hoffnung immer weiter in die Ferne. Haeveij glaubte ihr nicht. Der einzige, der ihr aus ihrer Lage helfen und Amatan umstimmen könnte, wusste selbst keinen Rat.

»Wenn Sie mir nicht glauben, dann fragen Sie ihn doch selbst.« Im nächsten Moment verfluchte Amanda diese Idee. Ihr Onkel würde sich vor seinem besten Freund nicht als altes Ekel hinstellen lassen.

»Ich glaube dir ja. Ich habe doch selbst mit ihm gesprochen. Ich hoffe, du hast meine Nachricht gefunden neulich. Tut mir wirklich leid, dass ich nicht bleiben konnte.

Mir will nicht einfallen, warum er das tut. Deinem Onkel liegen seine Bücher sehr am Herzen. Doch eine solche Strafe dafür ist übertrieben. Da muss Schlimmeres vorgefallen sein.«

Das war's, dachte Amanda. Ihre letzte Hoffnung war komplett untergegangen. Sie konnte noch so oft ihre Unschuld beteuern, Haeveij würde ihr nie glauben. Wie hatte sich Amanda so in ihm täuschen können?

»Heute nicht mehr, aber morgen«, meinte Haeveij nachdenklich. »Morgen werden wir das klären.«

»Was weißt du denn schon?«

Das waren die ersten Worte die Amanda an diesem Morgen vernahm. Kein besonders schönes Aufwachen. Unter ihr, in Amatans Arbeitszimmer, stritten ihr Onkel und Haeveij miteinander. Doch noch schlimmer: Die beiden Männer stritten wegen *ihr*. Die Worte waren hier oben nur gedämpft zu hören, sodass sie sich einiges zusammenreimen musste.

»Warum behandelst du das Mädchen so? Was hat sie dir getan?« Das war Haeveij, seine sonst so sanfte Stimme bebte nun vor Wut. War er nicht mehr auf Amatans Seite?

»Sie hat sich an meinen Büchern vergriffen, war oben in einer der Abstellkammern, obwohl ich es ihr verboten habe. Sie will es einfach nicht lernen.«

Sie stieg aus dem Bett und zog sich an, während sie noch immer dem Streit der Männer lauschte.

»Aber langsam ist es genug. Sie hat Kopfschmerzen … Sie glaubt schon, du hasst sie.«

»Soll sie doch. Vielleicht lernt sie dann endlich, Regeln einzuhalten.«

»Seit wann bist du so? Ich erkenne dich kaum wieder. Seit sie hier ist … Wegen ihrer Mutter? Hat es etwas mit Loren zu tun?«

Schweigen.

»Aber sie ist tot …Warum redest du nicht mit mir?«

Erneut Schweigen.

Amanda trat aus ihrem Zimmer auf den Flur. Hier hörte man nichts mehr. Selbst die Wand in der Wohnküche dämpfte die Lautstärke gut.

Amanda atmete noch einmal tief durch. Jetzt war es Zeit, das Versprechen, das sie Dr. Niue gegeben hatte, einzulösen. Sie musste ihre Probleme endlich selbst in die Hand nehmen.

Abrupt verstummten die Stimmen, als Amanda den knarrenden Fußboden des Arbeitszimmers betrat. Was sollte sie sagen? Diese Frage erübrigte sich, als Amatan ihr zuvor kam: »Wie schön, dass du dich auch in unser Gespräch einbringen willst. Was hast du zu sagen?«, donnerte er.

Einen Augenblick lang vergaß Amanda das Atmen. Amatans

Anblick brachte sie innerlich zum Zittern. Er sah zum ersten Mal richtig wütend aus. Vor Schreck wusste Amanda gar nichts mehr zu sagen. Die Worte, die sie sich zurechtgelegt hatte, waren wie weggewischt.

Es wurde still im Raum. Eine kleine Ewigkeit lang sagte niemand mehr etwas. Amatan hatte sich von den beiden abgewandt. Sein Blick fiel auf eine Uhr auf dem Chaostisch. Diese stand erst seit Kurzem da. Genau genommen, seit Amanda sie unter einigen Protokollen hervorgefischt hatte.

»Es ist besser, wenn du jetzt gehst, Amanda«, erklärte er gefasster als zuvor. »Du musst doch zu Dr. Niue.«

Amanda stand immer noch wie erstarrt. Sie hätte mit weiteren Wutausbrüchen gerechnet. Da Amatan sich aber offenbar gerade beruhigte, fasste sie ihren gesamten Mut erneut zusammen.

»Ich werde nicht gehen, bevor du mir nicht erzählst, warum du mich so behandelst.«

Amatan seufzte und drehte sich wieder zu ihr um. »Wenn du es unbedingt bei lebendigem Leibe wissen willst, solltest du mich ein anderes Mal wieder fragen.«

Was sollte das nun wieder bedeuten? So leicht ließ Amanda sich nicht abspeisen. Wenn er dachte, er brächte sie damit zum Grübeln und dazu, den Mund zu halten, täuschte er sich. »Nein! Ich will es wissen! Du kannst mich nicht ewig anlügen.« Amanda versuchte, Fassung zu bewahren.

»Geh jetzt, wenn du es nicht unnötig provozieren willst.« Amatan klang plötzlich so bestimmt, als ob er sich um sie ängstigte. Tatsächlich zeigten sich Runzeln auf seiner Stirn.

Amanda überlegte sogar, ob sie ihm gehorchen sollte. »Nein.« Sie wollte hartnäckig bleiben.

Gerade setzte Amatan an Amanda zu widersprechen, als der Spiegel zu seiner Linken seltsam leuchtete. Nein, er reflektierte eher das schwache Licht im Raum, während er sich nach außen wölbte. Wie damals, als Amatan aus ihm herausgekommen war. Auf übersinnliche Weise spürte Amanda eine bedrohliche Energie davon ausgehen, obwohl noch nichts und niemand zu sehen war.

»Verschwinde! Amanda, geh einfach. Ich erkläre dir alles später.« Mit panischem Blick versuchte Amatan sie aus dem Zimmer zu jagen.

Ihr Instinkt arbeitete schneller als Amandas Verstand. Während sie sich umdrehte und rannte, erhaschte einen kurzen Blick auf den Mann, der nun im Spiegel stand. Doch dann stürzte sie auch schon auf die Wand zu. Sie wollte einfach hindurch rasen, prallte jedoch mit der Stirn daran ab. Dass Amanda trotzdem noch auf den Beinen stand, lag daran, dass sie mit der Hand in dem Gemäuer steckte, bevor es sich plötzlich verfestigt hatte. Was ging hier vor? Sie drehte den Kopf. Der Mann, der mit gespreizten Fingern in Amandas Richtung zeigte, besaß schlohweißes Haar, das ebenso wie der Bart bis auf seine Brust reichte. Seine lange, weinrote Robe schleifte über den Boden. Ein erfahrener Zauberer, wie man ihn sich vorstellte.

»Du willst doch nicht weglaufen?«, sprach er. »Bleib doch.«

Die Art, wie er das aussprach, ließ Amanda gruseln und verstärkte den Schmerz in ihrem Kopf. Ihr fiel auf, dass der alte unbekannte Mann sie an eine Eule erinnerte. Es waren die Augen, die strengen Augen, die so weise wie die einer Eule schienen. Beinahe glichen sie jenen Augen. Ebenso golden schimmerten sie. Aber die des Mannes wirkten in keiner Weise beruhigend. Seine Augen waren so groß, als könne man nichts vor ihnen verbergen.

»Das ist sie also!« Der Alte schaute zu Amatan.

Amatan nickte mit ausdrucksloser Miene.

Die Spannung aller Anwesenden war eindeutig spürbar – als ob die Luft knisterte.

»Du weißt, was jetzt passiert. Versuch erst gar nicht, dagegen zu kämpfen.« Der Mann sprach ungewöhnlich ruhig, als versuche er dadurch, Amatan beeinflussen zu können. Sein Blick fiel auf Haeveij. »Und was haben Sie mit all dem hier zu tun?«

Haeveij stand am anderen Ende des großen Tisches vor dem Fenster, wobei er das spärliche Sonnenlicht, das herein fiel, noch weiter abschirmte.

»Wenn ich das wüsste, würde ich es Ihnen gern sagen«, kam seine sehr aufschlussreiche Antwort.

»Also nehme ich an, du hast Wort gehalten, Amatan. Wenigstens einen Teil davon.«

Amatans Gesicht war so ausdruckslos wie immer. Er starrte einfach geradeaus zu dem Alten.

Haeveij blickte besorgt zu Amanda herüber, die immer noch in der Wand feststeckte, ohne Aussicht auf Befreiung.

»Hast du ihr noch etwas zu sagen?«, fragte der Fremde, provokativ lächelnd an Amatan gewandt. »Es wird sich wohl kaum noch Gelegenheit dazu bieten.«

»Nein«, sprach ihr Onkel ruhig und verengte sein Auge bedrohlich.

Der Kerl wollte sie entführen. Da war wieder diese verdammte Angst, die es Amanda unmöglich machte, all die Fragen zu stellen, die in diesem Augenblick durch ihren Kopf gingen.

Angst und Unverständnis.

Der alte Mann trat auf Amanda zu. »Du verstehst vermutlich nicht die Hälfte von dem, was wir erzählen. Aber das wirst du noch früh genug. Ich werde dir bald alles erklären.«

Amanda wich zurück. Egal, wie freundlich der Alte sie ansah, er strahlte dennoch etwas Unheimliches aus. Nein, er *war* unheimlich. Immer näher kam er zu ihr. Langsam begriff sie, dass ihr Onkel das gewollt hatte. Er hatte sie diesem Mann ausgeliefert, für welchen Zweck auch immer. Aber bestimmt nicht nur, damit er ihr erklärte, was hier los war.

»Was soll das?«, rief Haeveij entsetzt. »Sie können sie nicht einfach mitnehmen.«

»Oh, und ob ich das kann. Ich bin Noctuadar, Primicerius des Zaubererrates, und ich habe eine Abmachung mit Amatan, die ich nur ungern brechen würde.«

Hasste Amatan sie wirklich so sehr? Der Fremde sah wieder zu ihr herüber. Was sollte sie nur tun? Amanda wollte nicht mit diesem unheimlichen Alten gehen. Ihr kam eine Idee. Sie war aussichtslos, doch vielleicht ein gutes Ablenkungsmanöver, obgleich sie wusste, dass sie gegen diesen Mann nicht ankam. Er saß sicher nicht ohne Grund im Zaubererrat.

»Ignis«, murmelte sie, sofort loderte ein Feuerchen in ihrer freien Hand. »Globus.« Sie stellte sich das Bild einer Feuerkugel vor. Doch das Feuer in ihrer Hand veränderte sich nicht, während Noctuadar immer näher kam. »Ignem globus.« Sie murmelte diese Worte noch dreimal, bevor sich das Feuer in einen lodernden Flammenball verwandelte. Amanda hielt ihn vor sich wie einen Schutzschild. Er bestand jedoch keine fünf Sekunden, denn Noctuadar löschte ihn mit einer flinken Handbewegung.

»Sag nicht, dass du Angst vor mir hast.«

»Ich will hier nicht weg«, erklärte Amanda mit zittriger Stimme. »Aer«, brachte sie noch gerade so hervor, bevor der Greis ihr zu nahe kam. Er wurde von einem Schwall gebündelter Luft durch den Raum geschleudert, landete aber elegant wieder auf seinen Füßen. Ohne Nachdenken tastete Amanda die Wand ab. Da – eine durchlässige Stelle! Doch plötzlich wurde auch sie wieder fest. Amanda konnte gerade so ihren Arm wegziehen, bevor auch der zweite darin steckenblieb. Hinter sich hörte sie Noctuadar wütend schnaufen.

»Genug! Du wirst mitkommen, ob du willst oder nicht.«

»Amatan, das kann nicht dein Ernst sein.« Haeveij sprach mit Amandas Onkel, ging aber zu Noctuadar und Amanda hinüber. »Was haben Sie mit ihr vor?«, brüllte er.

»Das darf ich Ihnen leider momentan nicht sagen. Aber das dürfte für Sie keine Rolle spielen. Wahrscheinlich werden Sie das Mädchen sowieso nicht mehr wiedersehen.«

Er griff nach ihrer Schulter und zog sie mit sich. Dabei löste ihre Hand sich wie selbstverständlich aus der Wand. Amanda versuchte verzweifelt, sich aus dem eisernen Griff zu befreien. Vergebens. Er umklammerte ihre Schultern umso fester.

»Lassen Sie mich. Ich will nicht mit«, schrie sie panisch. Verzweifelt versuchte sie, eine weitere Feuerkugel zu formen. Ihr fehlte die Konzentration. Amanda schlug wild um sich, was aber ebenso wenig brachte wie ihr Flehen, sie loszulassen. »Lassen Sie mich! Sie tun mir weh.«

Haeveij wollte, auf den Alten einschlagen. Dieser jedoch beförderte ihn problemlos durch die Luft ans andere Ende des Zimmers. Er rappelte sich wieder auf, um einen Zauber zu wirken. Doch ehe Amanda sich's versah, waren sie schon im Spiegel verschwunden. Sie glaubte noch zu hören, wie Haeveij Amatan anschrie, er solle etwas machen. Doch dann war er einfach weg.

Amanda drehte sich noch einmal um, doch sie erkannte nur verschwommene Gestalten und waberndes Licht. Als sie wieder nach vorn schaute, fand sie sich in einem kleinen Raum wieder. Die Holzvertäfelung an den Wänden und der karierte Steinfußboden strahlten eine übernatürliche Atmosphäre aus. Hier lag Zauberei in der Luft, das spürte sie deutlich. Bis auf eine blaue Sitzgruppe in der Mitte des Raumes und eine Karte, die Kurza zeigte, war der Raum allerdings leer.

»Lassen Sie mich endlich los!«

Als Noctuadar schließlich auf ihr Bitten einging, spürte Amanda erst, wie fest er eigentlich zugepackt hatte. Er wies sie an, sich in einen der Sessel zu setzen. Da Amanda keine große Wahl hatte, gehorchte sie. Sie wollte protestieren, schreien, ihn anbrüllen, aber sie wusste, dass es sinnlos wäre. So beschloss sie, erst zuzuhören und dann zu brüllen.

»Willst du etwas trinken?«, fragte er, um einen neutralen Ton bemüht.

Amanda blickte ihn mit zusammen gekniffenen Augen an.

»Gut, dann nicht.« Er ließ sich in den Sessel neben ihr fallen. »Amanda, du kannst nicht wissen, warum du hier bist.«

Sie schaute ihn immer noch missbilligend an.

»Nun, ich will es dir erklären.« Noctuadar überlegte. »Ich mache es kurz: Ich bringe dich von deinem Onkel fort. Darüber bist du sicherlich froh oder?«

Einerseits ja, überlegte sie, andererseits … was sollte das alles? Ehe Amanda antworten konnte, redete er weiter.

»Der Zaubererrat hat beschlossen, dich auf eine Schule zu schicken. Sie ist spezialisiert auf Zauberei und Kampf. Dort wirst du alles lernen, was du für ein Leben als Zauberin wissen musst.«

Auf eine Schule? Deshalb das ganze Theater? »Warum wollen Sie mich auf eine Schule schicken?«, fragte Amanda vorsichtig.

»Nun, willst du denn nicht zaubern lernen? Außerdem habe ich gehört, dass es dir bei deinem Onkel nicht sehr gut gefällt.«

Amanda hasste Leute, die von einem Moment zum anderen ihre Stimmung änderten. Gerade eben hätte er sie beinahe halb erwürgt, um sie mitzunehmen, und jetzt schlug er diesen schleimigen Ton an. »Das ist keine richtige Antwort auf meine Frage.« Noch mehr aber hasste sie ihre eigene Unsicherheit, während sie redete.

Noctuadar blickte nachdenklich auf eine geschnitzte Eulenfigur, die auf dem kleinen Glastisch vor ihnen stand. »Sagen wir, es ist nur zu deinem Besten. Es ist eine sehr gute Schule, auf die du gehen wirst. Wir – ich meine den Zaubererrat –

haben erfahren, wie es dir bei deinem Onkel erging. Wir wissen, wie grob er zu dir ist, und halten es für das Beste, wenn du nicht mehr bei ihm wohnst.«

»Ich habe gar kein Geld, um eine Schule besuchen zu können.«

»Mach dir darüber keinen Kopf. Wir haben schon alles geregelt. Du bist ein Waisenkind, noch dazu eine Zauberin. Schon allein deshalb ist der Zaubererrat in der Pflicht, sich um dich zu kümmern.«

Noctuadar wollte weiter sprechen, aber Amanda kam ihm zuvor. »Er wollte mich loswerden, oder?«

Der Alte nahm die Eulenfigur in die Hand und betrachtete sie, während er sie von einer Hand in die andere warf. »Deine Mutmaßungen sind verständlich, aber unbegründet.

Amatan ist uns schon seit einer Weile in negativer Weise bekannt. Als wir von dir erfuhren, mussten wir einschreiten. Schließlich wurde all die Jahre für freie Zauberei gekämpft. Unser Ziel ist es, diese uneingeschränkte Freiheit zu bewahren. Deine persönlichen Sachen werde ich selbstverständlich abholen lassen.«

Ein sehr ungeschickter Themenwechsel. »Woher wissen Sie, was bei uns los ist? Also, wie er mich behandelt?«

»Aus erster Hand. Dein Onkel arbeitet für den Rat. Unsere Mitglieder beraten sich oft mit ihm. Entweder persönlich oder per Fenstervögel. Die bekommen einiges mit.«

Er saß selbstsicher da, erhaben. Irgendetwas an seiner Art missfiel Amanda.

»Jedenfalls werde ich dich sogleich mit dem Direktor vertraut machen«, kam er auf das Hauptthema zurück.

»Ich will aber nicht einfach fort von zu Hause«, protestierte Amanda.

Doch Noctuadar schüttelte den Kopf. »Wie ich hörte, kommst du aus einem anderen Territorium. An der Schule wirst du nicht nur in der Zauberei unterrichtet, sondern lernst auch Allgemeines über Philosophie, Dahrben, Kurza, über Dinge, die du dir noch gar nicht vorstellen kannst. Du lernst die Welt zu verstehen, in der du lebst. Vor allem aber erlernst du auch das Kämpfen. Sich zu verteidigen zu wissen, ist für ein Mädchen wie dich sehr wichtig.«

So fantastisch das klang, es kam zu plötzlich. Hätte sie mehr Zeit zum Überlegen, zum Abwägen ... was dann? Würde sie sich dann etwa nicht in die Fremde wagen? Würde sie dann weiterhin zu Hause Akten sortieren? Jetzt hatte er es geschafft! Noctuadar hatte sie verwirrt. Das war doch, was sie sich seit einigen Wochen wünschte: Verstehen.

Ihr Grübeln nutzte er, um seine Schmeicheleien noch zu versilbern. »Dass du schon ganz gut bist, habe ich ja gesehen, aber auf der Schule kannst du ungehindert weiter lernen. Mit deinem Potential könntest du unter Umständen irgendwann in den Zaubererrat. Aus dir kann echt etwas werden. Wenn du möchtest, mache ich dir ein Angebot.«

Amanda sah auf. Regte sich sein Gewissen?

»Ich würde mich dazu überreden lassen, dich erst einmal nur ein Jahr lang dort anzumelden. Später kannst du dir dann überlegen, ob du damit weitermachen möchtest.«

Amanda überlegte. Dieses Angebot schien nicht ganz so aussichtslos. Es zeigte einen Streifen Hoffnung am Horizont, nicht all ihre neu gewonnenen Freunde zu verlieren. »Ein Jahr ist ziemlich lang«, bemerkte sie.

Noctuadar neigte den Kopf. »So viel Zeit wirst du brauchen, um dir eine Meinung zu bilden. Aber du kannst sicher sein: Es ist die beste Schule ganz Dahrbens. Viele große Zauberer haben dort gelernt.«

Schon wieder ein neues Leben anfangen? Das ging alles so schnell. Sollte sie schon wieder in einer fremden Umgebung Freunde finden, sich anpassen? Am meisten tat es Amanda weh, Thalita zurück zu lassen – ihre Freundin. Würde sie, wohin sie jetzt auch immer ging, auch so eine finden? Bei diesem Thema kamen ihr wieder Noctuadars Worte von gerade eben in den Sinn: *Wahrscheinlich werden Sie das Mädchen sowieso nicht mehr wiedersehen.* »Werde ich mit meinem Onkel und Haeveij in Kontakt bleiben können? Oder wenigstens mit meinen Freunden in Takar?«

Noctuadars Blick fiel wieder auf die Eule, die immer noch in seiner Hand lag. »Willst du das? Freunde wirst du neue finden.«

Amanda war entsetzt über diese herzlose Antwort. Er war eindeutig zu oft mit Amatan zusammen gewesen oder umgedreht. Doch dann verzog er den Mund zu einem freundlichen Lächeln, das gar nicht in die Situation passte. »Wenn du es möchtest, wirst du dein Zuhause hin und wieder besuchen können.«

Sie traute ihm nicht. »Aber Sie haben zu meinem Onkel gesagt, dass er mich sowieso nie wiedersehen wird.«

»Habe ich das?«, überlegte Noctuadar und stellte die Figur ab. »Ich bin davon ausgegangen, dass du ihn nicht mehr wiedersehen *willst*, nachdem er dich so abscheulich behandelte.«

Sie war immer noch nicht ganz überzeugt. Aber die Aussicht auf neue Erfahrungen lockte sie. Selbst wenn sie dieses Angebot ausschlagen könnte, so würde sie es am nächsten Tag bereuen, nicht doch davon probiert zu haben. Und vielleicht tat der Abstand von ihrem Onkel ganz gut. Ein Jahr? Ein Jahr ohne Thalita und die anderen? Was war mit Dr. Niue? Vielleicht konnte sie ihnen schreiben ... Sie könnte eine echte Zauberin werden, wie ihre Mutter es wollte.

»Ein Jahr, ich bin einverstanden«, erklärte sie.

Er seufzte zufrieden und stellte endlich seine Figur ab. »Das macht die Sache leichter.«

Abgesehen davon, dass sie gar nicht mehr wusste, wie sie hierher gekommen war, schwirrte ihr auch noch der Kopf von den vielen Portalreisen. Dieses grelle Licht, flimmernde Farben innerhalb der Spiegel ... Schließlich war sie in das – sich drehende – Direktorat gekommen. Erst, nachdem einige Sekunden verstrichen waren, stellte Amanda fest, dass allein ihr Kopf verrückt spielte und das Zimmer völlig normal war. Der Direktor, ein großer, schlanker Mann mittleren Alters, kannte Noctuadar offensichtlich. Nicht sonderlich gut, aber gut genug, um sich zu wundern, was er mit einem jungen Mädchen hier wollte. Eine ganze Weile erklärte Noctuadar dem Direktor unter vier Augen, warum Amanda hier war.

Sooft Amanda auch versuchte im Schreibzimmer nebenan zu verstehen, was die Männer sagten, es klappte nicht, denn die Sekretärin klapperte auf den unzähligen silbernen Tasten und Drähten des Schreibapparates herum, die Letternstempel auf das weiße Papier drückten. Nebenbei fragte die Dame Amanda aus: wer sie war, wo sie her kam und wer oder was ihre Eltern waren ...

»Dann müsstest du nur noch einige Papiere ausfüllen und diese Regeln hier durchlesen. Die Bücher, die du brauchen wirst, holst du morgen hier ab.« Sie reichte ihr etwa zehn Blätter, die sie eben bedruckt hatte und die eigentlich alle dasselbe bedeuteten. Zehn andere über die Rechte und Pflichten der Schüler holte sie unter ihrem Schreibtisch hervor. Offenbar war das wirklich eine sehr organisierte Schule.

Noctuadar und der Direktor unterhielten sich derweil noch lange. In dieser Zeit konnte Amanda ihr Zimmer einräumen.

Ein komisches Gefühl, schon wieder umziehen zu müssen. Ob sie in den Ferien auch nach Hause durfte? Auf was hatte sie sich da eingelassen!

Amandas Reisetasche stand schon an Ort und Stelle bereit. Wie sie auch immer mit all ihren Sachen hier her gekommen war ... In Amandas Kopf kamen Bilder von kleinen Kobolden auf, die sie sich als Noctuadars Helferlinge vorstellte. Doch wer auch immer Amandas Sachen zusammengepackt hatte, kannte sich aus. Sie hoffte, dass es eine Heinzelin oder eine andere Frau gewesen war. Beim dem Gedanken daran, wie ein Fremder ihren Kleiderschrank durchwühlte ... Sie schüttelte den Kopf, um sich von dieser Vorstellung zu befreien. Aus irgendeinem Grund war sogar Onkel Amatans Buch darin.

Wo konnte sie all ihre Sachen einräumen? Zwei Betten standen der Zimmertür gegenüber. In der Mitte des Raumes befand sich ein Schreibtisch. Einige Hefte und Bücher lagen dort. Neugierig schaute Amanda sich den Stapel genauer an. Was würde in dieser Schule auf sie zu kommen? Das oberste Heft zeigte in großen Druckbuchstaben einen Namen: »*Gopa*«. Das musste ihre künftige Zimmerkollegin sein. Darunter stand: »*Klasse B, Formelsammlung aus der theoretischen Zauberei*«.

Als Amanda vorsichtig hineinlinste, klappte sie das Heft gleich wieder zu. Viel zu viele Zahlen und Buchstaben waren in chaotischen Konstellationen angeordnet. Na, da hatte sie viel vor sich. Ihr Blick glitt weiter durch den Raum. An der Wand befand sich ein Kleiderschrank. Vielleicht sollte sie auf ihre künftige Zimmerkollegin warten, ehe diese sich übergangen fühlte. Zu zweit auf Dauer in dem kleinen Raum konnte ohnehin zu einer Zerreißprobe werden. Das Zimmer besaß nur ein kleines Fenster, das kaum Licht hereinließ. Deshalb erhellten zusätzlich zwei leuchtenden Glaskugeln an der Decke den Raum. Merkwürdigerweise ähnelten sie einer echten Sonne verblüffend genau. Sie waren einige Nummern kleiner, aber das Licht aus ihrem Inneren war wirklich angenehm.

Da sie also nichts mit der Zeit anzufangen wusste, sollte sie sich wohl oder übel dem Regelwerk der Schule widmen. Mit einem verzagten Seufzer schnappte sie sich einen Stuhl und arbeitete die Blätter, die sie gerade eben bekommen hatte, ab.

Gegen ein Uhr nachmittags wurde Amanda zum Direktor gebeten. Kaum zu glauben, dass erst fünf Stunden seit ihrer *Entführung* vergangen waren. Die Schreibdame, die sie nun schon kannte, führte sie durch die zahllosen Gänge in einen anderen Flügel des Gebäudes. Alleine fände Amanda nicht mehr zu ihrem Zimmer zurück.

Noctuadar war schon gegangen, sodass Amanda allein mit dem Direktor im Zimmer saß.

»Also Amanda, nun habe ich Zeit für dich. Ich bin Direktor Fingest, wie du sicher schon mitbekommen hast. Wie gefällt es dir bis jetzt hier?«

Was hatte sie davon schon groß gesehen, ausgenommen die vielen verzweigten Gänge? »Eigentlich ganz gut«, wich sie aus.

»Das ist schön. Der erste Eindruck ist ja wichtig. Zunächst werde ich dir etwas über unsere Schule erzählen.« Fingest lehnte sich zurück. Das würde wohl etwas länger dauern. »Hauptsächlich wirst du hier in Zauberei und Kampf ausgebildet. Es gibt zwei festgelegte Fächer: *Theoretische Zauberkunde* und *Selbstverteidigung*. Die anderen Fächer darfst du wählen. Es gibt sieben an der Zahl, von denen du so viele wählen kannst, wie du möchtest. Vier mindestens.

Unsere Schule ist in vier Klassen unterteilt: A, B, C und D. Je nach Können steigen die Schüler in höhere Klassen auf. Die Klassen A, B und C teilen sich auf drei Gebäude auf. Das mag für den Anfang verwirrend sein, doch auf längeren Zeitraum gesehen stärkt es die Kommunikation der Schülerklassen untereinander. Noctuadar meinte, du könntest schon die Klasse B besuchen. Da ich dich nicht kenne, werden dich die Lehrer in den ersten Wochen sehr gut beobachten, um mir zu sagen, wie viel du tatsächlich kannst. Aber ich glaube, du musst dir keine Sorgen machen, denn Noctuadar schien sehr zuversichtlich. Die Regeln hast du dir durchgelesen?«

»Ja, habe ich.« Allerdings hatte sie die Hälfte schon wieder vergessen.

»Du wirst mit einem anderen Mädchen – Gopa – im Zimmer wohnen.«

Amanda nickte, dachte an die Schulhefte auf dem Tisch.

»Ich habe sie angewiesen, dich mit allem vertraut zu machen.« Zum ersten Mal schien der Direktor während des Gespräches Luft zu schöpfen. »Gut, dann wäre alles so weit geklärt. Wenn du Fragen hast, wendest du dich einfach an Gopa. Und das hier füllst du schnellst möglich aus.« Er reichte ihr ein weiteres Blatt Papier mit den sieben Wahlfächern. »Wenn du dir unsicher bist, gehst du morgen mit Gopa und ihr beide besucht einige ihrer Fächer. Danach kannst du dich entscheiden. »Schulbeginn ist acht Uhr. Pausen finden nach jeder Stunde statt und dauern zehn Minuten. Die Mittagspausen hängen davon ab, welche Kurse du wählst. Also schließ dich einfach deiner Kollegin an, bis du dich auskennst. Im Normalfall fallen die Einweisungen an die Schüler zu ihrem ersten Schultag eingehender aus. Aber da du mitten im Schuljahr beginnst, verstehst du sicher, dass ich dir momentan nur wenig Zeit widmen kann.«

Amanda nickte geistesabwesend.

Unfassbar, was in fünf Stunden alles passieren konnte!

14. Kapitel – Schulstress

Die Schule war zauberhaft. Im wahrsten Sinne des Wortes. Es war nichts unmöglich. Wie konnte ein künstlich geschaffenes Gebäude so viel positive Energie aussenden?
Amanda fühlte sich jedes Mal wie in einer fremden Welt, wenn sie die Flure mit den vielen Porträts und aufwändigen Wandverzierungen durchstreifte. An den Ranken, die in die hölzernen Wände der zweiten Etage graviert waren, blieb ihr Blick immer wieder hängen. Diese Muster schienen von einer hypnotisierenden Kraft zu sein.
»Die sind faszinierend, stimmt's?« Ihre Zimmerkollegin schritt eilig durch den Flur auf Amanda zu. »Unser Unterrichtsraum ist übrigens eine Etage tiefer.«
»Nicht schon wieder«, seufzte Amanda.
Zum dritten Mal hatten sie und Gopa sich in den überfüllten Gängen während der Pause aus den Augen verloren, woraufhin Amanda sich auf eigene Faust zu den nächsten Unterrichtsräumen begeben, sie allerdings nicht gefunden hatte.
»Kein Problem. Das ist am ersten Tag ganz normal. Selbst nach einer Woche finden sich die meisten noch nicht zurecht. Ging mir nicht anders.« Gopa lächelte sie aufmunternd an. Ihr Lachen konnte echt anstecken. Sie war einfach sympathisch mit ihrer wilden schwarzen Lockenmähne. Ihr dunkler Teint verriet, dass sie aus dem Norden Dahrbens stammte. »Wenn es nach uns Schülern ginge, wären die Unterrichtsräume alle von außen beschriftet oder nummeriert. Aber die Lehrer

erwarten von den künftigen Elite-Zauberern, dass sie sich wenigstens ein paar Türen merken können. Komm, wir sind spät dran.«

Sicher lotste sie ihren Frischling durch die Gänge. Gopa ging in ihrer Rolle als Fremdenführerin richtig auf. Sie redete fast ununterbrochen und stellte Amanda alles und jeden vor. Die meisten ihrer Mitschüler hielten Amanda wohl für durchgeknallt, da sie alles mit großen Augen und vor Staunen aufgerissenem Mund betrachtete. Sie sagten es zwar nicht, aber man sah ihnen auch jetzt an, dass sie daran dachten.

»Noch eine Stunde, dann haben wir Mittagspause«, erklärte Gopa. »Wird dir sicher gut tun. Du warst ja gestern Abend schon fix und fertig.«

»Ja, deine Gebäudeführung war wohl zu viel für meinen Kopf.« Amanda hatte still in ihrem Zimmer gesessen und gelesen, bis Gopa freudig hereingestürmt kam, sich vorgestellt und sie sogleich durch Schule und Schulgelände navigiert hatte. Amanda dachte zurück an die zähnefletschenden Blumen im stillgelegten Kräutergarten des großen Schulparks oder die Bücher ordnenden Wirbelstürme in der Bibliothek, an die Märchenwelten von Klassenzimmern: Stühle und Tische flogen durch den Raum und Schüler hinterher. Das größte Phänomen war bisher das undefinierbare Kantinenessen, ließ sie sich sagen. Nach ihrem Spaziergang war Amanda so überwältigt gewesen, dass sie sich einfach ins Bett hatte fallen lassen. Keine fünf Sekunden später war sie eingeschlafen.

»Ja, aber es ist enorm wichtig, zu wissen, wo die Grenzen liegen. Die Schüler nehmen das wahnsinnig ernst. Wenn du dich auf die C-Seite begibst, halten sie dich für überheblich und sehen dich als zum Angriff freigegeben. Überschreitest du die Grenzen zu den Gebäudeteilen von Gruppe A, bist du auch Beute, weil du dich auf ein niedrigeres Niveau begibst. Das Ausmaß der Missbilligung kommt immer darauf an, an wen du gerätst. Also orientiere dich einfach an unseren roten Uniformen.«

»Das ist leicht gesagt, wenn man hierhin und dorthin geschubst wird.«

»Das musst du auch noch lernen: Setz dich durch.«

Sie betraten das Geschichtskabinett. Es war Amanda noch von der ersten Stunde heute Morgen bekannt. Denn genauso chaotisch, wie die Schule angelegt war, waren auch die Stundenpläne zusammengewürfelt. Alles, um die jungen Zauberer zu fordern und zu fördern.

Kaum, dass Amanda Platz genommen hatte, vernahm sie auch schon die Begrüßung der Lehrerin.

»Wer wiederholt noch einmal, was wir in der letzten Stunde gelernt haben?«, fragte Lehrerin Woellafaen, als sie noch nicht einmal richtig durch die Tür spaziert war. Wie immer kam sie während des Klingelns. Exakt im richtigen Moment, als ob sie vor der Tür gestanden und gewartet hätte. Diese Seltsamkeit hatte Amanda schon bei den anderen drei Lehrern, mit denen sie heute Unterricht gehabt hatte, beobachten können. Keiner wusste, welcher Zauber dahinter stand. Vielleicht dirigierten die Lehrer die Glockenbälle selbst, so wie es ihnen beliebte? Gopa erklärte jedenfalls, dass der Luftzauber in rhythmischen Abständen – zu Pausen und Stundenbeginn – an den metallenen Bällen rüttelte.

Während die mollige Lehrerin noch ihre blonde Lockenpracht ordnete, meldete sich ein Junge, der in der ersten Reihe saß, ungefragt zu Wort. »Letztendlich werden Sie uns das selbst erzählen, weil die Klasse Ihnen in der letzten Stunde sowieso nicht zugehört hat.«

Das entsprach sogar der Wahrheit, denn die temperamentfreie Art der Lehrerin war wirklich alles andere als aufregend.

»Für diese Frechheit müsste ich eigentlich dich dran nehmen, Jonah. Doch so wie ich deine Lernmotivation kenne, würde ich am Ende wirklich selbst erzählen.«

Leises Gelächter ging durch die Klasse.

Die Lehrerin schaute sich weiter um. Sie suchte nach einem Opfer, das möglichst wenig Selbstvertrauen besaß und sie nicht bloßstellen konnte. Amanda wusste, dass sie drankommen würde. Zum einen, weil sie immer noch ziemlich unsicher auftrat, und zum anderen, weil sie die Neue war, über die sich alle eine Meinung bilden wollten.

»Amanda!«, rief die Lehrerin aus. Ein herausforderndes Lächeln huschte über ihr Gesicht. »Willst du es versuchen?« Das war eine Kampfansage.

Zur Bestätigung stand Amanda auf. Sie spürte die Blicke der anderen auf sich. Fieberhaft versuchte sie sich zu erinnern. Die letzte Geschichtsstunde war erst sechs Stunden her. »Es ging um die Entstehung der Zauberei«, fiel ihr ein. Fragend blickte sie zur Lehrerin. Doch diese sah sie nur weiter herausfordernd an. Das deutete Amanda als ein *Ja*. Etwas sicherer fuhr sie fort: »Die ersten Zauberer kamen durch einen Magnumspiegel von der Erde nach Kurza. Sie bauten ein neues Reich des Friedens hier auf. Diese Zauberer brachten Tiere und Pflanzen von ihrem Planeten mit und erschufen aus ihnen auch neue, zaubereibegabte Arten.«

Als Amanda nicht weiter sprach, blickten die anderen Schüler wieder gebannt zur Lehrerin.

»Fast«, sagte diese. »Aber zu diesem Zeitpunkt waren sie noch Magier, vergiss das nicht. Wie konnten sich so viele verschiedene Lebensformen auf den Planeten bilden?«

Eigentlich hatte sie mit einer anderen Frage gerechnet. Wahrscheinlich besaß die Lehrerin schon einen inneren Plan, wie sie sie ärgern konnte. Doch Amanda verzog keine Miene. Sie war vorbereitet.

»Die *Magie*, mit der die Planeten erschaffen worden waren, hatte den Tieren und Pflanzen Leben gegeben. Sie nahmen diese Magie auf und trugen sie seit diesem Zeitpunkt in sich. Deshalb erlangten die Tiere Bewusstsein und begannen, selbstständig zu handeln – wie Menschen. Diese Zauberwesen waren von Natur aus immer noch schwächer als Menschen. Aber später in den Kriegen experimentierten die Zauberer mit diesen Wesen und veränderten ihre Gene. Die Zauberwesen wurden stärker. Viele Zauberer erschufen diese Wesen, um sie in Kriegen einsetzen zu können. Das führte zu üblen Massakern. Nach den Kriegen wurden solche Experimente verboten und die blutgierigsten Wesen getötet oder in entlegenen Gegenden eingesperrt.« Amanda hätte noch stundenlang über die Bastarde von damals erzählen können. Diese Geschichten hatte sie in einem von Amatans Büchern oft genug gelesen. Ihr war nach wie vor unerklärlich, weshalb man so mit anderen Lebewesen umging. Kein Wunder, dass Kurza seitdem keine echte Magie mehr gesehen hatte. Wenn alles, was existierte, darauf aufbaute, dann konnte aus diesen verdorbenen Wurzeln keine Blüte wachsen.

»Nicht schlecht«, gab Woellafaen zu, doch die nächste Frage lag ihr schon auf den Lippen. »Erklär mir doch bitte etwas zur Sprache der Zauberei. Warum funktioniert sie hier in größerem Ausmaß als auf dem Heimatplaneten der Zauberer?«

»Die Magier sprachen die Sprache ihres Heimatlandes auf der Erde. Damit erschufen sie das Leben auf den Planeten und schufen so Strukturen, nach denen sich alles richten konnte. Im Gegensatz zur Erde, die schon ihre Strukturen besaß, konnten sie hier alles neu erschaffen. Sie besprachen und formten die Elemente in der alten Sprache. Alles Existierende basiert also auf diesen alten Worten.«

Mit einer weiteren korrekten Antwort hatte die Woellafaen nicht gerechnet. Amanda fühlte sich unglaublich stolz.

»Gut, gut ...« Die Lehrerin kramte die nächste Frage aus ihrem Gedächtnis. »Ähm, kannst du mir sagen, wie viele

Zauberer das waren, die Kurza entdeckt haben?« Langsam wurde die Frau unsicher. Diese Lehrerin gehörte zu den seltsamsten in der Schule: Manchmal war sie total durch den Wind. Dabei stotterte sie, wenn man sie aus dem Takt brachte, und im nächsten Moment stand sie dann wieder sehr beherrscht und gefasst vor der Klasse.

»Also wie viele?«, fragte sie, als Amanda nichts sagte.

Verdammt, das wusste Amanda natürlich nicht. Die einfachste Frage. Waren es dreizehn? Zwölf? Sie verwechselte die Zahlen andauernd. Hilfe suchend schaute sie sich in der Klasse um. Alle Gesichter waren zu ihr gewandt. Auch das ihrer Lehrerin. Wie ein hässlicher Käfer wurde Amanda von ihr betrachtet, gespannt, was er als Nächstes tun würde. Wehe, wenn er in die Teetasse flog.

Vor Amanda saß eine Freundin von Gopa. Ein ebenso wie Gopa dunkelhäutiges Mädchen mit schwarzen, lockigen Haaren. Samea war ihr Name. Sie blickte zu Amanda hinauf, versuchte mit dem Mund eine Zahl zu formen. In diesem Moment war sie richtig froh, dass die Woellafaen nicht die Hellste war und keine sonderlich guten Augen mehr besaß.

Als ob sie überlegen würde, senkte Amanda den Blick in Richtung Fußboden. Elf? Zwölf? Das Mädchen nahm unauffällig die Finger zu Hilfe.

»Zwölf! Zwölf waren es ursprünglich«, sagte Amanda vielleicht ein bisschen zu eifrig, denn die Lehrerin zuckte kurz zusammen.

Wie ungläubig die Lehrerin sie ansah. Ja, damit hatte sie wieder nicht gerechnet. Doch sie hatte noch eine Frage auf Lager. »Na gut. Nun eine letzte Frage.« Woellafaen tat selbstbewusst.

Jetzt ist es so weit, dachte Amanda. Jetzt gehen ihr endgültig die Fragen aus.

»Was ist der Unterschied zwischen Zauberei und Magie?«

Diese Frage hatte sie befürchtet. Heute Morgen schon hatte

sie der Lehrerin auseinandergesetzt, was sie darüber in Amatans Büchern gelesen hatte. Doch Woellafaen hatte daraufhin den Kopf geschüttelt und gesagt, dass das sehr amüsant sei. Auch einige andere Schüler hatten über diese These gelächelt und darüber geflüstert. Wegen dieser Blamage hatte sie in den darauf folgenden zwanzig Minuten abgeschaltet und sich über ihre Naivität geärgert. Dabei hatte sie gedacht, dass wenigstens in einer Schule das gelehrt werden müsste. Denn in dem Buch stand außerdem, dass diese Theorie kaum Anhänger fand, da alle Zauberer von sich behaupteten, gute Herzen zu besitzen. Also sollte Amanda wohl nicht wieder mit der Theorie des reinen Herzens kommen.

Komm, denk nach, forderte sie sich selbst auf. Gopas Freundin schüttelte nur den Kopf, als Amanda sie ansah.

»Nun?«, die Lehrerin sah Amanda siegessicher an. Ließ sie sie überhaupt aus den Augen?

Plötzlich spürte Amanda ein Kribbeln in der Hand. Als ob jemand mit hundert kleinen Nadeln darauf einstach. Energie! »Magie erfordert, dass die kosmischen Energien im Einklang mit den eigenen agieren können«, platzte sie heraus. Triumph! Sie klopfte sich innerlich auf die Schulter.

»Weiter«, forderte Woellafaen.

Diese Frau war der blanke Horror. »Das geht nur, wenn diese magischen Kräfte, die die Welt und das Universum zusammenhalten, jemanden auserwählen«, brachte sie zähneknirschend hervor. Natürlich, wenn etwas nicht funktionierte, gaben die Leute höheren Mächten die Schuld an ihrem Unglück. Konnten diese Leute nicht selbst Verantwortung übernehmen für ihr Leben?

Die Lehrerin wiegte den Kopf. »Setzen!«, befahl sie zum zweiten Mal an diesem Tag.

»Allerdings gibt es für diese These noch keine aussagekräftigen Beweise«, erläuterte Amanda, bevor sie sich erleichtert setzte. Sie wusste nicht warum, aber sie musste diese Worte loswerden. Sie gehörten ebenso zur Wahrheit. Den verächtlichen Blick der Lehrerin ignorierte Amanda gekonnt.

Während Amanda noch ihre Hand massierte, stellte sich ihr die Frage, wer ihr aus der Klemme geholfen hatte. Gopas Freundin schüttelte nur verständnislos den Kopf, als Amanda vor deren Augen über ihre Hand rieb.

»Wenden wir uns heute einem verwandten Thema zu«, erklärte die Lehrerin mit einem Hauch Frust in der Stimme über ihre Niederlage. »Dem Zaubererrat! Wie gestern schon erwähnt, besteht er inzwischen aus dreizehn Zauberern. Sie sind die besten Zauberer Dahrbens. Für ihn werden die bestqualifizierten Bewerber aus ganz Dahrben ausgewählt.« Die Klasse stöhnte, als die Lehrerin etwas an die Tafel kritzelte, denn das bedeutete Mitschreiben. »Sie sind halb Tier und halb Mensch, auch Symbolzauberer genannt. Jedem von ihnen ist ein anderes Symbol – ein anderes Tier – zugeordnet, das er repräsentiert. Im Gegensatz zu Zauberwesen können diese Zauberer frei über ihren Wegbegleiter, beziehungsweise dessen Kräfte, verfügen. Wann und wo spielt dabei keine Rolle.«

Es folgte eine scheinbar endlos lange Aufzählung der Namen und zugehörigen Tiere, mit verdrehten Buchstaben, Worten und den entsprechenden Aufgabengebieten. Letztere waren seit den Magiern immer die gleichen. Für Amanda waren das nur Worte, unter denen sie sich nichts vorstellen konnte. Bei dem Tempo, in dem die Lehrerin vorlas, änderte sich dieser Zustand auch nicht.

»Der Primicerius – der Ratsvorsitzende – Noctuadar ist eine Eule. Das weiseste Wesen unter den Gründermagiern: Zuständig für die Überwachung und das Auffinden potenzieller Verbrecher.«

Na, das passte ja wunderbar zusammen. Gestern Nachmittag

hatte sie versucht, Noctuadar in eine Tabelle mit guten und unheimlichen Menschen einzuordnen. Aber es gelang ihr einfach nicht, sich ein Bild von ihm zu machen. Er hatte ihren größten Wunsch erfüllt. Aber er war ... merkwürdig. Er hatte sie praktisch entführt. Vielleicht im guten Sinne, jedoch hätte Amanda gern vorher davon gewusst. Und ihr Onkel ... wie viel hatte er gewusst? Hinter der ganzen Sache musste noch mehr stecken. Warum lag dem Vorsitzenden des Zaubererrates – dem mächtigsten Menschen des Planeten – so viel an ihrer Ausbildung?

»Der Rat ist zuständig für das Wohlbefinden aller Bürger in Dahrben und sorgt für die Geheimhaltung der Zauberei außerhalb«, erklärte die Lehrerin weiter, doch Amanda hörte kaum hin. Hatte Noctuadar Angst, sie könne nach Hause – nach Rhebenden – zurückkehren und alles ausplaudern? Diese Fragen musste sie ihm das nächste Mal unbedingt stellen. Da tat sich eine neue Frage auf. Wann würde sie ihn wieder sehen? *Es würde wohl wieder einmal eine Liste anstehen,* seufzte sie in Gedanken.

Im Speiseraum herrschte reger Betrieb. Heute gingen etwa dreißig Schüler aus Klasse B essen. Wer um welche Uhrzeit zum Mittagspause hatte, hing von den Unterrichtsplänen der jeweiligen Fächer ab. Einige Schüler kamen, wie auch Amanda, gerade aus dem Geschichtsunterricht. Manche von ihnen kannte Amanda sogar schon mit Namen. Aber es waren noch Schüler zwei weiterer Gruppen dabei.

Mit dem voll beladenen Tablett balancierend, suchte sie nach einem freien Tisch.

»Na, wie hat dir mein Kunststück gefallen?« Neben ihr stand plötzlich ein Typ. Jener unverschämte Kerl aus der ersten Reihe, dessen Namen sie schon wieder vergessen hatte. Von

Nahem sah er gar nicht so frech und gewitzt aus. »Der Trick mit der Energie«, erinnerte er.

»*Du* warst das?« Sie sah in seine braunen, selbstsicher dreinblickenden Augen. Ein bisschen zu selbstsicher, fast schon arrogant. »Warum?«

Er schnalzte mit der Zunge. »Klar, wer sonst? Ich kann die Woellafaen nicht leiden. Da helf ich lieber dir. Und ihr Gesicht war das auf alle Fälle wert. Obwohl ich deine Version der Geschichte besser fand.« Er lachte. Ein freches, selbstgefälliges Lachen, aber dennoch wirkte es irgendwie süß bei ihm. Garantiert hatte er viele Freunde.

»Man sieht sich.« Ohne ein weiteres Wort setzte er sich an einen Tisch zu ein paar anderen Jungs, während Amanda seinem stolzen Gang mit Abneigung nachsah.

»Hey, Amanda!« Gopa winkte sie zu sich an einen Tisch mit ihren Freundinnen. Um nicht ganz so verlassen dazustehen, ging sie eilig zu ihr. »Komm, setz dich zu uns. Was gibst du dich mit solchen Typen ab?«

»Was meinst du?«

Gopa beugte sich zu ihr herüber, wobei sie aber verächtlich zu dem Jungen von gerade eben starrte. »Das ist Jonah. Der kann nix, außer dumme Sprüche reißen und Ärger fabrizieren. Du weißt doch, dass er andauernd die Lehrer provoziert. Ich gebe zu: Manchmal kann das schon lustig sein. Trotzdem…«

»Er macht nur Ärger«, versicherte Viona, eine andere Freundin Gopas. »Du solltest die Finger von ihm lassen.«

»Mensch, denk doch nicht immer gleich an so was«, warf Gopa ein.

Mit gespieltem Ärger stieß Viona ihren Löffel in den grünen Brei auf ihrem Teller.

Auch Amanda widmete sich nun ihrem Essen. Bald aber hatte sie den Appetit verloren, denn dieses Essen hätte genauso gut ihr Onkel kochen können.

»Das Essen wird auch von Tag zu Tag schlechter.« Nörgelnd stocherte Viona in dem, was man als Gemüse bezeichnen sollte, herum.

»Dir kann man auch nie etwas recht machen.« Von hinten schlich sich Vionas Freund heran. Er küsste sie zur Begrüßung auf den Mund. Sie lächelte ihn an.

»Wen haben wir denn da? Du musst Amanda, die Neue, sein.«

»Ja, die bin ich.« Amanda lächelte freundlich.

»Ich bin Deanno.«

Sie kannte ihn bereits aus dem theoretischen Unterricht. Er war älter als Viona und das komplette Gegenstück zu ihr: Kräftig, muskulös, wie ein Schlägertyp. Viona aber war fein und zierlich wie eine Elfe. Sie sah bezaubernd und wunderschön aus.

»Und, hast du schon Freunde gefunden, Amanda?«, wollte Deanno von ihr wissen.

»Ich hatte noch nicht die Gelegenheit, jemanden näher kennen zu lernen.«

»Ich finde, Jonah ist 'ne gute Partie. Der Junge, den du vorhin so schmachtend angesehen hast«, sagte Deanno.

Hatten alle im Speiseraum nur Augen für sie beide gehabt? Amanda kochte. »Ich habe nicht ...« Sie brach ab, der Typ würde ja nur lachen. *Was soll's?* Amanda verzichtete auf einen weiteren Kommentar. Sie mochte die Art nicht, wie er mit ihr sprach. Im Unterricht redete er schleimig mit dem Lehrer. Mit Freunden redete er *von oben herab*. So drückte es Gopa aus, als sie ihr die Eigenheiten der einzelnen Schüler und Lehrer erklärte. Demnach lebte so gut wie jeder mit irgendeiner Macke.

»Ich habe gehört, du verläufst dich öfters«, meinte er spöttisch.

Er war auch das perfekte Gegenstück zu Jonah, dachte Amanda. Jonah machte die Lehrer runter und Deanno die

Schüler. »Ja, das kann schon sein«, erklärte sie verstimmt.

»*Kann* sein? Da erzählt Viona aber etwas anderes.«

Seit einem Tag hier und schon lästerten alle. Noch fünf Minuten bis zur nächsten Stunde. »Dann begebe ich mich mal auf den Weg zum Wissenschaftskabinett, damit ich genug Zeit für den Rückweg habe, wenn ich mich verlaufe«, sagte sie schnippisch, nahm ihr Tablett, drehte sich schwungvoll um und fing es gerade rechtzeitig wieder auf, bevor es zu Boden gleiten konnte.

Kaum hatte sie den Speiseraum verlassen, streifte sie etwas am Arm. Es war Gopa. »Dieser Kerl ist einfach nur abscheulich«, stellte sie fest.

»Welchen von den vielen meinst du?«, fragte Amanda.

Sie zog Amanda mit sich zur Treppe. »Bloß schnell weg, bevor er mich noch mal blöd anquatscht. Deanno meine ich natürlich.«

Wen sonst? Amanda war nur erleichtert, dass es anderen genauso ging.

Die Gänge füllten sich wieder mit Menschen, die alle in verschiedene Richtungen drängten. Ein Glück, dass sie Gopa bei sich hatte.

»Was hältst du von einer Runde Schwimmen heute Abend?«, fragte ihre Freundin.

Amanda seufzte. »Nimm es mir nicht übel. Aber ich würde heute Abend gern meine Ruhe haben und den ganzen Stress verdauen.«

»Geht klar. Kann ich verstehen. Der erste Schultag ist immer heftig. Aber warte eine Woche, dann kannst du dir gar nicht mehr vorstellen, woanders sein zu wollen.«

15. Kapitel – Überraschung

Das Selbstverteidigungskabinett sollte fast um die Ecke sein, meinte sie. Amanda war fast eine Woche hier und kannte immer noch nicht alle Winkel. Wie auch? Meist lief sie mit einem Buch vor der Nase durch die Gegend. Selbst im Zimmer, in ihrer Freizeit trennte sie sich nur ungern davon.

Fehlalarm. Hier war gar keine Tür. Die Vorliebe des Architekten für Labyrinthe machte sich wieder bemerkbar. Das war eine Tatsache, keine Schülertratscherei. Im oberen Flur hing ein Porträt, welches den Architekten der Schule zeigte, neben dessen Biografie. Darunter befanden sich die Originalbaupläne, eingerahmt und vom damaligen Schuldirektor für *originell* und *brillant* befunden.

Ein Rasseln hallte durch die Flure. Zeit sich auf den Unterricht vorzubereiten. Sie wurde panisch. Wo musste sie hin? Sie konnte doch nicht schon zur ersten Stunde zu spät kommen. Sie kämpfte sich zu einer Treppe vor. Nachdem sie stolperte und von fremden Armen wieder aufgefangen wurde, gelangte sie auch nach oben. Doch hier hasteten die meisten der Schüler gegen Amandas Richtung. Verzweifelt versuchte sie, aus der Masse zu flüchten. Sie rettete sich in eine Lücke, die sich zwischen den Leibern offenbarte, und eilte aus der Masse. Aber wo war sie jetzt?

Die Gänge waren ihr bekannt, aber es waren nicht die von ihrer Klasse. Hier ging es weniger drunter und drüber. *Schon wieder fremdes Terrain*, schoss es ihr durch den Kopf. Dunkelblau gekleidete Schüler starrten sie skeptisch an und gingen weiter.

Hurtig drehte auch sie sich um und versuchte zu erkennen, wo sie hinlaufen musste.

Amanda wollte schon losgehen, als sie mit einem Jungen zusammenstieß. »Kannst du nicht aufpassen, Brillenschlange?«, fuhr er sie an. Er trug eine dunkelblaue Uniform.

Das hatte ihr gerade noch gefehlt. Amanda sagte nichts, wollte weiterlaufen, doch einer seiner Kumpels – sein Gesicht erinnerte Amanda an einen fetten Hund – trat hinter ihm hervor und versperrte ihr den Weg.

»Na, hast du dich verlaufen, Kleine?«, spottete er, während er den Blick über die weiße Bluse und den dunkelroten Rock schweifen ließ. »Seht mal an, die Kleine hält sich für superschlau und drückt sich einfach hier herum, als ob es das Normalste überhaupt wäre, die besseren Schüler am Vorbeigehen zu hindern. Und mit uns reden will sie auch nicht. Was ist los? Hast du deinen Mund verloren? Oder hast du etwa Angst vor mir?« Er betonte jedes Wort einzeln. Seine übertriebene Art war noch herablassender als die Deannos. Wie alt mochte er sein? Vielleicht zwei Jahre älter als Amanda.

Die Freunde des Jungen grinsten wie kleine, eingebildete Straßenbuben. Amanda versuchte, furchtlos auszusehen.

Der Junge, der offenbar das Wort führte, ging noch näher auf sie zu. Anscheinend liebte er es, Leuten Angst zu machen. Doch Amanda blieb mutig stehen. Von so einem Möchtegern würde sie sich nicht einschüchtern lassen. Das waren nur eingebildete, pubertäre Söhne von überreichen Zauberern. Nur weil sie eine Klasse über ihr standen, waren sie nicht zwangsläufig älter, geschweige denn vernünftiger.

Ob sie inzwischen einen riesigen Feuerball formen konnte, der ... halt ... sie befand sich in der Schule ... da gab es ja Regeln. Eine davon verbot Zauberkunststücke außerhalb des Unterrichts.

»Was machen wir nun mit dem Eindringling? Jungs, habt ihr eine Idee?« Das Hündchen blickte um sich.

Ein fetter Typ mit rotem Gesicht verbreiterte sein Grinsen. »Wir könnten es wie bei diesem kleinen Jungen von neulich machen. Der wird es nie mehr wagen, in unsere Nähe zu kommen.«

»Ja, das ist ausnahmsweise eine gute Idee von dir.« Der Redner streckte seinen linken Arm aus. Er murmelte eine Formel, während Amanda langsam zurückwich. Doch plötzlich hielt er inne mit der Litanei und blickte überrascht auf. Sie hielt es für einen Trick und ging weiter zurück bis sie erneut gegen etwas stieß. Rasch drehte sie sich um.

Ihr Atem stockte. Ein Trugbild! Sie glaubte, ihre Augen wollten ihr einen Streich spielen. Ein Geist, eine Halluzination, alles hätte es sein können. Aber was sie jetzt sah, hätte sie beinahe von den Füßen gerissen. Wäre sie nicht so verwirrt gewesen und unter anderen Umständen hätte sie Haeveij vor Freude umarmt. Aber jetzt kam sie sich vor wie ein kleines dummes Mädchen, das gleich die bösen großen Jungs verpetzen würde.

»Wollt ihr nicht in euren Unterricht, Jungs?«, fragte Haeveij besonnen.

Die Jungen trabten innerlich tobend an den beiden vorbei. »Demato«, rief Haeveij dem Frontmann in drohendem Ton nach. Dieser drehte sich gehorsam um. »Ich hab dich im Auge«, sagte Haeveij. An den Fingern zählte Haeveij vier ab. Amanda wusste zwar nicht, was das bedeuten sollte, vermutete aber, dass es sich entweder um eine Schulnote oder eine Art vierte Verwarnung handelte. Letzteres war am Wahrscheinlichsten.

Amanda konnte mit Worten nicht sagen, wie erleichtert sie war: Darüber, Haeveij zu sehen, und über seine Hilfe. Ihr Retter in der Not. Schon wieder. Was machte er überhaupt hier?

Alles, was sie hervorbrachte war ein erleichtertes Aufseufzen.

»Was tust du hier?«, fragte er, als hätte er ihre Gedanken gelesen. Nach allem, was sie wusste, wäre das nicht ungewöhnlich. Amanda lächelte unwillkürlich, froh darüber, ihn wieder zu sehen. »Das könnte ich Sie auch fragen«, konterte sie. Aber der Höflichkeit wegen fügte sie hinzu: »Ich habe mich mal wieder verirrt. Ich meine, die Klassenzimmer sehen von außen alle gleich aus.«

»Ich habe gemeint, was du hier in dieser Schule machst. Hat Noctuadar dich hierher gebracht?« Haeveij fuhr sich mit der Hand durch sein Haar, wie er es immer in ratlosen Momenten tat.

Das Rasseln eines Glockenballs kündigte den Stundebeginn an.

Oh nein, dachte Amanda, *ich bin schon wieder zu spät.* Andererseits stand Haeveij vor ihr. Gäbe es eine bessere Gelegenheit als jetzt, ihm einige Fragen zu stellen? Auch er zögerte, wusste nicht, was er von der Situation halten sollte.

»Können Sie mir sagen, wie ich zum Selbstverteidigungsraum der Klasse B komme?«, beendete Amanda das Schweigen widerwillig. Sie würde ihm schon noch einmal über den Weg laufen, irgendwann. Bis dahin musste ihre Liste fertig sein.

»Du gehst da vorn um die Ecke, dann rechts, und dann folgst du dem Gang bis zum Ende«, erklärte Haeveij. Amandas »Danke« hörte er wahrscheinlich nicht mehr, denn sie war bereits losgesprintet.

16. Kapitel – Lichtblick

Schmerzen. Zweifellos waren alle Knochen gebrochen. Sie hätte besser aufpassen sollen. Warum hatte sie sich nicht konzentriert?

»Tut es sehr weh, Amanda? Das war nicht meine Absicht. Das wollte ich nicht.«

Gopa hetzte ihren Schützling durch den A-Flügel, nachdem die Mädchen Lehrer Linelli angebettelt hatten sie vor der Pausenklingel gehen zu lassen.

»Halb so wild«, winkte Amanda ab, was sich als fataler Fehler herausstellte, denn ihr Arm protestierte fürchterlich.

»Tu nicht so. Ich sehe dir doch an, wie du dich quälst.«

Gopa begleitete Amanda zum Schularzt. »Du bist irgendwie verträumt. Machst du dir Sorgen um etwas?«, wollte Gopa wissen.

Amanda war unwohl bei dem Gedanken, wie leicht sie zu durchschauen war. Sie dachte seit heute Morgen nur noch an Haeveij. »Nein«, antwortete sie. »Das ist nicht so wichtig«, lenkte sie ab, damit Gopa nicht weiter nachhakte. Leider bewirkte diese Antwort genau das Gegenteil.

»Doch, es ist wichtig für dich. Du willst es bloß nicht sagen. Aber das verstehe ich.«

Amanda wusste, dass Gopa mehr wissen wollte. Egal wie gleichgültig sie sich stellte. Sie war neben Thalita die neugierigste Person, der Amanda je begegnet war. Sie hatte Amandas ganzes bisheriges Leben auseinander genommen. Als Gopa herausgefunden hatte, dass Amanda wenig redete, begann sie von sich selbst zu erzählen. Vom Norden Dahrbens, wo es immer Sommer war.

Sie standen vor der Tür der Schulärztin. Als Amanda sie öffnen wollte, zuckte ein heftiger Schmerz durch ihren Arm. Amanda zog ihn panisch zurück, was ebenso höllisch wehtat.

»Warte, ich helfe dir«, erklärte Gopa hastig und hatte die Hand schon am Türgriff.

Als Amanda eintrat, bemerkte sie sofort das helle Licht, welches durch die Fenster flutete, denn dieser Raum besaß – im Gegensatz zu den meisten anderen – ein großes Fenster. In der Regel wurden alle Räume der Schule durch hunderte Leuchtkugeln an der Raumdecke erhellt, wie sie auch in Amandas und Gopas Schlafzimmer hingen. In Gebäude B/C fand man diese Kugeln in nahezu jedem Raum, da dieser Gebäudeteil zwischen den mächtigen anderen Flügeln eingepfercht lag und so kaum Sonnenlicht abbekam. Für frische Luft sorgten einzig die Adflatus-Rosen, die Wasser in Luft verwandelten.

Im Arztzimmer jedoch konnte man den wunderschönen angrenzenden Wald bestaunen, der das Schulgebäude umgab. Das Krankenzimmer war fast komplett grün gestrichen, was den lichten Effekt verstärkte. Ähnlich wie bei Dr. Niue standen eine Liege, ein Schreibtisch und einige Regale mit Medikamenten darin. Die Ärztin saß am Schreibtisch. *Ganz wie zu Hause,* dachte Amanda belustigt. Noch bevor die Mädchen erklären konnten, was passiert war, kam sie auf die beiden zugeschritten. Die Ärztin war ziemlich groß und schlank. Sie musterte Amanda mit strahlenden himmelblauen Augen. Ihre blonden Haare waren zu einem langen Zopf geflochten.

»Was ist denn da passiert?« Sie betrachtete Amandas geschwollenen Arm. »Setz dich.«

Draußen läutete es gerade zur Pause.

»Wir hatten Selbstverteidigung und ich …« Weiter kam Amanda nicht.

»Selbstverteidigung. Natürlich. Was machen die Lehrer da nur? Keine Woche, in der es keine Verletzten gibt. Sogar im Flugunterricht stürzen weniger Schüler ab.«

Die Doktorin nahm Amandas Arm, der inzwischen blau und lila war. »Ich fürchte, der ist gebrochen«, seufzte sie. »Wie ist das passiert?«

Noch bevor Amanda überhaupt den Mund öffnen konnte, plapperte Gopa auch schon los. »Die Aufgabe war, dass sie mich von hinten angreift. Und dann hab ich mich eben verteidigt, wie es uns gezeigt wurde, habe sie zu Boden geworfen und … das war wohl doch ein bisschen falsch. Denn dann haben wir beide etwas knacken hören.«

Die Ärztin runzelte die Stirn. »Das sieht nicht gut aus. Hast du ihn in letzter Zeit vielleicht schon einmal verletzt?«

Amanda dachte nach. »Ja, er war vor einiger Zeit geprellt.«

»Kühl ihn erst einmal ein wenig.« Die Doktorin reichte ihr einen kalten Lappen. Amanda wickelte ihn um den Arm, während die Frau in den Regalen nach etwas suchte. Als sie wieder nach Amanda sehen wollte, blieb sie einige Meter entfernt stehen und musterte ihr Gesicht. Ob sie nachdachte oder gleich einen Anfall bekommen würde, konnte Amanda nicht erschließen.

Die Ärztin hob die Hand.

»Kannst du mir sagen wie viele Finger ich hoch halte?« Sie prüfte Amanda eingehend.

Wozu soll das gut sein, fragte sich Amanda. »Vier«, antwortete sie. *Drei oder vier?* Sie konnte es nicht genau erkennen, da die Ärztin die Finger eng aneinander gelegt hatte.

»Wie ich mir dachte. Seit wann hast du die Brille?« Immer noch sah die junge Ärztin sie prüfend an.

»Seit ein paar Wochen. Die Doktorin hat sie mir verordnet, weil ich kleine Dinge nicht richtig erkennen konnte.« Während Amanda erklärte, schrieb die Ärztin eilig etwas auf einen Zettel. »Welche Dinge waren das zum Beispiel?«

Amanda erinnerte sich. Ihr kam es inzwischen vor, als wäre das in einem ganz anderen Leben gewesen. »Ich konnte manche Buchstaben nicht richtig lesen zum Beispiel.«

»Dann versuch mal das zu lesen.« Die Ärztin hielt Amanda beschriebenen Zettel hin.

Sie musste die Augen zusammenkneifen, um etwas erkennen zu können. Nicht weil die Doktorin so unleserlich schrieb, im Gegenteil sie hatte sogar eine sehr schöne filigrane Handschrift. Doch die Wörter auf dem Zettel waren richtig klein geschrieben.

»Die klai … kleine Katze kla … klett … klettert …«

»Gut erstmal«, wurde Amanda gestoppt. Gopa grinste wahrscheinlich hinter ihr. Sie verhielt sich außergewöhnlich ruhig.

»Nimm mal die Brille ab und versuche dann, zu lesen«, bat die Ärztin.

Amanda wusste nicht was das bringen sollte, doch schließlich gehorchte sie. »Die kleine Katze klettert ohne Klagen krumme Kiefern rauf«, las Amanda den Kindervers ohne Probleme vor. Überraschenderweise sah sie die Buchstaben nun deutlicher als mit der Brille.

»Wie ich dachte«, meinte die Doktorin. »Du hast die Augen vorhin ein bisschen zusammengekniffen, als ich dich fragte, wie viele Finger ich zeige. Du benötigst keine Brille mehr«, eröffnete sie fröhlich.

Amanda fiel ein Stein vom Herzen. Sie hätte Freudensprünge machen können. Die Brille war ihr allmählich auf die Nerven gegangen. Die Anmache des C-Jungen gestern war nur ein Grund dafür.

»Wie kann das sein?«, fragte Gopa.

Die Doktorin widmete sich wieder Amandas Arm. »Ich nehme an, dass deine Augen einfach überarbeitet waren. Das kann davon kommen, dass man auf die Dauer zu viel am Stück liest und die Augen trotz Müdigkeit anstrengt.«

»Ja, das hat Dr. Niue, also meine Ärztin zu Hause, auch gesagt«, gab Amanda zu.

»Was hast du denn gelesen?«, wollte Gopa wissen. Ein spitzbübisches Grinsen umspielte ihre Lippen.

»Ach, das ist nicht wichtig.« Amanda wollte abwinken, doch die Ärztin hielt ihren Arm fest.

»Das hast du mir vorhin schon mal erzählt. Erinnerst du dich?«

Die Doktorin bemerkte Amandas stille Unlust, Gopa Erklärungen abzuliefern. Deshalb durchbrach sie die herrschende Stille und vervollständigte ihre Theorie. »Es war zwar nur eine leichte Übermüdung der Augen, dennoch solltest du sie noch schonen«, erklärte sie ohne Amanda anzusehen. »Das bedeutet aber nicht, dass ich dich von den Hausaufgaben freistelle.«

Amanda musste lächeln. Nie wäre sie auf die Idee gekommen, ihre Hausaufgaben einfach sein zu lassen. Sie lernte gern.

Ihr Arm war inzwischen lila. Immer wenn die Ärztin ihn berührte, zuckte Amanda kaum merklich zusammen.

Gopa neben ihr schwieg wieder, obwohl sie Amanda zu gern von ihren Schmerzen abgelenkt hätte. Amanda bemerkte, wie schwer ihrer Freundin das Ruhigsein fiel, denn nach einer Weile begann diese summend durch den Raum zu schlendern.

Es läutete erneut im Flur. Der Kräuterkundeunterricht hatte begonnen. Doch die Ärztin war noch damit beschäftigt, Amandas Arm zu verbinden. »Ich habe eine Salbe darauf aus Rosa-Amora. Sie wirkt sehr schnell. Also komm morgen noch einmal vorbei, damit ich es mir anschauen kann.«

»Mach ich.« Rosa-Amora – welch Ironie. Sie lächelte.

»Gut, dann könnt ihr gehen, bevor ihr allzu spät zu eurem nächsten Fach kommt.«

Im Eilschritt liefen sie zur Tür. »Wiedersehen. Bis morgen«, rief Amanda freundlich.

Auch Gopa tat, als ob sie sich anschickte, schnell in den Unterricht zu kommen. Doch die Mädchen beeilten sich nicht wirklich. Sie schlenderten durch die leeren Schulflure. Jeder Schritt wurde mehrmals von den Wänden zurück geworfen. Gespenstisch. Verlassen lagen die Flure da. In knapp einer Stunde, würde sich das schlagartig ändern.

Aus den Unterrichtsräumen, an denen sie vorbeigingen, drangen entweder die Stimmen der Lehrer, die den Schülern etwas beibrachten, oder die Stimmen der Schüler, die den Lehrern ihren Frust darüber erklärten. Solche Schüler wurden jedoch aus dem Unterricht verbannt und trafen sich meist vor dem Speisesaal mit anderen verbannten Schülern.

Auch heute waren dort mehrere Schüler anzutreffen, die sich aber kaum für Amanda und Gopa interessierten. Amanda hatte einige von ihnen schon öfters gesehen. Der größte Teil bestand aus solchen Jungs, denen man nachts lieber nicht über den Weg laufen wollte. Tagsüber war das kaum anders.

Im Kräuterkundekabinett ging es ungewöhnlich ruhig zu.

»Die schreiben eine Kontrolle«, stellte Gopa mit dem Ohr an die Tür gepresst fest. »Warten wir hier?«

Amanda wollte es eigentlich nicht, aber Gopa zuliebe blieb sie mit draußen. Amanda mochte Kräuterkunde. In ihrer Klasse war nur der Lehrer besser als sie. Meistens jedenfalls.

»Na schön, warten wir hier.«

Während sie auf dem kalten Steinboden hockten, konnten die Mädchen nicht einmal miteinander reden, um sich die Zeit zu vertreiben. Ihre Stimmen hätte man bis ins Klassenzimmer gehört. Auch die Kunst der Telepathie beherrschten sie noch nicht. Die Lehrer lehrten das erst im letzten Jahr, der Klasse D, da sie befürchteten die Schüler würden damit bei Tests schummeln.

So kommunizierten die beiden über Handzeichen, wie man es im Unterricht auch tat. Wobei Kommunizieren das falsche

Wort war. Rätselraten traf es besser. Oder Spielerei. Verlierer war derjenige, welcher vom Lehrer erwischt wurde.

Schließlich hörten sie, wie drinnen die letzten fünf Minuten angekündigt wurden. Dann klopften sie an und auf das »Herein« des Lehrers betraten sie unschuldig lächelnd den Unterrichtsraum. Nachdem sie die Entschuldigung der Doktorin vorgezeigt hatten, ließ Lehrer Singai sie setzen.

Amanda spürte, wie er ihnen misstrauisch nachblickte.

Als sie ihre Sachen auspackte, bemerkte sie eine Botschaft, die sich in ihren Tisch ritzte. Amanda konnte die schlechte Handschrift ganz ohne ihre Brille entziffern.

»Aus welchen Kräutern sollte man einen Trank gegen Halsschmerzen brauen? Grüße, Jonah.«

Typisch, dachte Amanda. Sie hatte Jonah schon öfters beim Mogeln erwischt. Bis jetzt war er auch erfolgreich dabei gewesen. Doch heute würde Amanda ihm nicht helfen. Er konnte froh sein, dass sie nichts von ihm für das Verschweigen seiner Spickversuche verlangte. Allerdings war er auch ihr Helfer in der Not gewesen, als sie von Woellafaen ausgefragt worden war, wenn er auch nur auf einen persönlichen Vorteil bedacht gewesen war. Insofern war sie ihm noch etwas schuldig, daher änderte sie ihre Meinung.

Der Zauber, den er benutzt hatte, war ein recht einfacher Erdzauber, den Amanda problemlos heraufbeschwören konnte. Also schrieb sie zurück:

»Agrimonia, Geranium, Prunella, such dir was aus und misch es mit Spiegelwasser, warte fünf Minuten, dann durchsieben.«

Das war eine der einfachsten Rezepturen, kaum zauberhaft. Nur das Spiegelwasser wurde durch Zauberei – von den Wassermenschen – hergestellt und besaß eine Vielzahl von hervorragenden Eigenschaften. Wenn man davon absah, konnte auch jeder normale Mensch außerhalb Dahrbens so etwas zusammenbrauen. Das dauerte dann eben länger.

Amanda schaute kurz prüfend nach vorn. Singai studierte gerade Papiere. Sie legte eine Hand über die Schrift und flüsterte einige Worte auf Altkurzanisch.

Noch während sie sprach, spürte Amanda, dass die Worte, die sie auf den Tisch geschrieben hatte, langsam unter ihren Fingern verschwanden.

Sie blickte in die vordere Reihe zu Jonah, der unauffällig ein Blatt Papier zur Seite schob, auf das er seine Antworten notierte. Amanda sah, wie er sich über den Tisch beugte. Die Botschaft war angekommen.

Sie saß in ihrem Zimmer über den Hausaufgaben. Neben ihr arbeitete Gopa ebenfalls eifrig für den morgigen Test, den sie nachschreiben sollten.

Amanda versuchte, sich zu konzentrieren. Doch ständig wurde sie abgelenkt. Haeveij wollte einfach nicht mehr aus ihrem Kopf verschwinden. Sie musste ihn wieder sehen. »Gopa?«

Froh über eine Ablenkung schaute diese zu Amanda. »Ja?«

»Sag mal, gibt es hier einen Lehrer namens Haeveij?«

»Ja. Er unterrichtet in der Klasse C Flugunterricht und Geschichte, so weit ich weiß. Warum fragst du?«

»Ach«, Amanda wandte den Blick ab. »Nur so, ich bin ihm gestern begegnet.«

»Du hast dich schon wieder verlaufen?« Gopa stöhnte. »Wieso interessierst du dich für ihn? Sag nicht, dass du eines von diesen durchgeknallten Weibern bist, die hinter ihm her hecheln.«

Amanda schüttelte den Kopf. Wobei … auch sie fand ihn nach wie vor sehr attraktiv.

»Da bin ich erleichtert.« Sie wandte sich wieder ihrem Buch zu.

Amanda hingegen schmiedete schon wieder Pläne, um mit Haeveij ungestört reden zu können. Sie musste wissen, was

Amatan ihr hatte sagen wollen.

»Verstehst du das alles?«, fragte Gopa sie so plötzlich, dass Amanda erschrak. Gopa schien ihre Reaktion nicht richtig zu bemerken und meckerte weiter. »Dieser Zahlen-Verhältnis-Quatsch ist doch total unübersichtlich. Ich glaube, ich brauche eine Pause. Soll ich dir einen Tee mitbringen?«

»Nein, ich brauche nichts, danke.« Amanda sah wieder ins Buch.

»Wie du meinst.« Gopa schloss die Tür.

Es wurde wieder still. Amanda versuchte, weiter zu lernen, verlor aber schon die Motivation, als sie nur die Liste der Zauberkräuter anschaute. Sie zog sich über mehrere Seiten und enthielt alle denkbaren Unterarten der im Unterricht verwendeten Pflanzen, die es auswendig zu lernen galt. Geistesabwesend klappte Amanda das Buch zu und ließ sich auf ihr Bett fallen, während sie versuchte, sich zu entspannen und einen klaren Kopf zu bekommen.

Doch sie war zu aufgewühlt dafür. Was Amatan jetzt wohl tat? Hoffentlich kümmerte er sich um Tori. Und Thalita? Thalita wusste bestimmt nicht einmal, dass Amanda überhaupt fort war. Ob sie sich Sorgen machte? Amanda würde ihr bald einen Brief schreiben. Außerdem brauchte sie dringend ein paar Antworten. Jetzt hatte sie die perfekte Chance, diese zu bekommen.

Haeveij! War das zu fassen? Er hier. Ob er ihr helfen konnte? Er konnte zumindest mit ihrem Onkel kommunizieren. Sie musste mit ihm sprechen.

Etwas knackte, als Amanda sich auf ihrem Bett herumdrehte. Erschrocken betrachtete sie ihren Arm. Nein, dem ging es gut, anderes hätte sie sofort gespürt. Aber auf dem Bettlaken lagen winzige gläserne Splitter, die wohl von ihrer Brille stammten. Sie sollte besser auf ihre Sachen aufpassen. Zum Glück konnte Amanda ja endlich auf sie verzichten. Sie kehrte die Glassplitter in ihre Hand und überlegte, was sie damit anstellen könnte. Zauberei auf den Zimmern war eigentlich verboten, aber ihr kam da eine wunderbare Idee. »*Calor*«, befahl sie. Es dauerte einige Sekunden bis sich etwas tat. Die Splitter in ihrer Hand schmolzen langsam. Amanda spürte ein Kribbeln in den Handflächen, jedoch keine Wärme. Allmählich beherrschte sie die *kalten Feuer*. Zwischen ihren Händen schmolz das Glas zu einem Klumpen zusammen. Mit etwas Geschick und Zauberei formte sie aus dem flüssigen Glas eine Kugel, dann eine Spirale. Sie drehte sich in der Luft, ohne Amandas Hände zu berühren. Ein Spiel mit den Elementen. Amanda verschmolz mit ihrem Stück, mit dem Glas. Tauchte ein in seine Strukturen, formte sie. Ein bekanntes, berauschendes Gefühl breitete sich in ihr aus.

Plötzlich wurde die Tür geöffnet. Gopa kam mit einer Tasse herein und blieb stehen. »Was machst du da?«, fragte sie staunend. Dann entdeckte sie das Drahtgestell auf Amandas Bett. »Ist das …«

»Gewesen«, bestätigte Amanda.

Gopa schloss die Tür, damit draußen keiner mitbekam, was passierte.

»Kugel oder Würfel?«, fragte Amanda.

»Du weißt, dass wir das nicht dürfen?« Sie stellte ihren Tee auf dem Tisch ab und überlegte. »Pyramide.«

»*Pyramis*«, flüsterte Amanda dem Glas zu, und es formte sich eine kleine Pyramide. Aus dem silbernen Drahtgestell ihrer ehemaligen Brille schmolz sie kleine silberne Kügelchen, die sie in das noch weiche Glas drückte. Feuer war eine faszinierende Kraft! »*Frigescere*«, sprach sie abschließend und übergab der staunenden Gopa die Sternenpyramide.

»Das ist unglaublich, wo hast du das gelernt?« Sie drehte das funkelnde Stück hin und her.

»Mir kam spontan so eine Idee.« Amanda zuckte die Schultern. »Da musste ich es einfach probieren.«

»Meine Liebe, das ist keine *spontane Idee*. Das ist ein Meisterwerk. Deine Mitschüler bräuchten dafür Stunden. Also, woher kannst du das?«

17. Kapitel – Nächtliches (Un)glück

Es war ein wirklich verrückter Plan!
Die Schlafzimmer der Lehrer waren im Flügel A untergebracht. Diese Flure waren eigentlich tabu für Schüler. Um diese Uhrzeit sowieso. Aber sie brauchte Klarheit! Den ganzen Nachmittag hatte sie über den richtigen Fragen gebrütet. Jetzt meinte sie, alles bedacht zu haben. Ihr Plan war perfekt abgestimmt. Selbst, wenn sie erwischt würde: Sie hatte sich eben auf dem Weg zur Schulärztin verlaufen, als ihre Schmerzen unerträglich waren. Amanda war neu und die Lehrer sehr nachsichtig mit ihr.

Den Lageplan der Schule hatte sie aus der Bücherei entliehen. Sie hielt ihn einhändig vor sich. Mit ihrem gebrochenen Arm war das ein bisschen kompliziert, doch Hauptsache, die Finger funktionierten. Da fiel ihr ein, dass sie vorhin vergessen hatte, die Salbe aufzutragen.

Egal, es gab jetzt Wichtigeres.

Die Flure des obersten Stockes vor ihr lagen in Dunkelheit getaucht. Die Leuchtkugeln an den Decken waren schon verloschen

Dank des kalten Feuers, das sie in der unverletzten Hand entzündet hatte, sah sie die Türen, die jeweils zu beiden Seiten lagen. Zum Glück verfügte die Schule nicht über Nachtwächter oder dergleichen. Lediglich ein Lehrer lief zehn Uhr abends Kontrolle und begab sich dann ins Bett.

Sie vergrößerte das Feuer in ihrer Hand, um besser sehen zu können.

Haeveijs Zimmer sollte das letzte auf der rechten Seite der Männer sein. Dies hatte sie einem Plan entnommen, als sie heute Nachmittag betont langsam das Schreibzimmer durchquert hatte. Die Schreibdame war schon in den Feierabend gegangen und der Direktor hatte ihr mitgeteilt, dass sie nun nach ihrer Probezeit weiterhin in ihrer Klasse bleiben durfte. Manche Lehrer hatten ihm sogar vorgeschlagen, sie in die C Klasse zu schicken. Jedoch meinte der Direktor, es sei zu früh für solche Überlegungen.

Das letzte Zimmer!

Amanda stand davor. Haeveij schlief hier nicht allein. Sie hatte sich alles bereit gelegt. Amanda war selbst überrascht über ihren kriminellen Erfindergeist, aber in der Not musste man eben zu angepassten Mitteln greifen. Sicherheitshalber legte sie ein Ohr an die Tür.

Stille.

Leise drückte sie die Klinke herunter, vergewisserte sich, dass sie allein auf dem Gang war, und betrat das Zimmer. Aus ihrer Tasche holte sie ein kleines Fläschchen mit einem heimlich gebrauten Schlafmittel. Mit Kräutern kannte Amanda sich ja aus. Sie hatte nur einige Blätter aus den Blumenkästen im Kräuterkundekabinett stibitzen müssen, als sie dort nach ihrem »verlorenen« Zimmerschlüssel gesucht hatte. Sobald Gopa dann zu ihren Freundinnen gegangen war, hatte Amanda in ihrem Zimmer freie Bahn gehabt.

Sie atmete tief durch. In dem Bett zu ihrer Rechten lag Haeveij, im linken ein Lehrer, den sie noch nie gesehen hatte. Amanda nahm den Korken von der kleinen Flasche und hielt ihm das Schlafmittel unter die Nase. Die Dämpfe waren nicht lebensgefährlich, er würde dadurch nur etwas länger und fester schlafen.

Geschafft!

Danach weckte sie Haeveij. Benommen setzte er sich auf und

fuhr sich – wie immer – mit der Hand durch die Haare. Sein Gesicht sah in dem spärlichen Licht auf geheimnisvolle Weise noch schöner aus als sonst.

»Amanda?« Er konnte sie im Dunkeln nicht recht erkennen »Was machst du um diese Zeit hier?« Er rieb sich die Augen. »Was machst du überhaupt hier?«

»Ich muss mit Ihnen reden.« Sie entzündete wieder ein kleines Feuerchen.

»Um diese Zeit? Du bist verrückt. Außerdem sind wir nicht allein.« Er deutete in Richtung des fremden Lehrers. »Er hat immer nur einen leichten Schlaf.«

Amanda winkte ab. »Der schläft. Tief und fest.« Sie zeigte ihm das leere Fläschchen. Auch Haeveij schien geschockt darüber – oder über ihren gebrochenen Arm, den er mit kritischem Blick begutachtete.

»Eine Sportverletzung«, klärte Amanda ihn auf.

»Sport, was sonst.« Er gähnte herzhaft und rieb sich erneut die Augen, um munter zu werden.

»Es ist wichtig.« Amanda konnte nicht verhindern, gehetzt zu klingen. »Was hat Onkel Amatan Ihnen erzählt, weshalb Noctuadar mich mitnahm?«

»Also hat *er* dich hierher gebracht«, stellte er fest. »Na gut. Ich wollte ohnehin auch mit dir reden. Allerdings auf legale Weise. Warum hast du nicht im Sekretariat nach mir gefragt?«

»Ich hatte es eilig. Ehrlich gesagt, möchte ich auch nicht, dass es jeder mitbekommt. Denn so ganz traue ich Noctuadar nicht. Ich weiß nicht, ob er hier nicht Vertraute hat.«

Haeveij setzte sich im Schneidersitz auf sein Bett und warf die Haare zurück. »Und deshalb gehst du so ein Risiko ein.«

»Andere Schüler schleichen sich auch in der Nacht zu ihren Freundinnen.«

»Wie dein Onkel. Der hat auch immer solche halsbrecherischen Pläne im Kopf.« Er lachte leise. »Das Drama, in dem du jetzt steckst, ist einer davon. Amatan hat mir erst neulich, nachdem Noctuadar dich mitnahm, gestanden, was er mir – uns – bisher verheimlichte. Er dürfe mit niemanden darüber reden, sagte er. Deshalb musste ich ewig betteln, um ihn zum Reden zu bringen.«

»Lassen Sie mich raten. Auch Sie dürfen nicht mit mir darüber sprechen?«

»Nun ja, ich habe es nicht geschworen. Amatan ging davon aus, dass wir uns wohl nicht mehr sehen würden. Du wirst mir nicht glauben, wie wütend er war, dass Noctuadar dich fortbrachte.«

Ja, das war bei seinem groben Verhalten ihr gegenüber schwer vorstellbar. Doch wenn sie an seine Besorgnis dachte, kurz bevor Noctuadar auftauchte, kam es ihr nicht mehr ganz so abwegig vor.

Sie setzte sich auf den mit Teppich ausgelegten Boden. Die Betten und auch alles andere in diesem Lehrerschlafzimmer sahen bequemer aus als in den Schülerzimmern.

»Onkel Amatan kam mir plötzlich so besorgt vor, bevor Noctuadar auftauchte. Er klang so, als wollte er mich beschützen.«

»Das wollte er. Vor Noctuadar.«

»Und warum schickt er mich auf eine Schule? Noctuadar meine ich.« Amanda achtete nicht darauf, wie laut sie sprach. Es tat gut, endlich ihre Sorgen teilen zu können. »Wieso bezahlt er das Geld dafür? Er sieht nicht aus wie jemand, der so etwas aus Nächstenliebe tut.«

»Langsam. Ich werde dir erklären, was ich weiß und wie ich die Dinge sehe – auch wenn ich momentan zwischen zwei Meinungen stehe. Danach kümmern wir uns um die offenen Fragen.«

Amanda spitzte erwartungsvoll die Ohren.

»Die Geschichte wirst du mir ohnehin kaum glauben. Aber

fangen wir erst einmal an.« Er lehnte sich gegen die Wand. »Du erinnerst dich daran, was ich dir über deine Eltern erzählt habe?«

Amanda nickte eifrig, damit Haeveij rasch weitererzählte. Auch sie überkreuzte die Beine, um bequemer zu sitzen.

»Du erinnerst dich, dass dein Vater ein Verbrecher war. Es geht aber weiter. Er gehörte zu einer radikalen Gruppierung, die gegen den Rat kämpfte. Mit deiner Mutter zusammen plante er ein Attentat auf den Vorsitzenden.«

Amanda hielt den Atem an. Die Geschichte fing so abenteuerlich an, dass sie bereits jetzt daran zweifelte. Nein, sie wollte nicht wahrhaben, dass ihre Mutter kriminell gewesen sein sollte.

»Damals wie heute handelt es sich dabei um Noctuadar.«

Haeveij machte eine Pause, um die Worte sacken zu lassen. Diese Zeit zum Verschnaufen brauchte Amanda, um die Wirrungen ihres Gedächtnisses zu entknoten. Ihre Mutter hatte also Noctuadar nach dem Leben getrachtet!

»Was ist dann passiert?«

»Ihr Plan ging schief. Sie wurden entdeckt, noch bevor sie etwas ausrichten konnten. Ich weiß nicht, was genau sie vorhatten, aber man hat wohl eine ganze Menge Sprengstoff in ihren Vorratsbeuteln entdeckt. Den nächsten Teil kennst du: Die beiden flohen, deine Mutter wurde schwanger, sie wurden geschnappt. Dein Onkel rettete Loren schließlich. Du weißt ja: Der ominöse Brief. Er glaubt inzwischen, dein Vater habe ihn geschrieben. Amatan jedenfalls verhandelte mit Noctuadar. Dieser Handel ...«

Amanda beugte sich neugierig vor. Warum wurde Haeveij plötzlich so blass? Im Halbdunkel sah er wie ein Geist aus.

»Amatan stellte sich nicht nur in seinen Dienst. Er musste auch versprechen, das Kind der Verräter an ihn auszuliefern.«

Also doch! Ihr Onkel hatte sie verkauft. Sie konnte es ihm

noch nicht einmal richtig übel nehmen. Hätte sie für ihre Mutter nicht das gleiche getan?

»Seit diesem Zeitpunkt hatte Loren jeglichen Kontakt zu ihrer Familie verloren. Ihre Eltern verurteilten sie schwer für ihren Verrat.«

»Warum hat meine Mutter das getan? Warum hatte sie so einen Hass auf die Regierung?« Verstehen konnte Amanda das schon irgendwie. Noctuadar war ihr auch nicht gerade sympathisch erschienen. Aber ihn umbringen?

»Seit seiner Gründung verfolgt der Rat angeblich sehr zwielichtige Ziele. Es heißt, es ginge ihm nicht nur um das Wohl der Bevölkerung, sondern er wolle mehr. Gerüchte besagen, dass er den Planeten und die gesamte Bevölkerung kontrollieren will. Wenige Leute gibt es, die glauben diesen Gerüchten. Die Familie deiner Mutter zum Beispiel. Sie wollte die Leute aufklären, einen friedlichen Weg finden. Doch niemand hörte solchen Verschwörungstheorien zu. Deshalb beschloss Loren, zu handeln und zur anderen Seite zu wechseln.«

Nein, das war nicht ihre Mutter. Das konnte doch nicht sein! In was war sie da hinein geraten? Träumte sie vielleicht nur? Nein, wäre dies ein Traum, hätten die goldenen Augen sie sicher geweckt. Aber die ließen sich schon lange nicht mehr blicken.

Zeit, erwachsen zu werden, der Wahrheit ins Auge zu sehen.

»Und Mutters Familie war damit nicht einverstanden.« Es war mehr eine Frage als eine Feststellung.

Haeveij schüttelte den Kopf. »In ihrer Familie wurde solche radikale Gewalt stets abgelehnt. Loren war irgendwann der Meinung, nicht mehr zusehen zu können, wie der Rat alle alten Schriften über die Magie hortete und der Bevölkerung unzugänglich einschloss. Dabei bräuchte man die alte Magie gerade jetzt, da Kurza nach dem Ableben der Gründerväter immer mehr Magie verliert. Sie wollte nicht mehr nur zusehen und auf das Schicksal warten.«

»Wenn die Pläne des Rates so offensichtlich sind, warum unternimmt dann keiner etwas dagegen?«, fragte Amanda, die den Knoten in ihrem Kopf immer noch zu entwirren versuchte.

Haeveij streifte sich einige Haarsträhnen aus dem Gesicht. »So offensichtlich ist das nicht. Der Rat geht sehr geschickt vor in seinen Täuschungen. Du wirst an der Schule niemanden finden, der sich gegen ihn stellen würde, weil diese Schule durch ihn finanziert und gestützt wird. Nur wenige durchschauen seine Spielchen, und die, die es tun, werden meist als Fanatiker abgetan oder auf Matar verbannt. Die Bevölkerung lebt in dem Glauben, dass der Rat das vom Krieg zerstörte Kurza vereinte. Den Rest wollen sie aus Angst vor der Vergangenheit nicht sehen.«

Eine Revolution würde das Land also abermals in den Krieg reißen. So viel hatte Amanda den Geschichtsbüchern schon entnommen: Dass Frieden eine absolute Wunschvorstellung war.

»Der Rat besitzt ein großes Maß an Macht. Er hat Spione und die besten Zauberer in seinen Reihen. Ihm etwas antun zu wollen, ist wie gegen eine massive Mauer zu rennen: Selbst wenn sie einstürzen sollte, gibt es eine Menge Krach und noch mehr Schaden. Du siehst ja, was deinen Eltern passiert ist.«

Amanda senkte den Kopf. Sie wollte es nicht glauben. Der Rat verriet das Volk und ihre Mutter ihre eigene Familie. Und ihr Vater?

»Wissen Sie, was aus meinem Vater geworden ist?« Zum ersten Mal seit Langem interessierte Amanda sich für diesen treulosen Kerl.

Haeveij hielt für einen Moment die Luft an. Amanda konnte spüren, dass sie ein heikles Thema angeschnitten hatte. »Er floh aus dem Ratsgebäude, wo deine Mutter und er festgehalten wurden. Einige Zeit glaubten alle Beteiligten, er sei gestorben, weil es absolut kein Lebenszeichen von ihm gab. Aber angeblich will der Rat ihn erst vor Kurzem gesehen haben. Offenbar versteckt er sich auf Matar, wie die meisten Verbrecher.«

Er lebte also. Es gab ihn: Amandas Vater. War das jetzt gut?

»Der Zaubererrat verfolgt ihn noch immer. Er wird sogar von Leuten aus seinen eigenen Reihen gehasst, hörte ich.«

Amanda fragte nicht, woher er das wusste. Ihr Onkel saß ja an der Quelle, wenn es um Informationen aus dem Zaubererrat ging. Wer weiß, was er noch für geheime Verträge machte ...

Amanda stöhnte. Ihre ganze Familie war eine Horde von Verbrechern.

»Deshalb will mein Onkel nichts mit mir zu tun haben? Weil er meine Mutter hasste und meinen Vater noch mehr? Er fürchtet, ich könnte genauso werden?«

Haeveijs Kopf deutete ein Nicken an. »Seit ihrer Befreiung sprachen Amatan und Loren nicht mehr miteinander. Deine Mutter hatte die Prinzipen der Familie verraten und ihr Wissen missbraucht.«

»Und trotzdem schickte sie mich zu meinem Onkel.«

»Deine Mutter liebte ihre Familie. Ihr missfiel nur die Engstirnigkeit, mit der sie die alten Lehren studierte. Keiner wollte eine fremde Meinung in seine Lehren einbeziehen. Auch hatte Loren von Amatans Handel mit Noctuadar gewusst. Das stand ja in ihrem Brief. Sie glaubte jedoch, dass Amatan im Laufe der Zeit einsichtig geworden wäre, dass der friedliche Weg und das Warten auf eine Veränderung nichts nützte. Sie hoffte, er hätte inzwischen erkannt, dass es Zeit für neue Wege war. Immerhin hatte er fünfzehn Jahre zum Nachdenken gehabt. Deshalb schickte sie dich zu ihm.«

Amanda erinnerte sich an den Brief, den Haeveij ihr vorgelesen hatte. Ihre Mutter war ein sehr einfühlsamer Mensch gewesen. Eine Zauberin, korrigierte sie sich. Wie konnte Amanda das nicht bemerkt haben? Vielleicht hatte Mutter mit diesen alten Geschichten längst abgeschlossen und setzte nun alle Hoffnung in Amanda. »Meine Mutter wollte, dass ich ihre Ziele umsetze, oder? Deshalb wollte sie unbedingt, dass ich zaubern lerne.«

Erneut nickte Haeveijs Kopf leicht, als wolle er es selbst nicht wahrhaben. »Das ist anzunehmen. Sie bereitete dich vor. Damit du unvoreingenommen und ganz neutral alles beurteilen kannst.«

»Wieso hat mein Onkel mich nicht damals schon ausgeliefert? Wieso hat er gewartet? Der Rat hätte mich auch genauso gut selbst holen können. Warum nicht? Was liegt denen an mir?«

»*Langsam*, hatte ich gesagt. Der Reihe nach. Was will der Rat mit einem kleinen Kind? Es würde ihm nur Arbeit machen, deshalb beschloss er, zu warten, bis es allein laufen konnte. Da alle wussten, dass Loren nicht mehr lange leben würde, wollten sie dich nach ihrem Tode holen, beziehungsweise sollte Amatan dich zu ihnen bringen. Doch sie konnten dich nicht finden. Amatan glaubt, dass du auf deiner Reise etwas bei dir getragen haben musstest, das dich für ihre Spiegel unsichtbar machte.«

Aus dem Unterricht wusste Amanda, dass Exignus-Spiegel vom Zaubererrat zum Observieren von verdächtigen Personen genutzt wurden. Sie konnten alles zeigen. Man brauchte nur hineinzuschauen, wie durch ein Fenster. Welche Ausnahmen es für diesen Zauber gab, wusste Amanda nicht. Aber so schwer konnte es nicht herauszufinden sein, was sie verbarg.

»Wie dem auch sei. Amatan war dieser Umstand ganz recht. Er dachte nicht daran, den Rat zu unterstützen und verheimlichte deine Anwesenheit vor ihm. Auch er weiß von den Absichten des Rates. Einige Zeit später entdeckte dich jedoch ein Fenstervogelspion in Amatans Arbeitszimmer. Offenbar hatte der Rat ihn gezielt eingesetzt, um deinen Onkel besser unter Kontrolle zu halten. Noctuadar war wütend, stellte deinen Onkel zur Rede. Er weigerte sich nach wie vor, dich an den Rat auszuliefern. Er drohte sogar, den gescheiterten Plan von damals erfolgreich zu beenden. Die Mittel dazu hätte er vielleicht sogar ...«

»Verstecken konnte Amatan mich nicht, weil der Rat alles beobachtet«, murmelte Amanda nachdenklich. Allmählich glaubte sie an die Wahrheit der Geschichte. »Aber was will der Rat von mir? Hat er Angst, dass ich die Pläne meiner Eltern umsetze? Warum schickt er mich dann auf eine Schule?«

Haeveij seufzte schwer und müde. »Ich glaube nicht, dass es um die Pläne deiner Eltern geht bei dieser Sache. Vielmehr um die des Rates. Genaueres kann ich nicht sagen.«

Amanda zerbrach sich den Kopf über alles. Sie war ein einfaches Mädchen aus einer kleinen Stadt in Rhebenden. Wie konnte ihr das alles passieren?

»Wieso hat Onkel Amatan nichts erzählt?«, murmelte sie. »Wieso unterrichtete er mich nicht in Zauberei? Dann hätte ich mich wenigstens wehren können.«

»Gegen dreizehn mächtige Zauberer?«

Amanda resignierte. Ihre Augen brannten. Sie war müde und wollte nur noch ins Bett, um morgen aufzuwachen und sich einzureden, dass alles nur ein Traum war.

»Es ist ziemlich wahrscheinlich, dass Noctuadar noch etwas Großes mit dir vorhat. Dein Onkel ist momentan damit beschäftigt, mehr herauszufinden. Solange wir es nicht wissen, solltest du tun, was er dir sagt. Keine Risiken. Er ist zu stark und wir wissen nicht, wer hinter ihm steht.«

»Wie meinen Sie das?« Amanda sah erschrocken zu ihm herauf.

»Stell dich ihm auf keinen Fall in den Weg. Er zögert nicht lange, wenn ihm Leute auf der Nase herumtanzen.« Haeveij sah sie aus großen besorgten Augen an.

In diesem Moment musste Amanda bleich wie ein Gespenst geworden sein, als sie sich vorstellte, was alles passieren könnte. Man hatte eine schwangere Frau gefoltert. Der Rat schreckte vor nichts zurück. Plötzlich wollte Amanda nichts wie weg. Die Dunkelheit schien sie zu beobachten, in allen Ecken des Zimmers lauerten mit einem Mal Wesen, die nur darauf warteten, sich auf sie zu stürzen. *Wer weiß, vielleicht schaute* er *ihnen jetzt zu?* Oder trug sie den wunderlichen Gegenstand zufällig bei sich?

»Ich weiß nicht, was er von dir will. Alles, was ich …« Er brach plötzlich ab.

Amanda fuhr zusammen, als sich die Tür hinter ihr öffnete. Rasch drehte sie sich um und stand taumelnd auf. Im Halbdunkel konnte sie die Lehrer nicht erkennen, die dort standen. Sie sah aber, dass die zwei gerade aus dem Bett kamen und ihre Kleidung unordentlich übergestreift hatten.

»Sagte ich es nicht? Ich habe mir die Stimmen nicht eingebildet.« Das war zweifellos Lehrer Singai. Diese schrille Stimme würde Amanda überall wieder erkennen. Im Übrigen passte diese Stimme auch zu seinem nervösen, hektischen Charakter.

Ein anderer Lehrer vergrößerte gerade das Licht in seiner Laterne. »Haeveij! Wie soll ich diese nächtliche Begegnung deuten? Was denken Sie sich? Und du?« Der Lehrer mit der Laterne, Thombh hieß er, wies auf Amanda. »Du bist doch die Neue.« Er betrachtete Amanda eingehend, als könne er gar nicht glauben, wer ihm da ins Netz gegangen war. Konnte er vermutlich auch nicht. Amanda hatte den Lehrer, der einen Kopf kleiner war als sie selbst, bisher selten im Schulhaus gesehen. Für sein Unterrichtsfach »Prophetische Zauberei« konnte sie sich wenig begeistern.

»Was denken Sie von mir, Thombh? Ich bitte Sie. Amanda ist nur eine Schülerin. Wir …« Haeveij versuchte fieberhaft eine

Ausrede zu finden.

Amanda sah ihm an, dass das nichts werden würde. »Es tut mir Leid, Lehrer Thombh. Ich hatte eine wichtige Frage an Lehrer Haeveij.« Das war nicht einmal gelogen. »Ich sehe ihn ja sonst nie. Da dachte ich, abends sei die einzige Gelegenheit mit ihm zu reden. Dann ist der Abend vorangeschritten. Es wird nie wieder vorkommen.« Berechnend senkte Amanda, wie beschämt, den Kopf. Das kommt gut an bei den Lehrern, dachte sie. Na und? Dann hielten sie eben alle für eines von diesen durch geknallten Weibern.

»Deine Reue wird dir nichts nützen. Sobald Direktor Fingest im Direktorat sitzt, melde ich diesen Vorfall. Und jetzt mach, dass du in dein Zimmer kommst.« Er blickte Amanda abwertend an und zeigte anschließend auf Haeveij. »Und Sie werden sich auch dem Direktor stellen.« Währenddessen scheuchte Singai Amanda aus dem Zimmer.

Hinter sich hörte sie noch Haeveijs Stimme. »Thombh, ich bitte Sie. Jetzt machen Sie doch keinen Aufstand. Andere Lehrer trinken auch mit ihren Schülern Tee.«

»Schluss!«

Amanda konnte sich vorstellen, wie Singai vor Schadenfreude strahlte und Thombh wutentbrannt tobte.

18. Kapitel – Strafen

Bemüht langsam schritt Amanda durch die große Halle. Der Ernst der Lage war ihr erst heute Morgen bewusst geworden, nach einer langen unruhigen Nacht. Was hatte sie sich da eingebrockt! Nicht nur sich selbst, auch Haeveij hatte sie mit hineingezogen.

»Jetzt lauf schon schneller, ich habe nicht ewig Zeit!«, wetterte die Sekretärin, die Amanda in aller Frühe aus dem Zimmer geholt hatte.

Sie öffnete Amanda die Tür zum Direktorat. Darin saß Haeveij schon bereit. Er ließ es sich nicht anmerken, doch Amanda spürte, dass ihm ebenso unwohl war wie ihr selbst. Dabei war er ihr immer so selbstsicher und elegant vorgekommen, was manch einen vielleicht arrogant wirken ließ. Doch Haeveij war ihr dadurch noch sympathischer geworden.

»Gut, dass du auch schon da bist. Setz dich.« Der Direktor lächelte. Ein fröhliches Lächeln, keineswegs höhnisch oder schadenfroh. Er lächelte jeden Tag ununterbrochen. Ob das inzwischen schon eingewachsen war?

»So, dann erzählt mal eure Geschichte. Lehrer Thombh hat mir da ja etwas Ungeheuerliches berichtet.«

Einen Moment schwiegen alle. Was sollten sie auch sagen? Dass Amanda mitten in der Nacht zu einem Lehrer kam, nur um mit ihm über ihren Onkel reden?

Schließlich fand Haeveij den Mut als erster zu sprechen. »Ich kann Ihnen versichern, es ist auf keinen Fall so, wie Lehrer Thombh es auslegt.«

»So? Dann erklären Sie mir, bitte, wie ich das zu verstehen habe.« Der Direktor bemühte sich, nicht allzu böse zu klingen. Jetzt war es an der Zeit etwas zu sagen. *Trau dich Amanda!* Immerhin saßen sie hier wegen *ihrer* Neugier.

»Ich werde es erklären« begann sie, nach den richtigen Worten – die nicht zu schleimig klangen – suchend. »Ich bin gestern am späten Nachmittag zu Lehrer Haeveij gegangen, weil ich ihn etwas fragen wollte.« Wie schwer es doch war die Wahrheit zu sagen, wenn sie so dämlich klang. »Und dann ist es eben später geworden.«

Amanda vermied es Haeveij anzublicken, bemühte sich jedoch den prüfenden Blick Direktor Fingests standzuhalten.

»Das soll ich dir glauben?« Er lächelte wieder. »Was wolltest du denn mit ihm bereden? Und komm mir bloß nicht mit Unterrichtsstoff!«

»Nein. Aber Sie würden es mir nicht glauben, wenn ich es Ihnen erzähle.« Amanda machte eine Pause, um dem Direktor erst einmal Zeit zum Nachdenken zu lassen. Sowie auch ihr selbst. »Ich habe ihn nach meinem Onkel gefragt ... Wie es ihm geht habe, ich gefragt.« Ja, das klang sehr viel vernünftiger. Es war wohl besser, wenn Fingest die wahre Geschichte nicht kannte.

»Lehrer Haeveij kennt deinen Onkel? Dann kennt ihr beide euch wohl auch schon länger?«

Bevor Amanda antworten konnte, mischte sich Haeveij ein. »Nicht allzu lange.«

»Also wollt ihr mir sagen, dass ihr nur einmal nett miteinander geplaudert habt?«

Amanda setzte zu einer Antwort an, doch Haeveij kam ihr zuvor.

»Ja, das haben wir sozusagen. Ich möchte mich an dieser Stelle für mein Fehlverhalten entschuldigen. Ich hätte sie früher fortschicken sollen und möchte Sie deshalb bitten, von einer höheren Strafe für Amanda abzusehen, weil sie noch neu und nicht so gut mit den Regeln vertraut ist.«

»Ich glaube Ihnen das, Haeveij, Sie sind ein anständiger Mann, und auch Amanda ist etwas Schlimmeres nicht zuzutrauen. Aber musste das in der Nacht geschehen? Warum denn nicht in der Pause, im Lehrerzimmer, im Park ... Wenn das die Schüler und Lehrer erfahren ... Ich kann euch nicht ungestraft lassen. Das müsst ihr einsehen.«

Amanda blickte zu Boden. Er hatte ja Recht. Hoffentlich kam es nicht zu schlimm für Haeveij. Es war doch alles nur ihre Schuld.

»Amanda, du wirst in den nächsten acht Wochen nach der Schule die Klassenzimmer säubern und dich anderweitig engagieren. Ich gebe dir später noch darüber Bescheid. – Und bei Ihnen, Haeveij, denke ich ernsthaft über eine Kündigung nach. Ich schätze Sie als Lehrer, doch Sie verstehen: Ich darf Sie nicht ungestraft lassen. Sonst bekomme ich Probleme mit den Kollegen und vielleicht noch anderen Leuten.« Dabei sah er besonders scharf zu Amanda. Spielte er auf Noctuadar an?

»Selbstverständlich.« Haeveij nickte bedrückt.

Amanda war entsetzt. Eine Kündigung?! Das war doch nicht gerechtfertigt. »Bitte Direktor Fingest, es war doch meine Schuld. Ich habe Haeveij überredet, mit mir zu sprechen. Er konnte nichts dafür, ich habe ihm praktisch keine Wahl gelassen. Wirklich!«

Haeveij schaute sie anerkennend an. »Mach dir keine Mühe, Amanda. Als Lehrer hätte ich dich sofort dem Direktor melden müssen. Ich habe genauso Schuld wie du, wenn nicht noch mehr.« Was bezweckte Haeveij damit?

Der Direktor schüttelte den Kopf. »Wenn ich euch so sehe, würde ich meinen Posten als Direktor am liebsten aufgeben. Es freut mich, dass es noch Menschen gibt, die füreinander einstehen. Außerdem wäre es, denke ich, auch nicht angenehm für Haeveij nach dem Vorfall, wenn er hier bliebe.«

»Aber Direktor Fingest ...«, setzte sie an und erhob sich von ihrem Stuhl. Sie verstummte, als sie merkte, dass Direktor Fingests Idee klüger war. Sie selbst käme schon irgendwie mit blöden Sprüchen der anderen klar. Sie sah Haeveij entschuldigend an. »Kann man denn wirklich nichts machen?«, fragte sie an den Direktor gewandt.

»Es ehrt dich, dass du die Schuld auf dich nimmst, Mädchen, aber es tut mir leid. Ich habe Vorschriften, an die ich mich halten muss. Das musst du verstehen.«

Bedauernd nickte sie.

»Ihr könnt jetzt gehen«, schloss Fingest das Gespräch. »Halt, noch etwas: Das werdet ihr sicher ohnehin machen. Ich möchte euch bitten, Stillschweigen über die Sache zu bewahren, auch wenn ich glaube, dass die Gerüchte schon längst ihre Runden machen.«

Haeveij war der erste, der aufstand. Amanda folgte ebenso langsam und deprimiert. Sie konnte noch froh sein, dass niemand etwas von dem Schlafmittel gefunden hatte. Alle gingen davon aus, dass der andere Lehrer in Haeveijs Zimmer seine Medikamente verwechselt hatte und früh eingeschlafen war, wie es schon öfters vorgekommen war.

Es hätte also schlimmer ausgehen können.

Nachdem sie die Tür des Direktorats schlossen, brach Amanda das bedrückte Schweigen.

»Es tut mir leid. Ich wollte nicht, dass es so weit kommt.« Haeveij erwiderte nichts. Amanda mochte ihn doch so. Sie könnte es nicht ertragen, wenn er es ihr ewig nachtragen würde.

Er sagte immer noch nichts. Langsam gingen sie durch die Halle. Wie ruhig es war. Einzig ihre Schritte hallten von den Wänden wider.

»Du musst dir nicht die Schuld geben.« Er blieb stehen und

sah auf sie herab. Obwohl Amanda größer als die meisten ihrer Klassenkameradinnen war, überragte Haeveij sie um fast einen ganzen Kopf. »Wir haben beide unseren Verstand nicht eingesetzt. Wenn Amatan das wüsste …« Er lachte. »Du darfst jetzt auf keinen Fall mehr auffallen. Versuch dich so neutral wie jeder andere Schüler zu verhalten. Ich glaube inzwischen, Noctuadar hat auch hier Spione. Wenn du ihn nicht gegen dich aufbringen willst, musst du machen, was der Rat, vor allem aber Noctuadar von dir erwartet.«

Plötzlich erkannte Amanda: Er war besorgt um sie. Deshalb nahm er alle Schuld auf sich. Wie Amatan? Offenbar wollten alle nur ihr Bestes.

»Haeveij?« Amanda hatte ihn noch nie mit *Lehrer* angesprochen. Jeder andere hätte sie für diese Respektlosigkeit noch mehr Zimmer putzen lassen, doch Haeveij kannte sie. Wahrscheinlich hätte er gelacht, wenn sie ihn so genannt hätte. »Ich verstehe das alles nicht. Warum schickt Noctuadar ein Mädchen, das er dringend ausbilden lassen will, auf eine Schule, anstatt es persönlich zu unterrichten?«

Er blickte sich prüfend um. »Stell dir vor der Vorsitzende des Zaubererrates stünde plötzlich vor dir und sagt, er wolle dir Privatunterricht geben.« Er schüttelte zweifelnd den Kopf. »Ich weiß nicht genau, was er vorhat, Amanda. Fakt ist: Du besitzt eine Menge Potential, das er will. Damit er es bekommt, muss er dich gefügig machen. Am besten wäre, wenn du ihm freiwillig folgst. An dieser Schule werden die allgemein gängigen Theorien über Zauberei und Magie gelehrt, die den Rat als Helden und Retter darstellen. Dass du jemanden wie mich gefunden hast, der dir auch andere Perspektiven zeigt, ist pures Glück. Wenn der Rat erfährt, was du weißt, bist du die längste Zeit hier gewesen.« Er lief ein Stück weiter durch die leere Halle. »Sobald ich deinen Onkel informiert habe, werde ich schnellstmöglich mit dir Kontakt aufnehmen. Bis dahin tu nichts Unüberlegtes.«

Amanda wurde schwindlig bei dem Gedanken, was alles passieren könnte. Ihre Hand zuckte zu ihrem Arm, um ihn zu kneifen und sich zu vergewissern, dass alles kein Traum war. Als Amanda einen Verband unter den Fingern spürte, war es bereits zu spät, denn ein leichter Schmerz zuckte durch ihren Unterarm. *Es war kein Traum!* Diese Wahrheit riss ihr den Boden unter den Füßen weg. Jetzt erst realisierte sie alles das, was sie seit gestern Abend erfahren hatte. Sie war dem Rat hilflos ausgeliefert! Kein Haeveij konnte sie beschützen, auch Amatan hatte versagt. Sie war einfach nur eine Puppe, mit der Noctuadar machen konnte, was er wollte. Sie tanzen lassen, wenn er wollte, und wenn nicht, riss er ihr den Kopf ab.

Doch diente diese Puppe nur seinem Spaß oder sollte ihr Dasein einem höheren Ziel bestimmt sein, als einsam im Kaminfeuer zu sterben? Fakt war: Die Puppe war machtlos. Ihre einzige Rettung war, freiwillig zu tanzen.

»Sind Sie sich sicher, dass das alles so stimmt? Die ganze Geschichte?«, fragte Amanda der Verzweiflung nahe. »Wäre es nicht möglich, dass das alles gar nicht so dramatisch ist? Dass Noctuadar einfach wirklich besorgt war?«

Haeveij runzelte die Stirn. »Verstehst du es denn immer noch nicht?« Er hielt wieder an und sah ihr fest in die Augen. »Die Zauberei ist nie, was sie scheint, und die Zauberer sind es erst recht nicht. Du bist in Gefahr, Amanda. Du darfst niemandem trauen.«

»Was ist mit Ihnen?«, fragte Amanda daraufhin sarkastisch. »Wieso sollte ich Ihnen glauben?« Sie konnte nicht fassen, die Frage wirklich gestellt zu haben. Im Moment wusste sie überhaupt nicht mehr, was sie tun sollte. *Wem* konnte sie vertrauen?

»Amanda, das meinst du nicht ernst!« Haeveij sah sie entsetzt an, etwa so wie Woellafaen neulich, als Amanda alle

Antworten gewusst hatte. »Ich kann dich ja verstehen. Aber du darfst, um deines Überlebens willen, jetzt nicht den Verstand verlieren. Solltest du in den Ferien zu deinen Onkel dürfen – was ich bezweifle, denn Noctuadar wird das gewiss nicht erlauben – aber falls du es darfst, dann solltest du ihn auf jeden Fall besuchen. Ich werde auch kommen und dann überlegen wir zusammen.« Er hatte ihr die Hände auf die Schultern gelegt und Besorgnis mischte sich in seinen Blick.

Bilder liefen in willkürlicher Reihenfolge durch Amandas Kopf. Darauf waren brennende Marionetten, verängstigte Mädchen und verstohlen lächelnde Puppenspieler zu sehen.

»Ist gut«, sagte sie schließlich. »Gibt es irgendeinen Weg, mit Ihnen oder meinem Onkel Kontakt aufzunehmen?«

»Da gäbe es eine Möglichkeit. Aber ich mache dir wenig Hoffnung darauf, dass Noctuadar diesen Weg nicht schon abgeschnitten hat. Einige der Schüler tauschen sich mit ihren Familien aus, indem sie einmal alle zwei Monate Briefe an sie schicken. Fenstervögel holen sie hier ab und bringen sie den entsprechenden Leuten. Nach zwei Monaten fliegen sie mit Briefen von den Familien wieder hierher.«

»Wo kann ich die Post abgeben?«, fragte Amanda, während sie die Treppe zur ersten Etage ihres Flügels hinaufstiegen.

»Im Schreibzimmer werden sie im Normalfall täglich angenommen und aufbewahrt.«

Obwohl Amanda ihre Chancen auf Glück inzwischen an einer Hand abzählen konnte, war ihre Hoffnung noch nicht ganz geschwunden.

»Ich habe dir alles gesagt, was ich weiß. Jetzt kannst du nur abwarten, was dein Onkel und ich in Erfahrung bringen werden. Spiel einfach mit.«

Das war so leicht gesagt. Amanda war eine miese Schauspielerin. Sie konnte sich nicht tarnen. Unauffälligbleiben war auch zu spät. »Ich kann doch nicht einfach nur an den Fäden hängen, bis Noctuadar mir den Kopf abreißt.«

»Er wird dir nicht den Kopf abreißen. Er braucht dich. Und jetzt sollten wir wohl auf Wiedersehen sagen«, seufzte er als, sie vor dem Flur zu Amandas Zimmer angekommen waren. »Du kannst inzwischen überlegen, von welchem Gegenstand Amatan sprach. Das könnte uns in Zukunft helfen. Überlege, ob deine Mutter dir jemals etwas gesagt hat oder ob du etwas gespürt hast, wenn du eine bestimmte Sache in die Hand nahmst.«

»Ich werde nachdenken«, versicherte sie, als sie im Treppenhaus standen. »Noch eine Frage.«

Amanda wusste selbst nicht, warum das plötzlich so interessierte. »Wissen Sie, wer mein Vater war?«

Haeveijs Gesicht erstarrte für einen Moment. Doch dann fing er sich wieder. »Nein«, sagte er leise.

»Können Sie meinen Onkel nach ihm fragen?« Ihr war es ernst. Vielleicht wusste ihr Vater, was Noctuadar und der Rat planten. Außerdem wurde sie das Gefühl nicht los, dass Haeveij und ihr Onkel ihr noch etwas verschwiegen. Es war nur eine Ahnung. So wie das Geheimnis, das sie zwischen ihrem Onkel und ihrer Mutter damals vermutet hatte. Es hing alles irgendwie an ihrem Onkel. Amanda wusste, dass sie mit ihm reden musste. Er versteckte noch einen Schlüssel zur Kammer der Lösungen all ihrer Rätsel. Vielleicht den letzten entscheidenden.

»Ich frage ihn.« Haeveij war anzusehen, dass ihm das Thema nicht gefiel. »Dann mach's gut, Amanda.«

Er wandte sich schon zum Weitergehen, als sie ihm hinterher murmelte: »Sie auch.«

»Viel Glück«, wünschte Haeveij, bevor er am oberen Ende der Treppe des A-Gebäudes verschwunden war.

Ja, Glück konnte sie auf jeden Fall gebrauchen.

19. Kapitel – Harte Arbeit

Die Strafaufgaben waren noch schlimmer, als Amanda gedacht hatte. Sie hätte nie geglaubt, dass Laufechsen so schnell laufen konnten und dass ein so kleiner Raum wie das Wissenschaftskabinett so viele Verstecke für die kleinen Biester bot. Die Lehrer dachten sich das so einfach, wenn sie sagten: »Hier habt ihr ein Glas. Seht zu, dass ihr bis heute Abend alle Echsen eingefangen habt. Viel Erfolg.«

Da! Gerade huschte ein schmaler blauer Körper über die Tafel.

»Die schnapp ich mir«, rief Jonah und sprang dem Wesen hinterher. Seine nackten Füße mussten unheimlich schmerzen, als sie gegen einen Tisch schrammten. Das war eine von den vielen Eigenarten Jonahs. Wenn es nicht unbedingt nötig war, vermied er es, Schuhe anzuziehen. Auf seinem Zimmer sollte er angeblich nur mit einer Hose bekleidet herumlaufen.

Für einen Moment hörte Amanda auf, nach weiteren Echsen zu suchen, und genoss Jonahs Versuche, das kleine blaue Wesen einzufangen, nachdem er seinen Stolperer tapfer weggesteckt hatte. In diesem Moment war Amanda heilfroh, nicht die einzige Unruhestifterin der Schule zu sein. Es sah nämlich zu lustig aus, wie er von einer Seite der Tafel zur anderen hechtete. Er hätte sich wohl auch nicht träumen lassen, von so einem kleinen Tier ausgetrickst zu werden. Amanda musste laut lachen, als er sich auf die Laufechse stürzen wollte, dabei aber über den Stuhl am Lehrertisch stolperte und der Länge nach auf den Boden fiel. Wenigstens konnte Amanda wieder lachen. Nicht einmal der Flugunterricht heute Vormittag hatte sie aufheitern können, so sehr hatte sie die Sache mit Haeveij mitgenommen.

»Lach nur«, murrte Jonah während er sich fluchend aufrichtete. »Wie viele sind es noch?«

»Mal sehen... wir haben drei gefangen von zwanzig. Also noch siebzehn Stück«, erklärte Amanda.

»Na, super. Wie sollen wir die jemals finden, geschweige denn einfangen?«

Eine gute Frage. Diese Laufechsen ließen sich nicht einmal durch Zauberei beeinflussen. Jedenfalls von keiner einfachen. Sie liefen davon, noch bevor man einen Zauber zu Ende sprechen konnte.

Jonah ließ sich erschöpft auf einen Stuhl niedersinken. Solange kein Lehrer vorbei kam, um nach dem Rechten zu sehen, konnten sie Pause machen, wann immer sie wollten. Denn über eine Stunde suchten sie schon nach den eigensinnigen Viechern.

»Gibt es nicht einen leichteren Weg?«, stöhnte Jonah.

Amanda setzte sich zu ihm. »Ich fürchte, nein.« Sie nahm einen Schluck aus ihrer Wasserflasche. Wenigstens konnten sie hier etwas trinken. Anfangs war Singai dagegen gewesen, da er der Annahme war, seine Strafarbeiter könnten sich dabei zu gut erholen. Jonah hatte ihn jedoch mit seinen Schauspieltalenten von diesem Standpunkt abbringen können.

»Sag mal, Amanda, was mich schon die ganze Zeit interessiert ...« Jonah hieb mit der Hand nach einer vorbeihuschenden Echse. »Was war das eigentlich mit Haeveij, über das die ganze Schule spricht?«

Amanda stöhnte innerlich auf. Anscheinend war dieses Thema brandaktuell. Auf den Fluren wurde sie deswegen von einigen ihrer Mitschüler verächtlich, von anderen höhnisch angesehen.

»Ich meine, in die Zimmer anderer Schüler sind schon viele nachts gegangen. Einschließlich mir. Aber bis zu den Lehrern hat sich noch niemand getraut. Und warum ausgerechnet Haeveij?«

»Das verstehst du nicht«, wich Amanda aus. Sie konnte es nicht leiden, mit anderen darüber zu sprechen. Nicht nur, weil es ihr peinlich war, sondern auch, weil sie sich im Nachhinein betrachtet über ihre Unbesonnenheit ärgerte.

»Deshalb will ich es ja wissen: Weil ich es nicht verstehe!«, regte Jonah sich auf.

Amanda dachte einen Moment darüber nach, einfach nichts zu sagen und weiter nach Laufechsen zu suchen. Doch in Jonahs Blick lag etwas Beschwörendes. Vermutlich war das wieder nur vorgetäuscht. Wenn es darauf ankam, konnte Jonah die richtige Miene aufsetzen, auf die andere Leute immer wieder hereinfielen. Allen voran die Lehrer.

Trotzdem blieb Amanda zunächst stur. Sie wollte sich nicht von solchen Tricks beherrschen lassen. »Nein, das ist eine komplizierte, lange Geschichte.« Sie stand auf, da sie nicht länger über das Thema sprechen wollte. Amanda betastete den Brief in ihrer Brusttasche. Sie holte die im Unterricht verfassten Worte heraus, um sie zum zehnten Mal durchzulesen und wenn nötig zu verbessern, während Jonah wieder seiner Arbeit nachging. Schon viele Male hatte sie sie korrigiert. Deshalb waren die meisten überflüssigen Sätze gestrichen worden, bis sie den endgültigen Brief noch einmal abgeschrieben hatte. Ob sich die Mühe überhaupt lohnte?

Onkel Amatan,

Auf eine förmliche Anrede hatte Amanda verzichtet, da sie nicht mehr wusste, was sie von ihrem Onkel halten sollte.

es fällt mir schwer, Dich um Deine Hilfe zu bitten. Aber ich möchte endlich wissen, was an mir so besonders ist. Neulich habe ich mit Haeveij geredet. Ich weiß nun, was sich vor meiner Geburt ereignet hat. Auch, wenn ich nur die Hälfte wirklich verstehe. Deshalb möchte ich herausfinden, was Noctuadar mit mir vorhat. Er hat mich auf eine Schule geschickt und war sehr nett zu mir. Dann hat mir Haeveij etwas komplett Gegensätzliches von ihm erzählt. Ich möchte Dich hiermit bitten, mir alles mitzuteilen, was Du weißt und was mit der Sache zu tun hat. Davon abgesehen geht es mir gut.

*Grüße,
Amanda*

Amanda bemerkte gar nicht, dass Jonah sich an sie heran geschlichen hatte und ihr von hinten über die Schulter sah. Erschreckt fuhr sie herum, sobald sie seinen Atem spürte. Aus dem Instinkt heraus hob sie die Faust, bereit zum Zuschlagen, lockerte sie aber wieder, sobald sie sein neugieriges Gesicht sah. *Oder doch lieber zuschlagen?*

»Das musst du mir erklären«, sagte er seelenruhig. »Ich verstehe das nicht.«

»Nein! Das sollst du auch nicht«, giftete Amanda, während sie den Zettel ebenso zerknittert einsteckte, wie sie ihn hervorgeholt hatte. »Wenn du dich nicht so hinterlistig angeschlichen hättest, würde ich darüber nachdenken!«

»Ach, komm schon.« Jonah machte ein Mitleid erregendes Gesicht. Doch Amanda kannte seine Masche inzwischen viel zu gut, um darauf herein zu fallen.

»Nein, such lieber weiter nach Laufechsen.« Bei Amanda hatte er keine Chance, sie mit seinen schauspielerischen Fähigkeiten zu täuschen.

Sie drehte sich wütend um und suchte die Unterseiten der

Tische nach den Viechern ab. Diese Dinger konnten überall kleben.

»Haeveij ist ein Freund von dir, oder?«, hakte Jonah nach.

Amanda schwieg.

»Was hat das mit Noctuadar in dem Brief zu bedeuten?«

Amanda schwieg weiter.

»Kann es sein, dass du deinen Onkel nicht sehr magst? Der Anrede wegen.«

Amanda schwieg immer noch. Sie dachte nicht daran, ihm etwas zu sagen. Stattdessen schnappte sie nach dem Schwanz einer kleiner roten Echse, erwischte ihn aber nicht.

Auch dadurch ließ Amanda sich nicht aus der Fassung bringen.

»Warum erzählst du es mir nicht? Ist es so schlimm? Du bist eine Waise, oder?«

Jonah war anzuhören, dass er ungeduldig wurde. So gut hatte er sich dann wohl doch nicht im Griff.

»Hör zu, Jonah. Das ist eine Sache zwischen meinem Onkel, Haeveij und mir. Kannst du dir vorstellen, dass es Dinge gibt, über die Außenstehende besser nichts wissen? Das wäre nämlich solch eine Sache.« Amanda konnte nicht sagen, ob Jonah wütend oder verletzt war. Er drehte sich einfach um und sagte nichts mehr.

Auch Amanda sprach nicht mehr, sondern jagte weiter nach Laufechsen. Dieses Schweigen gefiel ihr nicht. Zu oft war sie mit ihrem Onkel in derartige Situationen geraten. Diese Angewohnheit hatte sie sich von ihm abgeschaut, um andere einzuschüchtern. Schweigen wirkte manchmal mehr als reden und schimpfen.

Ein schlechtes Gewissen hatte Amanda schon Jonah gegenüber. So bissig hatte der Satz vorhin nicht klingen sollen. Aber dieser Kerl konnte so aufsässig und nervig sein.

Quietschend öffnete sich die Tür zum Flur. Lehrer Singai trat ein.

»Na, wie sieht es hier aus? Wie viele von den Dingern habt ihr schon gefangen?« Ein überhebliches Lächeln huschte über sein Gesicht, als er das fast noch leere, improvisierte Terrarium auf dem Tisch entdeckte. Er genoss »Seine Rache« an den »bösen« Schülern.

Jonah hingegen genoss es, die Lehrer zu ärgern. »Also, wenn man in Betracht zieht, dass die Lehrer uns hier ganz allein mit diesen Untieren gelassen haben und nur dumm grinsen, wenn man seiner Arbeit nachgeht, dann sollten wir eigentlich schon längst gefrustet auf unseren Zimmern sitzen. Aber wir sind hier.«

Singai grinste immer noch. »Na, na, wir wollen mal nicht frech werden. Sonst müsste ich über andere Foltermethoden für unartige Schüler nachdenken. Das Flugkabinett hätte auch mal einen Putzdurchgang nötig. Und jetzt seht zu, dass ihr fertig werdet. Ich möchte nach dem Wochenende kein einziges dieser Viecher hier erwischen, das meinen Unterricht stört.« Er drehte sich um und verließ den Raum.

»Was bilden die sich eigentlich ein?«, schimpfte Jonah. »Diese Lehrer hocken auf ihren faulen Ärschen, während wir hier schuften, und dann grinsen die auch noch so dumm. Der Singai ist besonders schlimm. Sonst den unschuldigen, zerstreuten Lehrer spielen und dann, wenn sich die Schüler nicht helfen können, auch noch auf ihnen herumtrampeln.« Er schlug mit der Faust auf den Tisch.

Amanda musste lächeln. Er hatte Lehrer Singai sehr treffend beschrieben. »Vielleicht sollten wir ihm eine Echse ins Bett stecken«, schlug sie vor. Das fand sie nur gerechtfertigt. Denn eigentlich sollten Amandas Strafaufgaben erst Anfang nächste Woche beginnen. Aber Singai hatte sich bei Diektor Fingest dafür eingesetzt, dass Jonah heute Hilfe bekam – am letzten Schultag der Woche.

»Gute Idee, machen wir. Du kennst dich da oben ja sowieso schon aus.« Gewohnt frech wie immer.

Amanda lachte über diese eigentlich fiese Bemerkung, griff nach einer Laufechse, erwischte sie überraschenderweise sogar geschickt am Schwanz. Mit nur einer Hand! »Nur noch sechzehn«, verkündete sie feierlich und verblüfft.

»Nur?« Jonah lachte. »Wir können froh sein, wenn wir hier jemals wieder rauskommen. Und ich dachte, der Unterricht wäre deprimierend«, seufzte er.

»Jetzt mach es nicht schlimmer als es ist«, forderte Amanda. Sie steckte die frisch gefangene Echse zu ihren Geschwistern in ein Einmachglas mit löchrigem Deckel. »Ich finde den Unterricht spannend. Wenn du wüsstest, wie die Schulen bei mir zu Hause sind ...«

»Wieso? Wie sind die Schulen?«

Leider wusste Amanda nur, was man über die dortigen Schulen erzählte. »Es wird wohl keine Zauberei unterrichtet. Angeblich sitzt man stundenlang nur in den Bänken und hört den Lehrern zu. In jeder Stunde.«

Jonah zuckte die Achseln. »Nicht viel anders als bei uns. Entspannend, wenn man nichts machen muss. Was mühst du dich überhaupt so ab, nach den Dingern zu suchen? Entspann dich doch auch mal ein wenig. Wir haben für heute genug gearbeitet, finde ich.«

Das war wieder typisch Jonah: Keinen Finger krumm machen. Aber anscheinend konnte man sich mit dieser Einstellung ganz gut durchschlagen. *Entspannen?* Die Lehrer würden sie die ganze Nacht hier einsperren, sollten sie es nicht schaffen, die Echsen einzufangen.

»Wieso überhaupt *»angeblich«*, Amanda? Du sprichst als wärst du nie in einer Schule gewesen. Außer in dieser, meine ich.« Jonah saß auf einem Tisch und ließ die Beine baumeln. Er machte keinerlei Anstalten, Amanda zu helfen, die auf den

Boden kniete und die Unterseiten der Tische absuchte.

»Ich war nie in einer anderen Schule. Meine Mutter hat mich unterrichtet«, gab sie gelassen zurück. Sie griff nach einer Echse, die sich allerdings verängstigt aus den Staub machte, als Jonah vom Tisch sprang.

»Und ich dachte bis vorgestern, du wärst eine Musterschülerin.« Er lächelte keck. »Meine Mutter hätte das nie getan. Sie war froh, als ich fort ging.« Er lachte abwertend. Doch sogleich wurde er wieder ernst. »Pass auf«, meinte er. »Ich erzähle dir etwas von mir und du erzählst mir etwas von dir. Abgemacht?«

Amanda schaute ihm in die Augen. Sie wollte ablehnen. Doch sein Blick hinderte sie daran. Auf irgendeine Weise gefiel ihr sein Lächeln, das diesmal kein bisschen künstlich wirkte. Er meinte es wirklich ernst. Das war sie gar nicht von ihm gewohnt. »Also gut, solange du mir, während du erzählst, auch hilfst, die Echsen einzufangen.«

»Einverstanden.« Er hockte sich neben Amanda. »Aber warte mal, ich habe eine Idee.« Er sah sich suchend um. Dann knöpfte er sein Hemd auf.

»Was soll das?«, wollte Amanda wissen.

»Das wirst du schon noch sehen.«

Amanda errötete leicht, als sie auf seinen nackten Oberkörper blickte. Zu ihrem Glück sah Jonah sie nicht an. Zahlreiche kleine Narben kamen auf der muskulösen Brust zum Vorschein. Amanda versuchte, sie zu zählen, aber es waren zu viele. Himmel, was hatte man mit ihm gemacht? Schockiert betrachtete sie ihn von der Seite. Doch Jonah hatte nur Augen für eine grüne Laufechse. Er pirschte sich lautlos an sie heran. Noch bevor sie abhauen konnte, warf er sein Hemd über die Echse. Er ertastete den schmalen Körper des Wesens und hob es samt dem Hemd auf. »Ziemlich genial, oder?«, prahlte er.

Auf so eine einfache Lösung hätte Amanda auch kommen

können. Doch sie hätte ihre Bluse definitiv nicht ausgezogen!

»Von mir gibt es eigentlich gar nicht so viel Aufregendes zu erzählen«, stellte Jonah nachdenklich fest.

»Du willst doch keinen Rückzieher machen? Wir hatten eine Abmachung.«

Er lachte nur und winkte ab. »Nein, nein. Hab nur laut gedacht.« Sie setzten ihre Jagd nach den Echsen fort. In einer Mischung aus Sarkasmus und Abfälligkeit begann Jonah zu erzählen. »Ich bin als Einzelkind von zwei geisteskranken Zauberern geboren worden. Meine Mutter hat mich immer nur als Unfall bezeichnet und mein Vater hat sich irgendwann zu Tode gesoffen, nachdem er in seinem Suff immer alles kurz und klein geschlagen hat. Danach sind meine Mutter und ich herumgezogen, haben versucht Geld, zu verdienen. Meist mit mäßigem Erfolg.«

Noch jemand mit tragischer Familiengeschichte, dachte Amanda betrübt. Was hatten die Kinder eigentlich immer verbrochen, dass sie so bestraft wurden? Sie starrte ungewollt auf seine Narben.

Ihren Blick bemerkte Jonah sofort. »Wie gesagt: Mein Vater hat, wenn er betrunken war, vor nichts Halt gemacht. Meistens war ich sein Opfer, nicht meine Mutter. Die war zu empfindlich, die musste nur mal eine Peitsche ansehen, damit sie zu heulen begann.« Er lachte verächtlich. »Aber die Tragödie hatte auch einen Vorteil. Nach dem Tod meiner Mutter, die am Ende ihrer Tage eine einzige Psychopatin war, bin ich in so viele Waisenhäuser und verschiedene Schulen geschickt worden, dass ich eine Menge von Kurza gesehen habe. Ich könnte mich mit meinem jetzigen Wissen überall anpassen. Ich denke ernsthaft darüber nach, einfach abzuhauen.«

Ja, frei sein würde Amanda auch gerne. Sie konnte ihn so gut verstehen. »Und warum haust du denn nicht einfach ab? Was hält dich hier?«, wollte sie wissen.

Jonah beugte sich über eine Echse, vollzog die gleiche Übung wie gerade eben schon und hatte wieder Erfolg.

Amanda beobachtete, wie geschickt Jonah seine Hände bewegte.

»Ich warte noch, bis ich endlich gut genug bin, um den starken Zoko besiegen zu können.«

Der starke Zoko war der Kräftigste in ihrer Klasse. Er war in sämtlichen sportlichen Fächern zugegen. Noch nie hatte ihn jemand auf irgendeine Weise besiegt.

»Ohne Kampferfahrungen kommst du in der Welt da draußen nicht weit.« Er starrte sehnsüchtig auf die sich schlängelnden bunten Körper der Laufechsen im Einmachglas.

»Wie bist du an diese Schule gekommen?« Amanda hatte wirklich Mitleid mit ihm. Obwohl er es selbst so locker erzählte, musste es doch unerträglich sein, mit diesen Erinnerungen zu leben. Er hatte ein schlimmeres Los gezogen als sie. Jetzt konnte sie sogar verstehen, warum er immer so viel Ärger machte. Er hatte nichts mehr zu verlieren, denn er hatte ja nichts, was er liebte. Das war der Unterschied zwischen ihnen beiden. Amanda hatte Freunde und so etwas Ähnliches wie eine Familie.

»Ich bin irgendwann einfach aus einem Waisenhaus abgehauen, hab mich so irgendwie durchgeschlagen: Kleine Arbeiten angenommen, du kannst es dir ja denken. Hab mal für den einen, mal für den anderen Herrn gearbeitet. Hier und da musste ich etwas klauen, um zu überleben. Mit zwölf Jahren hat mich dann ein Zauberer von der Straße aufgelesen. Er gab mich in eine Pflegefamilie. Keine richtige Familie, nur zwei überreiche Eheleute – auch Zauberer – die keine Kinder bekommen konnten. Der Familienvater war ein Freund meines Finders. So ist das in der Welt: Um ihresgleichen sorgen sich die Leute. Wäre ihm ein Katzenmensch in den Weg gekommen, hätte der Kerl ihn getreten. Auch etwas, das ich lernen musste: Zauberer sind die Elite.«

Eine Echse huschte über den Lehrertisch. Reflexartig bemühte sich Jonah, mit der Hand nach ihr zu haschen. Doch ungreifbar wie der Wind glitt sie ihm durch die Finger.

Er schnaubte und ballte verärgert Fäuste. »Jedenfalls haben mich die beiden auf diese Schule geschickt. Und dann kam die böse Nachricht: Das Unmögliche war eingetreten, die Frau war schwanger. Wenn da mal kein anderer Mann im Spiel war, sag ich dir. Ich war natürlich abgeschrieben und hab die beiden nie wieder gesehen. Das Schulgeld hatten sie aus lauter Freude über ein Kind schon für die nächsten vier Jahre für mich bezahlt. Das kümmerte die beiden aber nicht. Geld hatten sie genug. Davon abgesehen wurde ich ihnen auch immer unsympathischer, weil ich nicht in ihr Weltbild vom hilflosen kleinen Straßenjungen passte. Sie haben dann einfach jeglichen Kontakt abgebrochen.«

Amanda sah ihn mitfühlend an. Jonah jedoch wandte sich lächelnd ab. Ließ ihn seine Vergangenheit so kalt?

»Du bist dran.« Jonah warf ihr einen kurzen Schulterblick zu. Er wirkte wieder wie immer. Amanda bewunderte ihn für diese Haltung. »Mit deiner Geschichte«, erinnerte er. Als ob es nichts Leichteres gäbe, fing er nebenbei eine Laufechse unter seinem Hemd ein.

»Natürlich.« Amanda fasste sich wieder. Etwas stockend und immer wieder überlegend berichtete sie. Ihre eigene Geschichte nach ihrer Ankunft in Takar fasste sie nur kurz. Sie klärte ihn über ihre Verbrechereltern auf und die Verhandlungen ihres Onkels. Vielleicht erzählte sie das alles auch nur, um selbst Klarheit zu bekommen. Sie versuchte, es bei den wichtigsten Punkten zu dem Hintergrund ihrer Eltern zu belassen und verschwieg Jonah, dass der Rat gern alle Macht des Planeten besitzen würde. Das klang für sie selbst noch immer zu unglaublich. Sie endete schließlich bei ihrer Geschichtsstunde mit Haeveij.

In gewisser Weise beunruhigte es sie, wenn jemand etwas von ihr wusste. Alles, was sie ihm sagte, konnte er ausnutzen. Für Amanda war Jonah bisher einer der Typen gewesen, die nur an ihren Spaß dachten und keine Rücksicht auf andere nahmen. Doch nach seiner Geschichte wusste sie nicht mehr, was genau sie von ihm denken sollte. Auf eine ihr unbekannte Weise war er ihr sympathisch.

Jonah machte nach ihrer Erzählung zunächst keine Anstalten etwas zu erwidern. Vielmehr war er damit beschäftigt, die inzwischen dreizehnte Echse einzufangen. Zugegebenermaßen stellte er sich dabei gar nicht so ungeschickt an. Er wusste stets genau, wo sich einer dieser schlanken Körper unter seinem Hemd befand.

»Gut, das weiß ich jetzt. Nur noch mal kurz, um Missverständnisse zu vermeiden: Was genau will die Eule von dir?«

»Die Eule hat mich offiziell aus Fürsorglichkeit hierher gebracht«, erklärte Amanda mit abwertender Grimasse. »Noctuadar meinte, bei meinem Onkel könne ich nicht länger bleiben und hat mich im Namen des Rates in mein neues Zuhause geschickt.« Sie breitete die Arme präsentierend in den Raum hinein aus.

»Und die inoffizielle Variante?«, hakte Jonah nach.

Amanda stöhnte. Er war verdammt hartnäckig. »Inoffiziell will er irgendwas von mir«, erklärte sie, »Was auch immer das sein mag. Vielleicht ist er nur misstrauisch, weil meine Eltern Verbrecher waren und möchte mich gut aufgehoben wissen. Aber ich denke, da steckt mehr dahinter. Denn aus irgendeinem Grund hat er mir diese Geschichte verschwiegen und den Hilfsbereiten gemimt. Dabei ist er nicht halb so rücksichtsvoll wie er tut, wie ich jetzt weiß. Es fragt sich nur, warum er das alles macht.«

»Das klingt spannend«, gab er zu. »Aber wieso bittest du jetzt deinen Onkel um Hilfe, wenn du sagst, er hasst dich?«

»Ich habe niemanden sonst, von dem ich Antworten bekommen könnte. Der Zaubererrat ist verschlagen, mein Vater irgendwo versteckt und mein Onkel ist der einzige, der noch übrig bleibt.«

»Ich versteh es trotzdem nicht«, stellte Jonah kopfschüttelnd fest. »Woher weißt du, dass du ihm trauen kannst?«

»Weiß ich nicht«, gab Amanda ehrlich zu. »Aber der Rat macht mir nun mal größere Angst als er. Und von irgendwem brauche ich Antworten.«

»Warum suchst du nicht nach deinem Vater?«

»Ich kenne nicht einmal seinen Namen. Ich weiß nur, dass er irgendwo auf Matar lebt.« Sie hoffte, dass Onkel Amatan ihr mehr zu ihm sagen konnte. Oder sollte sie sich lieber an Noctuadar wenden? Nein, sie erinnerte sich an Haeveijs Warnung. *Sag ihm bloß nicht, was du weißt!*, hieß das sinngemäß.

»Das klingt noch abgedrehter als meine Lebensgeschichte.«

Amanda lächelte verlegen. »Versprich mir, dass du niemandem davon erzählst.«

»Versprochen.« Wie zum Schwur hob er seine Hände, wobei ihm die Laufechse herunter fiel. »Verdammt.« Er stolperte ihr nach, doch immer wieder entglitt die Laufechse seinen Fingern.

»Komm, ich mache den Rest«, schlug Amanda vor. Das war nur gerecht, nachdem sie sich die letzten Minuten ausgeruht hatte.

»Wie willst du das anstellen mit einem Arm?« Er deutete skeptisch auf den Verband.

»Das schaff ich schon.« *Hoffentlich*, fügte Amanda in Gedanken hinzu. Es machte ihr ein schlechtes Gewissen, nur zuzusehen, wie Jonah sich mühte.

Er warf ihr sein Hemd zu und machte es sich auf einem Stuhl bequem.

Um einiges ungeschickter als Jonah ging Amanda ans Werk. Doch schon bei der ersten Echse erkannte Amanda, dass sie zu langsam war. Die Echse kroch einfach unter Jonahs Hemd hervor, noch bevor Amanda sie packen konnte. Auch der nächste Versuch verlief ohne Erfolg. Ihr linker Arm hing immer eine Sekunde zurück und bei jeder falschen Bewegung zuckte ein Schmerz durch ihn. Jonah, der immer noch hinter ihr saß, lachte nur über ihr Ungeschick. Frustriert warf sie ihm das nächste Greifbare – sein Hemd – ins Gesicht. Doch er lachte weiter und stieg vom Tisch. »Ich mach schon.«

20. Kapitel – Geheimnisvolles Fundstück

»Tut mir Leid Amanda, aber ich darf keine Briefe von dir weiterleiten«, erklärte die Sekretärin. »Anordnung vom Direktor.«

»Aber es ist enorm wichtig«, bettelte Amanda. Sie hatte noch den ganzen gestrigen Abend an dem Brief herumgefeilt, nur um ihn anschließend wieder in seine ursprüngliche Form umzuschreiben.

Die Schreibdame schüttelte hartnäckig den Kopf. »Tut mir leid«, beteuerte sie abermals, während sie die Stempel ihres Schreibapparates mit neuer Tusche bepinselte. Ihr wurde diese Diskussion merklich zuwider.

»Gut, gut, gut.« Amanda erkannte, dass Noctuadar seine Finger im Spiel hatte. Sie hatte keine Chance, dass man ihren Brief weiterleiten würde. Haeveij hatte richtig vermutet. Aber mal schauen wie weit Noctuadar geplant hat, dachte sie sich. »Wenn ich meinen Onkel schon nicht per Post verständigen darf, dann möchte ich ihn wenigstens in den Ferien besuchen.«

»Das liegt nicht in meiner Hand. Da musst du Direktor Fingest fragen.«

»Schön. Wann hat er Zeit für mich?« Amandas Entschluss stand fest. Sie würde sich mit Onkel Amatan verständigen. Egal wie, und sie würde um seine Worte kämpfen.

»Ich frage ihn.« Die Sekretärin seufzte resigniert, stand auf und klopfte an die Tür zum Direktorat, die sich gleich neben ihrem Schreibtisch befand. Auf das »Herein« des Direktors trat sie ein und schloss die Tür sogleich hinter sich.

Amanda konnte nur noch leises Gemurmel verstehen, welches bald abbrach.

»Du kannst zu ihm«, verkündete die Sekretärin, als sie wiederkam.

Schnell verschwand Amanda im angrenzenden Raum. Das war einfacher gewesen als erwartet.

Freundlich wie immer empfing der Direktor sie und bat sie, doch Platz zu nehmen.

»Ich glaube, kein anderer Schüler war in den letzten Tagen sooft hier wie du«, scherzte er, fing sich aber sogleich wieder. »Also, du willst einen Antrag stellen, auf einen Aufenthalt außerhalb der Schule. Das wäre auch gar kein Problem.« Er sah Amanda mit einer Spur von Mitleid in seinem Blick an. »Aber Noctuadar hat jeglichen Kontakt zu deinem Onkel verboten. Du darfst ihm keine Briefe schicken, ihn nicht besuchen. In keiner Weise mit ihm Kontakt aufnehmen.«

Amanda war geschockt. Noctuadar hatte *alles* sorgfältig geplant. Was wollte er damit bezwecken? Mit welchem Recht hielt man sie hier gefangen? Amanda beschlich der Verdacht, dass ihr Onkel wirklich der *Gute* war. Doch wer sagte, dass Haeveij sie nicht belog? Nein, er würde sie nicht belügen. Vielleicht log ihr Onkel ihn und alle anderen an. Sie stützte den Kopf in die Hände. Sie konnte es drehen wie sie wollte, am Ende kam nichts heraus.

»Ich würde dir wirklich gerne helfen, Amanda.«

Helfen? Natürlich. Alle würden ihr gerne helfen. Sagten sie zumindest. Die wussten doch gar nicht, worum es hier eigentlich ging.

»Doch Noctuadar ist dein Vormund und deshalb muss ich auf ihn hören«, fuhr der Direktor fort.

»Mein Vormund? Wer sagt das?«

»Er selbst.« Fingest schien von der Frage überrascht.

»Aber ich kenne ihn nicht einmal. Ich habe ihn einmal im

Leben gesehen. Er kann doch nicht einfach behaupten, für mich verantwortlich zu sein.«

Der Direktor sah besorgt drein. Amanda hatte ihn als sehr mitfühlenden Menschen kennen gelernt, deshalb verwunderte es sie nicht, wenn er – ein Erwachsener – sie so ansah. Die wenigsten Lehrer schienen so etwas wie Gefühle zu kennen. Aber die Gefühle nützten in diesem Falle wenig.

»Doch, das kann er«, verdeutlichte der Direktor. »So lange niemand das Gegenteil behauptet, kann er allein über dich bestimmen. So sind die Gesetze.«

Ihr kam eine Idee. Wenn Haeveij sich als ihr Vormund meldete und … Dazu bräuchte sie Kontakt zu ihm. Es war verhext! »Können Sie nicht eine Ausnahme machen? Es würde ja schon reichen, wenn Sie mir erlauben, einen Brief an meinem Onkel zu schicken.«

Er schüttelte den Kopf. »Nein, so leid es mir tut. Andernfalls riskiere ich meinen Posten als Direktor.«

Es war ein Gefängnis. Egal welchen zauberhaften und verführerischen Glanz diese Schule anfangs ausgestrahlt hatte, sie war ein Gefängnis. Was zuvor noch neu und fantastisch gewesen war, hatte sich nun in nicht mehr als einen Ort der Verzweiflung gewandelt. Der theoretische Unterricht unterstützte ihre trüben Gedanken. Wenn er auch nicht besonders interessant war, zum Einschlafen und um sich auf andere Gedanken zu bringen, war er gut genug. Während man in den hintersten Reihen mit offenen Augen schlief, konnten die Schüler weiter vorn wenigstens mittels Tischschriftzauber nachmittägliche Aktivitäten vereinbaren und über das vergangene Wochenende diskutieren, an welchem Amanda ein Buch nach dem anderen durchgeblättert hatte. Alles nur, um die Panikgedanken zu verscheuchen. Denn es waren immer dieselben Fragen, die durch ihren Kopf kreisten, immer die gleichen Bilder die sich ihr boten, ohne dass Amanda sie verstand, geschweige denn längerfristig fernhalten konnte.

Sie blickte sehnsüchtig aus dem Fenster. Hin und wieder ließ sich ein Vogel auf dem Fensterbrett nieder, um gleich darauf wieder fort zu fliegen. Frei wie sie wollte Amanda auch sein. Fortgehen, wann immer ihr es gefiel, das klang inzwischen fast wie ein unerfüllbarer Wunsch. Noctuadar hatte sie hier eingesperrt! Er hatte sie hierher gelockt, hatte sie überzeugt, dass er sie mit guten Absichten von zu Hause wegholte und nur um sie hier einzusperren?

Das ergab keinen Sinn. Wozu der Aufwand? Kein Zweifel, er brauchte sie noch. Er brauchte sie als kundige Zauberin. Irgendwas war hier im Busch, und Amanda hatte den Verdacht, dass ihr Onkel womöglich eine kleine Ahnung davon besaß. Wenn nicht sogar noch mehr. Welche Rolle spielte er in diesem Theater? Vor allem beschäftigte sie dieser rätselhafte Gegenstand, den sie besitzen sollte.

»Während der Aquila-Clan also immer noch im Territorium Dahrben im Verborgenen für Recht und Ordnung sorgt, verbringt der Felis-Clan seine Zeit damit, Matar unsicher zu machen«, erläuterte Woellafaen zum gefühlten zehnten Mal.

Aquila und *Felis*, Adler und Katze, wiederholte Amanda in Gedanken. Inzwischen konnte sie die altkurzanische Sprache fast fließend, was nur wenige in ihrer Klasse beherrschten.

»Wenn man die Geschichten der beiden Clans aufmerksam studiert, wird man feststellen, dass die Clanführer Brüder waren. Sie waren die Söhne der Magier Aquilar und Leona. Viele Schlachten fanden nur wegen diesen beiden Parteien statt. Warum?«

Niemand regte sich, während die Lehrerin ihre Klasse eingehend betrachtete. Aber sie konnte noch so lange nach Freiwilligen suchen, es meldete sich doch niemand.

»Also schön. Ich sehe schon, dass es keinen von euch interessiert. Deshalb hört ihr mir jetzt gut zu. Wir werden nächste Stunde einen Test darüber schreiben.«

Mürrisches Gemurmel brach aus als Zeichen, dass doch noch einige zuhörten. Die Woellafaen ignorierte es aber und fuhr fort.

»Aquillas beschäftigte sich lange Zeit mit den Lehren seines Vaters. Er wurde zu einem mächtigen Zauberer und einem Kämpfer für den Frieden. Seine Symbolgestalt war der Adler. Man sagt ihm nach, dass er Müttern während der Kriege Federn aus seinem Gefieder schenkte, die ihnen Hoffnung und Trost spendeten, denn der Adler ward auch der Sonnenbote genannt. So sagte man, er brächte die Energie der Sonne zu den Menschen und Wesen am Boden. Es fanden sich bald viele Nachahmer im Zauberervolk. Auch nach dem Tod von Aquillas wählten Zauberer die Gestalt eines Vogels und ließen ihre Federn an Orten zurück, die der Freude und des Glücks entbehrten, um die hohe himmlische Energie mit der Erde zu teilen. Sie schlossen sich im zweiten, dem letzten kurzanischen Krieg zu einem Clan zusammen, der auf ganz Kurza ausschwärmte. Zu Ehren des ersten Hoffnungsvogels nannten sie sich Aquila-Clan.«

Lehrerin Woellafaen räusperte sich, mit dem Blick auf zwei Schüler aus der ersten Reihe gerichtet, die mit den Köpfen auf den Tischen lagen. Nachdem niemand reagierte, fuhr die Lehrerin trotzdem fort: »Etwas anders verhält es sich beim Felis-Clan. Wie der Name schon sagt, besteht er nur aus Katzen. Die stärkste Katze ist das Oberhaupt. Nur wer alle anderen Katzen besiegt, ist ein würdiger Anführer.«

Die Lehrerin unterbrach sich und schrieb eifrig in ihr Notizbuch, als die erste Reihe sich nach wie vor nicht regte.

Amanda blickte trotz allem immer noch verträumt aus dem Fenster. All diese Geschichten interessierten sie gar nicht mehr so sehr. Es gab Zeiten, da hatte sie alles über Zauberei wissen wollen. Doch nun wollte sie vor allem eines: Wissen über Noctuadar sammeln. Vögel und Schmusekatzen halfen ihr dabei nicht. Inzwischen war sie zu der weisen Erkenntnis gekommen, dass die Einteilung in *Gut* und *Böse* nichts half. Ebenso wenig wie *Wahrheit* und *Lüge*. Schließlich stand das in einem von Amatans Büchern: Gut und Böse lassen sich nicht strikt trennen. Das eine ist in dem anderen enthalten. So war es, so würde es immer sein.

Jetzt wollte sie lieber herausfinden, welche Absichten hinter den ganzen Lügen standen. Sie war zu der Überzeugung gekommen, dass Onkel Amatan sie beschützen wollte. Warum genau, konnte sie nicht sagen, vielleicht nur aus seinem Hass gegenüber dem Rat heraus. Als er damals in ihrem Zimmer war, hatte er bei dieser Gelegenheit vielleicht nach ihrem Schutz gesucht? Wusste er deshalb so genau, dass weitere Bücher in ihrem Zimmer lagen? Das war nur wahrscheinlich.

Bevor Amanda sich in die Erinnerung vertiefte, wie ihr Onkel ihre Unterwäsche durchwühlt hatte, überlegte sie, welche außergewöhnlichen Dinge außerdem in ihrem Schrank lagen. Ein Kamm. Wohl kaum zauberkräftig, den hatte sie auf einem Markt in Rhebenden gekauft. Eine Haarnadel – nein, es war eine gewöhnliche Kupfernadel, die sie auch getragen hatte, als Noctuadar sie besuchte. Er hätte gemerkt, wenn etwas nicht stimmte. Blieb nur ihr Dolch übrig. Der Dolch. Ihres Wissens hatte Mutter ihn immer hinter dem Küchenschrank versteckt. Sie meinte, dass man für den Ernstfall gewappnet sein musste. Er war der einzige Gegenstand, so sagte sie, den sie von ihrer Heimat mitnahm und all die Jahre behalten hatte. Es konnte folglich nur der Dolch sein. Damit wäre ein Rätsel gelöst.

»Ruhe!«

Sofort verstummten die wispernden Stimmen an allen Tischen, die Amanda gerade völlig ausgeblendet hatte.

»Ich erinnere an den Test«, sprach die Woellafaen und nahm den Faden ihrer Ausführungen wieder auf. »Der Bruder Aquillas', Leor, widmete sich der schwarzen Magie, von welcher er in den Aufzeichnungen seines Vaters erfuhr. Er forschte weiter und erkannte, dass Leid große Mengen an Energie freisetzte, die man nutzen konnte, um die eigenen Reserven aufzustocken. Damit war er zu einer nie versiegenden Quelle an Macht gelangt. In der Folge schloss er sich mit Gleichdenkenden zusammen. Sie waren allesamt Katzen – die elegantesten und geheimnisvollsten Tiere. Während der Kriege begingen sie furchtbare Gemetzel, nur um die eigenen Kräfte ins Unermessliche steigen zu lassen. Orte, an denen schwarze Magie praktiziert wurde, starben. Ihre Energie ging verloren. Häufig konnten sie nur durch eine Feder Aquillas' gerettet werden. Nach den Kriegen, als die Zauberer über die Menschen siegten, verbannte man den Felis-Clan auf den Planeten Matar. Wobei man sagen muss, dass trotzdem hin und wieder Mitglieder auf Kurza gesichtet werden. Zum Zeitpunkt der Verbannung zog man den großen Wall um Dahrben und gründete den Zaubererrat. Seitdem wächst in Dahrben ein jeder mit der Zauberei auf. Man kommt gar nicht drum herum, sodass künftige Kriege zwischen Menschen und Zauberern ausgeschlossen sind.«

Amandas Gedanken kreisten weiter, abseits des Unterrichts. Wollte Noctuadar vielleicht einfach nur Kriege verhindern, indem er keinen Menschen in seinem Land duldete und sie deshalb zur Zauberin ausbilden ließ? Kurzas Vergangenheit, zeigte ja, dass Zauberer und unwissende Menschen nicht nebeneinander leben konnten. Wenn alles so harmlos, war wieso sagte Noctuadar es nicht einfach? Aus Taktgefühl? Bei ihm eher nicht, dachte Amanda. Die Ereignisse von damals ... Wie passten sie in das Bild?

Während Amanda vor sich hin philosophierte, bemerkte sie

überhaupt nicht, dass auf ihrem Tisch eine Nachricht erschien. Erst in dem Augenblick, in dem die Hitze, welche durch den Zauber entstand, ihr fast die Haut verbrannte, kehrte sie wieder in die Wirklichkeit zurück. Vorsichtig schüttelte sie ihren bandagierten Arm, um ihn zu kühlen. Die Wärme hatte doch glatt ein Loch in den Verband hinein gebrannt. Zu ihrem Pech registrierte die Woellafaen Amandas Bewegung und hakte nach.

»Gibt es ein Problem, Amanda?«

»Nein, schon in Ordnung«, erwiderte diese. Als sie den tadelnden Blick Woellafaens bemerkte fügte sie schnell dazu: »Mein Arm ist nur eingeschlafen.«

Die Lehrerin nickte skeptisch und widmete sich wieder ihrem Thema.

»In der Pause vor den Mädchen-Waschräumen. Ich hab da was, das dich interessieren wird.«

Kein Absender. Die Nachricht verschwand, Sekunden, nachdem sie sie gelesen hatte. Ob sie wirklich für sie war? Amanda sah sich um. Niemand suchte ihren bestätigenden Blick. *Da hat sich wohl jemand im Tisch geirrt*, vermutete sie. Ob da etwas Illegales vorging?

Die Neugier ließ sie nicht los.

»Kann man das wirklich essen?«

»Weiß nicht. Es sieht wie unsere letzte Giftmischung aus dem Kräuterkundeunterricht aus.«

Erschrocken schob Viona ihren Teller weg.

»Das war ein Witz«, korrigierte Deanno schadenfroh.

Amanda sah, wie Samea und Gopa die Augen rollten. Auch sie fanden diesen Typ unausstehlich. Doch Viona war nach Wochen noch blind vor Liebe. Da konnte man ihr sagen, was man wollte.

»Du bist gemein.« Die Elfenzauberin war eingeschnappt und stocherte weiter in dem, was man ihr als Essen aufgetischt hatte, herum. Amanda fragte sich, ob Viona tatsächlich einen Augenblick lang geglaubt hatte, dass das auf ihrem Teller Gift war. Selbst Amanda hatte inzwischen bemerkt, dass der Typ nichts ernst meinte, was er sagte. Aus Viona machte er sich nicht viel. Sie war für ihn nur ein Spielzeug, das er nach einer Weile durch ein anderes hübsches Mädchen ersetzen würde.

Nach einem Kuss von Deanno waren alle Streitigkeiten vergessen und die beiden alberten wieder herum. *Wie konnte man nur so kurzsichtig sein?* Sie fand das Verhalten der beiden einfach nur kindisch und peinlich. Auch Gopa und Samea warfen sich zweifelnde Blicke zu. *Zeit abzuhauen,* dachte Amanda. Sie war ohnehin nur hier, damit den anderen nicht auffiel, dass sie fehlte. Sie sah auf die Uhr, die über der Tür zum Speisesaal angebracht war: Noch zehn Minuten. Sie schickte sich an aufzustehen. Zehn Minuten blieben ihr, um herauszufinden, welche Geschäfte vor den Waschräumen getätigt wurden.

Gopa und Samea standen ebenfalls auf. *Nicht gut,* schimpfte Amanda still. Dass die beiden ihr nachgingen, konnte sie gar nicht gebrauchen.

»Ich weiß nicht, wie es euch geht, aber mir gehen unsere beiden Turteltauben langsam auf die Nerven.«

»Ich stimme dir voll zu, Gopa«, erklärte Samea.

»Finde ich auch«, meinte Amanda, obwohl sie kein bisschen an dem Gespräch interessiert war.

»Ich gebe den beiden noch zwei Monate«, meinte Samea großzügig. »Dann macht Deanno Schluss, Viona heult sich vier Wochen in unserem Zimmer aus. Und dann sind wir erlöst von diesem Anblick.«

Sie lachten. »Wenn es doch bloß der Anblick allein wäre ...«, seufzte Gopa mit gequälter Miene. »Aber das ist nicht unser Problem. Wir haben ihr schon genug Vorträge gehalten. Jetzt erzähl du mal, Amanda. Wie war die Strafarbeit am Wochenende? Was musstest du noch mal machen?«

Auch das noch! Das fehlte Amanda noch. »Ich musste mit ein paar Leuten aus Klasse C Geschirr spülen. Wie das war, muss ich wohl nicht erklären. Die Küche sah hinterher aus wie eine Badewanne.«

Die beiden anderen Mädchen grinsten.

»Am Wochenende Strafarbeiten ... Das ist echt fies«, stellte Samea fest.

»Kommst du mit uns? Wir gehen schon vor zum Flugkabinett.« Gopa deutete mit dem Kopf zum Flugunterrichtsraum gegenüber des Speisesaals.

»Nein. Ich ... muss ... noch was aus dem Zimmer holen.« Sehr glaubhaft klang Amandas Antwort nicht. Doch Gopa konnte sie gerade noch überzeugen.

Eilig rannte sie die Treppe zum Erdgeschoss hinunter, wo die Schlafräume der Mädchen untergebracht waren. Um dummen Ideen vorzubeugen, wohnten die Jungen im ganz obersten Stockwerk.

Als sie sich im Speiseraum umgeblickt hatte, war ihr nur Jonah als fehlend aufgefallen. Natürlich kannte sie nicht jeden. Aber vom Rest ihrer Klasse schienen alle da zu sein.

Gleich würde sich klären, was es mit der Botschaft auf sich hatte. Schade, dass nicht alle Probleme so schnell eine Lösung fanden. Sie seufzte innerlich, während sie durch den breiten Gang zwischen den Schlafräumen entlang lief.

Tatsächlich. Als sie um die Ecke bog wartete Jonah vor den Waschräumen auf sie. Ein Lächeln huschte über sein Gesicht, als er sie erblickte.

»Du hast ja lange auf dich warten lassen«, stellte er fest.

»Ich wollte kein Misstrauen bei den anderen erwecken. Außerdem hatte ich Hunger«, klärte Amanda ihn auf. »Was hast du nun, das mich interessieren könnte?«

»Nicht *könnte*. Es *wird* dich interessieren. Gestern Abend, als du Geschirr spülen musstest, sollte ich das Flugkabinett putzen – wir hatten ja nach den Laufechsen keine Zeit mehr dazu. Jedenfalls hab ich da was Interessantes gefunden.«

Er holte etwas hinter seinem Rücken hervor. Es war ein kleines Buch. Er schlug es auf und deutete auf den Namen des Besitzers: Ha...v... Den Rest konnte sie nicht entziffern. Die Schrift war verblasst.

»Erkennst du den Namen?«

Amanda brauchte noch einige Sekunden. »Haeveij!«

Jonah nickte.

»Was macht ein Buch von Haeveij noch hier? Er ist doch fort. Er hat seine Sachen letzte Woche gepackt.«

»Ich habe es hinter einem Schrank gefunden. Dem großen, mit den Matten drin. Ich hätte dort nicht einmal geputzt, wenn nicht Singai einen kritischen Blick zu mir ins Zimmer geworfen hätte. Bevor er mit seinen blöden Sprüchen käme, hab ich dann halt einige Sekunden so getan, als würde ich meine Arbeit ernst nehmen.«

Amanda nahm das Buch in die rechte Hand. Das Blättern fiel mit dem gebrochenen Arm immer noch schwer, obwohl sie ansonsten immer besser damit umging. Dank der Wundersalbe war er auch schon fast verheilt.

»Ich glaube, Haeveij wollte, dass jemand das Buch findet. Warum sonst hätte es dort gelegen?«, überlegte Jonah laut.

Natürlich! Das war Haeveijs Weg mit ihr zu kommunizieren.

Wie wild blätterte Amanda, während sie die Schmerzen in ihrem Arm ignorierte. Doch sie wurde enttäuscht. Das Buch bestand aus zahllosen, zusammengebundenen Seiten, auf denen jegliche Beschriftung fehlte. »Was soll das?«, fragte sie. »Hier steht nichts drin. Was soll so interessant sein?«

Jonah aber lächelte, als ob er ihre Reaktion erahnt hätte. »Sieh doch mal genauer hin.« Er nahm ihr das Buch aus den Händen und blätterte einige Seiten nach vorn. »Da, schau gut hin.«

Amanda betrachtete die erste Seite. Jonah hatte Recht. Wenn man genau hinsah, erkannte man nach und nach Buchstaben, die sich immer klarer abbildeten. Ein Wort stand dort geschrieben: »V*erschwinde!*«

Verschwinde. Sollte es das Stichwort sein, auf das sie gewartet hatte? »Was soll das bedeuten?«, murmelte sie.

»Gegenfrage: Was hast du heute Nachmittag zu tun?«

Amanda seufzte. »Das ist doch jetzt völlig nebensächlich.«

Soeben ertönte das Pausen beendende Klingeln.

»Sag schon, was sollst du machen?«

Widerwillig antwortete Amanda: »Fingest will, dass ich mit so einer Arbeitsgemeinschaft irgendein Fest plane.«

»Pass auf: Ich versuche, Fingest zu überzeugen, dass ich das Flugkabinett nicht wieder alleine aufräumen kann, weil … hmm … Da fällt mir schon was ein. Und du sagst, dass du mit dem Rest der Arbeitsgemeinschaft nicht klarkommst, weil ihr euch immer in die Haare kriegt.«

Amanda hörte, dass das Schellen der Glockenbälle auch über ihnen angekommen war, denn dort trampelte offenbar eine Pferdeherde durch die Flure in die Unterrichtsräume.

»Das soll funktionieren?« Sie war skeptisch. »Warum sollte der Direktor meinen, ich käme nicht mit den anderen klar? Und warum sollte er meinen, ich wäre in der Lage, mit einem gebrochenen Arm Dinge hochzuheben oder zu transportieren? Zudem ist der Plan so unsicher wie ein Boot bei Gewitter auf hoher See. Es kann nur kentern.«

»Ein schlechter Vergleich«, stellte er fest. »Vertrau mir. In solchen Sachen bin ich gut. Oder hast du Zweifel an meinem schauspielerischen Talent?«, neckte er.

Nein, daran lag es nicht sondern am Drehbuch. Amanda beließ es bei einem warnenden Blick, einem ergebenen Seufzen und lief auf die Treppe am Ende des Gangs zu. Sie glaubte, Jonah leise lachen zu hören, als er ihr zum Flugunterricht folgte.

»Kann ich das Buch wenigstens wieder haben?«, fragte er.

»Wieso? Ich denke, es ist sowieso für mich.«

»Aber ich hab's gefunden. Du hast dich nicht geplagt dafür.«

Amanda verdrehte die Augen. Noch waren die eindeutigen Besitzverhältnisse nicht geklärt. Ihr war zwar nicht klar, was Jonah mit dem Buch noch anfangen wollte, gab es ihm trotzdem wieder. Er kam ihr vor wie ein Kobold, der seinem verzauberten Schatz nachjagte.

21. Kapitel – Fragen über Fragen

»Ich glaube es einfach nicht! Wie hast du das gemacht? Das kann er doch niemals wirklich geglaubt haben.«
Jonah sammelte einige Bücher aus der Luft, die im Raum schwebten. »Hat er aber. Tja, ich kann's halt.« Er warf ihr einen prahlerischen Blick zu. »Und zwar, nachdem ich etwa eine halbe Stunde auf ihn eingeredet und ihm geschildert habe, dass es unmöglich sei, all diese Sachen ohne Hilfe an den richtigen Platz zu bringen oder überhaupt erst einmal alle zu finden. Die liegen ja sonst wo: Hinter, unter, über den Schränken.«
Amanda schüttelte den Kopf. Dieser Kerl war verrückt. »Mit welchen Argumenten konntest du ihn überreden, dass ausgerechnet ich dir helfe? Es gibt genug aus den anderen Klassen, die besser in der Lage wären als ich, alles aufzuräumen.«
»Das war etwas schwieriger. Dafür musste ich mir sehr viel Mühe geben. Wahrscheinlich glaubt der Direktor jetzt, dass ich total verknallt in dich bin.«
Süß, dachte sie, wie er sich bemühte, obwohl er eigentlich wenig mit der Sache zu tun hatte. Sie war vorhin noch nicht einmal dazu gekommen, sich mit den anderen zu streiten, um zu beweisen, dass sie mit ihnen nicht klar kam. Der Direktor hatte sie schneller aus der Gruppe geholt, als sie überhaupt ein Wort mit den anderen Schülern hatte wechseln können.
Ein Buch flog an Amanda vorbei. Sie machte eine ungeschickte Bewegung mit der linken Hand, um es

einzufangen. Dabei fiel sie fast von ihrer Flugmatte. Sie konnte sich gerade noch an einem Stuhl abstützen, der ebenfalls durch die Luft flog. Leider gab er unter ihrem Gewicht nach, als sie sich darauf stützte, und sie musste sich mit Armen und Beinen an die Matte klammern, damit sie nicht fiel. Das hatte etwas Käfer-auf-dem-Rücken-Artiges an sich, war jedoch die einzige Möglichkeit, sich nicht auch die restlichen Knochen ihres Körpers zu brechen. Jonah würdigte sie währenddessen keines Blickes, geschweige denn, dass er ihr half. Typisch Kerl.

Das Flugkabinett war das reinste Chaos. Irgendjemand hatte einen Zauberspruch falsch ausgesprochen und als Folge daraus das Klassenzimmer an die Decke verfrachtet. Solche Missgeschicke kamen öfters vor. Eigentlich sollten dabei nur die Fluggeräte besprochen werden. Matten, Holzbretter, für geübte Zauberer wurden Windböen zum Fliegen benutzt, die man mit Zaubersprüchen bearbeitete, um darauf zu fliegen. Doch das war selbst in einfachen Fällen zu schwierig. Der Beweis lag vor ihr: Überall schwebten Gegenstände herum. Da die Decke in diesem Raumes höher gebaut war als in normalen Unterrichtsräumen, konnte sich folglich noch mehr Gerümpel ansammeln. Man musste höllisch aufpassen, nicht von einem Teil davon getroffen und zu Boden geworfen zu werden. Im Grunde wäre es eine lustige Aufgabe gewesen, auf Besen, Stühlen und allem, was sonst noch hier herumflog, durch die Luft zu sausen und nebenbei ein bisschen aufzuräumen. Doch durch ihren gebrochenen Arm verlor Amanda nicht selten ihr Gleichgewicht und blieb nur mit knapper Not in der Höhe.

Gab es denn keinen Spruch, der alle Dinge an die dafür vorgesehenen Plätze arrangierte? Warum war es so einfach, Chaos zu schaffen, nicht aber Ordnung?

»Also, Jonah«, begann Amanda. »Was hast du über das Buch herausgefunden?«

Er versuchte gerade, einen Stuhl auf den Boden zu stellen,

was nicht so einfach war, wenn er luftverzaubert wurde. Erst als Jonah ihn für einige Sekunden auf den Boden presste, gab er schließlich nach. »Klare Fakten habe ich nicht, nur Mutmaßungen.«

»Macht nichts. Erzähl schon«, drängte Amanda, wobei sie ein weiteres Mal fast das Gleichgewicht verlor und zu fallen drohte.

»Nach dem, was du mir erzählt hast, ist das Buch mit einem Zauber belegt, mit dem du Nachrichten empfangen und abschicken kannst. Der Zauber funktioniert so ähnlich wie der, den wir im Unterricht zum verständigen durch die Tische benutzen. Beide basieren auf dem Elementen Feuer und Erde. Die Nachrichten brennen sich in ihre Zielobjekte ein.«

»Gut, das ist das *Wie*. Kommen wir zum *Wer*«, schlug Amanda vor. »Das Buch war definitiv für mich gedacht, da sonst keiner auf die Idee kommen würde, unter einem Schrank sauber zu machen. Gut, außer dir.«

Die älteren Schüler bekamen nie Ärger, wenn sie ihre Aufgaben nicht ordentlich erledigten. Vor denen hatten die Lehrer nämlich Angst. Haeveij musste angenommen haben, dass eine von Amandas Strafaufgaben früher oder später hier zu verrichten sein würde. Zudem mussten diesen Raum sich – der Größe wegen – die Klassen B und C teilen. Er nahm in der Höhe nämlich zwei Etagen ein und war der einzige Flugraum in ihrem Gebäude.

»Aber was genau will er dir mitteilen? Sollst du nur von der Schule verschwinden? Oder aus Dahrben allgemein?«

»Kann ich noch mal das Buch sehen? Vielleicht finden wir noch Hinweise.«

»Ich habe es schon hundertmal durchgeblättert«, erwiderte Jonah.

»Aber vielleicht steht ja doch noch etwas drin. Zeig doch mal«, bettelte sie.

Er wollte etwas entgegnen, hielt aber inne. Er beschützte das Buch wie nichts anderes, auch wenn es ihm eigentlich gar nicht rechtmäßig gehörte. Widerwillig kramte Jonah in seiner Tasche, die unter Amanda auf dem Tisch lag.

Sie flog zu ihm runter. Wie gut es doch ab und zu tat, wieder festen Boden unter den Füßen zu haben! Man fühlte sich gleich sicherer.

Unter Jonahs strengem Blick durchsuchte Amanda das Buch. Doch wie oft sie auch hin und her blätterte, es stand immer nur das eine Wort auf der ersten Seite: *Verschwinde!* Eine Seite war sogar herausgerissen. *Verschwinde!* Von wo? Aus der Schule? Wenn das so einfach wäre. Noctuadar hatte dem garantiert ebenso vorgebeugt wie allem anderen.

»Hast du schon eine Antwort auf deinen Brief bekommen? Vielleicht könnte dein Onkel uns helfen«, meinte Jonah.

Uns, wiederholte Amanda in Gedanken, *das ist allein mein Problem*. »Ich konnte den Brief nicht abschicken. Noctuadar hat alles daran gesetzt, mich hier einzusperren. Ich darf mich mit niemandem außerhalb der Schule in Verbindung setzen. Dafür hat er gesorgt.«

»Dieser Kerl ist doch verrückt. Was will er damit erreichen, dass er dich wie eine Gefangene behandelt?«

Darauf wusste keiner eine Antwort. Wenn Haeveij einen guten Grund hatte, ihr zum Verschwinden zu raten, und er schrieb so etwas nicht aus Spaß, dann hatte Noctuadar etwas Übles mit ihr vor. Vielleicht wusste er inzwischen, was Sache war.

Sie übergab Jonah das Buch. Er sah es noch einmal prüfend an. »Etwas will ich noch versuchen.« Er nahm einen Stift zur Hand und kritzelte etwas in das Buch hinein.

»*Hier sind Jonah und Amanda. Können Sie sich klarer ausdrücken?*«, stand dort in krakeliger Handschrift geschrieben.

»Ich weiß nicht, wie gut und ob das überhaupt klappt. Aber

wenn dieser Zauber so funktioniert wie ich denke, dann besitzt Haeveij eine Seite aus dem Buch, die ihm unsere Botschaft übermittelt.«

»Wenn er also unsere Nachricht findet, kann er auf seiner Buchseite an uns zurück schreiben.«

Jonah nickte. »So, müsste es klappen«, meinte er, als er das Buch zuschlug. »Ach, wenn du wirklich abhaust, Amanda, dann komme ich mit. Allein schaffst du es bestimmt nicht hier raus, schon aus dem Grund, weil du nicht einfach den Direktor fragen kannst. Der wird dich nicht gehen lassen, wenn Noctuadar alle notwendigen Vorkehrungen getroffen hat.«

»Abgemacht. Du hilfst mir und ich helfe dir, von hier fort zu kommen.« Sie hielt ihm die Hand hin.

Jonah machte ein überraschtes Gesicht über Amandas widerstandsloses Verhalten. Er war es sicher gewohnt, dass ihn alle abblitzen ließen. »Also gut. Abgemacht«, bestätigte er, als er ihre Hand ergriff. Er lächelte. »Jetzt müssen wir wohl ein wenig warten.« Er blickte sehnsüchtig auf das Buch.

»Na dann, wieder ab an die Arbeit«, sagte Amanda und schwang sich übermütig auf eine Flugmatte. Dabei schlug sie Jonah aufmunternd auf die Schulter, der ein mürrisches Murmeln von sich gab, aber schließlich doch aufstand.

Egal wie wenig Amanda es selbst wahrhaben wollte, Jonahs Nähe tat ihr gut. Wenn sie zusammen waren, vergaß Amanda ihre Probleme. Jonahs Art ließ sie wieder nach vorn blicken. Das schaffte nicht einmal Gopas Neugierde, die Amanda sogar nachts nicht schlafen ließ. Im Gegenteil. In ihrem dunklen Zimmer war es noch schwieriger, nicht den Verstand zu verlieren.

Amanda spürte, wie sie etwas Spitzes am Kopf traf.

»He, mach was, oder soll ich die ganze Zeit alleine schuften?« Jonah hielt ein ganzes Bleistiftarsenal in seiner Hand, das nach und nach in Amandas Richtung hin abgebaut wurde.

Sie grinste. *Auf geht's!* Das halbe Klassenzimmer hing noch immer an der Decke.

***

Parieren und schlagen, hallte es durch Amandas Kopf. Das klang eigentlich nicht schwer, so man denn zwei funktionsfähige Arme besaß.

Schon wieder kassierte sie einen blauen Fleck ein. »Verflucht«, murmelte sie. Keuchend ließ sie ihr Schwert hängen. *Zum Glück sind die stumpf,* dachte sie, erschöpft vom Kampf. »Ich kann nicht mehr. Du hast wenigstens einen Schild zur Abwehr, Gopa. Aber ich muss immer nur ausweichen, weil ich keinen Schild halten kann.« Zum Beweis hob sie ihren gebrochenen Arm sachte an.

Gopa strich sich eine dunkle Haarsträhne aus der Stirn. Auch ihr Atem ging inzwischen flach. Doch sie lächelte. Ob aus Schadenfreude oder Freude über eine kleine Pause konnte Amanda nicht sagen.

»Aber du musst zugeben, dass Schwertkampf einen gewissen Reiz ausübt, egal ob Lehrer Linelli uns mehr als alle anderen Lehrer fordert.«

Das konnte Amanda nicht leugnen. Im Kampf blühte sie richtig auf. Dieser Nervenkitzel kitzelte sie tatsächlich.

»Keine Müdigkeit!«, tönte der Lehrer und klatschte antreibend in die Hände.

Gehorsam nahmen Gopa und Amanda wieder ihre Stellungen ein.

»Du bist für einen Anfänger am Schwert ziemlich gut. Hast du früher schon geübt?«, wollte Gopa wissen. Da war wieder die neugierige Gopa, die sich in letzter Zeit sehr zurückgehalten hatte. Vermutlich hatte sie inzwischen auch bemerkt, dass Amanda das auf die Nerven ging.

»Nein. Ich habe noch nie gekämpft.«

»Gut, anderes Thema«, schlug sie nun vor.

Amanda stöhnte innerlich. Jetzt hatte Gopa ihre Schweigestunden überwunden, und Amanda konnte sich sicher wieder einen dreistündigen Vortrag über mathematische Regelwerke anhören, wie neulich. Danach würde ihr garantiert ein besseres Thema einfallen, das ihr genauso gut gefiel. Doch dieses Mal sollte es um etwas ganz Anderes gehen.

»Läuft da eigentlich etwas zwischen dir und Jonah? In letzter Zeit sieht man euch oft zusammen. Ich meine, fast jeden Tag nach der Schule erledigt ihr zusammen eure Strafarbeit. Manchmal redet ihr in den Pausen miteinander. Bei jedem anderen wäre das völlig normal, aber das ist Jonah.«

Beinahe hätte Amanda laut losgeprustet, verkniff es sich aber im letzten Moment. »Und wenn schon.« Sie holte zu einem Schlag aus. »Was wäre denn so schlimm an Jonah?«

Gopa parierte. »Na, es ist Jonah, mit dem du dich abgibst. Der Junge, der ständig den großen Mund hat, der Junge, der von sich selbst glaubt er sei der Größte, der Junge, der ...«

»Der Junge, mit dem ich als einzigem reden kann während der Strafarbeiten«, endete Amanda.

»Aber es ist JONAH, Amanda! Der Kerl zieht dich runter. Glaub mir, so einen willst du nicht zum Freund haben. Allein seine Kleidung sieht schon schlimm aus. Guck dir doch mal diese alten, zerrissenen Hemden an.«

Wenn du wüsstest, Gopa, seufzte Amanda innerlich. Ob sie ihr von Jonahs Vergangenheit erzählen sollte? Etwas in ihr sagte ihr, dass ihm das nicht recht wäre.

»An deiner Stelle wäre ich vorsichtig bei ihm«, riet Gopa, während sie Amandas nächsten Schlag parierte.

»Du tust ja beinahe so, als ob wir ein Paar wären.«

»Es gibt Leute, die munkeln so etwas. So oft, wie ihr zusammen seid, kann man davon ausgehen. Und ein klares *Nein* hast du mir auch noch nicht gegeben.«

»NEIN. Reicht dir das?«

»Sicher? Du klingst so komisch, während du das sagst.«

Nach dieser Bemerkung hielt Amanda es für klüger, gar nichts mehr zu sagen. Egal, was sie jetzt gesagt hätte, Gopa konnte es so verdrehen, dass es in einem Wirrwarr von Gedankenfäden endete, das Amandas Kopf zuschnürte. Lieber konzentrierte sie sich weiter aufs Kämpfen.

Ihr Arm fühlte sich an wie Blei. Wann durften sie denn endlich aufhören? Linelli war ein strenger Lehrer. Er setzte viel auf Disziplin und Ausdauer. Daran lag es wohl, dass Schüler in seinem Unterricht die besten Leistungen brachten. Aber es beschwerten sich nur sehr wenige über die Anstrengungen. Linelli war sogar einer der beliebtesten Lehrer.

Autsch! Wieder ein Treffer. *Ich bin heute wirklich zu nichts mehr zu gebrauchen,* dachte Amanda verbittert. Sie war mehr damit beschäftigt, Gopas Überraschungsangriffen, auszuweichen, als zu kämpfen. Alle anderen Schüler versteckten sich in solchen Situationen stets hinter ihren Schilden.

Wieder ein Schlag. Amanda versuchte, ihn abzuwehren, hielt der Wucht des Hiebes jedoch nicht stand, fiel hin und verlor ihr Schwert, das klirrend über den Boden schlitterte. Keuchend lag sie da, alle Viere von sich gestreckt, während Linelli die anderen antrieb, weiterzumachen.

»Tut mir leid.« Gopa hielt ihr eine Hand hin. »Alles in Ordnung?«

Amanda schüttelte den Kopf, nahm Gopas Hand und stand auf.

»Hast du denn keine Sportbefreiung?«

»Glaubst du, Linelli würde die akzeptieren? Du müsstest ihn doch besser kennen als ich.« Amanda stützte ihren Oberkörper auf die Knie. Noch eine halbe Stunde bis zur Pause.

»Seid ihr etwa schon müde?«, hänselte Linelli die beiden.

»Macht weiter«, forderte er mit einem aufmunternden Lächeln. Er ging seine Runde weiter und spornte die anderen Schüler an, die ebenfalls erste Anzeichen von Erschöpfung zeigten. »Ich sehe schon, die meisten haben keine Lust mehr«, rief er durch die kämpfende Masse. »Aber es nützt nichts. Partnerwechsel, und wer Müdigkeit zeigt, kämpft mit mir.«
Lautes Stöhnen unterbrach das Waffenklirren.
Amanda schaute sich nach einem neuen Trainingspartner um. Sie hoffte, dass noch einer von diesen Schwächlingen, die sowieso kein Schwert halten konnten, frei wäre, dann könnte sie sich wenigstens ein bisschen erholen. Zu ihrer Enttäuschung hatten wohl etwa zwanzig andere Schüler aus ihrer Klasse die gleiche Idee gehabt. Denn die Größenverteilung unter den Kämpfern war alles andere als gleichberechtigt. Aber Linelli gefiel das. Er schmunzelte bei dem Anblick.
Plötzlich spürte sie einen leichten Druck auf der Schulter. Sie zuckte zusammen.
»He, bist du noch frei für einen Kampf?« Es war Jonah, der das wissen wollte.
»Ja, bin ich.« Sie lächelte, erfreut darüber, mit jemand Bekanntem trainieren zu können. Ihr fiel Gopas Rat wieder ein, sich vor Jonah zu hüten. Amanda war es relativ egal, was Gopa oder die anderen dachten, wenn sie Jonah mit ihr zusammen sahen. Sie sprach ja ohnehin kaum mit jemandem.
In diese Gedanken versunken bemerkte sie nicht, wie ein Schwert direkt an ihrem Ohr vorbei sauste. Vollkommen überrascht schüttelte sie den Kopf, als ob sie diese Gedanken abschütteln wollte.
»Du solltest schon aufpassen. Ansonsten kann es sein, dass du bald keinen Kopf mehr hast.« Eingebildet ließ Jonah das Schwert kreisen.
Als Antwort bezog Amanda ihre Position. Jonah wartete nicht lange mit seinem ersten Angriff. Immer wieder setzte er

nach, sodass Amanda kaum Zeit blieb, zu reagieren. Er war unglaublich schnell und wendig. Seine fließenden Bewegungen waren die eines erfahrenen Kämpfers. Die fast schwarzen Augen starrten durch sie hindurch.

Er ist besessen, schoss es Amanda durch den Kopf. Nie hatte sie jemanden so kämpfen sehen. Pausenlos, ohne geringste Anzeichen von Erschöpfung zu zeigen, kämpfte er weiter, schlug immer wieder zu, bis Amanda am Boden lag.

Aber auch da besann er sich nicht wirklich. Er half ihr zwar, aufzustehen, erkundigte sich auch, ob sie in Ordnung sei, kämpfte aber sofort weiter. Nicht nur die Geschwindigkeit von Jonahs Angriffen machte Amanda zu schaffen, hinzukam, dass sie ihr Gewicht ohne die Hilfe ihres linken Arms nur schwer ausbalancieren konnte.

Sie war am Ende. Noch eine Minute länger, und sie würde einfach umfallen. Jonah war ihr weit überlegen. Er steckte so viel Elan in seine Schläge wie kein anderer. Man konnte ihm ansehen, dass er im Kopf hochkonzentriert einen Plan verfolgte. Hatte er das auch auf der Straße gelernt?

Er trieb sie immer weiter in die Ecke. Sie stand mit dem Rücken schon zur Wand, als die altbekannte Erschöpfung sie übermannte. Für einen Augenblick konnte sie ihre Deckung nicht mehr aufrechterhalten und kassierte überrascht einen Treffer von dem stumpfen Übungsschwert ein. Ihre Beine gaben nach, ihre Knie schlugen auf den harten Übungsmatten auf.

»Au, verdammt«, keuchte sie. »Ich kann nicht mehr.« Sie versuchte, sich aufzusetzen. Sämtliche Gliedmaßen schmerzten. Dieses Gefühl hatte sie schon öfters gehabt, erinnerte sie sich. Aber es nützte nichts, sie mussten ja doch weitermachen. So kämpfte sie sich qualvoll auf.

»Mach bitte langsamer, Jonah«, bat sie atemlos und zeigte ihm zur Erklärung ihren bandagierten Arm.

Schwer atmend kehrte er wieder aus seinem Kampfeseifer zurück, als ob er gerade aus einer anderen Welt käme.
»Alles gut bei dir?«, murmelte er.
Auch er bemühte sich, die Sinne wieder zusammen zu nehmen. Jonahs Benehmen beunruhigte sie, denn dieser kriegerische Jonah war ihr völlig fremd. Amanda fiel wieder ein, dass er zu ihr gesagt hatte, er wolle der Beste werden, um sich in der Welt zu behaupten. Für sie gab es keinen Zweifel mehr, dass er der Beste war. Vielleicht versuchte er auch, durch solche Kämpfe all seine Verzweiflung zu verarbeiten, was definitiv der falsche Weg war. »Nein«, brummte Amanda.
»Tut mir leid«, sagte er, aber ihm war anzusehen, dass er es nicht ernst meinte. Jonah konnte so ein gefühlloser Idiot sein, wenn es um seine Mitmenschen ging. »Willst du eine Pause machen?«
»Wenn es möglich wäre, läge ich schon seit einer Stunde auf den Trainingsmatten. Aber Linelli lässt so etwas nicht zu. Du kennst ihn ja.«
»Schon, aber ich glaube, in deinem Zustand wirst du nicht weitermachen können.«
Sie sah ein, dass das stimmte. Also setzte sie sich auf den Boden und atmete tief durch.
»Bist du später im Park?«, wollte Jonah wissen.
Amanda versuchte zu lachen, was ihr aber durch ihre Schmerzen nicht gelang. »Schön wär's. Du weißt genau so gut wie ich, dass wir andere Aufgaben haben.«
»*Du* hast andere Aufgaben. Ausnahmsweise muss ich heute nichts abarbeiten.«
Amanda staunte. »Du hast dir den ganzen langen Tag noch nichts zuschulden kommen lassen? Wie kann so was sein?«
Er machte eine prahlerische Geste, als wolle er sagen: *Da siehst du es. Ich kann auch anderes als immer nur Ärger machen.* Dann setzte er sich neben sie. Da zig Schüler trainierten und Linelli

in der hintersten Ecke stand, fiel ein einziges pausierendes Kämpferpaar nicht großartig auf. Darauf hofften die beiden jedenfalls.

»Wie lange musst du heute placken?«

Sie zuckte mit den Schultern. »Eine oder zwei Stunden werde ich wohl mit der Planung der Mittsommerfestspiele zubringen, die nächste Woche stattfinden. Danach muss ich Hausaufgaben machen. Also bis um sieben habe ich sicher wieder zu tun. Ab sieben wiederum gibt es Abendessen, nach dem ich heute übrigens Geschirr spülen muss.« Langsam spürte Amanda, wie sich ihre Arme vom Kampf erholten. Die Schmerzen aber hielten noch eine Weile an. »Warum willst du das wissen?«

»Wir sollten langsam«, Jonah beugte sich vorsichtig zu ihr herüber, »über Fluchtmethoden nachdenken.«

»Da hab ich schon einen Ideeansatz. Aber ich denke, das Selbstverteidigungskabinett ist nicht der richtige Ort, um so etwas zu besprechen ...« Sie flüsterte vorsichtshalber, obgleich die anderen Schüler beschäftigt waren.

»Ah, verstehe. Hast du nach dem Unterricht Zeit?«

»Viertelstunde, höchstens.« Amanda stand wieder auf und umklammerte ihr Schwert. Sie bedeutete Jonah, es ihr nachzutun, da Linelli prompt zwischen den Schülern aufgetaucht war und gerade Amanda und Jonah ins Visier genommen hatte. Erst als die beiden aufgestanden waren und Haltung einnahmen, machte er zufrieden kehrt.

»Was sollen wir also machen?« Inzwischen stellte sich auch Jonah kampfbereit auf, holte aber, zu Amandas Verwunderung, nicht zum Schlag aus. Sollte er sie damit wirklich schonen wollen, war er vielleicht doch kein so gefühlloser Idiot, wie sie dachte.

»Wir sollten bis zum Wochenende warten, bevor wir überstürzt irgendwelche unsicheren Fluchtmethoden erfinden. Das sollte alles genauestens durchdacht sein. Ansonsten können wir das gleich vergessen.«

Man hatte sorgfältig auf die Sicherheit der Schüler hier geachtet. So wenig man ohne Erlaubnis hereinkam, kam man auch heraus. Amanda fiel der große Zaun ein, der um das Gelände lief. Hundertprozentig gab es noch mehr solcher Hindernisse.

»Das wären noch drei Tage bis zum Fest. Aber das kann so früh nichts werden. Wir müssen alle beim Mittsommerfest mit anpacken. Und zwar wirklich *alle*, denn es gibt jedes Jahr einen Haufen Arbeit.«

Es war zum Verzweifeln. Das passte alles wunderbar zusammen, um ihnen einen Strich durch die Rechnung zu machen, dachte Amanda ironisch. Dieses verdammte Fest! Konnte man es nicht einfach verschieben?

»Dann muss es wohl bis nach dem Fest warten«, schlug Jonah zum Schlag ausholend vor, denn Lehrer Linelli marschierte schon wieder durch den Raum. Amanda wehrte den halbherzigen Hieb mühelos ab.

»Aber Haeveijs Warnung klang ziemlich dringend.« So dringend, wie ein einziges Wort eben klingen konnte.

»Wir müssen mindestens warten, bis wir eine genauere Antwort von ihm bekommen. Denn im Grunde ist es so, dass wir nur Mutmaßungen anstellen können, was Noctuadar mit dir plant und was Haeveij auszudrücken versucht.«

Das klang vernünftig von Jonah, obschon man diese Geduld gar nicht von ihm gewohnt war. Amanda verstand die Welt nicht mehr. Würde sie jemals die Wahrheit erfahren? Sie war in etwas hineingeraten, das ihr gefährlich über den Kopf wuchs.

22. Kapitel – Geister der Nacht

L wie Landkarte. Amanda suchte das ganze Regal ab. Lam…Lan…Landkarten. Tatsächlich! Neben den »*Ländereien der Äußeren Territorien*« entdeckte sie einen Stapel zusammengefalteter Pergamentbögen. Behutsam nahm sie ihn heraus. Das lange Suchen hatte sich bezahlt gemacht. In ihrer Hand hielt sie mehrere gezeichnete Karten von Kurza. Sie suchte sich Übersichten von Dahrben und der Umgebung der Schule heraus. Zufälligerweise befand sich auch eine Grundrissskizze der Schule in dem Bündel. Perfekt. Den Rest steckte sie ins Regal zurück. Jonah würde begeistert sein. Man konnte ja nie früh genug mit der Planung beginnen. Sie stürmte euphorisch zum Bibliothekar, der misstrauisch von seinem Bücherstapel aufsah, als sie ihm die Pläne zeigte.

»Ich verlaufe mich öfters«, erklärte Amanda.

Der etwas kurz geratene Mann gluckste leise und aktualisierte Amandas Akte. »Du besitzt noch drei entliehene Bücher«, erinnerte er.

»Die bringe ich nächste Woche zurück.«

»Hoffe ich mal.« Der Mann nahm ein Buch von seinem Schreibtisch. Sogleich begann sich die Luft um seine Hand herum zu verwirbeln und trug das Buch zu seinem Regal zurück.

Amanda klemmte sich den Stapel Pläne unter ihren gesunden Arm und verließ die riesige Bücherei. Was war es doch für ein herrliches Gefühl durch diesen endlos großen Raum zu gehen. Zwischen Türmen von Bücherregalen hindurch, die sich bis ins nächste Stockwerk erstreckten. In diesem Gebäude gab es keine Trennung zwischen Erdgeschoss und erstem Stock. Es war eine Etage. Die Schüler mussten oft zu den Büchern fliegen, die sie brauchten. Hier war Zauberei außerhalb des Unterrichts ausnahmsweise erlaubt.

Eine Treppe führte an der Wand entlang in die oberen Stockwerke, war aber nur den Ds vorbehalten, deren Schlafräume und Klassenzimmer dort oben lagen.

Draußen vor der Bücherei war es dunkel und nass. Die dichte Wolkendecke am Himmel kündigte weitere Schauer für diesen Abend an. Deshalb hielten sich auch keine Schüler mehr im Schulpark auf. Selbst in der Arena war es heute sehr still. An manchen Abenden fochten einige Jungen bis in die Nacht hinein Wettkampfspiele aus. Aber heute lugte das riesige ellipsenförmige Gebäude verlassen zwischen den Bäumen und Hecken hervor. Doch …

»Aaah!« Ein Schrei ließ Amandas Blut gefrieren. Wer auch immer ihn ausgestoßen hatte, musste in arger Not sein, denn dieses Kreischen klang nicht mehr menschlich. Sollte sie in die Arena gehen, nachsehen? Amanda erinnerte sich an die Katze, die sie im Wald von Takar verfolgt hatte. Nach solch einem Erlebnis wurde man vorsichtig nachts allein. Aber welches bösartige Wesen sollte hier hereindringen können? Das Schulgelände war durch einen großen Zaun und eine Zauberbarriere geschützt. Wie die um Dahrben sollte sie fremde Besucher zurückhalten.

Noch ein Schrei. Ein Kreischen eher. Schon begannen ihre Füße wie von selbst zu laufen. Sie musste wenigstens nachsehen. Gut möglich, dass ein paar Jungen auch einfach nur Blödsinn trieben. Sollte sie lieber einen Lehrer holen? Nein, um diese Zeit wäre von denen keiner mehr im Schulhaus anzutreffen. Da müsste sie ewig nach jemandem suchen und dann wäre es für einen derart Rettungsbedürftigen vielleicht zu spät. Mit aufgeregt pochendem Herz pirschte Amanda sich über den Parkweg an das Gebäude an. Schon von fern sah sie, dass die schwere Holztür der Arena offen stand. Mit zusammengekniffenen Augen versuchte sie etwas zu erkennen. Dunkle Gestalten huschten herum. Amanda presste nervös die Landkarten an ihre Brust. Um nicht gesehen zu werden, verließ sie den Weg und ging durch das nasse Gras. Mit dem Rücken drückte sie sich an die kalte Wand der Arena und wagte einen weiteren Blick durch die Tür neben sich.

An den Seiten erstreckten sich die Zuschauerränge, auf denen bequem alle Schüler der Schule Platz fänden. Doch heute saß dort niemand, um das Schauspiel anzuschauen, das gerade auf dem großen Platz in der Mitte stattfand.

Amanda glaubte ihren Augen nicht mehr trauen zu können, als sie Lehrer Thombh erkannte. Denn sie starrte in das Gesicht eines Lehrers, dessen Züge von einer Art Geistwesen überlagert wurden – eine grässliche Mischung aus Mensch und Schlangenwesen stand dort. Anders konnte Amanda sich das nicht erklären. Bei diesem Anblick begann sie mit einem Brechreiz zu kämpfen und mit Angst. Thombh – oder das Wesen – leckte sich mit einer gespaltenen Zunge über die Lippen. War er besessen? Er starrte mit irrem Blick auf einen Mann der ihm gegenüber stand. Sein Gesicht war von Amanda allerdings abgewandt. Doch sie erkannte, dass auch er von einer Art Geist belagert wurde. Wie schwarzer Nebel schlangen sich Schuppen um seine Arme. Als sie ihn ansah, beschlich Amanda das Gefühl, dass er ihre Anwesenheit fühlte. Sein Kopf zuckte, als wolle er sich umdrehen, um zu schauen, wer ihn beobachtete.

Der Lehrer hingegen bemerkte nichts. Thombh grinste selbstverliebt. »Auch ich habe dazu gelernt.« Kam eine zischende Stimme aus seiner Richtung.

Auf Amandas Armen nistete sich Gänsehaut ein.

Thombh stieß ein schrilles Kreischen aus und als hätten sie nur darauf gewartet, erschienen hinter ihm plötzlich mehrere dunkle Gestalten.

Eine schwere Energie zog an Amanda. Was sie sah, war Zauberei der höchsten Stufe. Auf einer dunklen Ebene. Angst fesselte sie an ihren Platz, lähmte ihre Muskeln. Sie war sich sicher, dass diese Viecher jede noch so kleine Zuckung mit ihren glutroten Augen wahrnehmen konnten.

»Du glaubst doch nicht, dass wir auf dich nicht vorbereitet waren?« Auf seinen Fingerzeig hin stürzten Thombhs Verbündete dem Unbekannten entgegen. Dieser jedoch führte die Hände über den Kopf, woraufhin schwarzer Rauch aus der Erde aufstieg und einen perfekten Kreis um ihn zog. Rote Punkte waren darin zu erkennen. Die dunklen Wesen vereinten ihre Körper zu einer Schutzmauer. Dämonen, Geister?

Thombhs Biester stoppten vor dem Schutzkreis, begannen um ihn herum zu schleichen, bleckten dabei ihre langen schwarzen Zähne.

Die beiden Zauberer kämpften nicht mehr über die normale Elemente-Zauberei. Was hier stattfand, mussten Beschwörungszauber sein.

»Du glaubst doch nicht, dass ich so einfach zu schocken bin.« Auch in der Stimme des Unbekannten lag ein schlangenartiges Zischen, gemischt mit einem erhabenen Lachen.

Im Hintergrund murmelte Thombh unverständliche Worte vor sich her, hob die Hand und laut rief er: »Adpugnate!«

In Sekundenschnelle preschten »Seine« Dämonen in die Schutzmauer des anderen. Die Gestalten verwirbelten miteinander. Das alles geschah lautlos. Nur die Stimmen der beiden Männer waren zu hören, wenn sie ihre Befehle heraufbeschworen.

Amandas Blick verschwamm. Alles was sie noch erkennen konnte, war diese gewaltige dunkle Masse vor ihr, die stetig wuchs. Dann schob sich etwas Schwarzes vor ihre Nase. Es schlang sich um ihre Hüfte und ganz plötzlich fand sie ihre Muskeln wieder. Amanda schrie. Sie wand sich wild hin und her. Doch das Wesen packte sie immer fester. Die Pläne, an die sie sich gerade noch geklammert hatte, fielen auf den Boden. Ihr Schrei wurde zu hysterischem Kreischen. Konnte man sie in der Schule hören? »Hilfe! Hil-« Ein schwarzer Nebelarm presste sich auf ihr Gesicht und drohte sie zu ersticken. Schwarz, wohin sie auch blickte.

»Sie hat sich aus freien Stücken für uns entschieden.« Das klang wie Thombh.

Amanda nahm einen grellen Blitz war. Ein Licht, bevor die Schwärze sie vollkommen mit sich raffte.

»Der große Mirza hat verloren, würde ich sagen«, drang eine höhnische Stimme in Amandas Kopf. Sie schlug die Augen auf. Es war dunkel und nach wie vor nass. Kaum fünf Minuten mussten vergangen sein. Sie lag am Boden, versuchte ihr Gedächtnis wiederzuerlangen. Die Dämonen waren verschwunden. Die meisten jedenfalls. In einigen Metern Entfernung erkannte sie auf dem Platz der Arena Thombh stehen. Der fremde Zauberer lag von einigen schwarzen Wesen gefesselt am Boden. Er wirkte hilflos. Seine Brust hob und senkte sich hektisch.

Thombh ließ das kalt. Erhaben stand er da. »Verbrecher wie dich sollte man einfach den Dämonen überlassen. Doch es gibt Leute, die möchten vorher mit dir reden.« Mit einer Handbewegung befahl Thombh einigen seiner Dämonen von dem Mann abzulassen. Sie wirbelten durch die Luft, zogen einen Kreis um einen imaginären Punkt. Die Luft begann zu leuchten. Erst nur schwach violett, dann immer heller. Bis die Zauberkraft soweit aufgebaut war, dass sie die Dämonen samt dem Leib des Zauberers wie in einen Strudel aufsog und nur einen stolzen Lehrer Thombh übrig ließ.

Das war genug! Amanda sprang auf. Kopflos stürzte sie durch den Park. Sie rannte so schnell es der matschige Boden zuließ. Gleich war sie in Sicherheit. Noch wenige Schritte dann wäre sie in der Schule. Sie erkannte schon die Lichter zwischen den Ästen der Bäume. Plötzlich schob sich ihr eine Gestalt in den Weg. Die Silhouette kam ihr bekannt vor. Amanda verlangsamte ihr Tempo. *Danke, danke, danke,* seufzte sie in Gedanken. Der Albtraum hatte ein Ende. Direktor Fingest war da. Sie schnappte nach Luft, wollte ihm alles erklären, als ihr eine Stimme zuvor kam.

»Was um alles in der Welt ist in dich gefahren, Mädchen?«

Erschrocken fuhr sie herum. Thombh kam auf sie zu. Mit keinem Wimpernschlag verriet er, welche Anstrengung er hinter sich hatte. In seiner Hand hielt er einen Stapel zusammengefalteter Pergamentbögen.

»Ich glaube, sie hat uns einiges zu erklären.« Mit diesen Worten überreichte er das Bündel dem Direktor, der erstaunt die Augen aufriss.

Auch Amanda dämmerte ihre Lage. »Die habe ich mir nur ausgeliehen«, begann sie, doch Fingest winkte ab.

»Das wirst du mir drin in meinem Arbeitszimmer alles erzählen.« Mit prüfendem Blick schaute er gen Himmel. Er drehte sich um und ging in Richtung Schule.

Thombh schnappte Amandas Arm. Sie war so verwirrt, dass sie sich nicht einmal wehrte und führen ließ. Was wurde hier gespielt? Besser gesagt: Was inszenierte Thombh? Er schaute warnend zu ihr. Amanda verstand. Sollte sie versuchen sich zu wehren, würde er dafür sorgen, dass sie es nicht mehr konnte. Sie musste ruhig bleiben. Er war im Moment der Glaubwürdigste von beiden. Er war nicht panisch durch den Park gerannt Er hatte sich keine Fluchtpläne ausgeliehen. Noch dazu waren seine Kleider nicht vom Schlamm beschmutzt, was allgemein einen besseren Eindruck vermittelte. Amanda zitterte als könne sie immer noch seinen Beschwörungszauber fühlen. In was war sie da wieder hineingeraten? Sie hatte doch nur helfen wollen.

Selbst als sie das warme Schulhaus betraten, bibberte sie noch.

In der Mehrzweckhalle hatten sich einige Schüler in Grüppchen versammelt und tuschelten. Wie viel hatte man hier von alldem mitbekommen? Amanda senkte den Blick, wollte niemanden sehen. Sie konzentrierte sich auf ihre Schritte als sie durch die große Halle gingen.

In einem angrenzenden Raum befand sich das Schreibzimmer der Sekretärin, daneben das Direktorat. Fingest musste zuerst seine Glaskugeln wieder erleuchten. Denn offenbar hatte auch er schon zum Feierabend übergehen wollen. »Ignis«, befahl er. Sofort glühten drei im Raum verteilte Leuchtkugeln. An der Decke, auf dem Schreibtisch und auf einem Regal mit Akten. Fingest setzte sich mit einem klagenden Seufzer.

Amanda wurde von Thombh nahezu in einen der Stühle gedrückt, die vor dem Schreibtisch standen. Ein Zeichen für: *Du machst, was ich will.* Aber das würde sie sich nicht lange gefallen lassen.

»So, wer von euch beiden erklärt mir, was dieses Geschrei und das hier zu bedeuten hat.« Er knallte die Pläne auf den Tisch.

Bevor Thombh etwas sagen konnte, drängte sich Amanda in den Vordergrund. »Ich habe die mir nur ausgeliehen, weil ich mich hier so oft verlaufe, ehrlich.«

»Und was sollte dein Gekreische im Park? Das hat man bis in den Flur gehört. Ich möchte nicht wissen, was die Schüler sich schon wieder für Horrorgeschichten ausmalen.«

Amanda schluckte. Sie bezweifelte, dass Fingest ihr glauben würde. »Da waren Geister, oder so«, begann sie. Das klang noch harmlos. »Die sind auf mich losgegangen.«

Fingest schaute Thombh nach Bestätigung suchend an.

»Sie halluziniert«, erklärte der Lehrer jedoch. »Aber das ist kein Wunder. Nachts im Wald hält man so manchen Baum für ein schauriges Monster. Auch manchen Lehrer. Ich glaube, wir sollten das Gespräch morgen fortsetzen, wenn wir alle ausgeruht sind.«

»Ich möchte das lieber gleich klären«, warf Amanda ein. Bis morgen früh hätte Thombh den Direktor auf seine Seite gezogen, mutmaßte sie.

»Das wäre mir auch lieber, Amanda. Aber Lehrer Thombh hat recht. Du siehst nicht gut aus. Ruh dich aus, bevor du noch krank wirst. Du solltest mit mir reden, wenn du wieder einen klaren Kopf hast.«

Wenn der wüsste wie aufgeräumt mein Kopf ist. Amanda konnte sich mühevoll beherrschen, diesen Satz nicht auszusprechen. Sie musste souverän rüberkommen. »Das wird das beste sein«, sagte sie deshalb.

Fingest nickte. Dabei sah er wieder auf die Pläne vor ihm.

Das wird ein Desaster, dachte sie. In dieser Nacht würde sie kein Auge zutun können.

»Ich bringe Amanda in ihr Zimmer«, bot sich Thombh an und stand auf.

Panik kroch wieder in Amandas Kopf. Unter keinen Umständen wollte sie mit ihm allein sein. Mit diesem Monster. »Ich finde den Weg selbst.« Eilig erhob auch sie sich. Doch Thombh war schnell und schon hielt er hilfsbereit die Türe auf. Ein unheimliches Grinsen huschte über sein Gesicht.

»Bis morgen.« Sie hoffte, die Verabschiedung zeigte, dass er von ihr fern bleiben sollte. Hastig lief sie davon. Die meisten der neugierigen Schüler waren schon wieder auf den Zimmern. Doch manche starrten Amanda fragend an, als sie durch die Halle lief und munkelten Verschwörungsgeschichten. Sie wollte sich verkriechen. Einschlafen und lange nicht aufwachen. Sie konnte doch nicht ruhigem Gewissens diesem Lehrer gegenübertreten, nachdem sie diesen Dämonenblick in seinen Augen gesehen hatte. Vielleicht übertrieb sie in ihrer Panik. Immerhin hatte er den anderen Zauberer nicht umgebracht. Wieder einmal fragte sich Amanda, wer eigentlich der Böse war. Es lag bestimmt nicht nur an den Wesenheiten, dass Thombh wie wahnsinnig geschaut hatte. Warum brachte er Amanda in Schwierigkeiten? Hätte er sie nicht einfach gehen lassen können, als wäre nichts geschehen?

Als sie in den nächsten Flur trat, fiel ihr erst auf unruhig es in der großen Halle gewesen war. Denn dieser Gang war wie ausgestorben. Wahrscheinlich tuschelte man in der Halle noch bis spät in die Nacht.

Mit einem Ruck wurde sie plötzlich an die nächste Wand gedrückt. Thombh presste ihre Schultern dagegen und blickte ihr beschwörend in die Augen.

»Du hast die Wahl«, zischte er. »Wenn du mitspielst, sorge ich dafür, dass du unbeschadet aus der Sache kommst und dir niemand etwas antun wird. Solltest du aber eigene Regeln machen wollen, könnte es sein, dass du in nächster Zeit einige Probleme bekommst. Und zwar nicht nur mit mir. Verstanden?«

In dem dunklen Flur schien es als ob noch immer ein Dämon in ihm säße. Graue Haare, die sein Gesicht wie Nebel umrandeten. Trotz seines schmächtig wirkenden Körperbaus hielt er Amanda voll im Griff.

»Was hatte das zu bedeuten? Warum haben Sie diesen Kerl bekämpft?« Amanda wusste nicht, woher auf einmal der Mut kam, der sie zum Sprechen brachte. Vielleicht war es Todesmut, denn schlimmer konnte es kaum kommen.

»Da war niemand. Nur ich, der ein lebensmüdes Mädchen von einer riskanten Flucht abhalten wollte. Daran solltest du dich gewöhnen.«

Amanda versuchte seine Hände abzuschütteln. »Lassen Sie mich gehen.«

»Es ist deine eigene Schuld, dass du dich in dieser Lage befindest. Wenn du nicht sofort abgehauen wärst nachdem ich die Dämonen entließ, hätte ich dich friedlich um Stillschweigen gebeten. Jetzt musst du da durch.«

Nein, sie war nicht schuld. Thombh war derjenige, der falsch spielte und dringend einen Übeltäter brauchte. Jeder wäre aus Angst abgehauen, wenn er diesen Lehrer mit seinen Dämonen gesehen hätte. »Warum machen Sie das?«

»Es gibt Dinge, über die manche Leute lieber nichts wissen sollten.«

Er ließ Amanda los, beobachtete sie aber immer noch scharf. Selbst als Amanda um die nächste Ecke zum Mädchenflur bog, meinte sie seinen eisigen Blick im Nacken zu spüren.

23. Kapitel – Was nun?

»Sag mal wie kommst du eigentlich darauf, so ein hirnrissiges Selbstmordkommando allein durchzuführen? Wir hatten eine Abmachung.« Jonah knallte die Tür hinter sich zu, als er in ihr Zimmer stürzte.

»Schön dich zu sehen. Ich wollte auch mit dir reden«, konterte Amanda trotz Verzweiflung. Auch sie war gerade eben erst von ihren Strafarbeiten gekommen.

»Die ganze Schule spricht schon über dich. Was wolltest du mit diesem wahnsinnigen Fluchtversuch bezwecken?«

Amanda setzte sich auf ihr Bett. Diese elende Tratscherei auf den Fluren. »Wieso glaubst du, dass ich fliehen wollte?«

Jonah sah sie für einen kurzen Moment verwirrt an. »Eine Schülerin rennt panisch durch den Park. Ein Lehrer stellt bei ihr Landkarten sicher und sie wehrt sich wie wild, wenn er ruhig mit ihr reden und sie in die Schule zurück bringen will. Was soll man daraus schließen?«

»Der letzte Teil ist frei erfunden«, verteidigte sich Amanda.

»Und der Rest?«

Sie seufzte. Jonah von ihrer Geschichte zu überzeugen, würde eine harte Arbeit werden. Aber eine gute Probe für den Direktor später. Denn der hatte sie den ganzen Tag noch nicht zu sich bestellt, deshalb zitterte Amanda mit jeder verstreichenden Minute heftiger. »Ich wollte uns gestern Landkarten besorgen, damit wir schon mal planen können. Ich dachte mir: Je früher wir uns damit beschäftigen, desto besser.« Sie blickte zu ihm auf, um zu prüfen, ob er ihr glaubte. Er schaute sie neugierig an. Das war schon mal ein gutes Zeichen. »Als ich aus der Bücherei kam, habe ich dann einen Schrei gehört und dachte, es wäre eine Art Hilferuf. Deshalb bin ich dem bis in die Arena gefolgt.« Sie berichtete Jonah alles, was sie gesehen hatte und an das sie sich erinnern konnte. Schon den ganzen Tag hatte sie darüber nachgedacht, wie sie ihm das glaubwürdig erzählen könnte. Vor den Blicken ihrer Mitschüler hatte sie sich in den Pausen zurückgezogen und in irgendeine Ecke verkrümelt. Mit Gopa konnte sie bisweilen noch gar nicht sprechen. Amanda vermutete, dass ihre Freundin wieder mit Samea und Viona für einen Test lernte.

»Jetzt droht mir Thombh, dass er mir etwas antun will, wenn ich jemandem von den wahren Ereignissen erzähle.«

Jonah hatte sich während der Erzählung ebenfalls auf ihr Bett gesetzt und stützte nachdenklich seinen Kopf mit einer Hand. »Das ist nicht gut«, stellte er fest. »Irgendwie scheinst du immer genau zur falschen Zeit am Ort zu sein, wenn Thombh in der Nähe ist.«

Das war Amanda noch gar nicht bewusst geworden. Thombh war auch dabei gewesen, als sie in der Nacht bei Haeveij entdeckt wurde. »Mir machen eher seine rätselhaften Äußerungen Bedenken. Ich weiß nicht, ob er mich meinte, als er sagte: *Sie hat sich für uns entschieden.* Ich bin mir sicher, dass keine andere weibliche Person in der Nähe war während des Kampfes. Aber vielleicht ging es auch um etwas ganz anderes.«

»Das ist auch interessant«, gab Jonah zu.

Er glaubte ihr. *Das war einfacher als gedacht.* Jetzt wurde es schwieriger. »Eigentlich wollte ich dich fragen, was ich jetzt machen soll«, fragte sie vorsichtig. »Nachdem, was ich gesehen habe, werde ich mich Thombh bestimmt nicht widersetzen. Aber, wenn der Direktor glaubt, dass ich fliehen wollte, informiert er bestimmt Noctuadar. Zusammen mit dem Vergehen vom letzten Mal könnte der sich einiges zusammenreimen.

Dann war's das für mich.« Sie wollte nicht daran denken, was geschehen könnte, wenn Noctuadar wütend wäre. Sie hatte die Geschichte ihrer Eltern noch gut im Kopf.

»Glaubst du? So, wie du das geschildert hast, würde ich auf jeden Fall davon ausgehen, dass einflussreiche Leute hinter Thombh stehen. Wenn du mitspielst, wird Thombh unter allen Umständen dafür sorgen, dass dir nichts passiert. Du bist ja nichts ahnend zu dem Theater dazu gekommen.«

»Und wenn Thombh selbst Noctuadar benachrichtigt? Immerhin hat er mich wirklich mit den Geländeplänen erwischt. Er muss nur ein bisschen nachdenken, dann weiß er, was ich vorhatte.«

»Anhand von denen kann er gar nichts beweisen. Warum sollte er Noctuadar informieren? Wenn er mit ihm unter einer Decke steckt, wird er ihm nicht einfach so eine weit hergeholte Geschichte von irgendeiner Flucht auftischen. Dazu weiß er zu wenig. Thombh erklärt ihm den Sachverhalt und du bist das unschuldige Mädchen, das keine Ahnung hat, was sich da abspielt. Sollte er aber wider Erwarten gar nichts mit der Eule zu tun haben – umso besser.«

Amanda rieb sich die Stirn. Das war so verworren.

»Ich würde viel lieber wissen wollen, wer der fremde Zauberer war, gegen den Thombh gekämpft hat. Das solltest du unbedingt aus ihm herausbringen. Versuch mit ihm zu verhandeln«, riet Jonah.

Amanda warf ihm einen bösen Blick zu. Wie konnte er so abgebrüht sein? Sie sorgte sich gerade um ihr Leben und er sprach von Handeln. »Jonah, ich will am liebsten gar nicht mehr mit diesem Lehrer reden. Seine Dämonen sind mir so was von egal, genauso wie der Zauberer. Ich will einfach nur aus der Sache rauskommen, ohne, dass Noctuadar oder Thombhs Freunde irgendwas mitbekommen.«

Er zuckte gelassen mit den Schultern. »Du musst nur auf

Thombh hören. Im Moment hat er die meiste Macht.«

Stellte er sich absichtlich so stur? »Er kann mich mein Leben lang erpressen«, versuchte Amanda Jonah zu verdeutlichen, der immer noch recht unbekümmert dasaß.

»Nur bis wir geflohen sind. Das wird bald der Fall sein, wenn alles gut läuft. Danach bist du frei von ihm.«

Amanda wollte ihm widersprechen. Doch seine Worte stimmten. Trotzdem hatte Amanda Angst. Diese Dämonen … Jonah hatte sie nicht gesehen, er hatte diese Schwärze nicht gefühlt. Ihr gruselte immer noch. So etwas konnte man nicht schnell vergessen. Sie begann beim Gedanken daran schon zu würgen.

»Mir kommt übrigens gerade eine Idee«, bemerkte er grinsend, »Wenn ich noch ein bisschen daran feile …« Er verstummte prompt, sprang aufgeregt wieder auf die Beine und rieb sich die Hände.

»Was ist? Sag schon!« Amanda versuchte ihre Gedanken zu verscheuchen.

»Noch nicht. Erst einmal müssen wir sehen, was nachher bei dir rauskommt. Wann will Fingest mit dir reden?«

Amanda seufzte verzweifelt. »Ich weiß es nicht. Auf jeden Fall heute noch«, erklärte sie mit einem nervösen Blick auf die Uhr.

Jonah sah ebenfalls hinauf. »Heute«, wiederholte er nachdenklich, »es ist fast fünf. Um neun ist Nachtruhe, da wird er dich kaum noch vernehmen. Also in vier Stunden müssen wir wissen, was du Fingest erzählen willst, wenn er fragt, warum du abgehauen bist.«

Sie sah ihn panisch an. »Daran habe ich noch gar nicht gedacht.«

»Dann kannst du nur hoffen, dass Thombh neben dir sitzen wird.«

Unter anderen Umständen hätte Amanda vielleicht darüber

gelacht. Thombh – ihre Hoffnung? Bei der Vorstellung wie er neben ihr säße im Direktorat, wäre sie am liebsten jetzt schon auf Abstand in die nächste Zimmerecke gegangen.

Jonah sah ihre Gedanken offenbar und legte ihr lachend einen Arm auf die Schulter. »Mensch, wir schaffen das schon. Thombh ist nicht der erste Lehrer, der mir Probleme macht. Ich hab da Erfahrung.«

»Thombh ist nicht *ein* Lehrer. Er ist der Lehrer, der Dämonen befehligt und andere Zauberer töten will. Du hast das nicht gesehen, was sich da gestern abgespielt hat. Ich will mein Leben nicht von so einem abhängig machen.«

Überraschenderweise erwiderte Jonah nichts darauf. Stattdessen setzte er sich wieder neben sie und blickte sie aufmerksam an, als ob er in ihren Augen lesen könnte. Möglicherweise war dem auch so. Denn Amanda hatte das Gefühl, dass er ihre Worte zum ersten Mal am heutigen Abend wirklich ernst nahm. Er drückte sie enger an sich und streichelte sanft über ihre Arme. »Beruhige dich doch. Thombh wird dir nichts tun.«

Sie wollte ihm glauben. Woher nahm er nur diese Sicherheit? Oder wollte er ihre Unruhe einfach mildern? Was auch immer der Grund war, Amanda musste zugeben, die Umsetzung wirkte. Auf eine merkwürdige Weise fühlte sie sich in Jonahs Armen sicher. Sie genoss es, sich einen Moment zurückzulehnen, ihn bei sich zu wissen. Seine starken Arme versprachen ihr Halt. Sein Herzschlag gab ihr das Gefühl, dass sie das durchstehen würden. Gemeinsam.

Doch als die Zimmertür aufgerissen wurde, trennte sich dieser kurze Gedanke in derselben Schnelligkeit wie Jonahs Arme von ihr.

Für einen Augenblick sortierte Amanda ihre Gefühle. Dann registrierte sie, dass Gopa in den Raum getreten war. Sie schaute Amanda besorgt an, dann zu Jonah, wieder zu Amanda …

»Ja, ich werde dann wohl lieber gehen« meinte Jonah, »Viel Glück, Amanda.«

Schneller, als sie antworten konnte, war er aufgestanden und fortgelaufen.

»He, was war denn los? War das euer erster Beziehungsstreit?«, befragte Gopa sie sogleich.

Sie schüttelte den Kopf, bemühte sich wieder einen klaren Gedanken zu fassen.

»Ich hab's doch gesehen. Erzähl schon. Ich will alles wissen. Da ist man einmal abwesend und dann passiert so was.«

Sie wusste nicht, wie Gopa das machte, doch sie schaffte es des Öfteren, dass Amanda ihre Sorgen vergaß und einfach lachen musste, so wie es jetzt der Fall war.

»Gopa, da ist nichts. Ehrlich«, versuchte Amanda zu erklären. »Jonah wollte mir einfach nur ein bisschen Mut machen, nachdem ich so hoffnungslos verzweifelt war.«

»Ja, das sagen doch alle. Einen Tag später gehen sie dann Hand in Hand durch die Schule. Und dann sind sie plötzlich schwanger. Ich kenne genug Mädels, die das gleiche gesagt haben. Aber denk daran, es ist *Jonah*. Wir hatten das Thema.«

Amanda stöhnte und wollte noch einmal versuchen, es Gopa zu erklären, als das passierte, wovor sie sich am heutigen Tag am meisten gefürchtet hatte: Es klopfte an die Tür. Kein wildes Gehämmer, wie es die Schüler anschlugen, nein, das waren zwei sanfte, ruhige Schläge. Kein Zweifel: Ein Erwachsener stand davor, der sie zum Direktor geleiten würde.

Sie warf einen beunruhigten Blick zu Gopa, die schon zur Tür eilte.

»Das schaffst du schon«, flüsterte sie und hauchte Amanda noch »*Viel Glück*« zu, bevor sie die Tür öffnete.

Die Sekretärin wartete mit einem abschreckenden Blick, der wohl eine Mischung aus Ungeduld und schlechter Laune war.

»Kommst du freiwillig mit?«, fragte sie missgelaunt.

Als sie die Stimmung der Sekretärin erkannte, hätte Amanda die Tür am liebsten gleich wieder zugeschlagen. So konnte es nur noch besser werden, dachte sie mit einem Anflug von Sarkasmus.

Wieder einmal saßen sie sich gegenüber, an dem kleinen Schreibtisch im Direktorat. Langsam gewöhnte sich Amanda an diese Situation.

»So, jetzt erzähl mal, was du dir dabei gedacht hast«, forderte Fingest sie auf. »Thombhs Version habe ich mir schon angehört. Jetzt bist du dran.«

Doch Amanda schwieg. So viel also zu ihrem Hoffnungsträger. »Lehrer Thombh hat Recht. Ich wollte wirklich fliehen«, sagte sie.

Der Direktor sah sie ruhig an. »Warum?«

Ja, warum? Das bekannte Gefühl der Verzweiflung stieg auf. Ihr fiel einfach nichts Hilfreiches ein.

»Ich höre nichts«, stellte er fest.

»Also, das war so … ich weiß nicht, wie ich das erklären soll.« Sie schüttelte den Kopf. »Ich …« Sie brach ab. Wie erbärmlich, sagte sie zu sich selbst.

»Was ist mit dir?« Fingest zeigte kein Mitleid.

Amanda holte noch einmal tief Luft und konzentrierte sich. »Ich hatte Angst«, gestand sie.

»Angst?« Er hob eine Augenbraue. »Wovor solltest du hier bitte Angst haben?«

»Na ja, ich fühl mich einfach nicht mehr wohl.« Sie verfluchte diese einsilbigen Antworten, welche leider die einzigen waren, die ihr einfielen. Jonah wäre jetzt garantiert schon wieder draußen gewesen.

»Könntest du mal Klartext reden? Vielleicht kann ich dir ja helfen. Was ist nur mit dir los, Mädchen?« Er beugte sich zu ihr über den Tisch.

Sie ließ den Kopf hängen. Kaum zu glauben, aber Amanda wünschte sich gerade, dass Thombh hier war. Sie brauchte eine Idee! Schnell. Sie konnte den Direktor nicht die ganze Zeit mit sich selbst reden lassen. Oder?

»Hör zu Amanda, du kannst entweder mit mir reden, dann werde ich versuchen, dir zu helfen, oder du kannst weiter den Mund halten, dann wird allerdings ein Brief an Noctuadar unumgänglich sein. Also, was willst du lieber?«

Sie seufzte. »Ehrlich gesagt, möchte ich nicht weiter darüber reden«, begann sie langsam, die richtigen Worte suchend. »Ich ahne, was Sie jetzt vermutlich von mir denken, auch wenn ich nicht weiß, was Thombh Ihnen vorher erzählt hat. Aber meine Gründe sind eher persönlich, deshalb möchte ich sie für mich behalten.«

»Du willst also nichts erzählen.« Fingests Gesicht färbte sich in Sekundenbruchteilen rot. »Weißt du, was ich glaube? Ich glaube, du hattest einfach keine Lust mehr auf die Strafaufgaben, auf die Schule im Allgemeinen, du wolltest nur weg. Ich weiß, dass du dich unterfordert fühlst im Unterricht. Du bist eine intelligente Schülerin und kannst dich nicht damit abfinden, wenn du etwas falsch gemacht hast. Schon am ersten Tag, als der Primicerius dich angemeldet hat, sagte er mir, dass du wahrscheinlich bald wieder nach Hause wollen würdest. Er hat mir erzählt, dass der Tod deiner Mutter dich sehr mitgenommen hat.«

Wütend kramte Fingest nach Blatt und Stift, als Amanda die rettende Idee kam.

»Es tut mir leid«, gestand sie. »Es stimmt. Ich vermisse mein zu Hause. Ich wollte meine Freunde so gern wieder sehen. Hier ist alles so fremd. Ganz zu schweigen von den vielen Strafaufgaben, die ich gar nicht bewältigen kann. Das war mir einfach zu viel. Es war dumm von mir.«

Der Direktor hielt tatsächlich inne. Amanda ließ den Kopf

hängen, damit ihre Züge ihr mangelndes schauspielerisches Talent nicht verrieten.

Da Fingest noch nichts erwiderte, versuchte sie weiterhin Reue vorzutäuschen. »Ich werde mich natürlich bei Primicerius Noctuadar entschuldigen. Aber würden Sie ihm bitte nicht schreiben?«

Fingest seufzte. Amanda wagte nicht, aufzusehen. Vielleicht hatte sie ein bisschen zu dick aufgetragen. Egal, das war es wert. Noctuadar konnte sie foltern, wenn er wollte, konnte sie einsperren, bis sie ihm gehorchte oder bis sie starb vor Elend. Aber Fingest nicht. Er würde ihr höchstens zusätzliche Arbeiten auftragen, so lange, bis sie endlich abhauen konnte.

»Was mache ich nur?«, murmelte Fingest kaum hörbar. Er schien ihr ihre Lüge wirklich abzukaufen. Vielleicht wollte er genauso wenig Ärger am Hals haben wie sie, gerade jetzt, da es auf das Sommerfest zuging.

»Ich sehe, dass es dir leid tut, aber ignorieren kann ich das nicht, das weißt du.« Nachdenklich betrachtete er sie. Einige Sekunden lang herrschte Totenstille. Amanda konnte währenddessen das Klappern des Schreibapparates im Sekretariat nebenan hören. Sie sah Fingest so herzzerreißend an, wie sie konnte.

»Gut«, meinte er schließlich. »Ich gebe dir noch eine letzte Chance. Aber du kannst dir sicher sein: Ein falsches Wort, und der Brief an Noctuadar geht noch am selben Tag fort. Verstanden?«

Amanda nickte nur und stand rasch auf, bevor er noch mehr sagen konnte. »Vielen Dank, Direktor Fingest.«

»Ich werde nach dem Sommerfest ein Treffen mit ihm vereinbaren, damit du ihm alles erklären kannst.«

Amanda schluckte, brachte aber noch ein halbherziges »*Danke*« zustande, ehe sie auf schnellsten Weg den Raum verließ.

Davor wartete Jonah schon auf sie. Am liebsten wäre sie ihm um den Hals gefallen, entschied sich jedoch dagegen. Schon allein, da die Sekretärin sie argwöhnisch musterte.

»Alles in Ordnung«, berichtete Amanda ihm triumphierend.

Jonah strahlte. »Hab ich dir' s nicht gesagt? Alles wird gut.«

Gemeinsam verließen sie das Schreibzimmer.

»Aber da gibt es noch einen Haken: Der Direktor möchte, dass ich nach dem Sommerfest mit Noctuadar rede.«

»Dann müssen wir schnell sein.« Jonah schien trotzdem zuversichtlich. »Ab morgen machen wir uns Gedanken, wie es weiter geht.«

Er begleitete sie noch bis zum Abendessen in den Speisesaal. Ein seltsames Gefühl machte sich in Amandas Bauch breit, als er so neben ihr lief. War das die Nachwirkung der Umarmung vorhin?

24. Kapitel – Ein neuer Plan

Ein lauter Knall ertönte, gefolgt von einem grellen Blitz. Die Schüler hielten sich einen Moment lang Augen oder Ohren zu. Schwarzer Rauch stieg aus dem Reagenzglas auf. Unaufhörlich strömte er heraus und wuchs zu einem unheilvollen Gebilde über den Lehrertisch. Dabei verströmte er einen bestialischen Gestank nach Verwesung.

Amanda meinte zu sehen, wie rote Punkte sich zu Augen zu formen begannen. Das Wesen wuchs derweil immer weiter, ohne eine erkennbare Form anzunehmen. Sie schauderte als ihr die nächtlichen Szenen wieder in den Kopf kamen. Im Vergleich dazu war das schwarze Wesen über dem Lehrertisch ein Spielzeug.

Der Lehrer tröpfelte eine silberne Flüssigkeit in das Reagenzglas, bevor das Wesen weiter anschwoll. Sofort wurde es wie in einem riesigen Strudel wieder eingesogen. Bei genauem Zuhören, konnte man ein leises Kreischen hören, bis Lehrer Singai den Stopfen auf das Glas setzte.

Amanda hatte das Gefühl, als würden alle Schüler zur gleichen Zeit ausatmen. Jedenfalls verströmte der fette Tames eine Bank neben ihr genug Luft für die ganze Klasse. Sein Bauchumfang nahm währenddessen allerdings keinen Millimeter ab.

»Und so entsteht also ein Flaschendämon«, erklärte Singai, während er das Reagenzglas vorsichtig ablegte. Giftmischungen waren offensichtlich seine Spezialität. Im Kräuterunterricht schwärmte er von Zaubertränken, im praktischen Unterricht erschuf er Geister und Dämonen. »Denkt gut über das eben Erklärte nach, denn es ist wirklich gefährlich, solch ein Wesen zu erschaffen. Es erfordert einen kühlen Kopf und eine extrem ruhige Hand.«

»Und warum beherrschen Sie dann die Beschwörung?«, rief Jonah in die Klasse.

Amanda hatte schon gedacht, seine Stimme in dieser Stunde gar nicht zu vernehmen.

Lehrer Singai ignorierte Jonahs Frage, so wie die gesamte Lehrerschaft ihn ignorierte.

»Beschwörungen gehören eigentlich nicht zur regulären Schulzauberei, weil sie einfach zu gefährlich und sehr anspruchsvoll sind. Doch auf den speziellen Wunsch von Direktor Fingest werden wir uns in der nächsten Zeit näher mit ihnen beschäftigen.« Mit einem Fingerzeig auf die Gerätschaften versuchte er sich zu verdeutlichen, wobei ein Reagenzglas von dem chaotischen Lehrertisch fiel. Leider zerbarst es nicht und es kam kein Flaschedämon herausgeschwebt, der ihn auffressen wollte, sodass Singai zum Übel aller weiter reden konnte.

»Beschwören lassen sich hauptsächlich Naturgeister und Dämonen. Dabei muss man bedenken, dass Geister neutral gestellte Wesen sind. Dämonen sind meist mit dunkler Energie behaftet. Deshalb erteile ich eine kurze Belehrung, bevor wir in der nächsten Stunde alle gemeinsam eine einfache Beschwörung vornehmen.«

Stöhnen flutete durch die Klasse wie eine gigantische Welle, die schließlich auch die letzten Schläfer in den hintersten Bänken erreichte.

»Quälen können uns auch die Geister und Dämonen hinterher«, hörte Amanda einen Kommentar aus der ersten Reihe.

Doch diesmal war Singai vorbereitet. »Du willst mir doch nicht den Spaß verderben, Jonah? Wozu bin ich Lehrer geworden?«

Die gesamte Klasse musste lachen, obgleich es ein Lehrer

war, von dem dieser Spruch stammte. Das war eben nicht nur ein blöder Witz. Das war eine Tatsache: Singai quälte seine Schüler gern. Das selbst zuzugeben, grenzte an einen schlechten Scherz.

Amanda meinte, Jonah wettern zu hören. »Typisch Lehrer.« Doch das Klingeln mischte sich mit den übrigen Geräuschen im Raum, sodass man kaum etwas verstand. Vom Klassenraum nebenan hörte man dazu gedämpft das Jubeln der anderen Schüler.

Amanda nahm ihre Tasche und begab sich auf den Weg. Vielleicht würde sie ihr kurz entschlossenes Handeln am Ende bereuen. Möglicherweise sollte sie nicht auf Jonah hören. Doch seit sie gestern den Direktor ganz allein überzeugen konnte, war ihr Selbstbewusstsein ein ganzes Stück gewachsen.

Noch einmal bog sie um die Ecke, dann kamen ihr auch schon die Wahrsageschüler entgegen, die ebenfalls in ihre Pause stürmten.

Das Zukunftskabinett war Thombhs Reich. Hier war Amanda noch nie gewesen. Doch sie musste zugeben, dass es echt hübsch eingerichtet war. Lange dunkelblaue Wandbehänge zeigten goldene Punkte. Sie vermutete, dass sie den Sternenhimmel darstellen sollten. Die Schulbänke waren in einem Kreis um einen niedrigen dreifüßigen Tisch angeordnet. Darauf standen ein geheimnisvolles schwarzes Kästchen, sowie zwei Kerzen. Erst nachdem Thombh sie gelöscht hatte, sah er zu seinem Gast.

Der letzte Schüler verließ den Raum und schloss die Tür hinter sich.

»Aha, habe ich mir schon gedacht, dass du kommen wirst.« Thombh holte einen winzigen Schlüssel aus seiner Hosentasche und schloss die kleine Schatulle ab.

Bei genauerem Hinsehen erkannte Amanda ein Muster auf dem Deckel. Es waren verschachtelte Linien, die in ihrer Mitte ein Auge hervorhoben.

»Ich habe schon gehört, dass du dich gestern bei Fingest ganz gut geschlagen hast.«

»Sie haben mir ja nicht geholfen«, klagte Amanda vorwurfsvoll. »Was hatte das neulich Abend zu bedeuten?«

»Nun, das kann ich dir nicht so einfach sagen.« Thombh setzte sich entspannt auf einen der Schülertische hinter ihm. »Es handelt sich um wichtige politische Angelegenheiten.«

»Arbeiten Sie für Noctuadar?«, fragte Amanda geradeheraus.

Thombh nickte. »Du bist gut. Hör zu: Ich will dir nichts Böses. Im Gegenteil. Meine Aufgabe ist es nur, die Augen offen zu halten und so zum Wohlergehen der Bevölkerung beizutragen.«

Also war er ein Spion. »Warum weiß Direktor Fingest nichts davon?«

»Meine Arbeit muss verdeckt stattfinden. Je mehr Leute davon wissen, desto größer ist die Gefahr des Verrats.« Ruhig und sicher stützte er sich auf seinen Tisch.

Selbst, wenn er die Wahrheit sagte – ihr gefiel diese Wahrheit nicht. Sie ahnte wieder auf etwas zu zusteuern, dass ihr nicht geheuer sein würde. Doch eine Frage musste sie noch stellen. »Sie sagten an diesem Abend, dass eine Person sich für Sie entschieden hätte. Wie meinten Sie das?«

»Das gehört zu den Dingen, über die ich nicht sprechen darf. Es ist schon peinlich genug, dass mich jemand gesehen hat. Eigentlich müsste ich deine Mitwisserschaft dem Rat melden.«

Aber, fragte Amanda in Gedanken. Erwartungsvoll stand sie vor dem Lehrer. Er überlegte genau, was er ihr sagte. Thombh war äußerst diplomatisch.

»Ich habe heute an den Primicerius geschrieben. Dich habe ich nur am Rande erwähnt. Nachdem Direktor Fingest nun doch keinen Brief abgeschickt hat, bedurfte es keiner Erklärung, um meine Lüge richtig zu stellen.

Ich denke, es ist auch in deinem Interesse, wenn Noctuadar nicht die ganze Geschichte kennt. Obwohl ich eigentlich auch gern wissen würde, was du mit den Plänen vorhattest.«

Jetzt war er es, der gespannt auf eine Antwort wartete. Alles klar, er wollte sie erpressen. *Wir haben beide unsere dunklen Geheimnisse.* »Ich habe gesagt, dass ich mich in der Schule noch nicht auskenne.«

Er lachte leise. »Mach keine Dummheiten, rate ich dir. Ich weiß, dass du bei Noctuadar momentan besondere Rechte genießt. Aber auch ich habe einen guten Draht zu ihm.«

Es dauerte eine Weile bis Amanda seine Worte richtig begriff. Er stand voll und ganz hinter dem Rat und umgekehrt ebenso.

***

Erschöpft ließ sie die Tür hinter sich zufallen. Stunden voller Qual lagen hinter ihr. Zwei Klassenräume hatte sie genauestens säubern müssen, alleine. Zu allem Überfluss war Singai heute der Aufseher gewesen. Heute würde sie keinen Handschlag mehr machen. Vor Müdigkeit sah sie nicht einmal, dass jemand am Tisch saß, als sie sich auf ihr Bett fallen ließ. Erst als sie tief durchatmete und ihren Blick langsam durch den Raum gleiten ließ, fiel ihr der grinsende Kerl am Tisch auf.

Das war es also, was ihr in den letzten Stunden gefehlt hatte.

»Ich habe versucht, ihn rauszuschmeißen, aber er war stärker«, entschuldigte sich Gopa, die neben ihm saß. »Er meint, er habe etwas Wichtiges für dich.«

Amanda machte sich nicht die Mühe aufzustehen, zumal ihr dazu die Kraft fehlte. »Wenn es nicht enorm interessant ist, bist du so gut wie tot«, murmelte sie.

»Würde ich wegen einer Lappalie herkommen? Es wird dich interessieren.« Seine Hand glitt zu einem Buch, das auf dem Tisch lag. Amanda meinte in den hintersten Winkeln ihres

Gedächtnisses, das Buch schon einmal gesehen zu haben. Verdammt, sie war zu müde zum Nachdenken!

»Lies mir einfach alles vor, ich kann nicht mehr.«

Ohne Umschweife und überflüssige Bemerkungen erklärte er: »Wir haben eine Nachricht von Haeveij bekommen.«

Gopas Augen weiteten sich. Wahrscheinlich arbeitete ihr Kopf gerade auf Hochtouren, während der von Amanda langsam abschaltete. Er erinnerte sich gerade noch so daran, wer Haeveij war.

Jonah las vor: »*Hallo ihr beiden. (Ich hoffe, dass ihr es wirklich seid.) Amanda, ich habe mich mit deinem Onkel beraten. Wir wissen, was Noctuadar von dir will. Wenn du zu Hause bist, werden wir dir alles erklären können (inzwischen habe ich deinen Onkel rumgekriegt, dass er mit dir redet). Amatan hat dir eine Menge zu sagen. Du solltest so schnell wie möglich aus der Schule verschwinden. Amatan und ich suchen nach einer Fluchtmöglichkeit für dich. Sobald wir eine Lösung gefunden haben, teilen wir sie dir mit. Bis dahin nimm dich vor allem vor Thombh in Acht, du solltest ihm nicht trauen. Nach Amatans Vermutungen ist er ein Spitzel im Auftrag von Noctuadar. Angeblich hat er ihn eingesetzt, um dich zu überwachen.*
Grüße, auch von deinem Onkel.«

Sie legte die Hand auf ihre schmerzende Stirn. Am liebsten schliefe sie einfach ein. »Können wir das morgen besprechen?«, bat sie flehend. Doch eigentlich wusste sie, wie aufgeregt er war.

»Nein, können wir nicht.«

Sie stöhnte. »Dann sollte ich vielleicht auch erzählen, was Thombh mir heute gestanden hat.«

Jonahs Augen blitzen neugierig auf. »Das wird eine lange Nacht werden.«

Genauso kam es auch. Es ging auf elf Uhr nachts zu, als Amanda und Jonah noch immer im Schein der beiden Leuchtkugeln am Schreibtisch saßen. Einige Fluchtmöglichkeiten hatten sie schon besprochen. Sie waren sich einig, dass sie nicht auf eine Hilfe warten konnten.

»Wenn Thombh ein Spion des Rates ist und im Auftrag von Noctuadar vermutlich auf dich aufpasst, könnte da nicht irgendein Zusammenhang bestehen?«, flüsterte Jonah nachdenklich.

»Klar, soweit war ich auch schon. Aber kann es sein, dass der fremde Zauberer, den Thombh fertig gemacht hat, auch in der Geschichte drin hängt? Wollte Thombh mich vor ihm beschützen?« Amanda sprach ebenfalls leise. Zum Einen, weil Gopa neben ihnen schlief, zum Anderen, weil sie schon Erfahrungen mit geheimen nächtlichen Besprechungen gemacht hatte. Die Wände hier waren wirklich dünn. Gestern hatten sie Sameas und Vionas Diskussion übers Aufräumen mit angehört, obwohl die beiden drei Zimmer weiter wohnten. Angeblich konnte man sie auch noch ein ganzes Stockwerk weiter oben verstehen.

»Wenn dem so ist und Thombh nur dein bestes will, müsstest du dich damit abfinden, dass er und der Rat doch von der guten Seite sind und Haeveij lügt«, warf Jonah ein.

Wahrheit und Lüge. Gut und böse. Immer dieselbe Frage. Sie vertraute Haeveij. Doch der Rat hatte mehr Fürsprecher.

»Um das zu beurteilen, müssten wir wissen, was der Zauberer hier wollte.« Sie musste mit ihrem Onkel reden. Sie war überzeugt, dass er mehr wusste als nur Noctuadars Pläne. »Machen wir mit dem Fluchtplan weiter«, sprach Amanda, um wenigstens etwas voran zu kommen.

»Wie schon gesagt: Wir werden zum Sommerfest abhauen, was auch immer passiert.«

»Wir schaffen das nie, ohne eine gewisse Aufmerksamkeit auf uns zu ziehen. Zum Fest werden hunderte Leute sein«, argumentierte sie.

»Wir müssen die Sache ohnehin vorsichtig angehen«, flüsterte Jonah zurück. »Wir haben eine knappe halbe Woche, um uns vorzubereiten, denn ein besserer Zeitpunkt als das Sommerfest fällt mir nicht ein. Gerade weil so viele Leute da sind, wird man es nicht merken, wenn einer fehlt.«

»Aber so einfach, wie du dir das denkst, kann es nicht klappen«, protestierte Amanda.

Jonah schien ganz ungläubig, als könne er nicht glauben, dass jemand an ihm zweifelte. »Warum?«, fragte er knapp. »Wir sind doch beide an den Vorbereitungen beteiligt und wissen was wann und wo abläuft. Selbst, wenn sich kurzfristig etwas ändert, erfahren wir davon. Ich habe dir gerade alles haarklein erklärt, jeden Schritt. Es ist alles geplant. Selbst, wenn etwas schief geht, haben wir noch Ausweichmöglichkeiten.« Er tippte mit dem Finger auf die Karte und fuhr den eingezeichneten Weg nach. Die Schule und den Park dazu hatte Jonah aus dem Kopf grob skizziert, denn erneut die Pläne aus der Bücherei auszuleihen, wäre zu auffällig gewesen. Sie staunte, wie gut er sich hier auskannte. Fast jeden Baum hatte er markiert.

Trotzdem blieb Amanda im Zweifel. »Genau das macht mir Sorgen. Nichts ist perfekt. Es kann immer etwas Unberechenbares geschehen.«

»Du machst dir viel zu viele Sorgen, Amanda.« Jonah hielt inne, bevor er weiter sprach. Gopa gab einen leisen Seufzer von sich, blieb aber dann wieder ruhig liegen. Wie gern schliefe Amanda jetzt auch ... Gopa lag schon seit fast zwei Stunden im Bett.

Amanda würde den Schlaf morgen im Unterricht nachholen müssen, was eigentlich kein Problem darstellte. Die anderen machten es ja auch so.

»Du hast mich dabei. Was soll schon schief gehen?«

Sie rollte die Augen. Selbst bei schwachem Licht sah sie sein selbstgerechtes Grinsen.

»Meinst du, wir dürfen überhaupt raus zum Fest? Du sicher, aber ich glaube, *ich* habe da ein Problem. Der Direx wird das sicher nicht erlauben, denke ich.«

In der Tat wurde auch Jonah nachdenklich. »Der wird nichts mitbekommen. Zum Fest ist er immer wahnsinnig beschäftigt.«

Amanda stieß einen Seufzer aus, der sich in ein Gähnen verwandelte. Aber bevor sie nicht einen wasserdichten Plan erdachten, konnte sie sich nicht schlafen legen. Sie musste unbedingt etwas in der Hand haben, das ihr Sicherheit geben konnte, das sie nicht mehr verzweifeln und den Kopf zerbrechen ließ.

»Aber sollte Thombh dich beobachten, kannst du nicht einfach verschwinden.« Er fuhr nachdenklich mit der Hand über die Karte, als suchte er nach einem versteckten Fluchtweg. »Hm«, brummte er. »Man müsste durch Wände gehen können ...«

»Im Haus meines Onkels gibt es eine Wand, durch die man hindurch laufen kann. Aber ...«

»Die Idee ist genial«, fiel ihr Jonah übermütig ins Wort, wobei er fast laut geschrien hätte. Amanda legte einen Finger an die Lippen und deutete mit dem Kopf in Gopas Richtung. Sofort verstummte er. Als Gopa sich nicht rührte, fuhr er fort: »Ich meine ja nur, dass das ausbaufähig wäre. Kennst du einen Spruch dazu?«

Sie schüttelte den Kopf, war sich aber nicht sicher, ob Jonah es im schwachen Licht erkennen konnte und fügte deshalb ein *»Nein, leider nicht«*, dazu.

»Macht nichts, das können wir sicher besorgen, damit wir im Ernstfall gerüstet sind.« Er fuhr sich mit der Hand über das Gesicht, vielleicht um wieder munterer zu werden. Offenbar setzte die späte Stunde verbunden mit geistiger Anstrengung auch ihm zu. »Wo waren wir also? Ach ja: Wenn alle draußen sind, können wir flüchten. Von wo? Am Haupteingang wäre es zu riskant. Dort laufen immer mal ein paar Schüler herum. Wir können aus der Bibliothek fliehen. In Flügel D dürfte keiner sein. Das müsste klappen. Vorausgesetzt, du bist vorsichtig. Um Thombh kümmere ich mich, so lange es geht. Ich könnte irgendwo einen Kobold aussetzen ... «

Amanda dachte nach. Für ihren Geschmack waren zu viele Unwägbarkeiten in Jonahs Erklärung. »Das ist mir irgendwie zu vage«, meinte sie schließlich. »Das kann doch nicht wirklich funktionieren?«

»Doch.« Jonah war überzeugt. »Ich gehe voraus und sag dir, ob alles in Ordnung ist. Vertrau mir einfach.«

Amanda aber blieb dennoch skeptisch. »Jonah, das ist wahnsinnig. So viele Leute, die ein und aus gehen ... Die schauen mich sonst schon alle kritisch an.«

Jonah suchte mit seinen Augen die Karte ab. Doch alle Wege, die es gab, waren schon markiert. »Wir sollten das Schulgelände verlassen, solange eine Vorstellung in der Arena läuft. Wenn alle gebannt auf die Hauptpersonen achten, interessiert sich keiner für das Außengelände. Trotzdem sollten wir aufpassen. Du kennst ja die Schwänzer aus C. Ich werde auf dich warten. Das Schlimmste, was passieren kann, ist, dass ein Lehrer an uns vorbei läuft. Aber für diesen Fall hab ich schon eine Ausrede parat.«

Trotzdem dachte Amanda hin und her. Sie war so ein Feigling, tadelte sie sich selbst. Ein viel zu großes Angstfischlein. So würde sie sich nie befreien können.

»Was sagst du nun?«, wollte Jonah wissen.

Sie holte einmal tief Luft. »Bist du dir wirklich sicher?« Bei dieser Frage sah sie ihm tief in die Augen. Einen weiteren Fehler durfte sie sich nicht erlauben.

»Natürlich bin ich das. Das ist unsere einzige Chance«, versicherte er.

»Dann bin ich dabei. Du hast Recht, besser kann es nicht kommen.«

Ab jetzt gab es kein Zurück mehr. Das mussten sie durchziehen oder sie bekämen nie wieder eine Gelegenheit.

»Also suchen wir morgen in der Bibliothek nach dem Zauberspruch«, erklärte Amanda.

»Ach was«, Jonah winkte ab. »Wir haben noch genug Arbeit vor uns. Wozu haben wir Singai?«

Amanda grinste ziemlich undamenhaft. Und nun war es allerhöchste Zeit für ihr ersehntes Bett. In den nächsten Tagen stand eine Menge Arbeit an.

25. Kapitel – Ängste

Mit ihrer nächtlichen Vermutung sollte Amanda Recht behalten.
Da Hausaufgaben in dieser Woche kaum anfielen, blieb ihr viel Zeit zum Üben, damit am Ende alles glatt lief. Auch mit Jonah und Gopa setzte sie sich zusammen, um Details ihres Planes auszuklügeln. In ihren Strafarbeitspausen testete sie verschiedene Zauber, die ihnen helfen konnten und trainierte fleißig, durch Materialien zu greifen. Einmal blieb sie deshalb in einer Tür stecken. Thombhs Gesicht hatte sie immer noch in Erinnerung, als er seine Routinerunde drehte. Diese Mischung aus Wut und Argwohn ließ sie stets innerlich schaudern. Anstalten ihr zu helfen, hatte er natürlich keine gemacht.

Derweil ließ Jonah sich kaum noch blicken. Kaum zu glauben, aber wahr: Er war die ganze Woche ein lieber, anständiger Junge gewesen, abgesehen von kleineren Disputen mit Lehrerin Woellafaen. Dass niemand misstrauisch wurde, lag vielleicht an dem Druck, den die Lehrer auf die Schüler ausübten. Da jeder genug zu tun hatte, konnte man sich natürlich nicht auch noch auf einen überheblichen und vorlauten Jungen konzentrieren.

So musste Amanda ihre Strafarbeiten also allein erledigen, was nicht nur zermürbend, sondern auch richtig nervtötend war.

Selbst die Unterrichtsstunden zogen sich genauso zäh dahin Besonders schlimm war der letzte Tag vor dem Sommerfest.

Die Zeit verging einfach nicht. Schon am Morgen konnte Amanda den Blick nicht von der Uhr wenden. Die Nervosität stieg mit vorrückender Zeit an. In der letzten Unterrichtsstunde konnte Amanda kaum noch still sitzen.

»Damit hätten wir also geklärt, wie es zu den ganzen kleineren Territorien in der Nichtzaubererwelt kam. In der nächsten Stunde möchte ich wissen, welche berühmten Personen während dieser Zeit lebten. Im Geschichtsbuch …« Der Rest ging mal wieder im Klingeln unter. Die Lehrerin probierte mit aller Macht, die Schüler noch zum Zuhören zu bringen, doch keiner beachtete sie mehr. In Gedanken waren alle schon beim morgigen Tag, allen voran Amanda. Sie wünschte sich nichts mehr, als endlich alles hinter sich zu haben. Aber nun ging es erst einmal in die Mehrzweckhalle zu einem Vortrag und einer Belehrung für morgen.

Auf dem Weg dorthin versuchte Amanda zur Ruhe zu kommen. Doch in dem Menschenstrom, in dem sie schwamm, war an Ruhe überhaupt nicht zu denken. Etwa die Hälfte der Schüler war jetzt schon ziemlich aufgeregt. Die anderen, das waren die ältesten, blickten gelangweilt oder genervt drein.

In der Halle herrschte Chaos. Dutzende Schüler aus anderen Klassen waren schon angekommen, die alle neben ihren Freunden sitzen wollten. Die einzelnen Stühle zwischen ihnen blieben frei, weil niemand zwischen zwei Fremden Platz nehmen wollte.

Amanda fand das Ganze einfach nur albern. Den Lehrern, die weiter vorn auf der kleinen Bühne standen, sah man an, dass es ihnen genauso ging. Trotzdem hatte noch keiner um Beeilung gebeten. Im Gegenteil: Fingest sortierte immer noch seine Notizzettel.

Amanda quetschte sich schließlich an ein paar Schülern der Klasse A vorbei auf einen freien Sitz. Da saß sie, in dunkelrotem Rock und Bluse zwischen lauter grün uniformierten Schülern. Dass das angeblich unter ihrer Würde war, störte sie überhaupt nicht. Eigentlich war es doch schön, wenn alles ein bisschen bunter aussah. Als sie sich umdrehte, bemerkte sie, dass einige wenige genauso zu denken schienen. Einzig die hintersten drei Reihen waren komplett schwarz. Niemand wagte es, sich zwischen die D-Klässler zu setzen. Wahrscheinlich hätten diese das auch niemals zugelassen, denn sie waren ja die Elite. Die meisten Schüler schafften es gar nicht oder erst nach etlichen zusätzlichen Schuljahren, diese Klasse erfolgreich zu absolvieren.

Die einzigen Personen in der Schule, die höher standen als die Ds, waren neben dem Direktor die anderen Lehrer, die heute hinter der Schülerschaft an der Wand lehnten.

Schleppend kehrte Ruhe ein. Fingest räusperte sich.

»Wenn dann alle einen Platz gefunden haben …«

Prompt setzten sich auch die letzten Schüler hin.

Sehr gut«, sagte er so laut, dass ihn jeder hören konnte. »Wie ihr alle wisst, findet morgen das große Mittsommerfest statt. Die meisten von euch kennen schon den Ablauf, dennoch werde ich aufgrund einiger Änderungen eine Belehrung durchführen.«

Es folgte eine endlos lange Reihe an Verboten und Pflichten. Dabei schaute Fingest nicht einmal von den Merkzetteln auf. So viel zur guten Planung. Über unvorbereitete Schüler beschwerten sich die Lehrer regelmäßig.

»Da auch einige der berühmtesten Zauberer zu Besuch sein werden, erwarten wir von allen Schülern tadelloses Verhalten. Der Vorsitzende des Rates der Zauberei wird persönlich zu uns kommen: Primicerius Noctuadar.« Bei diesem Satz schaute Fingest auf die Schüler. Amanda wusste, dass er damit besonders sie ansprechen wollte. Ihr Herz blieb stehen. Allein der Name jagte ihr einen Schrecken ein. Er durfte sie morgen auf keinen Fall zu Gesicht bekommen. Wobei vielleicht auch das falsch war. Dann wäre er unter Umständen erst recht misstrauisch.

»Wir werden uns morgen also von unserer besten Seite zeigen«, fuhr der Direktor fort. »Kommen wir zu den Programmpunkten, an denen sich seit letztem Jahr wenig geändert hat. Eröffnet wird das Fest durch eine Rede von Noctuadar in der Arena.«

Wenn er quasi rund um die Uhr anwesend war, wann sollten sie fliehen?, fragte Amanda sich bestürzt. Sie hatte gedacht, er träfe vielleicht am späten Nachmittag ein. Das würde ein straffer Zeitplan werden.

»Anschließend werden die Schüler der Klasse D einmarschieren. Den ersten Teil der Vorführungen werden freiwillige sowie extra ausgewählte Schüler gestalten. Nach einer Pause sind ehemalige Schüler und inzwischen sehr bekannt gewordene Zauberer an der Reihe. Die Darbietungen beginnen um ein Uhr nachmittags und dauern etwa fünf Stunden. Am Abend gibt es ein großes Essen. Danach finden kleine Wettbewerbe im Feuerballwerfen, Steinefliegen und anderen Künsten statt. Die Arena kann dann als Spielfeld genutzt werden. Ab zehn Uhr ist es euch freigestellt, weiter draußen zu verweilen oder euch auf eure Zimmer zu begeben. Ab zwei Uhr nachts ist das Zimmer Pflicht.«

Er machte eine Pause, um durchzuatmen und blickte auffällig auf seine Notizen. »Am folgenden Tag bleibt allen Schülern der Vormittag zur freien Verfügung. Nachmittags werden die drei altbekannten Wettkämpfe ausgefochten: Waffenkampf, Zauberkampf und Freie Improvisation. Freiwillige können sich noch bis morgen Mittag in die ausgehängten Listen eintragen. Um Mitternacht werden die Feierlichkeiten zeremoniell beendet. Der Tag danach beginnt nach einem späten Frühstück gegen elf Uhr und danach für alle Schüler mit dem Aufräumen.«

Für Amanda hörte sich das alles fantastisch an, bis auf den

letzten Teil. Am liebsten würde sie bis zum Ende bleiben und die Wettkämpfe mit ansehen. Sie nähme auch selbst gern daran teil. Viele Lehrer hatten sie auf ihr Talent angesprochen.

Ich erwarte, dass ihr morgen Mittag pünktlich um zwölf in der Arena sitzt! Kommen wir nun zu den Aufgaben der einzelnen Schüler.«

Na, toll. Aus irgendeinem Grund hatte Amanda schon eine düstere Vorahnung, die alle schönen Vorstellungen vernichtete.

»Die Schüler der Koch- und Backgemeinschaft haben erfüllt ihren Teil bereits. Sie bekommen keine weiteren Aufgaben.«

Hinter Amanda quietschten einige Mädchen fröhlich.

»Ebenso die freiwilligen Helfer, die sich an den Vorbereitungen beteiligt haben. Die Schüler, die ihre Hilfe bei der Durchführung angeboten haben, werden morgen früh in ihre Bereiche eingeteilt. Sie werden sich um neun im Speisesaal versammeln. Leider haben sich nur wenige für diese Aufgaben gemeldet. Deshalb werden alle Schüler, die in der letzten Woche Strafarbeiten tätigten, ebenfalls eingeteilt, sowie alle Schüler der Klassen B und C, die in keiner Freizeitgemeinschaft eingetragen sind. Selbstverständlich wechseln die Helfer ihren Dienst ab, damit jeder Gelegenheit bekommt, das Fest zu genießen.«

Während der Direktor weitere Punkte seines Notizzettels erläuterte, arbeitete Amandas Kopf auf Hochtouren. Die ganze halbe Stunde, in der der er sprach, suchte sie nach einem Plan, Noctuadar loszuwerden. Pläne schmieden war sie inzwischen gewöhnt und doch wollte es ihr nicht gelingen.

Erst als karger Applaus einsetzte, kam sie wieder in die Realität zurück. Die meisten Schüler sprangen eilig von den Plätzen, da sie nur endlich hier heraus wollten. Verständlich.

Amanda schätzte, dass Jonah in fünf Minuten in ihr Zimmer gerannt kommen würde, aber so viel Zeit gönnte er sich gar nicht. Kaum, dass sie die überfüllte Halle verlassen hatte, packte er sie am Arm und zog sie mit sich durch die Flure, bis sie in einer relativ ruhigen Ecke standen. Zwar liefen andere an ihnen vorbei, jedoch schenkte ihnen keiner Beachtung, da alle auf ihre Zimmer und sich noch einmal richtig ausschlafen wollten.

»Wir ziehen alles wie geplant durch. Wenn wir zum richtigen Zeitpunkt fliehen, spielen Noctuadar und die Lehrer keine Rolle.«

Er sah nervös neben sich. Aber die Schüler boten genug Deckung, damit kein Lehrer sie tuscheln sah.

»Aber wie sollen wir Noctuadar entkommen? Er wird mich den ganzen Tag über beschatten lassen«, meinte Amanda.

Doch Jonah schüttelte den Kopf. »Noch hat ihn keiner über irgendwelche Vergehen informiert. Er ahnt nichts. Wenn wir also beide unsere Strafarbeit vor oder nach den Vorführungen verrichten können, schaffen wir alles.«

»Jonah, wie wollen wir das machen? Das ist zu kompliziert. Lass uns ein anderes Mal fliehen ...«

»Nein«, entgegnete er stur. »Es wird keinen besseren Zeitpunkt als das Sommerfest geben.« Er hielt ihren Arm noch immer fest. Als er sah, dass er ihr wehtat, ließ er rasch los.

Inzwischen hatte sich ein Großteil ihrer Deckung aufgelöst und fast alle Schüler waren in ihren Zimmern.

»Komm mit«, sagte Jonah und zerrte sie weiter.

Sie liefen zu den Unterrichtsräumen im Flügel A, in dem heute ebenfalls die letzte Stunde ausgefallen war.

»Wir ziehen das jetzt durch. Ich werde dafür sorgen, dass dir keiner folgt. Der Rest läuft wie geplant. Wir verschwinden, während alle in der Arena sitzen. Vertrau mir.«

Wahrscheinlich war das wirklich klüger und sie sollten so schnell wie möglich flüchten. Vielleicht aber war das Ganze auch alles nur wahnsinnig und zum Scheitern verurteilt.

»Ich verstehe dich, aber wir sollten dennoch alles überdenken. Wir haben doch gesehen, was sonst dabei herauskommt«, warf Amanda zweifelnd ein.

»Ich kann nicht länger warten, ich habe komischerweise sogar ein gutes Gefühl bei der Sache. Es wird nie wieder so eine Gelegenheit kommen. Wenn wir konzentriert unserem Plan folgen, kann nichts schiefgehen.« In seinen Augen blitzte Eifer.

Amanda erkannte sich darin wieder. Auch sie wollte schnellstmöglich weg. Konnte sie ihn noch im Stich lassen?

»Warum hast du es auf einmal so eilig?«

Jonah schien verwirrt, fing sich aber schnell wieder. »Du hattest eine gute Kindheit. Freunde, Familie, wenigstens einen Teil davon. Ich will endlich auch ein richtiges Leben führen. All die Jahre habe ich nirgendwo dazugehört. Und jetzt kann ich endlich noch mal neu anfangen. Verstehst du, was ich meine?«

Ja, sie verstand es. Ihr ging es ähnlich. Sie wollte endlich alles wissen und dann ein neues geordnetes Leben beginnen. Falls das in diesen Verstrickungen möglich sein sollte. Mehr als ein dünnes »*Ja*« brachte Amanda nicht zustande.

Er lächelte schwach.

»Was willst du machen, wenn wir wirklich frei kommen?«

Er zuckte die Schultern und sah zu Boden. »Ich weiß nicht genau. Erst einmal werde ich dich sicher nach Hause begleiten und dann ... mal sehen. Vielleicht lasse ich mich in einer Stadt nieder, suche mir eine Arbeit, oder was auch immer.«

Ein total normales Leben. Das hörte sich, nach allem was Amanda in den letzten Wochen erlebt hatte, richtig idyllisch an. Es war fast ein bisschen schade, dass ihre Wege sich bald trennen sollten, fand sie. Sie hatten sich so gut angefreundet. Sie waren zu richtig guten Partnern geworden.

Jonah dachte wohl dasselbe, als er sie ansah. In diesem Augenblick schien ohne Zauberei jeder von ihnen beiden zu wissen, an was der andere dachte. Sie sahen sich einfach nur an. Jonahs Hand strich gedankenverloren eine Haarsträhne aus Amandas Gesicht. Er war ihr plötzlich so nahe. Doch es fühlte sich gut an. *Er* fühlte sich gut an. Sie spürte, wie ihr Blut ins Gesicht schoss und Wärme sich in ihrem ganzen Körper ausbreitete. Sein Gesicht kam dem ihren immer näher. Sein Atem. Seine Lippen waren so sanft, wie sie es gar nicht von ihm gewohnt war. Ihr Herz klopfte wie verrückt und ihr ganzer Körper kribbelte. Sie schloss die Augen, ließ die Magie fließen.

Es war Jonah, der sich zuerst löste, doch sie schwiegen weiter, um diesen wundervollen Augenblick nicht zu zerstören. Sie blickte in seine dunklen braunen Augen, die ihr so viel zu sagen versuchten. Waren sie schon immer so faszinierend gewesen? Mit angehaltenem Atem lasen sie die Gedanken des anderen.

»Bis morgen«, raunte Jonah und lief davon.

Amanda stand ein wenig verwirrt da. War das wirklich passiert? Sie blickte ihm hinterher. Wie flink er sich bewegte. Hatte er das schon immer getan? Sie stand völlig neben sich. Sie konnte nicht glauben, dass das gerade eben wirklich passiert war. Das immer noch währende Kribbeln in ihrem Bauch jedenfalls war echt.

26. Kapitel – Ein Hauch Unschuld

So eine Verschwendung, schimpfte Amanda in Gedanken, als sie die Frühstücksreste von den Tellern kratzte. Sie empfand es als eine unglaubliche Vergeudung, so viel wegzuschmeißen, nur weil die Augen von ein paar verwöhnten Studenten größer waren als ihr Magen.

Amandas einziger Trost war es, dass die Schufterei in der Küche in vier Stunden vorbei sein würde. Auch Noctuadar hatte sich noch nicht blicken lassen. Gut, die Vorführungen fingen auch erst in einer Stunde an. Aber Amanda wurde von Minute zu Minute nervöser.

In der Küche herrschte jetzt schon heilloses Durcheinander. Daran waren hauptsächlich die Aufsicht führenden Lehrer schuld. Immer wieder betonten sie, dass alles perfekt sein müsse, was die Schüler dermaßen auf die Palme brachte, dass sie sich gar nichts mehr sagen ließen.

Erst als die Lehrer sahen, dass es auch ohne sie einigermaßen funktionierte, beruhigten sich die meisten von ihnen wieder.

Etwa zwanzig Schüler arbeiteten auf verhältnismäßig engem Raum am Abwasch und an den Vorbereitungen für das Büffet. Leider war Jonah war bis zum Nachmittag in die Planung der Vorführungen involviert, sodass sie ihren Plan am frühen Abend umsetzen konnten, also lief bisher alles ganz gut.

»Amanda, kannst du mir mal helfen?«, wurde sie von einem Mädchen gefragt. »Hier ist viel zu viel Geschirr, kannst du schnell etwas abtrocknen?« Auf dem Abwaschtisch türmten sich Berge von Tassen, Tellern und Besteck.

»Klar«, erklärte sie, froh, endlich weg von den Essensresten zu kommen, und schnappte sich ein Trockentuch. Amanda kannte die andere Schülerin aus einigen Fächern. Sie hieß Laura und hatte sich freiwillig als Helfer angemeldet.

»Stimmt es, dass du Noctuadar persönlich kennst?«, wollte sie von Amanda wissen.

Diese brummte nur ein *»Ja«*. Besonders stolz war sie nicht darauf.

»Ist er wirklich so mächtig, wie alle sagen?«

Amanda befürchtete, dass Laura sie unaufhörlich mit solchen Fragen löchern würde. »Ja. Er besitzt unheimlich viel Einfluss«, erklärte sie mit bitteren Gedanken. »Können wir bitte das Thema wechseln?«

Laura war überrascht. »Klar. Du kannst ihn wohl nicht leiden.«

Dann sagte sie eine Weile gar nichts mehr. Amanda vermutete, dass sie nach einem anderen Thema suchte, um sie kennen zu lernen. Doch wahrscheinlich kannte sie wie alle anderen nur ihre schlechte Seite. So nahm Amanda das selbst in die Hand.

»Warum hast du dich eigentlich freiwillig als Küchenhilfe angeboten? Ich glaube, sonst hat sich niemand gemeldet.«

Laura lachte ein warmes angenehmes Lachen. Sie war ziemlich schlank und hoch gewachsen. Nach Viona war Laura das hübscheste Mädchen der Schule. Ihr welliges braunes Haar steckte heute in einer eleganten Hochsteckfrisur. Kleine Löckchen umspielten ihr feenhaftes Gesicht. Obwohl viele Jungen für sie schwärmten, machte sie sich nichts aus halbherzigen Flirtversuchen, selbst wenn sie aus den oberen Klassen kamen.

Amanda konnte sie verstehen, inzwischen wusste auch sie, dass die meisten dieser Jungs eher etwas zum Prahlen suchten.

»Ich langweile mich sonst einfach«, meinte sie. »In meinem Zimmer zu sitzen und nichts zu tun ist auch nicht besser als das hier.« Sie platzierte einen Teller zwischen den wackelnden

Geschirrteilen. Für ihr Alter war Laura schon sehr erwachsen. Da ihre Eltern reich und deshalb viel beschäftigt waren, blieb ihnen nur wenig Zeit für ihre Tochter. So musste Laura allein klarkommen. Sie war eine von den wenigen reichen Schülern, die nicht arrogant waren. Darum war sie auch so beliebt bei allen.

»Du kannst dich doch mit deinen Freundinnen unterhalten«, schlug Amanda vor.

Laura aber schüttelte nur lächelnd den Kopf. »Es gibt nichts, was wir nicht schon alle voneinander wüssten. Die meiste Zeit ärgern wir uns sowieso nur über die Lehrer.«

»Die geben einem ja auch viele Gründe dazu«, meinte Amanda beiläufig.

Laura lachte. »Weißt überhaupt schon das Neueste?«, fragte sie, ohne sich von dem dreckigen Geschirr abzuwenden. »Gestern hat doch tatsächlich jemand im Theoriekabinett sämtliche Wände beschmiert.«

Amanda warf ihr einen fragenden Blick zu.

»Ja, über Nacht ist jemand eingebrochen und hat mit einer zauberformelbeständigen Farbe *Freiheit* geschrieben. Lehrer Singai hat sich so darüber aufgeregt, dass er kurz vorm Ersticken war.«

»Freiheit?«, murmelte Amanda vor sich hin.

»Ja. Komisch oder? Hast du eine Ahnung, wer das gewesen sein könnte?«

Amanda hatte tatsächlich eine Vermutung, wagte aber logischerweise nicht, sie auszusprechen und verneinte deshalb.

»Ist ja auch egal. Singai hat dann eine halbe Stunde über die Zubereitung von Lösemitteln für magische Farbe gesprochen, und dann durften wir den ganzen Raum sauber machen, als Schülerexperiment natürlich.«

Amanda verkniff sich ein Grinsen. Sie dachte an Jonah. Sie traute ihm zu, dass er das gestern in seinem Übermut getan hatte. Sie dachte weiter zurück an ihren Kuss. Inzwischen war sie sich nicht mehr so sicher, ob es vielleicht nicht nur ein Traum gewesen war. Zu schön, um wahr zu sein.

Bei ihrer kurzen geistigen Abwesenheit hätte sie fast eine Tasse fallengelassen. Zum Glück fing sie sie rechtzeitig auf. Laura warf ihr einen beunruhigten Blick zu.

Amanda hingegen lächelte entschuldigend.

Plötzlich tippte ihr jemand auf die Schulter.

»Amanda.« Hinter ihr stand Direktor Fingest. »Noctuadar will dich sprechen.« Er deutete auf die Tür.

Erst jetzt fiel Amanda auf, dass alle Helfer mit ihrer Arbeit innehielten und den hohen Besuch bestaunten. Einige deuteten sogar Verbeugungen an. *Schleimer.* Das Herz blieb ihr stehen, als sie den Zauberer erblickte. Das lag nicht etwa an seinem undurchschaubaren Gesichtsaudruck. Er wirkte ganz, wie sie ihn in Erinnerung hatte: Alt, ein wenig gebrechlich, aber keineswegs senil. Goldene Zierbänder schmückten seine dunkelblaue Robe. Doch heute umgab ihn etwas, das sie nicht genau definieren konnte. Vielleicht war es auch nur ihre Einbildung, in der dieses Etwas existierte, das ihr ein mulmiges Gefühl bereitete. Sie wollte nicht zu ihm gehen, nicht mit ihm reden. Doch was blieb ihr als Alternative? Nichts. Sie musste zumindest so tun, als würde sie auf ihn hören, ansonsten … tja, ansonsten gäbe es noch mehr Ärger.

Amanda betete, dass Fingest ihm noch nichts von alledem erzählt hatte, was sie angeblich angestellt hatte. Sie wandte sich an Laura: »Ich mache dann weiter.«

Diese winkte jedoch nur ab. »Lass nur, ich schaffe das schon«, meinte sie mit erstaunten, auf Noctuadar gerichteten Augen.

Zögernd schritt Amanda zur Tür. Noctuadars Blick veränderte sich nicht im Geringsten. Erwartungsvoll blickte er sie an. Auch sie versuchte, sich äußerlich nichts anmerken zu lassen.

Erst als sie nur noch einen Schritt von ihm entfernt war, verzog sein Mund sich zu einem Lächeln. Nun bemühte auch Amanda sich, freundlich zu schauen.

»Du scheinst dich schon gut eingelebt zu haben.«

Amanda hatte keinen Schimmer, was sie sagen sollte. Jetzt, da sie wusste, dass er etwas im Schilde führte, fiel es ihr nicht leicht, normal mit ihm zu reden.

»Ja«, antwortete sie einsilbig. Das war aber – seinem Blick nach zu urteilen – nicht wirklich überzeugend.

Sie gingen durch das Schulgebäude, in dem Hektik ohne Ende herrschte. Von fast allen Schülern wurde Amanda neugierig beäugt, als sie neben Noctuadar herging: eine Fast-Kriminelle und der Vorsitzende des Zaubererrates.

»Wie gefällt es dir hier?«, wollte Noctuadar wissen.

»Es ist toll.« Amanda versuchte überzeugend zu klingen. »Ich habe einige Freunde gefunden und der Unterricht ist auch sehr interessant.« Sie unterdrückte mühevoll ihr Zittern. Warum hatte sie solche Angst? Es ist alles geplant, redete sie sich ein.

»Das ist schön«, stellte Noctuadar fest. »Denkst du, dass du schon viel gelernt hast?«

Die beiden gingen die Treppe zum Park hinab, in dem genauso viele Schüler wie in der Schule hin und her rannten und sich um die letzten Schliffe für die perfekte Dekoration kümmerten. Doch sobald sie Noctuadar erspähten, hielten sie ehrfürchtig inne und flüsterten miteinander.

»Ja, natürlich. Die Zauberei ist wirklich faszinierend. Ein Leben ohne kann ich mir gar nicht mehr vorstellen«, antwortete Amanda mit einem Hauch Begeisterung.

Noctuadar lachte leise. Offenbar war diese Antwort überzeugender angekommen. »Freut mich zu hören. Ich nehme an, dass du weiterhin auf diese Schule gehen willst.«

Amanda nickte eifrig. »Aber natürlich. Was sollte ich denn sonst machen?«

»Es könnte ja sein, dass du fort willst von hier.«

Wusste er etwas? Amanda bemühte sich um ein künstliches Lachen. Langsam ging ihr dieses schleimige Gerede gegen den Strich. Freundlich zu sein zu jemandem, den sie überhaupt nicht leiden konnte, gehörte weniger zu ihren Stärken.

»Schön, dass es dir hier gefällt. Machst du anschließend bei den Vorführungen mit?«

»Nein, ich werde nur zuschauen«, verkündete sie. Der Mann hat meine Mutter auf dem Gewissen, schoss es Amanda durch den Kopf. Ihr Magen verkrampfte sich.

»Gut, dann werden wir uns während den Darbietungen noch ein bisschen unterhalten können«, meinte er zufrieden.

Amanda verzweifelte beinahe. *Nein, nein, nein. Bitte nicht!* Er durfte sie nicht den ganzen Tag lang bewachen. Als sie merkte, wie ihre Hände zu zittern begannen ließ sie sie langsam hinter den Rücken gleiten. »Ehrlich gesagt, habe ich Küchendienst«, erklärte sie knapp.

»Aber doch nicht die ganze Zeit, oder? Ich habe gehört, ihr wechselt euch immer ab. Oder ist das eine Art Strafe?«

Ertappt! Amanda fluchte im Kopf. »Ähm, nein. Ich habe mich freiwillig gemeldet. Man hat uns heute Morgen unsere Bereiche zugeteilt.« Sie betete, dass Noctuadar keine Ahnung hatte und dass der Direktor und Thombh sich mit Kritik an ihr zurückhielten, bis sie floh.

»Bist du sicher, dass du so viel verpassen willst? Ich habe gehört, es soll wirklich schön werden dieses Jahr. Vielleicht kann ich da etwas arrangieren …«

Doch Amanda winkte ab. »Nein, das macht nichts. Ich bin gern mit den anderen zusammen. Außerdem habe ich schon einige Darbietungen in den Proben gesehen.«

Das stimmte sogar. Die letzten zwei Tage hatte Amanda mit einer Theatergruppe die Arena geputzt und dekoriert. Unter den Darbietungen waren wirklich einige richtig spektakuläre.

Mädchen, die auf Luft tanzten, Künstler, die mit bunten Funken Bilder an den Himmel zeichneten … Ein bisschen wünschte sie sich schon, dabei sein zu können, sie Amanda befürchtete jedoch, Noctuadar würde ihre Glaubwürdigkeit anzweifeln, wenn sie sich so selbstlos stellte.

»In der zweiten Hälfte werde ich abgelöst. Dann werde ich mich irgendwie ins Publikum schleichen.« Wenn sie nur zurückdachte an die Feuerbeschwörer, die Drachen aus Feuerflammen durch die Arena sausen ließen. Herrlich. Zauberhaft. Hinreißend. Das würde sie zu gern noch einmal sehen.

Langsam pendelten ihre Gefühle sich ein. *Wir haben alles geplant*, wiederholte sie fortlaufend.

Sie gingen schweigend über die von Hecken eingesäumten, kleinen Wege durch den Park. Es war ein idyllischer Ort, wenn man ihn außerhalb der Schulzeit gemächlich durchstreifte. Jedoch in dieser Begleitung war Amanda dieser Spaziergang enorm unangenehm.

Alle Schüler, die an ihnen vorbeikamen, blickten die beiden mit großen Augen an. Noctuadar schien als so etwas wie ein Gott zu gelten. Oder lag es an der Zusammenstellung: Eine einfache Schülerin und der große Primicerius?

Vor der Arena herrschte ebenfalls reges Treiben. Amanda war froh, dass man ihnen wenigstens hier kaum Beachtung schenkte.

Plötzlich entdeckte sie einen schwarzhaarigen Jungen in einer Gruppe anderer vor den Pavillons, die eigens für das Fest aufgebaut worden waren. Sie sah ihn zwar nur von hinten, war sich aber absolut sicher, dass es Jonah war. Er sollte heute dafür sorgen, dass jeder Teilnehmer zur rechten Zeit am rechten Ort war. Zum Glück hatte er die Lehrer überreden können, mit einem anderen Jungen zu tauschen, sodass er ebenso wie Amanda dem zweiten Teil der Vorstellungen beiwohnen durfte.

So stand ihnen nur noch Noctuadar im Weg.

»Wie schätzt du eigentlich deine jetzigen Fähigkeiten ein? Meinst du, du könntest gegen jemanden kämpfen?«

Amanda zuckte die Schultern. Ihr fiel ein, dass Noctuadar sie nur benutzen wollte, wie Haeveij sagte. So antwortete sie: »Das kommt darauf an. Ich glaube, wenn er aus der Klasse A oder B kommt, könnte ich ihn vielleicht unter gewissen Umständen besiegen, aber warum fragen Sie mich das?« Zeit zum Aushorchen.

»Nur so.« Er schüttelte den Kopf. »Aus Interesse an deinen Fortschritten. Ich muss doch wissen, ob diese Schule etwas taugt.«

Es war ihm anzusehen, dass er sich herausreden wollte. Aber natürlich würde er nicht zugeben, wenn er sie hinterging und überhaupt nicht um ihr Wohlergehen besorgt war. Also hakte sie noch ein bisschen nach.

»Haben Sie eigentlich schon etwas von Onkel Amatan gehört?«, fragte sie unschuldig.

Sein Blick verdüsterte sich. »Warum willst du das wissen? Ich denke, du kannst ihn nicht leiden.«

»Nur so … aus Interesse. Vielleicht hat er sich geändert und vermisst mich doch.«

Er schnaubte. »Nein, das glaube ich kaum.«

In diesem Moment drehte sich Jonah zu ihnen um und sah Amanda schockiert an. Noctuadar machte währenddessen keine Anstalten den Rückweg einzuschlagen, sodass Amanda ihm einen hilflosen Blick zu werfen konnte. Da der Primicerius auf die riesige Arena blickte, bemerkte er das nicht. Erst als Jonah langsam näher kam, schien er ihn zu registrieren.

»Entschuldigung, Sie sind sicher Primicerius Noctuadar, ist mir eine Ehre«, erklärte Jonah mit angedeuteter Verbeugung und reichte ihm die Hand. »Es tut mir leid, aber ich müsste Amanda kurz entführen. Ein Lehrer sucht nach ihr. Natürlich nur, wenn es Sie nicht stört.«

Noctuadar lächelte eitel. »Das stört mich nicht. Wir haben heute Abend genug Zeit, um miteinander zu reden. Geh nur«, sprach er, als sie ihn innerlich flehend, aber äußerlich gelassen ansah.

»Gut, bis dahin wünsche ich Ihnen viel Spaß bei den Vorführungen«, verabschiedete sie sich freundlich, heilfroh darüber, dass er sie endlich gehen ließ.

Sie liefen schnellen Schritts, bis sie außer Hörweite waren. Hatte Amanda überhaupt geatmet in den letzten Minuten? Sie seufzte jedenfalls lautstark und erleichtert.

»Der klebt aber jetzt nicht die ganze Zeit an dir, oder?« Skeptisch, ob nicht doch jemand lauschte, schaute Jonah sich um.

Amanda schüttelte den Kopf. »Nein, ich habe ihm erzählt, dass ich noch lange Küchendienst habe. Aber wir müssen trotzdem vorsichtig sein. Spätestens nach dem zweiten Teil der Vorstellungen wird er mich suchen gehen.«

Jonah nickte nachdenklich. »Bis dahin sind wir längst über alle Berge.«

Bist du dir sicher?«, fragte Amanda besorgt, woraufhin Jonah sie zuversichtlich anblickte. Sie meinte, eine leichte Spur Zweifel darin zu sehen. Aber noch bevor sie etwas sagen konnte, tat er es.

»Ja, ich bin mir sicher. Wir werden das schaffen.«

Bis zur Entscheidung waren es nur noch wenige Stunden. Stunden, in denen Amanda an nichts anderes denken konnte. Sie hatte geglaubt, dass Jonah wesentlich mutiger und selbstsicherer war als sie, doch stimmte das immer noch? Oder spielte er das nur so gut? Sie konnte es nicht sagen. Seine Züge ließen keine Gefühle durchblicken und seine Augen ... diese Augen!

Einen Moment lang hatte sie vergessen, woran sie eigentlich dachte, hatte sich in diesen wunderschönen, geheimnisvollen

Augen verloren.

Seine Stimme war es, die sie in die Wirklichkeit zurückbrachte. »Wir machen alles wie geplant. Komme, was da wolle. Egal was. Verstanden?«

Sie nickte nur heftig, als wolle sie alle Zweifel loswerden. *Komme, was da wolle.* Jedoch war das so leicht gesagt.

»Du musst langsam wieder zurück an die Arbeit«, stellte Jonah fest. »Sonst werden die noch misstrauisch.«

»Lass nur Noctuadar noch ein Stück vorgehen. Ich will ihm nicht unbedingt noch einmal in die Fänge laufen. Übrigens: Weißt du, wer den Theorieraum bekritzelt hat?«

»Aber natürlich!« Jonah sendete sein strahlendstes Lächeln zu ihr, bevor er ging.

27. Kapitel – Auf geht's

Es war verdammt heiß. Oder kam es ihr nur so vor? Ein Zittern ging durch ihren Körper. Sie musste sich beruhigen. Sie schloss die Augen, atmete tief durch und blickte sich ein letztes Mal in ihrem Zimmer um. Die kleine Glaspyramide, die sie aus ihrer alten Brille gefertigt hatte, stand auf dem Tisch. Ein Andenken für Gopa.

Diesmal hatte Amanda eine kleinere Tasche gepackt. Es würde sich später als wesentlich praktischer erweisen so wenig Gepäck als möglich mitzunehmen. Deshalb hatte sie nur die nötigsten Sachen zusammen getragen: Ein paar Klamotten, ihr gespartes Geld, ein paar Schulsachen und natürlich Amatans Buch, dessen Rückgabe längst überfällig war. Gopa hatte ihr eine von ihren Taschen gegeben, im Gegenzug durfte sie über alles entscheiden, was Amanda nicht mitnehmen konnte.

Seltsam vertraut war ihr dieses Gefühl, schon wieder fortgehen zu müssen. Beinahe lächelte sie über die Wiederkehr bestimmter Dinge im Leben. Das war doch unheimlich und tröstlich zugleich, dass alles irgendwann wieder zu ihr kam. Träume, Ängste, Hoffnungen.

Sie sah zur Uhr. Fast vier. Noch fünf Minuten, dann erwartete Jonah sie hinter dem Flügel D. Dort, wo alles von Dornen zugewuchert war und sonst nur die Schwänzer herumlungerten.

Nun musste sie sich langsam ganz allein auf den weiten Weg nach draußen machen. Sie hoffte inständig, dass Jonah Wort und Thombh fern gehalten hatte.

Sie spähte vorsichtig durch die Tür. Keiner auf dem Flur. So schlich sie die Treppen hinunter in den Keller von Flügel B/C. Um ihn wurde immer ein Geheimnis gemacht. Kaum ein Schüler durfte hier herunter, aus welchem Grund auch immer. Es gab ohnehin nicht viel zu sehen und die Tür war auch nie abgeschlossen. Ob die Schüler das wussten? Jonah hatte das einmal bei seinen Strafarbeiten herausgefunden, als er mit einem Lehrer hier unten unterwegs gewesen war.

Ein paar abgenutzte alte Übungswaffen standen herum, alte Stühle und Hocker und einiges andere kaputte, verrostete, unbrauchbare Gerümpel, säuberlich eingesponnen in Spinnenweben.

Sie stellte sich gegenüber der Wand am anderen Ende des Raumes auf, hinter dem Gebäude D liegen sollte. Sie hatte es mit Jonah nur einmal durchgeprobt. Neben ihr stand eine alte Kiste. Die kannte Amanda. Ja, das war die richtige Wand. Sie sah sich ein letztes Mal um. Keiner war ihr gefolgt. Da fiel ihr etwas ins Auge. Vor der Kiste lehnte ein Kurzschwert. Es war nicht so sehr eingestaubt wie all die anderen Geräte hier. Sie nahm es in die Hand. Leicht zu transportieren, etwas abgestumpft, aber noch gut genug zum Verteidigen oder zum Brot schneiden. Kurz entschlossen klemmte sie es in ihren Gürtel. Man konnte nie wissen...

Also gut. Jetzt geht es los. *Augen zu und durch,* dachte sie. Im wahrsten Sinne des Wortes. In Gedanken sprach sie den Zauberspruch. Sie streckte eine Hand aus, um prüfen zu können, ob der Zauber wirkte. Wie erwartet, tat er dies, und prompt stand sie in der großen Bücherei zwischen den Türmen von Bücherregalen.

Amanda lauschte. Auch hier war keiner. Selbst der Bibliothekar war auf dem Fest. Da sie die Regale alle auswendig kannte – es hatte beinahe keinen Tag gegeben, an dem sie nicht hier unten gestöbert hatte – fand sie sich hier gut zurecht. Dennoch ging sie langsam. Ihre Schritte wurden leise von den Wänden zurückgeworfen. Immer zögerlicher schlich sie die Gänge entlang, spähte nach fünf Schritten hinter sich – nur zur Sicherheit. Die Aufregung hatte sie ziemlich im Griff. Ihre Tasche und das stumpfe Kurzschwert hielt sie fest umklammert, damit sie irgendetwas hatte, das ihr Halt bot.

Als sie um ein vollgepacktes Bücherregal bog, stieg ihre Nervosität um ein Vielfaches, denn sie hörte Schritte hallen. *Oh nein*, dachte sie, *wenn das ein Lehrer ist, bin ich dran.* Doch für einen Lehrer klangen die Schritte zu unrhythmisch. Wenn einer im Anmarsch war, erkannte man das sofort an dem strikten, gleichmäßigen Klopfen. Sobald Schüler dieses Geräusch vernahmen, breitete sich nahezu gespenstische Stille unter ihnen aus.

Nein, ein Lehrer war es nicht, der hier ging. Entspannen konnte sie sich trotzdem nicht. In ihrem Kopf ging es drunter und drüber. Ihr kam es vor, als drehte sich alles. Sollte etwas schiefgehen, dann war es ein für alle Mal aus.

Sie atmete tief durch und huschte hinter das nächste Bücherregal. Obwohl die Schritte schnell und gehetzt klangen, dauerte es eine gefühlte Ewigkeit, bis derjenige, zu dem sie gehörten, nicht weit entfernt an ihr vorbei lief. Sie erkannte, trotz dämmrigen Scheins der Leuchtkugeln an der weit entfernten Decke, einen dunkelblauen Mantel. Aha, jemand aus Klasse C, der eigentlich auch nicht hier sein sollte und es offenbar ziemlich eilig hatte, um nicht erwischt zu werden. Der hätte sie wohl auch nicht verpetzt.

Amanda wartete noch, bis sie sicher war, dass nicht noch jemand kam, dann schlich sie aus ihrer Deckung auf die nächste Wand zu. An ihr führten zahllose Treppenstufen zu den Unterrichtsetagen der Klasse D, die für andere Schüler selbstverständlich tabu waren. Aber das spielte für Amanda jetzt keine Rolle. Viel zu leicht erschien ihr der Plan nun. Ohne Probleme sagte sie den Zauberspruch, glitt durch die Mauer und fiel auf Jonah. Der wiederum krachte fluchend gegen die metallenen Zaungitter. »Du bist zu spät«, maulte er.

Amanda ignorierte die Bemerkung geschickt und richtete ihre Tasche und das Schwert wieder.

»Schick, wo hast du das her?«

Sie zuckte die Schultern. »Hat mir im Weg gelegen.« Ihr Dolch wäre eigentlich wesentlich praktischer gewesen, fiel ihr ein. Wieso hatte man den damals nicht mit ihren Sachen hergeschickt?

»So wie ich gerade im Weg stand?« Er zog sich einige Dornen aus dem Arm. »Davon abgesehen wäre alles in Ordnung. Thombh sitzt friedlich neben Noctuadar in der Arena. Und es gibt auch keine anderen besonderen Vorkommnisse.

Gestern hatte ich noch etwas Zeit und hab ein paar nützliche Sachen eingepackt, die ich in der Schule finden konnte.« Er deutete auf seinen Rucksack. »Vorhin hab ich mit Gopa noch was aus der Küche geholt. Sie wünscht uns übrigens alles Gute. Aber das hat sie dir sicher schon gesagt.«

Das hatte sie. Fünfmal hatten sich die Mädchen umarmt, bevor Gopa zurück in die Arena getrottet war. Wenn es nach Gopa gegangen wäre, hätte sie ihre Freundin nie ziehen lassen. Amanda vermisste sie jetzt schon. Wieder einmal musste sie Freunde zurücklassen.

Jonah reichte ihr den fast bis oben hin gefüllten Proviantbeutel. Äpfel, Brotschnitten, sogar verschiedene Saftflaschen befanden sich darin. »Verstau, so viel du kannst, in deiner Tasche.«

»Wie hast du das gemacht?«, fragte Amanda verblüfft. »In der Küche herrscht doch Hochbetrieb.«

Jonah grinste frech. »Genau deswegen merkt keiner, wenn nicht alles Essen auf den Büfettischen landet. Keine Angst, ein bisschen hab ich natürlich auch dahin gelegt.«

Unter anderen Umständen hätte Amanda darüber gelächelt, aber heute war ihr wirklich nicht danach. Sie stopfte ihre Tasche, so voll es nur ging. Ein Wunder, dass die Nähte noch hielten. Jonah steckte noch ein paar Sachen in seinen Rucksack und warf den Beutel anschließend zurück in die Büsche.

»Zu viele Taschen sind nur hinderlich«, meinte er. »Also, bist du bereit?«, wollte er letztmalig von ihr wissen.

Sie nickte nur, aus Angst ihre Stimme würde sich vor Aufregung überschlagen oder zu schrill klingen.

Selbstsicher bahnte Jonah ihnen einen Weg durchs Gestrüpp.

Da hinter dem unheimlich großen Zaun eine Barriere lag, konnten die beiden nicht einfach durch ein Loch im Zaun verschwinden. Zwar war die Barriere zum Fest ein Stück geöffnet worden, doch nur auf Höhe des Haupttores befand sich ein Durchgang. Einfach dort hindurch zu verschwinden, wäre trotzdem riskant, da laufend neue Besucher zum Fest kamen.

»Du hast den Plan noch im Kopf?«, wollte Jonah wissen, wartete aber nicht auf eine Antwort. »Abseits der Parkwege schlagen wir uns zum alten Schulgarten durch. Der wurde aufgegeben, nachdem sich keine Schüler mehr fanden, die ihn in den Ferien pflegen wollten. Deshalb und weil seitdem dort gruselige Pflanzen wachsen, dürfte uns dort keiner in die Quere kommen.«

Das einzige Risiko auf ihrem Weg war der Park, in dessen Mitte die Arena lag. Dort gab es wenig Deckung, zudem konnte ihnen ein Festhelfer in die Quere kommen. *Falsche Denkweise*, ermahnte sie sich, sie musste versuchen, sich Mut zu machen. Negatives Denken half ihr nicht. Sie sah nach vorn, nahm sich ein Beispiel an Jonah, wie er optimistisch vorweg trampelte. Sie konnte sein Gesicht zwar nicht sehen, aber garantiert zeigte es nicht annähernd so viel Panik wie ihr eigenes. Er wirkte so sicher, so überzeugt, das Richtige zu tun, keinen Fehler zu machen.

In Amanda hingegen drehte sich wieder alles. Ihr wurde übel. Sie versuchte, ihre Schritte zu zählen, um sich zu beruhigen. Eins, zwei, drei, vier, fünf – es half nichts. Es machte sie nur unruhiger. Sie mühte sich ab, mit Jonah Schritt halten zu können. Flink und geschickt duckte er sich hinter die in allen Farben blühenden Hecken. Noch boten sie ihnen Schutz, doch weiter vorn wichen sie bald Bäumen, die weniger Deckung boten.

Amandas Schleichen sah nicht halb so elegant aus wie Jonahs. Als ob er ihre Gedanken gelesen hätte, verlangsamte er sein Tempo und drehte sich nach ihr um. Jetzt sah auch er ein bisschen mitgenommen aus. Er sagte jedoch nichts, weder über sich selbst noch über Amandas ängstliche Miene. Er brauchte auch gar nichts zu sagen, sie verstanden sich ohne Worte. Er wusste, dass Amanda fast starb vor Aufregung, und sie wusste, dass er entweder nur schauspielerte oder wirklich keine Gefühle hatte. Ganz egal, was zutraf, eine Antwort gäbe er ohnehin nicht, wenn sie fragte.

Sie unternahm einen weiteren Versuch, ruhiger zu werden. Diesmal probierte sie, tief ein und auszuatmen. Sie schloss kurz die Augen und konzentrierte sich auf die warme Sommerluft. Mehrmals wiederholte sie das Ritual. Es half wirklich. Als es ihr halbwegs besser ging, schlich sie weiter. So huschten die beiden immer weiter, stets auf der Suche nach Deckung. Jonah ging keine Risiken ein, denn es konnte ja doch jemand auf den Wegen sein, um sich irgendwo am Rand zu erleichtern. Viel zu leicht kam ihr die Flucht bis hierher vor. Versteckte Thombh sich nicht doch irgendwo? Sie hörte tosenden Applaus. Jubelschreie schwappten von der Arena herüber.

Trauer spürte sie nicht. Keine Trauer über das, was sie da drin verpasste, keine Trauer über das, was sie zurückließ, als ob jemand ihre Gefühle einfach ausgeschalten hätte.

Die Arena zu ihrer linken, tasteten sie sich über einen Trampelpfad weiter vorwärts, bis sie an ein kleines Tor kamen. So weit hatte Amanda sich noch nie vom Hauptweg entfernt. Offenbar gingen auch nicht viele andere in dem alten Schulgarten spazieren. Denn das große Tor zum alten Schulgarten war von merkwürdigen Pflanzenranken zugewuchert. Bei genauerem Hinsehen erkannte man um den Blütenkern herum kleine Zähnchen, die wie Nadeln zwischen den roten Kronenblättern hervorragten. Als eine Fliege vorbei flog, schnappten sie gierig, doch konnten das Insekt nicht erwischen.

Als sie ein metallisches Klappern vernahm, zuckte Amanda kurz zusammen und hastete zu Jonah, der das eiserne Schloss am Tor schon fast bezwungen hatte. Einen Augenblick lang hatte Amanda wirklich Bedenken, ob man das Klappern hören konnte, aber in der Arena war solch eine gute Stimmung, dass sie diesen Gedanken gleich wieder verwarf.

Sie stellte sich hinter Jonah und blickte sich nach Verfolgern um. Alles, was sie sah, waren Bäume und die riesige Arena. Besonders deren Ausgänge behielt sie im Auge. Keiner zu sehen. Hinter ihr klapperte Jonah mit dem Schloss. Er murmelte etwas wie: »Hab's gleich, Moment.«

Amanda fragte sich gerade, wie oft er so etwas schon gemacht hatte. Er wirkte sehr professionell bei seiner Arbeit.

Ein Knacken. »Geschafft. Weiter.« Jonah stieß das Tor auf und eilte vorweg.

Der Garten wirkte geheimnisvoll. Amanda wäre gern geblieben, um sich die Pflanzen genauer anzuschauen. Im Vorbeirennen nahm sie die bunten Blumen kaum wahr, die zwischen grünem Wildwuchs in den Beeten hervorlugten. Trotz der fehlenden Pflege gediehen einige Arten noch immer. Irgendetwas sagte ihr, dass das keine gewöhnlichen Kamillen waren, an denen sie vorbei lief. Ebenso wie die silbernen Blütenköpfe, die den Weg überwucherten, wirkten alle Blumen in diesem Garten wie verzaubert. Gierig nahmen Winden die kleinen angelegten Wege ein, rankten an dem metallenen Zaun empor, als ob auch sie in die Freiheit drängten.

»Seit wann ist hier abgesperrt? Hoffentlich liegt da kein Zauber drauf«, hörte sie Jonah fluchen, der schon am Ende des Weges angekommen war. Ein großes Gatter thronte vor ihm – die letzte Hürde auf dem Weg in die Freiheit. Eisern und mächtig ragte es zwischen den dichten grünen Hecken auf. Durch die Gitterstäbe sah Amanda das Dunkel des Waldes locken.

»Gibt es ein Problem?«, fragte sie nervös.

»Ich hab das Schloss eigentlich schon geknackt, aber irgendetwas haut da nicht hin«, fluchte er. »Da klemmt was.«

Bis jetzt war alles so gut gelaufen. Sollte das ihr Ende sein? Ungeduldig schob Amanda ihn zur Seite. Ohne weiter nachzudenken murmelte sie einen Zauber. »Ignis.« Sie formte eine kleine, leuchtende Feuerkugel. Es dauerte eine Weile bis sie die richtige Temperatur erreicht hatte, dann schmolz das Metall des Schlosses dahin. Doch die Tür ließ sich dennoch nicht aufmachen. »Das ist ein Zauber«, stellte Amanda fest. »Warum ist da ein Zauber drauf?«

»Ich vermute, wegen solchen wie uns«, mutmaßte Jonah nachdenklich. »Und, damit sich keiner vorm Fest drückt.«

»Erinnerst du dich an die Beschwörungen?«, fragte Amanda Jonah. »Wenn man mit den einfachen Elemente-Zaubern nicht weiter kommt … Ich versuche etwas.« Ihnen blieb keine Zeit für ewige Ausführungen. Es reichte schon, dass sie kurz zögerte als sie sich an die Dämonen zurückerinnerte.

Sie schloss die Augen. Ein Element brauchte sie als Basis. Sie fuhr mit den Fingern auf dem Boden entlang, formte Kreise, die für Sturm standen. Wind kam auf. Überraschenderweise funktionierte der Zauber gleich beim ersten Versuch. Im Unterricht hatte es zumeist drei Anläufe dafür gebraucht. In der Luft bildete sich eine durchscheinende Wolke: ein Geistwesen.

Das war kein lebloser Zauber wie die üblichen, sondern hierbei arbeitete sie mit einem lebenden magischen Wesen. Dadurch war er stärker als gewöhnliche Elemente-Zauber, und man konnte ihn vielfältiger einsetzen.

Konzentration!

Sie schloss ihre Augen. In Gedanken beschwor Amanda den Geist zu einem Sturm, der sich auf die unsichtbare Barriere zu bewegte. Sie konnte spüren, wie er sich durch die Materie kämpfte. Als sie die Augen aufschlug, erkannte sie ein kreisrundes Loch in dem Gatter.

»Danke«, flüsterte Amanda dem Wesen zu, bevor es sich auf ihr Geheiß wieder in Luft auflöste. Mit angehaltenem Atmen griff sie durch das Loch. Es war nichts zu spüren. Auch als sie ganz hindurch stieg, spürte sie keinen Widerstand. Keine Barriere. Sie konnte es kaum glauben. Einen Moment später stand Jonah neben ihr. Sie tasteten sich langsam vorwärts, wichen den letzten bissigen Blumen aus.

»Hier ist keine Barriere«, stellte Amanda fest. »Ob der Geist sie ebenfalls durchdrungen hat?«

Jonah nickte sicher. »Was sollte sonst der Grund sein? Du machst deinen Eltern alle Ehren«, bemerkte Jonah nachdenklich.

Viel Zeit blieb Amanda aber nicht, darüber nachzudenken, denn Jonah stürzte wie von Sinnen in den Wald. Jetzt galt es, so weit und so schnell wie möglich fort zu kommen. Einfach fort. Sie rannte schneller als je zuvor. Fort von der Schule, von Noctuadar, von ihren Fragen. Frei sein. Sie schien zu fliegen. Das war ein unbeschreibliches Gefühl. Wenn keine Gedanken mehr in den Köpfen kreisten. Wenn man einfach nur noch rannte, als gäbe es nichts anderes – nichts Besseres.

Sie lachte.

Das war Freiheit.

28. Kapitel – Freiheit

Die Nacht war kalt, aber Amanda schwitzte trotzdem. Vielleicht waren es Stunden, vielleicht Tage gewesen, die sie fast durchgängig gerannt waren. Irgendwann hatte Jonah einen Halt eingelegt. Immerhin war es schon dunkel gewesen, Amanda war unzählige Male über Gestrüpp und dergleichen gestolpert, weil sie kaum noch etwas erkannt hatte.

Nun lagen sie auf einer kleinen Lichtung eingepackt in die Winterbezüge der Schulbetten. Noch immer rangen sie um Atem. Ihr Keuchen war alles, was die friedliche Nachtruhe störte. Obwohl sie beide am Ende ihrer Kräfte waren, lächelten sie einander an.

»Wir sind frei«, hauchte Amanda erschöpft.

Jonah brachte gerade so ein »Ja, endlich.« heraus

Amanda beobachtete das rhythmische Heben und Senken ihrer Brust. Ihre Wangen glühten und trotzdem zitterte sie. Aber sie war endlos glücklich.

Obwohl ihr beinahe die Augen zufielen, wollte Amanda nicht sofort einschlafen. Sie kuschelte sich in die Decke. Hier waren sie fürs Erste sicher. So schnell konnte ihnen keiner gefolgt sein. Doch viele wirre Gedanken schossen ihr durch den Kopf. Viel zu viele Fragen.

Neben ihr drehte sich Jonah von einer Seite auf die andere. Ihm ging es wohl wie ihr.

»Kannst du auch nicht schlafen?«, fragte sie ihn.

»Nein. Du etwa?«

Die Frage erübrigte sich zwar, aber Amanda antwortete trotzdem. »Nein.«

Es herrschte wieder Stille. Von fern hörte man eine Eule. Unwillkürlich dachte sie an Noctuadar. Sie schauderte. Ob er sie wohl schon vermisste?

»Ehrlich gesagt, habe ich Angst. Sollte nicht einer Wache halten für den Fall der Fälle?«

Jonah gähnte. »Nein, heute Nacht wird schon nichts passieren. Und ab morgen werden wir uns wie professionelle Flüchtlinge verhalten. Keine Angst, ich pass auf dich auf.«

Wie süß, dachte sie lächelnd.

»Danke«, murmelte sie, bevor sie sich auf die andere Seite rollte und von Katzen, Eulen und Geistern träumte.

Aus den Archiven des Zaubererrates

Brief des Primicerius an einen Spion

Hochgeschätzter Kollege,

es freut den Zaubererrat Dir mitteilen zu können, dass dank Deiner Warnung, die beschriebenen Verräter bald festgenommen werden konnten. Deshalb finde ich es nur angebracht, Dich über die Details zu informieren.

Unsere Suche dauerte einige Monate, denn obwohl wir ihren Plan vereiteln konnten, flohen die Attentäter. Wir fanden sie schließlich in einem Pensionszimmer, welches sie zur Zeit als Unterschlupf nutzten. Ohne Widerstand ergaben sich die beiden angesichts ihrer Unterlegenheit.

Über die Portale brachten wir sie anschließend in den Keller des Ratsgebäudes, der speziell solchen Verrätern vorbehalten ist. Informationen darüber, was die beiden zu ihrer Tat bewog erhielten wir bisher noch nicht. Auch nicht über die Lieferanten ihrer Munition und andere Verbündete. Nach den ersten Stunden der Folter, in denen sich die Frau nur unter Fluchen zu unseren Fragen äußerte, brach sie bereits zusammen.

Der Mann hingegen ist eisern – und verrückt. Noch wehrt er sich, wo er kann. Aber ich bin überzeugt, dass er sich nicht mehr allzu lange durchzuhalten vermag. Das Gold in seinen Augen, das uns anfangs herausfordernd anfunkelte, ist bereits ermattet. Es ist nur eine Frage der Zeit …

Sobald dem so ist, werde ich Dich natürlich darüber informieren.

Der Rat freut sich, kluge Zauberer wie Dich als Verbündete zu wissen und zählt weiterhin auf Deine Unterstützung.

Es dankt anerkennend,
Primicerius Noctuadar im Namen aller Mitglieder des Zaubererrates

Danksagung

An dieser Stelle möchte ich mich bei all jenen bedanken, die mich auf meinem Weg zum ersten Buch, unterstützt haben.

Am Anfang sei natürlich meine Familie genannt: Meine Eltern und meine Oma, die mich immer wieder fragten – um nicht zu sagen nervten – wie weit ich denn wäre. Das allein schon spornte mich an dranzubleiben. Ein besonders großes Dankeschön gilt dabei meinem Vater, der an manchem Tag Geduld mit mir und »Amanda« am Drucker bewies. Bei meiner Schwester – und ersten Testleserin – bedanke ich RIESIG für ihre große Ausdauer. Ihr wisst, ich danke euch nicht nur für eure Hilfe bei diesem Buch, sondern auch für die Unterstützung, die ich jeden Tag von euch erfahre.

Ein großer Dank geht ebenso an meine »Zauberinnen« im Lektorat: Susanne Pavlovic, deren Fragen mich hin und wieder ins Grübeln brachten und an Sabine für ihre kritischen und lieben Worte. Ich kann mir keine bessere Lektorin vorstellen.

Für den letzten Feinschliff bedanke ich mich bei Susanne Hermann, die sich auch nach der Schule eine Menge Zeit für mich nahm.

Natürlich danke ich ebenso allen Freunden, die mich unbewusst unterstützt haben. Die Liste wäre zu lang, um sie hier aufzuführen. Aber ihr wisst sicher, wer gemeint ist. Vielen Dank für eure Ratschläge, euer Interesse und das klaglose Hinnehmen, wenn Laptop und Akten unseren begrenzten Tisch einnahmen.